Retrouvailles à Trinity

SHERRYL WOODS

Retrouvailles à Trinity

Prélud'

éditions HARLEQUIN

Collection : PRÉLUD'

Titre original : ALONG CAME TROUBLE

Traduction française de FRANÇOISE FOUCHE

Photo de couverture
Paysage : © ELFI KLUCK / GETTY IMAGES

83/85, boulevard Vincent-Auriol, 75646 PARIS CEDEX 13.
Service Lectrices — Tél. : 01 45 82 47 47
www.harlequin.fr
ISBN 978-2-2802-4769-6 — ISSN 1950-277X

Prologue

Les yeux braqués sur ce maudit téléphone qui restait obstinément silencieux, Robert King Spencer laissa échapper un juron de dépit. Quand donc Tucker se déciderait-il à l'appeler ? Cela faisait des semaines qu'il l'évitait. Et sans aucune raison.

C'était incroyable ! A son âge et dans sa position, lui, le « King » comme on l'appelait, allait encore devoir subir les racontars de ses concitoyens sur les lubies de l'un de ses rejetons ! Maintenant que sa fille Daisy menait une vie rangée auprès de son mari Walker, et que son fils Bobby filait le parfait amour avec Jenna, c'était Tucker qui allait bientôt défrayer la chronique de la ville ! Et tout un chacun ne manquerait pas de se demander ce qu'il y avait eu entre le King et son fils aîné.

Que se passait-il dans la tête de Tucker ? C'était pourtant un homme posé et réfléchi, un shérif consciencieux, aimé et respecté des habitants de Trinity Harbor. Cela dit, nul n'était parfait et les saints eux-mêmes avaient leurs moments d'égarement. Tucker avait eu le sien en son temps. Il s'était laissé ensorceler par une jeune femme qui lui avait brisé le cœur, mais c'était loin, tout ça, et cela faisait des mois qu'il n'avait pas entretenu la moindre relation amoureuse. En tout cas, il ne voyait personne, ne sortait pas, ne recevait pas et cela ne semblait pas lui poser de problème — au grand désespoir de son père !

Il n'y avait jamais eu le moindre parfum de scandale

dans la vie de ce garçon, excepté ce malheureux épisode avec Mary Elizabeth Swan, son amour de jeunesse, qui l'avait quitté pour un autre. A Trinity Harbor, les gens en avaient fait des gorges chaudes. Mais ils s'étaient montrés pleins de bienveillance pour Tucker, et les ragots s'étaient rapidement tus devant son chagrin évident.

King aurait dû être fier que son fils soit devenu un homme honorable que les gens prenaient en exemple, mais à la vérité, il trouvait cela frustrant. Un homme, un vrai, devait, selon lui, aller au bout des choses et ne pas être le simple jouet du hasard et de la destinée. Un homme, un vrai, devait se marier et avoir des enfants. Mais Tucker prenait son temps. Tout son temps.

Et King manquait de patience. Il voulait tout contrôler, tout régenter selon son gré, et il détestait que ses projets soient sans cesse contrariés par la propension à l'insubordination que témoignaient ses enfants trop souvent à son goût. Parmi ses projets, il en avait un grand : il voulait des petits-enfants, voir s'agrandir sa famille, bref, asseoir la dynastie des Spencer !

Il n'avait qu'un petit-fils de son sang et, à vrai dire, n'en était guère satisfait, le gamin étant une vraie graine de vaurien. Pendant des années, Bobby avait ignoré l'existence de son fils J.C. Et les relations qu'ils entretenaient à présent restaient empreintes de froideur. Mais Bobby était patient et restait persuadé qu'avec le temps, le garçon s'arrangerait. King y comptait bien, lui aussi.

En plus de J.C., il y avait quatre autres rejetons qu'il pouvait revendiquer dans sa descendance, bien que le sang des Spencer ne coule pas dans leurs veines. Tommy, le fils adoptif de Daisy, un charmant garçon depuis que Daisy et Walker l'avaient sérieusement pris en main. Et Darcy, la belle-fille de Bobby, métamorphosée depuis que ses cheveux teints en vert avaient retrouvé leur couleur d'origine. Il était aussi fier de ces deux petits-enfants « prêts à l'emploi » que s'ils avaient été de sa chair et de son sang. Et, malgré l'éloignement, il éprouvait le même sentiment pour les deux fils de Walker qui vivaient avec leur mère, en Caroline du Nord.

En dépit des désordres que cette progéniture amenait dans sa vie, King voulait une nouvelle génération de Spencer à part entière, des petits qu'il pourrait éduquer dans la tradition familiale, dès le berceau — et selon ses propres règles, les règles des Spencer ! Bref, une descendance qui grandirait à Trinity Harbor, petite ville de Virginie, au bord du fleuve Potomac, comme lui, comme ses ancêtres installés là depuis la nuit des temps. Les Spencer avaient des devoirs et des obligations envers les gens d'ici. Ils devaient faire en sorte que, pour chacun, tout se passe bien.

Et comme ni Daisy ni Bobby ne semblaient pressés de lui donner des petits-enfants, King reportait tous ses espoirs sur Tucker. Malheureusement, ce dernier freinait des quatre fers. Pire : il le fuyait ! Lui, son propre père ! Depuis quelques semaines, il l'évitait, trouvant des excuses diverses pour ne pas participer au repas dominical à Cedar Hill, le domaine familial, échappant ainsi aux questions à peine déguisées qu'il lui posait entre le poulet grillé et la purée de pommes de terre.

Encore plus extraordinaire, King n'avait pas été fichu de le croiser en ville, ni de le rencontrer à son bureau de shérif à Montross. Tucker était devenu aussi insaisissable que ces criminels qu'il s'efforçait de débusquer.

Peut-être était-il sur un gros coup, mais King en doutait. Ici, en guise de gros coups, on n'avait guère que des bagarres d'ivrognes qui se terminaient par une condamnation pour désordre sur la voie publique, ou encore des infractions au code de la route. On avait bien eu une affaire de trafic de drogue, mais cela remontait à quelques mois. Excepté des vols à l'étalage et des coups de fusil — la routine quand on préférait régler ses comptes sans déranger la police —, le comté était parfaitement calme et tranquille. Ce qui aurait dû donner à Tucker largement le temps de se chercher une femme.

— Je vois que je vais devoir aussi m'occuper de cela, décréta King. Encore une fois.

Et cette décision lui redonna le moral. Il adorait plus que tout au monde se mêler de la vie des autres. Surtout quand il s'agissait de leur vie sentimentale. Il jeta un coup d'œil attendri sur les photos qui tapissaient le mur du fond.

Deux bien belles familles que celles de Daisy et de Bobby ! Deux familles qui lui devaient tout !

Une petite romance, voilà ce qui manquait à son fils aîné. Et il allait s'employer à combler cette lacune. Toutes affaires cessantes.

1

Immobile sur le seuil de sa chambre, Tucker était pétrifié.

Etait-il le jouet d'une hallucination ? Pas étonnant après la journée qu'il venait de passer. Il ferma des yeux, mais elle était toujours là quand il les rouvrit. Il y avait bel et bien une femme dans son lit, une femme dans toute la splendeur de sa nudité. Enfin presque. Et une femme… qui ne lui était pas étrangère.

Lui qui était connu dans sa profession pour la rapidité de ses réactions ne bougeait pas, ne sachant que faire. Il en venait à regretter de n'avoir pas bu une dernière tasse de café avant de rentrer. Cela lui aurait peut-être éclairci l'esprit ! Il passa la main sur son visage et essaya de rassembler ses idées. Voyons, il y avait cette femme dans son lit. C'était indéniable. Mais que faisait-elle chez lui ? Et plus précisément, que faisait-elle dans son lit ?

Bon sang ! S'il n'avait pas allumé la lumière avant d'entrer dans la chambre, il se serait retrouvé dans ses bras. Certes, en d'autres circonstances, il aurait pu ne pas s'en plaindre. Mais là…

Là, il restait comme un ahuri devant le tableau, comme s'il n'avait jamais vu de femme à moitié dénudée… ou plus exactement, comme s'il n'avait jamais vu cette femme-là nue.

La dernière fois qu'il l'avait vue, c'était pour apprendre de sa bouche qu'elle ne voulait plus entendre parler de lui. Et la dernière information qu'il avait lue à son sujet, dans le *Richmond Times-Dispatch*, relatait son mariage avec le délégué local à la Chambre des délégués de l'Etat de Virginie. Naturellement, il y avait eu bien d'autres informations la concernant, mais il avait mis son point d'honneur à ne pas s'y attarder, ce qui n'avait pas été une chose facile. En particulier pendant les sessions de la Chambre des délégués, alors que la presse hebdomadaire locale, sans parler du journal de Richmond, publiait des pages et des pages de reportages.

Il avait parfois l'impression que Liz — comme elle se faisait désormais appeler — était de toutes les manifestations culturelles de l'Etat. Il ne se passait pas une semaine sans que sa photo, toujours prise à quelque événement branché où ces dames paradaient en robes de stylistes de renom, lui saute aux yeux. Et c'était suffisant pour lui rappeler cruellement combien ce visage à la beauté diabolique et cette crinière sauvage le touchaient encore.

Bien sûr, il lui était parfois difficile de faire le lien entre ces images sophistiquées et la fille dont il avait fait la cuisante connaissance dans la cour de récréation de l'école. Ce jour-là, elle lui était tombée dessus à bras raccourcis, alors que, sale petit morveux de neuf ans, il louchait sur sa petite culotte tandis qu'elle grimpait à un arbre. En ce temps-là, Mary Elizabeth Swan était un véritable garçon manqué, et si en grandissant elle avait perdu peu à peu l'habitude de grimper aux arbres, elle avait toujours gardé une vitalité d'enfer. En tout cas, tant qu'elle sortait avec lui. En revanche, sur les photos qui paraissaient dans la presse, elle semblait triste, presque déprimée. Elle allait sur ses trente ans. Avec la maturité et sa position en vue dans la bonne société de Richmond, elle avait peut-être changé.

Quand il lisait la presse, Tucker avait fini par prendre l'habitude de détacher le cahier culturel et de le mettre de côté, histoire de ne pas tomber sur une photo qui le plongerait dans des souvenirs morbides et des élucubrations stériles sur ce qui aurait pu arriver si… Mais n'était-ce pas tout simplement une excuse pour ne pas s'avouer qu'en six ans, il n'avait pas réussi à oublier cette femme, et un prétexte pour ignorer les reportages dithyrambiques sur les faits et gestes de cet homme brillantissime qu'elle lui avait préféré ?

Larry Chandler avait fait fortune dans le domaine des technologies virtuelles et il avait des ambitions politiques. Quant à Mary Elizabeth, elle était native du comté de Westmoreland, et le même sang bleu de Virginie coulait dans ses veines depuis des générations. Elle avait hérité de Swan Ridge, le domaine de son grand-père, qui dominait le Potomac. Des esprits mal tournés pourraient se demander si cette vieille demeure patricienne, avec ses pelouses au cordeau et ses perspectives panoramiques, n'avait pas exercé la même séduction sur Larry Chandler que Mary Elizabeth. L'argent fraîchement acquis par monsieur profitait en quelque sorte de la respectabilité de madame, et du coup, le couple perdait son étiquette de nouveaux riches.

Quoi qu'il en soit, ce mariage avait été indiscutablement politique. Tucker ne comptait plus le nombre de gens qui le lui avaient affirmé. Insistant jusqu'à finir par s'apercevoir qu'ils s'adressaient au premier homme de la vie de Mary Elizabeth, celui qui l'avait aimée depuis l'enfance, celui qui avait espéré l'épouser. Alors ils battaient en retraite, confus ou, pire encore, suintant la compassion.

D'après les mêmes sources, Larry Chandler envisageait d'être gouverneur à quarante ans, et après un passage au Congrès, se voyait à la Maison Blanche à cinquante. Dans l'esprit des experts politiques, cela ne faisait aucun doute.

Sauf qu'il y avait de fortes chances pour que cela n'arrive pas, si jamais les gens découvraient que sa femme dormait cul nu dans le lit du petit shérif de province qui avait été son amoureux d'autrefois !

Tucker aurait pu se réjouir de la tournure que prenaient

les événements. Mais il était shérif depuis assez longtemps pour savoir qu'il y avait une différence entre l'apparence et la réalité des choses. Mary Elizabeth n'était sûrement pas revenue pour lui dire qu'elle avait pris conscience de s'être trompée six ans auparavant et qu'elle voulait se racheter cette nuit.

Non, certainement pas. Il n'y avait qu'à voir la pâleur de son teint, les traces de larmes sur ses joues et les cernes sous ses yeux pour conclure qu'elle avait de gros problèmes et qu'elle était désespérée. Assez désespérée pour se tourner vers lui.

Cependant, deux questions le taraudaient. Comment la fille combative d'autrefois était-elle devenue cette femme vulnérable ? Et que faisait-elle dans son lit ?

Il fallait tirer cette affaire au clair. Réfléchir calmement. Mais comment se concentrer dans une pièce où se trouvait la femme dont le seul éclat des yeux violets le mettait autrefois dans tous ses états ? Mais à cet instant, c'était plutôt la nudité de Mary Elizabeth revêtue d'un de ses T-shirts et enroulée entre les draps qui le rendait fou… Elle lui avait toujours fait tourner la tête, et à voir la réaction de son corps, c'était encore le cas.

Il battit en retraite dans la cuisine où il se versa un petit remontant. Après réflexion, il doubla même la dose car la nuit serait longue.

Liz s'étira, puis tressaillit sous le coup des horribles souvenirs qui lui revenaient d'un coup. Pendant un instant, un très bref instant, elle avait oublié ce qui était arrivé la nuit précédente. Elle avait oublié l'horrible découverte qui l'avait poussée chez l'homme qu'elle avait quitté autrefois, la seule personne en qui elle avait confiance et qu'elle jugeait capable de lui venir en aide.

Si toutefois il voulait bien.

Mais Tucker n'était pas homme à tourner le dos à

quelqu'un dans la peine, même à quelqu'un à qui il n'avait pas adressé la parole depuis des années ou quelqu'un qui lui avait fait du mal. Tucker était un homme d'honneur. Elle comptait sur l'intégrité légendaire des Spencer, même si elle ne le méritait pas.

Ce n'était pas pour dormir qu'elle s'était précipitée chez lui. En réalité, elle s'était attendue à passer des heures et des heures à répondre à des interrogations sans fin. Mais Tucker n'était pas là. Et elle s'était retrouvée toute seule, à gamberger dans le noir, au bord de la crise de nerfs. Elle avait attendu un moment sous le porche. Puis l'épuisement et la peur avaient pris le dessus. Par chance, Tucker ne fermait jamais sa porte alors elle était entrée et s'était jetée sous la douche dans l'espoir d'effacer les traces de cette nuit affreuse.

Elle avait revêtu un des T-shirts de Tucker qui traînait sur le dossier d'une chaise et s'était glissée dans son lit comme dans un cocon familier. Peu lui importait qu'il ait changé. Il pouvait même passer sa nuit dans les bras d'une autre femme. Elle l'attendrait. Il finirait bien par revenir chez lui.

Elle avait cru être incapable de fermer l'œil, mais elle avait fini par s'endormir, et à voir la pâle clarté qui filtrait à travers les volets, le jour se levait. Elle avait dormi toute la nuit. Seule.

Toutefois, une sorte de sixième sens l'avertit que si elle était la seule occupante du lit de Tucker, elle n'était pas seule dans la pièce. Elle roula sur elle-même et se trouva nez à nez avec un homme dont l'expression lui était familière. Largement aussi familière que celle de son mari.

Tucker la scrutait d'un regard froid et pénétrant qui semblait la sonder jusqu'aux tréfonds de son âme. Voyait-il les tourments dont elle était la proie, la terreur qui l'habitait et son soulagement de le voir malgré son air si peu engageant ?

— Je pourrais souhaiter la bienvenue à l'enfant prodigue, mais cela ne me semble guère approprié, laissa-t-il tomber avec cette ironie dans la voix qu'elle avait toujours trouvée dédaigneuse.

Elle détailla avec attention son visage, nota les ridules au coin de ses yeux d'azur et le sillon au milieu du front qui trahissait la perplexité — l'inquiétude ? — que suscitait sa présence inattendue chez lui. Et elle brûlait d'envie de passer sa main sur son visage, d'effacer d'une caresse ces marques d'inquiétude, de l'assurer que tout allait bien. Mais c'était impossible : tout n'allait pas bien, au contraire. Tucker avait toutes les raisons de se faire du souci. Elle allait le précipiter dans un bourbier innommable.

Non seulement elle occupait son lit, elle qui l'avait quitté autrefois, mais elle était tellement dans les ennuis que l'intelligence exceptionnelle, le moral d'acier et les compétences professionnelles de Tucker Spencer ne suffiraient sûrement pas à la tirer d'affaire. Il fallait pourtant qu'il essaie… pour elle. Pour lui. Pour eux deux !

— Qu'est-ce que tu fais ici ? demanda-t-il comme elle gardait le silence.

La question était simple. Si seulement elle pouvait y répondre aussi simplement !

— C'est compliqué, finit-elle par dire.

— Ce n'est pas une réponse, rétorqua-t-il sèchement.

Imperturbable, il gardait les yeux braqués sur son visage sans se laisser distraire par sa nudité que dévoilait largement son T-shirt tirebouchonné. Soudain, le froid la saisit. Elle frissonna et, prenant conscience de l'indécence de sa posture, remonta le drap dans lequel elle s'enroula étroitement. Autrefois, elle n'y aurait pas pris garde, mais maintenant, c'était différent. Entre eux, les choses avaient changé. Qu'elle le veuille ou non.

Les larmes lui vinrent aux yeux. Elle n'allait tout de même pas se mettre à pleurer ! Si elle commençait, elle ne pourrait pas s'arrêter. Elle avait tout fichu en l'air ! Sa relation avec Tucker, son mariage, sa vie ! Tout ! Et ce n'était pas en pleurnichant qu'elle allait remettre sa vie sur les rails ; si tant est que ce soit possible.

Pour commencer, elle devait reconstituer les tragiques événements de la nuit dernière et trouver le responsable de ce qui était arrivé.

— Je vois que tu n'as pas perdu ton self-control, répliqua-t-elle en usant du sarcasme pour masquer son trouble, au risque de s'aliéner son seul allié.

Elle n'avait pas oublié qu'à Trinity Harbor, si les gens votaient volontiers pour son mari, ils avaient en revanche eu du mal à lui pardonner d'avoir laissé tomber Tucker pour Larry.

— Je suis habitué, riposta-t-il du ton de celui qui en avait vu d'autres.

— Tu fais allusion à l'affront que je t'ai fait, c'est ça ?

Il y a longtemps qu'ils auraient dû avoir cette conversation, mais Tucker, stoïque et hautain, avait refusé de la laisser s'expliquer. Elle tournait le dos à tout ce qu'ils avaient partagé, lui avait-il dit. Il ne voulait pas en savoir plus ni chercher à comprendre pourquoi elle lui avait préféré Larry. Peut-être avait-il eu raison. Peut-être avaient-ils manqué de générosité l'un envers l'autre. Elle, pour se faire pardonner et lui, pour pardonner. Peut-être n'avait-il pas éprouvé le besoin de savoir combien elle regrettait de l'avoir blessé.

Depuis leur rupture, elle avait mis son point d'honneur à ne jamais croiser son chemin. Et si elle n'en avait pas fait une affaire personnelle, King Spencer, dont elle s'était fait un ennemi juré, se serait bien chargé de le lui rappeler.

— C'est bien à notre rupture que tu faisais allusion ? insista-t-elle.

— Entre autres.

L'idée qu'il ait eu d'autres malheurs dans sa vie, souffert

d'autres pertes, enduré d'autres crises dont elle n'aurait rien su, la remplit de tristesse.

— Mais encore ?

— Liz, tu n'es pas venue pour parler d'autrefois, répliqua-t-il avec un soupçon d'impatience dans la voix. Pourquoi es-tu ici et pas à Swan Ridge ? Où sont tes vêtements ? Dans quel guêpier t'es-tu fourrée et enfin pourquoi ne demandes-tu pas à ton mari de t'aider ?

Elle frissonna sous son regard glacé.

N'avait-elle pas commis une épouvantable erreur en venant se réfugier chez lui ? Après tout, Tucker était shérif. Et sa priorité, c'était la loi, pas elle. Pourtant son instinct l'avait poussée à venir se réfugier chez lui et elle n'en démordrait pas. Lui seul pouvait lui apporter l'aide dont elle avait besoin… à condition qu'il le veuille. En fait, tout dépendait de lui.

— En l'occurrence, je crains bien que Larry ne me soit d'aucun secours, dit-elle.

— Pourquoi ?

Avant de répondre, son regard croisa celui, impitoyable, de Tucker, et elle pria le ciel qu'il lui pardonne le passé et surtout qu'il l'aide malgré tout.

— Parce qu'il est mort.

Et avant que ses nerfs ne lâchent, elle ajouta :

— Et tout le monde va penser que je l'ai tué.

2

— Bon Dieu ! s'exclama Tucker.

L'explication de Mary Elizabeth lui avait fait l'effet d'une bombe. Il aurait pourtant dû savoir qu'elle n'était pas là pour raviver une vieille flamme. En fait il le savait. Seulement une partie de lui ne voulait pas y croire. Une partie de lui, encore sous l'emprise du charme de cette femme. Et il lui faudrait à tout prix l'ignorer, au moins jusqu'à ce qu'il sache de quoi il retournait.

Si Larry Chandler était mort, pourquoi n'en avait-il pas entendu parler ? Cela aurait dû faire toutes les unes de la presse. A moins que… Bon sang ! Elle ne voulait tout de même pas dire que cela venait juste d'arriver ?

— Quand est-il mort ? lui demanda-t-il en essayant de ne pas voir les larmes qui brillaient dans ses yeux, larmes qu'elle essayait bravement de retenir.

Elle avait toujours détesté qu'on la voie pleurer. Surtout lui.

— Dans la journée d'hier, je pense. Je ne sais pas.

— Tu ne sais pas ? lança-t-il en la regardant avec incrédulité.

— Je suis arrivée à Swan Ridge hier soir, vers 23 heures.

L'histoire se corsait, songea Tucker, abasourdi.

— Si je te comprends bien, ce serait arrivé ici, à Trinity Harbor ? demanda-t-il.

Si c'était le cas, l'affaire prenait une autre dimension et il n'y avait pas que Mary Elizabeth à être dans le pétrin.

Il avait la mort d'un homme politique sur les bras et personne n'en savait encore rien. Grands dieux ! A quoi avait pensé Mary Elizabeth en venant se réfugier ici ?

Elle hocha la tête avant de répondre.

— Oui. Je..., bafouilla-t-elle en déglutissant avec difficulté. Je l'ai trouvé. Et je suis venue ici.

— Mais bon sang, Mary Elizabeth ! As-tu perdu la tête ?

C'était trop pour elle, et un torrent de larmes dévala ses joues. Tucker sentit son cœur se serrer, mais il résista et ne bougea pas d'un pouce.

— Je ne savais pas où aller ni quoi faire, murmura-t-elle.

— As-tu pensé une seule seconde à appeler la police ? demanda-t-il en essayant de garder son calme, ce qu'il réussit moyennement.

— Mais c'est toi la police ! s'exclama-t-elle en le regardant de ses grands yeux noyés de larmes.

Tucker lâcha un juron, passa la main dans ses cheveux et se ressaisit. Bien sûr.

— Es-tu sûre qu'il est mort ?

Elle hocha la tête d'un air sombre.

Il avait envie de l'attirer contre lui, de sécher ses larmes, mais il se retint. Il devait avant tout se comporter en policier. L'ami viendrait en seconde position, du moins aussi longtemps qu'il n'en saurait pas plus. C'était peut-être faire preuve de froideur et d'insensibilité, mais c'était la meilleure façon de lui venir en aide.

Et de se protéger lui-même, songea-t-il avec amertumc. Comment pourrait-il oublier une seule seconde qu'il avait été abandonné par cette femme ? Alors il fallait qu'il se reprenne. Il ne pouvait se permettre de lui faire confiance. Non, pas une minute ! Si elle était venue à lui, c'était peut-être seulement pour brouiller les pistes et empêcher les autorités locales d'enquêter. Peut-être, pour il ne savait quelle raison, voulait-elle que l'affaire soit confiée à la police d'Etat. Ce qui serait le cas en impliquant le shérif dans un conflit d'intérêts.

— Est-ce toi qui l'as tué ? demanda-t-il en plongeant ses yeux dans les siens.

Si elle mentait, il le verrait. Il avait toujours su quand elle mentait. Il voyait jusque dans son âme. Il la connaissait et savait de quoi elle était capable. Du moins l'avait-il cru autrefois… Jusqu'au jour où elle avait annoncé ses fiançailles avec Larry Chandler. Il n'avait rien vu venir.

Et cette fois-ci, lorsqu'il posa sa question, il ne vit dans ses yeux qu'un éclair de souffrance.

— Non, répondit-elle d'un ton aussi froid et neutre que le sien.

Il soutint son regard, mais elle ne broncha pas, ne cilla même pas. Alors il éprouva un immense soulagement et une sorte de… oui, une prudente allégresse.

— Bon ! Eh bien, je vais faire du café et tu vas tout me raconter ! lança-t-il.

Cela aurait toujours l'avantage de l'obliger à quitter la chambre. Peut-être pourrait-il alors rassembler ses idées et agir comme un policier au lieu de se comporter comme… comme un amoureux transi ridicule.

— Comment ça ? fit-elle, l'air surpris.

— Tu vas me raconter ton histoire. C'est pour cela que tu es venue ici, non ?

— C'est une des raisons, oui.

— Quelles sont les autres raisons ?

— Et si on remettait cette discussion à plus tard ? suggéra-t-elle en soupirant.

Sûrement pas ! Mais comme depuis quelques minutes il sentait son légendaire self-control vaciller, il jugea plus prudent de rejeter sa demande. Elle allait tout lui raconter maintenant. Du moins après s'être habillée et avoir pris un café. Si jamais elle s'avisait de prétendre qu'elle était revenue à cause de lui, ou à cause de quelque chose du même ordre, il suffisait d'un rien pour qu'il se jette avec elle dans le lit. Et ce serait la pire des choses à faire. S'il n'avait pas rêvé cette conversation avec Mary Elizabeth, Larry Chandler était mort.

Soit dit en passant, cette tragédie ne semblait pas particulièrement émouvoir sa veuve, songea-t-il en se dirigeant vers la cuisine. Elle était effrayée et choquée, certes, mais ne semblait pas éprouver le moindre chagrin. Il se promit de l'interroger à ce sujet. Bon sang ! Il se posait tant de questions qu'ils en auraient pour des jours et des jours avant de mettre le nez dehors.

En attendant que le café soit prêt et que Mary Elizabeth le rejoigne, il passa un coup de fil au poste pour prévenir son adjointe de son absence.

— Jusqu'à quelle heure ? s'enquit cette dernière avec surprise.

— Aucune idée.

Depuis des semaines, voire des mois, il n'avait pas pris le moindre jour de congé. Le travail était son refuge, surtout depuis le mariage de Bobby. Comme il se savait en bonne place sur la liste des projets matrimoniaux de son père, il évitait de se trouver sur son chemin. De ce point de vue, un congé tombait à pic.

— Jusqu'à nouvel ordre, je suis en congé.

— Très bien ! approuva Michele. Ce n'est pas trop tôt. J'espère qu'elle est belle, au moins.

— Il ne s'agit pas d'une femme, protesta-t-il énergiquement.

— Bien sûr ! A d'autres ! C'est toujours pour une femme qu'un accro au travail s'arrête, surtout en milieu de semaine.

— Eh bien, cette fois-ci ce n'est pas le cas ! Cela fait longtemps que je n'ai pas pris de congés, alors j'en prends.

Pas question que le bruit coure qu'il se terrait chez lui avec une femme ! Surtout celle-là ! Et jusqu'à ce qu'il démêle ce qui s'était passé, il avait intérêt à ce que personne ne sache que Mary Elizabeth était en ville, et encore moins, chez lui. Il ne faisait rien de répréhensible : il recueillait des témoignages, il ne gênait en aucun cas une enquête dont il savait à l'avance qu'on ne la lui confierait pas. Il lui fallait une heure, deux tout au plus, pour comprendre l'affaire. Après, il suivrait la démarche habituelle, l'officielle.

— Amusez-vous bien ! lui conseilla joyeusement Michele qui, manifestement, ne le croyait pas.

Excédé, Tucker lui raccrocha au nez et vit que Mary Elizabeth le considérait l'air amusé.

— Alors comme ça, tu n'as pas pris de congé depuis longtemps ?

— Oui, grommela-t-il.

Il remplit deux tasses de café et lui en tendit une. Puis il la détailla de la tête aux pieds. De la masse de ses cheveux bruns délicatement parsemé de mèches décolorées, à la pointe de ses orteils aux ongles peints en rouge. Il nota au passage qu'elle portait un autre de ses T-shirts avec… pas grand-chose d'autre.

— Au risque de me répéter, mais c'est important pour moi, où sont tes vêtements ?

— Dans la poubelle, répondit-elle en frissonnant.

— Pourquoi ? Je t'en prie, ne me dis pas qu'ils sont pleins de sang ! s'écria-t-il, redoutant de comprendre.

— Comme tu veux ! Si tu ne veux pas que je te le dise, je ne te le dirai pas ! répliqua-t-elle d'un ton bravache.

Quel aplomb ! songea-t-il, bluffé par sa réaction et le mouvement de défi de son menton. Et dire qu'il y a cinq minutes à peine, elle était en larmes. Finalement, cette histoire de vêtements ensanglantés pouvait attendre. Preuve à charge ou à décharge, pour l'instant, ils étaient aussi dans sa poubelle.

— As-tu faim ? demanda-t-il. Mes placards sont vides, mais j'ai tout de même des œufs et des céréales à te proposer.

— Je ne veux rien. Mais mange, toi.

— J’ai déjà pris mon petit déjeuner en attendant que tu te réveilles.

Elle but une gorgée de café, et il remarqua que sa main tremblait. Visiblement, elle n’était pas aussi sûre d’elle qu’elle voulait le laisser croire.

Elle croisa son regard et esquissa un rapide sourire.

— Alors j’imagine qu’il n’y a plus rien d’autre à faire que de répondre à toutes ces questions qui te taraudent.

— Commençons par la première, veux-tu ? Qu’est-il arrivé ?

— Si seulement la réponse pouvait être aussi simple que la question, murmura-t-elle.

Elle but une nouvelle gorgée de café, puis une autre, prenant visiblement son temps. Puis elle posa la tasse sur la table.

— Il y a plusieurs entrées en matière possibles, dit-il, histoire de l’encourager. Tu peux commencer par le début. Ou par la fin. Ou par n’importe où.

Mais elle hésitait encore à parler. Ses joues pâlirent, son regard se perdit dans le lointain, comme si elle retrouvait l’endroit précis où son monde avait volé en éclats.

— Je l’ai trouvé dans la bibliothèque de mon grand-père, assis dans un fauteuil, devant la télévision, commença-t-elle. C’était le journal télévisé. Le présentateur racontait l’histoire d’un pompier qui avait sauvé un chat bloqué sur un toit.

Elle lui lança un regard égaré avant d’ajouter :

— C’est quand même drôle que je me souvienne de choses aussi puériles et que je ne me souvienne pas d’avoir jamais aimé mon mari.

Elle avait l’air si pitoyable, paraissait si fragile, qu’une fois de plus, Tucker dut résister à la tentation de la prendre dans ses bras, de la réconforter. Mais ses années de formation et d’entraînement à la fonction de policier lui avaient appris à attendre sans bouger sur son siège que les personnes en face de lui parlent d’elles-mêmes. Toutefois, le souvenir des années passées à aimer Mary Elizabeth rendait la tâche presque impossible. Les doigts crispés sur sa tasse de café, il attendit.

— Au début, j'ai cru qu'il dormait, reprit Mary Elizabeth. Mais il avait toujours le sommeil léger et le moindre bruit le réveillait. Alors quand je lui ai parlé et qu'il n'a pas répondu, j'ai pressenti que ce n'était pas normal. J'ai compris…

Sa voix flancha, mais elle se ressaisit.

— J'ai compris qu'il était mort.

— As-tu appelé un médecin ? Une ambulance ?

Elle secoua la tête.

— J'allais le faire. Vraiment. Je me suis approchée pour saisir le téléphone qui était à côté de lui. Et j'ai vu.

— Vu quoi ?

— Le trou, murmura-t-elle en frissonnant. Dans sa poitrine. Et le sang. Il y en avait partout. La balle avait dû sectionner une artère ou quelque chose comme ça. Ses yeux étaient grands ouverts. Je l'ai touché, il était froid.

Elle lui lança un regard suppliant avant de demander :

— Il devait être mort depuis longtemps, n'est-ce pas ?

— Probablement. Est-ce que cela pourrait être un suicide ?

— Non. Ce n'est absolument pas son genre.

— La police ne s'arrêtera pas là. On peut s'attendre à tout de la part d'une personne acculée au désespoir.

— C'est vrai. Mais Larry n'était pas désespéré. Et puis il n'y avait pas de revolver. C'est donc qu'il a été assassiné, non ? Il n'y a pas d'autre explication.

— Tu es vraiment sûre, pour le revolver ? Réfléchis bien. Il aurait pu être tombé par terre, avoir glissé sous le fauteuil ?

— J'ai regardé, murmura-t-elle, des larmes plein les yeux. J'ai regardé partout et alors j'ai compris qu'on l'avait tué et que l'on me soupçonnerait en premier. J'ai paniqué. Et j'ai pensé à toi. Je me suis dit qu'il fallait que j'aille chez toi, que je te raconte tout et que toi, tu trouverais ce qui s'était réellement passé.

— Pourquoi te soupçonnerait-on d'avoir fait ça ? demanda-t-il, comme s'il ne savait pas que, dans pareil cas, l'épouse était toujours le principal suspect.

Du moins, tant que l'on n'y voyait pas plus clair et que l'on n'avait pas trouvé plus d'indices.

— Parce que je me préparais à le quitter définitivement.

Si l'annonce de la mort de Chandler avait été une bombe, celle de la séparation de son couple en était une autre.

— Tu voulais le quitter ? répéta-t-il.

— Oui. Personne ne le savait, mais nous avions des problèmes.

— Tu n'avais donc pas l'intention de revenir t'installer ici ?

Il l'aurait su. Il l'aurait entendu dire si elle était revenue à Swan Ridge. En tout cas, King n'aurait pas manqué de le prévenir pour qu'il prenne soin de l'éviter.

— Non. Larry disait à qui voulait l'entendre que je prenais des vacances prolongées, qu'il avait prévu de me rejoindre, mais que des affaires importantes le retenaient à Richmond.

— Et rien de tout cela n'avait filtré dans les médias, aucune rumeur concernant votre séparation imminente ?

— Non. Son attaché de presse était très vigilant. Il savait que Larry le flanquerait à la porte à la moindre fuite.

— Bon. Mais alors, si tout était si parfaitement maîtrisé, qu'est-ce qui te fait penser que les gens vont te suspecter de l'avoir tué ?

— Je suis revenue il y a deux jours, bien résolue à mettre un terme à notre histoire. Nous sommes allés dîner dans un restaurant à Richmond et là je lui ai dit que c'était fini entre nous. Nous avons eu une très grosse altercation devant tout le monde. J'avais choisi de lui annoncer ma décision dans un lieu public parce que je me disais qu'il n'oserait pas faire de scène par crainte de retombées politiques, mais je me suis trompée. Il est devenu fou furieux et il m'a accusée de le tromper.

— Et c'était vrai ?

— Bien sûr que non ! Il a commencé à débiter des mensonges hallucinants sur mon compte. Je n'en croyais pas mes oreilles. Mais j'ai compris que c'étaient des manœuvres d'intimidation pour que je ne divorce pas. Il voulait me démontrer qu'il n'hésiterait pas à traîner mon nom dans la boue.

Elle se tut un instant, frissonna et reprit son récit :

— Tous les yeux étaient fixés sur nous, et les commentaires allaient bon train.

— Si je comprends bien, la scène a eu des tas de témoins. Des gens de ta connaissance parmi eux ?

— Je ne sais pas. J'étais trop humiliée pour regarder autour de moi. C'est un restaurant fréquenté par les notables de Richmond. Alors il y avait sûrement des gens que nous connaissions. Pourquoi ?

Mille et une pistes s'offraient à l'esprit de Tucker. Mille et une pistes et une unique certitude : cette scène n'aurait pas pu mieux tomber pour précipiter Mary Elizabeth dans un piège.

— Parce que si l'un d'eux avait un grave contentieux avec ton mari, et s'il voulait se débarrasser de lui, cette dispute lui fournissait l'occasion en or de faire de toi la suspecte idéale.

— La suspecte idéale, murmura-t-elle, surprise par l'énormité de ce qu'il disait.

— Tu savais toi-même que tu serais soupçonnée, lui rappela-t-il. C'est pour cela que tu es accourue te réfugier chez moi, m'as-tu dit.

— C'est vrai. Mais je ne faisais que répéter ce que tu avais toi-même suggéré… Je…

Sa voix se brisa et elle dut s'y reprendre à deux fois pour avouer :

— Tucker, j'ai peur.

Et une nouvelle fois, Tucker résista à la tentation de la serrer dans ses bras.

— Revenons aux faits, veux-tu ? enchaîna-t-il. Comment Chandler est-il rentré à Swan Ridge ? Avec toi, après le dîner ?

— Non. Je lui ai dit que moi je rentrais à Swan Ridge et que lui devait rester à Richmond parce que je ne voulais plus le voir.

— Il a accepté ?

— Oui. Il a dit qu'il resterait à Richmond et qu'il viendrait ici plus tard prendre quelques affaires. Hier, j'ai décidé de sortir toute la journée pour éviter une nouvelle confrontation.

— Où es-tu allée ? Etais-tu avec quelqu'un ?

— J'ai sorti le bateau. Seule.

— Et tu es restée sur l'eau jusqu'à 23 heures ?

— Non. Jusqu'à la tombée de la nuit.

— Où le bateau est-il amarré ?

— A la marina de Colonial Beach. J'ai toujours pensé que nous ne devrions pas le laisser là à cause de… enfin, tu sais ce que je veux dire.

— A cause de mon frère qui en est le propriétaire, compléta-t-il.

Une fois de plus, il constatait qu'elle avait tout organisé dans les moindres détails pour qu'ils ne se rencontrent pas.

— Et ensuite, qu'as-tu fait ? poursuivit-il.

— Je suis allée dîner au restaurant de la marina.

— As-tu rencontré des connaissances ?

— Non. Il n'y avait presque personne.

— Est-ce que la serveuse se souviendrait de toi ?

— Je ne sais pas. Peut-être. Nous avons parlé de sa fille, de ses difficultés scolaires et du problème des évaluations standardisées. C'est un sujet que je connais bien car c'est un des thèmes de la campagne de Larry.

— Est-ce que tu as parlé de Larry ?

— Non. Son nom n'est jamais venu dans la conversation.

— Est-ce que la serveuse t'a reconnue ?

— Je ne sais pas… Peut-être, mais elle n'en a rien dit.

— A quelle heure es-tu partie ?

— Vers 22 h 30, peut-être un peu plus tard.

— Et ensuite ?

— J'ai repris ma voiture pour rentrer. En arrivant à Swan Ridge, j'ai vu la voiture de Larry dans l'allée, alors j'ai pensé qu'il était là. J'ai failli faire demi-tour et repartir, mais je ne voulais pas paraître lâche. Pas dans ma propre maison.

— Donc tu es entrée, et c'est là que tu l'as trouvé ?

— Oui.

— Y a-t-il des employés de maison ?

— Juste une personne, Mme Gilman. Mais elle ne vient que si je l'appelle. Et je ne lui avais pas fait savoir que je venais.

— Habituellement, n'est-ce pas elle qui ouvre la maison, fait le ménage, remplit le frigo pour ton arrivée ?

Elle blêmit.

— Oui. Mais je… je ne l'ai pas prévenue cette fois.

Oubli qu'un jury ne manquerait certainement pas de relever.

— Pourquoi ?

— J'étais dans tous mes états après l'altercation avec Larry. Je suis allée directement chez moi sans téléphoner. Je ne voulais plus le voir et n'avais qu'une idée en tête, c'était d'être seule, expliqua-t-elle en plantant ses yeux dans les siens. Mauvais prétexte, n'est-ce pas ? Comment ne pas imaginer que c'était en réalité pour n'avoir personne autour de moi et pouvoir le trucider sans être dérangée ?

— Cette dernière interprétation en vaut une autre. Mais ta première explication est tout aussi logique. Ton mari venait de te donner un aperçu de la façon dont il se vengerait, et il n'y avait rien d'étonnant à ce que tu veuilles l'éviter au maximum.

— Les gens croiront-ils ça ?

— Moi, je te crois.

— Merci. C'est plus que je ne mérite.

— Ecoute-moi bien, grommela-t-il. Je n'apprécie pas du tout ce que tu m'as fait autrefois, mais je ne te crois pas capable de meurtre. Que ce soit bien clair entre nous.

Une expression d'indicible soulagement éclaira le visage de Mary Elizabeth, bien vite remplacée par un air sombre.

— Tucker, qu'est-ce que je dois faire ?

Pour garder le contrôle de la situation, il n'y avait pas une minute à perdre. La nouvelle de la mort de Larry Chandler allait se répandre comme une traînée de poudre.

— Il faut que tu prennes tout de suite un avocat. En connais-tu un bon à Richmond ?

— La ville en regorge, mais je n'en connais pas un seul qui accepterait de se salir les mains dans une telle affaire criminelle.

— Hum. Dans ce cas, nous devrions appeler Powell Knight. S'il ne veut pas prendre l'affaire, il nous recommandera quelqu'un qui s'en chargera.

— Le Powell Knight du lycée ? Celui qui t'a fracassé le nez à cause de moi ? s'exclama-t-elle d'un ton incrédule. Il est devenu avocat ?

— Eh oui ! Il s'est assagi avant d'entrer à la fac de droit, répliqua Tucker en riant. C'est un homme respectable maintenant, et puis il me doit bien un service pour racheter mon nez crochu.

L'ébauche d'un sourire se dessina sur les lèvres de Mary Elizabeth.

— Mais non, il n'est pas crochu, dit-elle. Il est juste un peu de travers et ça lui donne du charme.

Elle avança sa main comme pour le caresser, mais n'alla pas jusqu'au bout de son geste.

— Pourquoi la vie est-elle si compliquée ? murmura-t-elle d'un ton mélancolique.

— Ça lui donne aussi du charme.

Il aurait bien continué sur ce ton badin, mais ce n'était pas le moment.

— Si tu as ton portable sur toi, appelle donc Powell, enchaîna-t-il. Je vais te donner son numéro. Pendant ce temps, je vais voir si je peux te trouver des vêtements et je vais téléphoner au poste pour qu'un de mes adjoints nous rejoigne à Swan Ridge.

— Aurais-tu donc une réserve de vêtements féminins ? s'enquit-elle l'air narquois.

— Non. Mais je vais simplement appeler ma sœur à la rescousse.

— Surtout pas ! s'exclama-t-elle, prise de panique. Tucker, tu ne peux pas appeler Daisy ! Déjà qu'elle m'en veut pour ce que je t'ai fait ! Elle va être furieuse que je t'aie entraîné dans ce pétrin.

— Ne t'inquiète pas. J'y aurais été entraîné d'une manière ou d'une autre puisque c'est arrivé dans ma juridiction. Et si tu ne veux pas que j'appelle Daisy, as-tu une meilleure idée ?

Elle ne sut quoi répondre, baissant juste la tête devant la triste évidence. Elle avait coupé tous les ponts et n'avait plus d'amis à Trinity Harbor. Tucker aurait presque éprouvé de la pitié pour elle. Mais elle l'avait cherché. En son temps, son grand-père avait été un homme qui comptait dans la petite ville. Et elle aurait disposé du même crédit si elle n'avait pas offensé un Spencer.

— J'appelle Daisy, décréta-t-il. Tu ne la verras même pas. Et elle ne saura pas ce qui se passe ici ni même pour qui sont les vêtements.

— Il n'est pas juste que, pour moi, tu mentes à ta propre sœur.

— C'est une omission, pas un vrai mensonge. Et elle, elle ne se gêne pas pour contourner la vérité, parfois.

— Je doute toutefois qu'elle apprécie ton *omission* quand elle connaîtra le fin mot de l'histoire.

— Laisse-moi m'occuper de Daisy, et toi, téléphone à

Powell, trancha-t-il, en griffonnant le numéro de téléphone de l'avocat sur un bout de papier.

Dès qu'elle fut sortie, il appela le poste et demanda à parler à Walker. Avant d'épouser Daisy et de s'installer à Trinity Harbor, Walker était policier à Washington. Il ne pouvait espérer meilleur adjoint et c'était à lui et à personne d'autre qu'il voulait confier l'affaire.

— Il faut que tu ailles à Swan Ridge, lui ordonna-t-il. Il y a un problème là-bas.

— Quel genre de problème ? répliqua Walker. C'est chez Larry Chandler ?

— Il serait mort. Sa femme est chez moi. Mais garde ça pour toi jusqu'à ce que tu te sois rendu compte sur place. Je te rejoins.

— Tu as eu une liaison avec Liz Chandler, non ? Est-ce raisonnable pour toi de traîner tes guêtres à Swan Ridge ?

— Bon sang, Walker ! Je sais bien qu'il est hors de question que je prenne l'affaire en main. C'est pour ça que je te la confie. Mais je ne m'en désintéresse pas pour autant. Je veux être mis au courant de tout dans les moindres détails. Et je veux que tu mènes scrupuleusement l'enquête, que les conclusions soient favorables ou non à Mary Elizabeth.

— Penses-tu qu'elle soit la meurtrière ?

— Peu importe ce que je pense. La seule chose qui compte, c'est d'établir la vérité.

— C'est bien beau. Mais que dit ton instinct ?

— C'est à toi de jouer. Au travail !

— J'y cours !

— Et tâche de tenir les médias à l'écart, au moins jusqu'à ce que l'on ait une idée de ce qui s'est passé.

— J'y veillerai ! lui promit Walker.

Ensuite, comme prévu, Tucker appela sa sœur.

— Il me faudrait quelques vêtements de femme. Un jean, un T-shirt, des sous-vêtements et une paire de chaussures. Et ne me pose pas de questions.

— Mais…

— Pas de questions, Daisy. Je t'en prie, pour une fois, aide-moi sans arrière-pensée.

— Les arrière-pensées, c'est bon pour toi ! D'accord, je vais t'apporter ce que tu me demandes. Je te les déposerai incognito dans un sac en papier devant ta porte et je repartirai en courant, ça te va ?

— Bonne idée.

— Encore heureux !

— Daisy !

— C'est bon ! J'ai compris. J'apporte les vêtements et je m'écrase.

— Merci.

— J'espère bien que tu me revaudras ça !

— Tu m'as déjà vu être ingrat ?

Il raccrocha et, muni d'un grand sac, alla chercher les vêtements ensanglantés dont Mary Elizabeth disait s'être débarrassée dans sa poubelle. Elle n'avait pas essayé de les dissimuler car ils étaient sur le dessus, bien en vue. Ce qui était plutôt bon signe. Seulement, il y avait vraiment beaucoup de sang. Il y en avait tellement que l'on ne pouvait s'empêcher d'imaginer le pire. Mais il laissait aux experts le soin de se prononcer.

Il se releva et rencontra le regard gêné de Mary Elizabeth qui se porta sur le sac avant de croiser le sien.

— Tucker ?

— Oui ?

— Est-ce que tu vas m'arrêter ?

— Ce n'est pas moi qui prendrai la décision.

— Pourquoi ? demanda-t-elle, visiblement paniquée à cette éventualité qu'elle n'avait visiblement pas envisagée.

— Parce que en venant ici et à cause de notre liaison passée, tu as fait en sorte que je sois obligé de renoncer à mener l'enquête.

— Mais…

— Il le faut, Mary Elizabeth. Tu le sais. J'ai envoyé mon meilleur adjoint à Swan Ridge.

— Mon Dieu ! murmura-t-elle d'un ton catastrophé. Qu'est-ce que j'ai fait ?

— Pourquoi dis-tu cela ? s'écria Tucker dont le sang ne fit qu'un tour.

— Je voulais que ce soit toi qui t'occupes de l'enquête.

— Parce que tu pensais que je te protégerais, c'est ça ?

— Non. Parce que j'ai confiance en toi.

Il aurait tant voulu la croire !

Il aurait tant voulu qu'elle ne soit pas venue surtout. Car sa présence le replongeait dans un passé qu'il faisait de son mieux pour oublier.

— J'espère que tu me dis la vérité, dit-il en plongeant ses yeux dans les siens.

Et ce qu'il y vit le rassura ; c'était une authentique douleur devant son incrédulité.

— Je ne t'ai jamais menti. *Jamais*, assura-t-elle.

— Je pense que cette affirmation est sujette à caution. Mais ce qui est fait est fait. Tout ce qui m'importe maintenant, c'est de savoir si tu es sincère.

— Oui. Je le jure.

Il hocha lentement la tête sans la quitter des yeux.

— Dans ce cas, attelons-nous à la tâche.

— Ensemble ? demanda-t-elle.

Il y avait deux réponses possibles. Une raisonnable et l'autre qui venait du cœur. Il opta pour la seconde.

— Ensemble, répondit-il, priant le ciel de ne pas avoir à le regretter.

3

En appelant Daisy, Tucker n'avait pas pensé à tout. Il avait oublié que la voiture de Mary Elizabeth était garée devant chez lui. Une Jaguar customisée, reconnaissable entre toutes, réputée dans tout le comté pour ses excès de vitesse. Il ne l'avait pas remarquée en rentrant chez lui dans la nuit, mais il aurait pourtant dû se douter que Mary Elizabeth n'était pas venue à pied de Swan Ridge.

Il comprit son erreur quand sa sœur fit irruption dans la cuisine et lui jeta aux pieds un sac de vêtements. Quand il s'agissait de ses frères, Daisy ne plaisantait pas.

— J'ose espérer que ces vêtements ne sont pas pour Mary Elizabeth, lança-t-elle en le toisant d'un œil noir.

— Qu'est-ce qui te fait penser ça ? répliqua-t-il, sur la défensive.

— Sa voiture. Devant ta porte. Je ne suis pas stupide, Tucker. J'espère sincèrement que tu sais ce que tu fais, dit-elle d'un air soucieux.

Comme il n'avait aucune envie de lui donner l'explication qu'elle attendait, il lui prit le bras et la conduisit vers la porte.

— Oui, je sais ce que je fais, la rassura-t-il. Merci d'être venue si rapidement.

— Je me demande bien pourquoi une femme qui s'habille chez les grands couturiers aurait besoin de mes vêtements, insista Daisy. Si c'est pour vous offrir une petite virée à deux incognito, excuse-moi de te décevoir, mais son déguisement ne suffira pas.

— Tout ce que je te demande, c'est de ne pas poser de questions. Tu m'entends ?

— Cette femme t'a brisé le cœur ! L'as-tu donc oublié ?

— Pas un instant.

— Si tu le dis ! répliqua-t-elle sans conviction. Mais je sais par expérience que les hommes sont capables d'oublier des pans entiers de leur passé dès qu'une certaine partie de leur anatomie est concernée.

— Ne me fais pas regretter de t'avoir appelée à l'aide ce matin, grommela-t-il en lui lançant un regard mauvais.

Après un instant d'hésitation, elle se haussa sur la pointe des pieds et déposa un baiser sur sa joue.

— Et toi, ne me fais pas regretter d'avoir répondu à ton appel. Je t'aime, mon frère.

— Moi aussi, je t'aime, ma sœur.

Il la regarda tandis qu'elle rejoignait sa voiture, et le regard désespéré qu'elle jeta au passage sur la Jaguar de Mary Elizabeth, avant de faire un dernier salut de la main dans sa direction, ne lui échappa pas.

— Tu crois qu'elle va aller directement chez ton père ? demanda Mary Elizabeth qui venait de le rejoindre.

— Non. Daisy n'est pas du genre à bavarder.

— Ce n'est pas le souvenir que j'en ai, rétorqua-t-elle, peu convaincue. Elle s'est empressée de courir chez King quand elle s'est aperçue que nous nous retrouvions en cachette derrière la grange.

— Rien à voir ! C'est du passé ! s'exclama-t-il, peu désireux de se laisser embarquer dans ces histoires.

Le présent était bien assez compliqué comme ça !

— Ne traînons pas, il faut y aller, maintenant, ajouta-t-il en lui donnant le sac de vêtements.

— Je me dépêche.

Elle tint parole car en quelques minutes, elle était de retour. Sans maquillage et les cheveux attachés en queue-de-cheval, elle ressemblait plus à la fille toute simple dont il se souvenait qu'à la femme sophistiquée qu'elle était devenue. Toutefois, avec ce T-shirt jaune vif glissé dans un jean trop large et trop long dont elle avait roulé le bas des jambes, une ceinture à lui qui soulignait sa taille fine, un de ses mouchoirs en coton pour retenir sa queue-de-cheval, sa tenue de bric et de broc avait une classe folle.

Mais il nota aussi sa pâleur et son regard anxieux.

— Cela ne va pas être facile, la prévint-il ? Ça va aller ?

— Il faudra bien, répondit-elle, stoïque. Finissons-en au plus vite.

En moins de vingt minutes, ils arrivèrent en vue de Swan Ridge.

La nervosité de Mary Elizabeth fut à son comble lorsqu'il franchit la grille monumentale et qu'il s'engagea dans l'allée bordée de cèdres qui traversait les plantations de soja que l'on voyait s'étendre à perte de vue. Au bout de l'allée, au détour d'un premier virage, la maison apparaîtrait. Une bâtisse en briques de trois étages flanquée de deux ailes, avec, au centre, un escalier majestueux.

Le parc était orné d'une profusion de houx, d'azalées, de chênes centenaires et de magnolias, et il embaumait le chèvrefeuille qui avait échappé au sécateur du jardinier. On était fin juillet et les myrtes commençaient à fleurir, déployant la splendeur des roses, des pourpres et des rouges profonds. Au fond du parc, Tucker s'en souvenait comme si c'était hier, il y avait un labyrinthe de buis taillé où, loin des yeux vigilants de William Swan, il avait échangé plus d'un baiser avec Mary Elizabeth.

— Cela n'a pas beaucoup changé, remarqua-t-il en jetant un coup d'œil furtif à Mary Elizabeth.

— Larry aimait autant cette maison que mon grand-père. Il insistait pour que l'on ne change rien. Même pour la récolte du soja qu'il confiait à un régisseur. Si un arbre était touché par la foudre, il le remplaçait par un arbre adulte. Cela coûtait une fortune, mais il disait que cela en valait la peine.

Elle soupira avant de conclure :

— Quelquefois je me demande si perdre ce domaine ne le touchait pas plus que me perdre moi.

La même idée lui étant passée par la tête, Tucker ne chercha pas à la contredire. Mais elle dut interpréter son silence à juste titre car elle ajouta, comme pour prendre la défense de son mari :

— Tu ne le connaissais pas.

— Non, mais toi, si. Par ailleurs, je n'ai rien dit, fit-il remarquer en freinant un peu plus brutalement que nécessaire devant la maison. Je ne me suis jamais intéressé à Larry ou à ton mariage. C'est un principe auquel je me suis toujours tenu.

— Et aujourd'hui je te précipite en plein dedans. Excuse-moi.

— Je ne suis pas *en plein dedans* comme tu dis. Je suis complètement en marge de l'affaire.

— Oh ! c'est vrai. Parle-moi de cet adjoint à qui tu as confié l'enquête.

— C'est Walker Ames, mon beau-frère. Il est très fort. Il était policier à Washington, spécialiste des enquêtes criminelles. Rien ne lui échappera.

— C'est aussi le mari de Daisy, précisa-t-elle d'un ton consterné.

— Aucune importance, affirma-t-il en lui prenant le menton pour lui faire pivoter la tête et l'obliger à le regarder dans les yeux. Tout ira bien, je te le promets. Walker est l'homme idéal pour cette affaire. Et puis, si jamais, pour une raison ou pour une autre, on le soupçonnait de ne pas être tout à fait impartial, j'appellerais la police d'Etat qui prendrait l'affaire en main. D'ailleurs, si tu préfères, et si tu n'as pas confiance en moi, je peux le faire dès à présent.

— Je veux bien croire que tu sais ce que tu fais, mais j'ai peur, avoua-t-elle.

— Tu es venue parce que tu avais confiance en moi, n'est-ce pas ? Alors écoute-moi bien. Si tu n'es pas coupable, tu n'as rien à craindre.

— Si je ne suis pas coupable ? Mais je ne suis coupable de rien ! La seule chose que l'on puisse me reprocher, c'est d'avoir voulu divorcer ! déclara-t-elle avec force.

— Je te crois.

— Tu me crois ? Vraiment ? s'écria-t-elle d'une voix qui frisait l'hystérie. Ravie de l'apprendre ! Ce n'est pas parce que tu ne voulais pas me passer toi-même les menottes aux poignets que tu as confié l'enquête à quelqu'un d'autre ?

Avant qu'il n'ait eu le temps de répondre, elle jaillit hors de la voiture et partit en courant. Que faire ? La poursuivre ? Elle n'irait pas bien loin. Et puis, si elle avait voulu fuir parce qu'elle était coupable, elle l'aurait déjà fait et serait déjà en route pour l'Europe ou l'Amérique du Sud.

En revanche, qu'elle le soupçonne de ne pas croire en elle lui restait en travers de la gorge. Elle n'avait sûrement pas réfléchi à ce qu'elle disait. Elle venait de vivre une rude épreuve, ses nerfs avaient lâché et comme il était là, c'était tombé sur lui.

Mais s'il se trompait ? S'il lui avait juste donné un prétexte pour s'enfuir ? Il la regarda contourner la maison et courir en direction de la rivière. Cela le rassura. Si les choses n'avaient pas changé, il y avait au bord de l'eau une vieille balançoire accrochée à un arbre. Elle disait toujours qu'elle adorait s'élancer dans le ciel, qu'elle avait l'impression de voler et qu'il lui était plus facile de réfléchir. Il la trouverait là quand le moment serait venu.

En attendant, il devait entrer, discuter avec Walker et mesurer la gravité de la situation dans laquelle Mary Elizabeth était empêtrée.

*
* *

King entra sans se presser chez Earlene et se dirigea vers sa place habituelle, un box au fond de la salle. A peine était-il arrivé à mi-chemin, qu'il aperçut Frances Jackson, assise seule au comptoir, contemplant d'un air mélancolique sa tasse de café. Il approcha un tabouret et vint s'asseoir près d'elle.

— Serait-ce moi qui t'inspire pareille déprime ? demanda-t-il.

Depuis qu'elle avait commencé à fréquenter le Spa, et qu'elle s'était mis en tête de changer de coiffure et de maigrir, ils se tournaient autour comme deux vieux ours qui se reniflent. Non, décidément, entre eux, ce n'était plus comme avant.

— Je n'ai rien contre toi, répondit-elle sans même prendre la peine de le gratifier d'un regard.

— Ne fais pas comme s'il n'y avait rien ! répliqua-t-il vivement. Tu veux que je cesse de t'importuner, n'est-ce pas, Frances ?

Cette fois-ci, elle se tourna lentement vers lui et planta ses yeux dans les siens.

— Cesser de m'importuner ? articula-t-elle en détachant bien ses mots. C'est une blague ! A quand remonte notre dernière sortie ensemble ? A quand remonte ta dernière invitation à partager le repas dominical dans ta famille ? Depuis le mariage de Bobby, tu m'ignores.

— Je t'ignore ? Ça, c'est trop fort ! Mais je suis là maintenant, non ?

— King Spencer, tu es l'homme le plus obtus que cette terre ait jamais porté ! s'exclama-t-elle en lui jetant un regard apitoyé. Comment ai-je pu imaginer un seul instant que toi et moi, nous pourrions nous entendre ? Cela m'échappe. Comme si notre sort n'était pas jeté depuis ce fameux concours d'orthographe que j'ai remporté à l'école primaire et pour lequel tu m'en as toujours voulu à mort ! Tout ce qui s'est passé entre nous ces deux dernières années, c'était du pipeau ! Un aveuglement sans suite de quinquagénaires inconscients !

King accusa mal le coup.

— Nous nous entendions bien jusqu'à ce que tu te mettes dans la tête l'idée saugrenue de faire dix ans de moins, avança-t-il, épiant sa réaction.

— Parce que tu me reproches de vouloir paraître jolie ?

— Bien sûr que non ! Mais je trouvais que tu étais belle avant. Tu es une jolie femme, tu sais. Tu l'as toujours été.

Il était sincère. Lui, ce qu'il aimait, c'était une femme légèrement enrobée, une femme qui n'avait pas peur d'avouer son âge. Et cette nouvelle Frances améliorée le déconcertait. Il se disait qu'elle avait fait cela pour les beaux yeux d'un autre, et peu à peu, il s'éloignait d'elle. La seule pensée de Frances avec un autre homme lui pourrissait la vie, mais ce qui l'horripilait encore plus, c'était de ne pas trouver le moindre indice d'infidélité de sa part et de devoir admettre qu'il se trompait peut-être.

— Je me demande bien ce qui a pu te faire douter que je te trouvais jolie comme ça ! ajouta-t-il, soudain furieux. Je ne te l'ai donc pas assez démontré ?

Frances eut l'outrecuidance d'éclater de rire.

— King, tu es un homme entier et tu as ton franc-parler, mais quand il s'agit de toi et moi, tu n'es plus le même. Comme si tu étais né de la dernière pluie.

Oh ! C'était trop fort ! Il n'aurait pas été plus choqué si elle l'avait accusé de la tromper.

— Je t'ai exprimé mes sentiments à ma façon, marmonna-t-il. Tu passais les dimanches en famille. Tu es venue au mariage de Daisy et à celui de Bobby. Je t'ai emmenée au bingo. Qu'est-ce que j'aurais dû faire de plus ? Quand j'ai voulu aborder le sujet autrement, tu m'as rabroué, si je me souviens bien.

Elle hocha la tête d'un air pénétré.

— Oui. Je vois quelle faveur tu m'as faite en m'accompagnant au bingo. Je m'en souviendrai, dit-elle en posant un dollar sur le comptoir.

Puis elle rangea son porte-monnaie, descendit de son tabouret et lui jeta un regard impénétrable en répétant :

— Tu peux être sûr que j'y songerai.

Elle allait partir lorsqu'il lui lança :

— Frances, dînons ensemble ce soir. On reparlera de tout cela. Ce n'est pas quelque chose dont on peut parler ici avec toutes ces oreilles qui traînent. Earlene n'en a déjà que trop entendu, ajouta-t-il en fusillant du regard la tenancière.

Il retint son souffle en attendant la réponse de Frances. Pendant une minute, une longue minute, il crut qu'elle allait refuser. Après tout, n'était-ce pas ce qu'il méritait après s'être comporté comme il l'avait fait ces derniers mois ? Daisy et Bobby le lui avaient assez souvent dit ! Même Tucker, qui fuyait habituellement comme la peste les épanchements affectifs, avait apporté son grain de sel en donnant son avis sur la vie sentimentale de son père.

— Où ? demanda-t-elle enfin.

— C'est toi qui proposes, répliqua-t-il, heureux que son cœur se remette à battre normalement.

— Alors, à la marina.

— Mais…

Il allait arguer que Bobby ne les lâcherait pas de toute la soirée et qu'il rapporterait le moindre de leurs propos à tout le reste de la famille, mais il s'arrêta à temps. C'était clairement ce que Frances voulait. Les enfants étaient ses alliés et elle comptait bien en profiter.

— Va pour la marina, répondit-il. Je passerai te prendre à 19 heures.

— 18 h 30, c'est mieux. Cela nous laissera plus de temps pour discuter, dit-elle en lui lançant un de ses regards pénétrants dont elle usait dans l'exercice de sa profession d'assistante sociale. Et pour une fois, ce ne sera pour parler des histoires d'amour de nos enfants, mais pour parler des nôtres.

— Comme tu veux.

Elle avait manifestement perdu patience, et il se dit que l'heure n'était pas à la contestation, mais à la conciliation et qu'il devrait peut-être bien prendre le temps de faire un tour dans une bijouterie de la ville. Il savait par expérience qu'un bijou en disait souvent plus que les mots.

Si toutefois elle ne le lui jetait pas à la figure, songea-t-il en soupirant.

Liz courut jusqu'à l'épuisement. Et ce fut sans surprise qu'elle se retrouva au bord de la rivière. C'était toujours là qu'elle se réfugiait quand il lui fallait mettre de l'ordre dans sa tête. Là ou chez Tucker. Depuis qu'elle était venue vivre chez son grand-père après la mort de ses parents, ensevelis sous une avalanche dans les Alpes, Tucker avait été sa planche de salut, toujours à son écoute sans jamais la juger. Il avait été le meilleur compagnon dont une petite fille solitaire pouvait rêver. Il avait été son défenseur en toutes circonstances à l'école huppée de Trinity Harbor, allant même jusqu'à la faire entrer dans sa propre équipe de base-ball, bravant les moqueries et les contestations de ses camarades. Pour un garçon manqué comme elle, c'était le plus beau cadeau qu'il pouvait lui faire. Du jour où ils s'étaient rencontrés dans la cour de récréation, Tucker avait été son héros parce qu'il la laissait mener ses propres combats, veillant sur elle à l'arrière-plan, prêt à venir à son aide si elle le lui demandait.

Mais les temps avaient bien changé, songea-t-elle tristement. Tucker n'hésitait plus à la juger. Plus d'une fois ce matin, elle l'avait vu dans ses yeux. Alors qu'elle était sincère. Cela dit, comment lui en voudrait-elle ? Elle devait s'estimer heureuse qu'il ne l'ait pas flanquée dehors sans même l'écouter.

Et puis il avait montré du tact en évitant de lui poser certaines questions gênantes, d'évoquer son mariage. Mais ces sujets n'en restaient pas moins en suspens entre eux. Elle lui avait fait part de son intention de divorcer, mais n'avait rien dit de ses raisons. Tôt ou tard, Tucker ou son adjoint voudraient les connaître. Et il lui faudrait se résoudre à avouer qu'elle ne suffisait pas à Larry et qu'il avait pris des maîtresses, sitôt après leur mariage. Quelle humiliation !

Serait-ce, du point de vue de la police, un mobile suffisant pour qu'elle commette un meurtre ? Dans ce cas, saurait-elle leur démontrer que pour être un mobile, il aurait fallu qu'elle tienne encore à son mari et qu'elle ne soit pas fatiguée de tenir à bout de bras cette union qui battait de l'aile ?

Elle emprunta un sentier envahi par la végétation qui aurait épouvanté Larry s'il s'était aventuré de ce côté du parc. Heureusement, il se contentait de surveiller son domaine depuis les fenêtres de la bibliothèque ou depuis la terrasse, et il ne connaissait pas son coin secret. Un peu d'herbe à l'ombre d'un grand chêne, une balançoire accrochée à une branche basse et le fleuve scintillant sous le soleil matinal. Non, elle n'avait jamais parlé de son coin secret à Larry, se dit-elle, songeuse. Peut-être ne l'aimait-elle pas autant qu'elle l'avait cru ?

Elle commença à se balancer nonchalamment, laissant libre cours à ses pensées. Mais elle en revint bien vite à ses problèmes. Et si Tucker disait vrai ? Un témoin de la scène au restaurant avec Larry aurait pu s'en servir comme couverture pour commettre le crime. Mais qui ? Un ennemi politique ? Une maîtresse éconduite ? Un mari outragé ? Il y avait pléthore de chaque spécimen. Dans le domaine des passions, Larry était excessif et avait maintes fois frôlé la catastrophe. Il n'était pas rare qu'il reçoive des menaces, mais il avait toujours refusé de les prendre au sérieux. Apparemment, il avait eu tort.

Il y avait des lettres anonymes et des enregistrements de coups de téléphone de menace, comme beaucoup d'hommes politiques en recevaient de leurs électeurs. Larry n'y prêtait pas garde, mais il les conservait pour le cas où il en aurait eu besoin. Et aujourd'hui, cette précaution allait être bien utile. Elle allait d'ailleurs s'en occuper tout de suite. Ce serait plus utile que de rêvasser. Il lui fallait coûte que coûte prouver son innocence.

Tucker l'attendait sur la terrasse. Imperturbable, à l'abri de ses lunettes de soleil d'aviateur.

— Ça va mieux ? lui demanda-t-il lorsqu'elle arriva près de lui.

— Pas vraiment. J'espère que tu ne vas pas prendre ma retraite au calme pour une preuve supplémentaire de ma culpabilité, répliqua-t-elle en le scrutant attentivement. Comment se fait-il que tu ne m'aies pas poursuivie pour t'assurer que je ne m'enfuyais pas ?

— La pensée ne m'a pas effleuré l'esprit.

— Vraiment ?

— Vraiment. Mary Elizabeth, les choses vont très vite. Nous allons bientôt perdre le contrôle de l'enquête. Walker a appelé la police criminelle et le médecin légiste. La presse ne va pas tarder à débarquer. Es-tu prête à affronter tout ce monde ?

— Euh… si on partait ?

Puis elle secoua la tête et se ressaisit.

— Excuse-moi ! Je n'ai rien dit. Je sais que l'on ne peut pas partir. Mais est-ce que je peux au moins entrer pour aller me changer ?

— Non. C'est une scène de crime.

— Tant pis ! Je resterai comme ça, dit-elle en désignant son jean qui bâillait de partout. Ta sœur aura une attaque quand elle verra ses vêtements à la télé. Elle les jettera sûrement au feu après.

— Ou elle les donnera aux bonnes œuvres, rétorqua-t-il en lui prenant la main pour la serrer dans la sienne.

Depuis qu'elle l'avait découvert à son chevet ce matin, c'était la première marque de compassion qu'il lui offrait. Et ce geste lui donna la force d'affronter ce qui allait suivre, quoi qu'il arrive.

— Ne bouge pas, lui ordonna-t-il. Normalement, tu es en sécurité ici. Je vais te chercher quelque chose à boire et je reviens. Powell devrait aussi bientôt être là.

Elle acquiesça et le regarda s'éloigner. Elle y arriverait bien. N'avait-elle pas affronté les médias des milliers de fois, ces six dernières années ? Elle excellait dans l'art de raconter une histoire. Larry serait fier d'elle une dernière fois.

Une heure plus tard, les policiers avaient investi les lieux, et elle se tenait parmi eux, s'obligeant à prendre du recul et à oublier les raisons de leur présence. Elle ne voulait pas trop penser à ce qui se jouait dans sa maison, ni à Larry, l'homme qu'elle avait autrefois aimé de tout son cœur, et qui était mort, ni aux choses épouvantables qu'il avait proférées la dernière fois qu'ils s'étaient parlé. Comment oublierait-elle ce dernier entretien où elle avait découvert son mari sous un jour qu'elle ne connaissait pas jusque-là ? Un homme impitoyable et manipulateur.

Il avait fait semblant de s'effondrer à sa demande de divorce. Juste semblant. Ils étaient parfaitement conscients tous les deux que leur mariage n'était plus qu'une coquille vide ; la passion avait disparu depuis des années. Et ils n'avaient pas d'enfants pour compenser. C'était pour son nom et ses relations que Larry avait voulu l'épouser. C'était aussi pour Swan Ridge, la deuxième adresse prestigieuse du comté, après Cedar Hill, propriété de King Spencer.

Il avait tout calculé pour en tirer le meilleur profit politique. Tout, jusqu'à la date de leur mariage en pleine campagne électorale. Et elle ne s'en était pas aperçue, aveuglée par les cadeaux et les mots d'amour dont il la couvrait, trompée par les discours enflammés qu'ils tenaient la nuit quand ils se promettaient de changer le monde. Elle était tombée sous son charme et son bagout, sans en voir le vide sidéral.

La première fois qu'elle avait eu la puce à l'oreille, c'était quand elle avait trouvé une de ses maîtresses dans sa chambre d'hôtel. Ils étaient à peine mariés depuis deux mois et elle l'avait rejoint en pleine campagne électorale, sans le prévenir. Il s'était excusé, avait prétendu qu'il n'y avait plus rien entre eux, mais que la jeune femme ne l'acceptait pas. Il avait juré que cela ne se reproduirait plus et lui avait acheté une rivière de diamants et d'améthystes qui, disait-il, lui rappelaient l'éclat de ses yeux. Peut-être l'aurait-elle plus facilement cru s'il lui avait offert des excuses sincères plutôt que cet extravagant collier.

Mais en dépit de ses frasques extraconjugales, elle était déterminée à sauver la face. A tous les dîners officiels, toutes les parades, toutes les manifestations publiques de la campagne, elle avait été à ses côtés. De son enfance passée en Europe avec des parents trop riches et trop occupés pour prêter attention à leur petite fille, et de l'éducation que lui avait donnée son grand-père, elle avait acquis une extrême maîtrise de soi, et pendant le reste de la campagne, elle avait gardé le sourire malgré sa blessure.

Le lendemain de la victoire de Larry aux élections, elle avait exigé de lui qu'il renvoie sa directrice de campagne avec qui il couchait, privant cette dernière du poste clé qu'elle était en droit d'espérer. Au cours de cette campagne, Liz avait été à bonne école. Désormais, elle ne se laisserait plus faire et Larry devrait compter avec elle.

Trois mois plus tard, il prenait une autre maîtresse. Puis une autre et une autre encore. Elle était au courant et à chaque nouvelle liaison, sa combativité s'émoussait. Peu à peu, son respect pour lui avait fondu avec les derniers restes d'amour qui subsistaient encore. Quant à ses espoirs et ses rêves, ils s'étaient envolés avec son désir de fonder une famille. Il n'y avait pas de place pour les enfants dans le calendrier minuté de Larry Chandler. Le jour où elle avait osé lui rappeler le sujet, il lui avait clairement laissé entendre qu'elle devait rester entièrement disponible et dévouée à sa cause tant que sa carrière ne serait pas définitivement assise. Bref, il n'était pas question d'avoir des enfants.

Ce fut une grosse déception pour elle. Mais il lui avait fallu encore du temps avant d'admettre sa défaite. Trop de temps.

En fait, ce n'était que maintenant, devant le corps de Larry, qu'elle eut la certitude que le temps de l'humiliation était révolu.

Mais l'était-il vraiment ? Pour qu'il le soit, il faudrait que Tucker prouve son innocence rapidement.

Jusque dans la mort, Larry Chandler trouvait le moyen de lui compliquer la vie.

4

Un verre d'eau à la main, Tucker s'arrêta devant la fenêtre de la cuisine pour observer Mary Elizabeth. Dieu sait ce qu'elle avait enduré pendant ces six dernières années pour vouloir mettre un terme à son mariage doré. Etait-ce devenu tellement insoutenable, pour qu'elle ait voulu prendre des mesures aussi drastiques ? Se serait-elle dit, ne serait-ce qu'un court instant, qu'un divorce ne mettrait peut-être pas fin à l'enfer que son mari lui faisait subir ?

A peine cette pensée l'effleura-t-elle qu'il la chassa aussitôt de son esprit. Non ! Il ne voulait pas croire une seconde qu'elle ait pu commettre un meurtre. Tout le monde avait droit à la présomption d'innocence. Mais pour elle, c'était encore autre chose ; le passé, ses sentiments pour elle, son instinct, tout concourait à la lui faire voir sous un jour favorable. Donc innocente.

Voilà pourquoi il s'était d'emblée déchargé de l'enquête sur Walker. Lui-même n'aurait pas été objectif. Il l'avait toujours, à tort ou à raison, défendue tête baissée, avait toujours pris son parti, que ce soit à l'école ou devant son grand-père. Chaque fois, il était intimement persuadé qu'elle était l'innocente victime.

Et aujourd'hui encore, bien qu'elle l'ait laissé tomber pour en épouser un autre, il croyait encore en elle.

C'était peut-être idiot. Mais c'était comme ça.

Et puis il y avait une marge entre vouloir divorcer et tuer son mari. Une marge qu'une personne raisonnable et normalement douée de sens moral ne saurait franchir, à moins d'être acculée au désespoir. Qu'est-ce qui aurait pu désespérer Mary Elizabeth à ce point ?

Il en était à ce stade de réflexion lorsque Walker le rejoignit.

— Ça va ? demanda son beau-frère, surpris de le voir immobile, un verre à la main et l'air sombre.

— Ça pourrait aller mieux, grommela-t-il.

— Et elle ?

— Oh ! Elle…, répondit-il d'un ton évasif.

— Pas de crise hystérique ? Ni de manifestation intempestive de chagrin ?

— Elle est normalement bouleversée. Son mariage allait à vau-l'eau, mais ce n'est pas pour autant qu'elle voulait la peau de son mari.

— Pas sa peau, mais peut-être son magot. C'est souvent le mobile d'un meurtre ou d'un divorce.

— Elle a une fortune personnelle, rétorqua-t-il en jetant à Walker un regard noir.

— Tu en es sûr ? Il en faut pour entretenir un domaine comme ça.

— Elle a hérité gros de son grand-père. Les Swan descendent de la vieille aristocratie anglaise. Ils sont arrivés dans la région au début du XVIIIe siècle, une ou deux dizaines d'années après les Spencer. Et William Swan était un homme d'affaires avisé, comme le furent tous les descendants mâles de la famille, à l'exception notoire du père de Mary Elizabeth qui était plus habile à dépenser l'argent qu'à en gagner. C'est d'ailleurs en Suisse, où il passait l'hiver avec son épouse, qu'ils ont disparu tous les deux, emportés par une avalanche. Alors Mary Elizabeth est venue vivre avec son grand-père qu'elle connaissait à peine. Et il s'est consacré à son éducation, faisant d'elle son unique héritière.

— Merci pour la leçon d'histoire, répliqua Walker

d'un ton narquois. Mais cela n'a pas grand-chose à voir avec ce qui s'est passé ici la nuit dernière.

— C'est vrai. Le passé ne te concerne pas. Concentre-toi sur l'enquête. Tu as quelque chose ?

— Les gars de la crim sont au travail. Ce qui est sûr, c'est qu'apparemment, il n'y a pas eu de lutte et que rien n'a été déplacé. Liz Chandler devra nous dire si quelque chose a disparu, mais il semble bien que le meurtrier n'avait pas d'autre objectif que celui de tuer Larry Chandler et de disparaître.

— J'ai fait une rapide inspection des lieux et je n'ai pas constaté le moindre signe d'effraction. Et toi ?

— Moi non plus.

— C'est donc que Chandler aurait ouvert la porte au meurtrier.

— Ou que le meurtrier avait une clé, suggéra Walker en jetant un regard insistant du côté de Liz qui n'avait pas bougé, l'air abattu sous son opulente chevelure où jouaient les rayons du soleil.

— Elle a un alibi, lui rappela Tucker en suivant son regard.

— Tu l'as vérifié ?

— Non, mais tu vas le faire, et je te promets qu'il tient la route. Parole de shérif !

— Et il couvre quelle tranche horaire, cet alibi en béton ?

— Toute la journée d'hier, jusqu'aux alentours de 23 heures, l'heure à laquelle elle a découvert son mari mort.

— Et ensuite ?

— Elle est venue directement chez moi.

— Comment le sais-tu ? Tu étais de service au poste, lui rappela Walker.

— C'est elle qui me l'a affirmé, répliqua-t-il, baissant soudain la tête, furieux d'être pris en défaut. Bon sang ! Tu fais ch… !

— Comme tu dis ! Mais résumons-nous ! Tu ne sais

pas à quelle heure elle est arrivée chez toi. Ni à quelle heure Chandler a été tué. Ça fait beaucoup d'incertitudes.

Tucker ne voulait pas abonder dans son sens, mais il était bien obligé d'admettre que l'alibi de Mary Elizabeth n'était pas si bien ficelé qu'il l'avait cru au premier abord. Maintenant qu'il y repensait, même la journée passée sur le fleuve lui apparaissait sujette à caution. Il y avait un grand embarcadère qui longeait la propriété. Elle avait très bien pu amener le bateau jusque-là, puis débarquer, le temps de tuer son mari, avant de remonter à bord et de rejoindre Colonial Beach. Ni vu ni connu. Bon sang, de bon sang !

Il jeta un regard désespéré à Walker.

— Il va falloir que tu enquêtes du côté de la marina et de la plage, lui dit-il. Elle m'a affirmé avoir passé la journée sur son bateau. Quelqu'un doit pouvoir le confirmer, l'avoir vue sur les docks, je ne sais pas, moi !

Walker soupira en regardant dans la direction des docks.

— Je veux bien, mais qui va me prouver qu'elle est bien restée sur son bateau toute la journée ? avança-t-il.

— D'autres plaisanciers comme elle. A cette époque de l'année, ils sont nombreux sur l'eau, et pas seulement le week-end. Si tu ne veux pas prendre le temps d'enquêter de ce côté, je m'en charge.

— Certainement pas ! s'écria Walker. N'oublie pas que tes faits et gestes peuvent faire de toi un complice.

— Mais pourquoi ? Elle et moi, nous avons un passé commun, c'est vrai. Mais on ne peut pas dire que ce soit un passé heureux, aussi la plupart des gens seront-ils plus enclins à la sévérité qu'à la mansuétude à l'égard de Mary Elizabeth.

— Certes, mais il faudrait aussi que tu sois un autre genre d'homme. Or tu es un type bien. Et quand tu aimes, c'est pour la vie. Tu l'aimais autrefois et tu l'aimes toujours. Pas vrai ?

— Mes sentiments n'ont rien à voir là-dedans ! répliqua

sèchement Tucker. Tout ce que je te demande, c'est de mener scrupuleusement ton enquête. Et de tout mettre en œuvre pour trouver les preuves de la culpabilité ou de l'innocence de Mary Elizabeth.

— Et toi, tu la crois innocente, n'est-ce pas ?

« Evidemment ! » aurait-il dû s'écrier. Mais il eut un instant d'hésitation qu'il regretta aussitôt. Aurait-il des doutes ?

— Je crois en elle, oui, répondit-il d'une voix ferme.

— Pourquoi ? Parce que ça t'arrange ?

— En partie, oui, avoua-t-il, histoire d'être sincère envers Walker et envers lui-même. Mais surtout parce qu'elle est venue à moi. L'aurait-elle fait si elle était coupable ?

— Quand on a la chance d'avoir un shérif dans ses relations, autant le mettre de son côté, insinua Walker.

Tucker allait protester, mais les mots ne franchirent pas le seuil de ses lèvres. Depuis qu'il avait intégré son poste de shérif, jamais personne n'avait mis en doute sa crédibilité ou sa probité. Et voilà qu'en quelques heures il ne pouvait plus évoquer l'affaire Chandler au risque de devenir suspect. Une fois de plus, Mary Elizabeth avait réussi à mettre sa vie sens dessus dessous.

— Je sors, annonça-t-il d'un ton cassant. Tiens-moi au courant si tu as quelque chose de nouveau.

— Tôt ou tard, je vais devoir l'interroger, lui rappela Walker.

— Mary Elizabeth est à ta disposition. Appelle-la quand tu veux.

— Elle a un avocat ?

— Il est en route, répliqua-t-il.

Une chance qu'elle lui ait demandé de venir sans tarder !

De ce point de vue, elle avait été plus clairvoyante que lui qui pensait que ce n'était pas pressé, qu'il suffisait de garder Powell sous le coude et que, pour tout dire, les soupçons ne se porteraient pas sur elle. Pourquoi ? Tout simplement parce qu'il se fiait à son intuition. Il voulait croire que le meurtrier serait si facile à démasquer qu'elle serait tout de suite disculpée. Première grossière erreur d'appréciation de sa part. A moins que ce ne soit déjà la deuxième, après celle qu'il avait commise en ne tirant pas Mary Elizabeth hors de son lit avec la raclée qu'elle méritait.

— Eh bien, nous nous entretiendrons quand son avocat sera là, dit Walker. Je suis en train de préparer un communiqué pour les médias. Ils sont amassés sur la pelouse, comme des vautours autour d'une charogne. Tu as vu ?

— Non, laissa-t-il tomber avec toute la mauvaise foi dont il était capable.

— Ils vont demander pourquoi tu n'es pas en charge de l'enquête. Qu'est-ce que je dois leur dire ?

— La vérité. Que Mme Chandler et moi, nous sommes amis de longue date et que je voulais que cette affaire soit traitée par quelqu'un qui a plus d'objectivité et d'expérience que moi dans le domaine des enquêtes criminelles. Toi, en l'occurrence.

— On ferait peut-être mieux de se dispenser d'évoquer l'argument de l'objectivité. J'ai peur d'ouvrir la boîte de Pandore et d'éveiller la curiosité des médias.

— La boîte est déjà ouverte. Les nouvelles vont vite. Mieux vaut prendre les devants.

— Si tu le dis.

— Walker ?

— Quoi ?

— Ne cherche pas à la ménager, mais ne l'enfonce pas non plus.

— Comme si tu avais besoin de me dire ça ! lui reprocha Walker, en lui jetant un regard noir. Je sais ce que j'ai à faire.

— Je n'ai pas voulu te vexer. En d'autres circonstances, je n'aurais pas éprouvé le besoin de te dire ça. Mais dans cette affaire, tu vas être amené à entendre des tas de choses dont toutes ne seront pas favorables à Mary Elizabeth. A commencer par les commentaires de Daisy et de mon père qui la détestent.

— Et Bobby ?

Tucker haussa les épaules.

— Tu connais mon frère. Il est plutôt du genre insouciant. Ça lui prendrait trop d'énergie de haïr quelqu'un, alors il restera neutre et se calquera sur moi.

— Et toi ? Tu ne lui en veux pas ?

S'il lui en voulait ? Que dire ? C'était si compliqué…

— Non, laissa-t-il échapper dans un soupir. Je ne lui en veux pas.

— D'après toi, qui, en dehors de ton père et de ma femme, pourrait créer un comité « anti-Mary Elizabeth » ?

— Je ne sais pas, mais je vais y réfléchir. En attendant, essaie de ne pas trop m'impliquer dans cette affaire.

— Je veux bien, mais dans ce cas, sois plus précis.

— Eh bien, après ce que j'ai vécu aujourd'hui, j'espère pouvoir me retirer complètement et laisser ce bourbier entre tes mains expertes.

— A d'autres ! Comme si je te croyais ! s'exclama Walker en riant. Tucker Spencer laisser tomber une dame en détresse ? Jamais on ne verra ça !

Il riait encore en quittant la pièce.

Tucker haussa les épaules et se tourna vers la dame en question qui l'attendait sur la terrasse. Elle avait l'air si vulnérable que son cœur se serra et qu'il n'eut plus qu'une envie : courir ! Vite. Et loin.

Lorsqu'il apparut au coin de la maison, Liz eut la surprise de voir que Powell Knight n'avait pas changé. Toujours la même assurance, la même morgue, le même goût affiché pour le luxe qu'autrefois. Avec, en plus, un porte-documents en cuir qu'il tenait d'une main et un mobile collé à son oreille, de l'autre.

— Oui, oui, oui, marmonnait-il en s'avançant vers elle. Dites seulement à votre client que nous ne céderons pas et qu'il gèlera en enfer avant qu'il ne voie seulement le dixième de cet argent.

Et il referma son téléphone avant de la jauger d'un regard de connaisseur.

— Mary Elizabeth ! s'exclama-t-il tout sourire. Mais c'est que tu es encore plus jolie que sur toutes les photos de toi que j'ai vues dans la presse de Richmond ! Comment ai-je pu te laisser filer ?

Et il la serra dans ses bras, la faisant tournoyer jusqu'à lui faire perdre le souffle.

— Laisse-moi descendre, espèce d'idiot ! s'écria-t-elle, riant en dépit des tristes circonstances.

— Eh bien, Tucker ? Que se passe-t-il ? lança Powell se tournant vers ce dernier, hilare. Tu ne me l'arraches pas des bras ? Tu ne voles pas à son secours ? Il fut un temps où tu m'aurais déjà flanqué ton poing dans la figure.

— Mary Elizabeth peut se défendre toute seule, répliqua Tucker. Et si j'étais toi, je me méfierais d'un coup de genou mal placé. Ça serait mal venu, juste avant une conférence de presse avec la police.

Powell la déposa à terre avec mille précautions, avant de déclarer fermement :

— Pas question de conférence de presse ! Pas avant qu'elle et moi nous soyons entretenus. Seul à seul, précisa-t-il avec un regard appuyé en direction de Tucker.

— Il peut rester, répliqua vivement Liz.

— Pas question, mon petit cœur ! C'est un flic. Et dans cette affaire, tant que tu ne seras pas totalement disculpée, les flics ne sont pas tes amis.

— C'est bon, Mary Elizabeth. Il a raison. Je m'en vais, dit Tucker.

Et, se tournant vers Powell, il ajouta :

— Pour ta gouverne personnelle, sache que ce n'est

pas moi qui mène l'enquête. Je m'en suis déjà dessaisi. Tu verras donc avec mon adjoint, Walker Ames.

— C'est bon à savoir. N'empêche que je ne souhaite pas qu'elle te fasse ses confidences. Sous prétexte de devoir professionnel, tu pourrais te sentir obligé de dévoiler des informations à la personne en charge de l'enquête.

Tucker allait protester, mais il se ravisa et quitta les lieux.

— Il ne ferait pas ça ! affirma Liz en se tournant vers Powell.

— Je sais. Tucker, ton amoureux de toujours, ne le ferait sûrement pas. Cependant, je n'en dirais pas autant de Tucker, le shérif. Et comme l'amoureux et le shérif sont une seule et même personne, mieux vaut ne pas prendre de risques. Mais dis-moi, enchaîna-t-il en lui prenant le menton pour l'obliger à le regarder. Comment vas-tu ?

— J'ai connu des jours meilleurs, avoua-t-elle.

— J'imagine. Allez ! Raconte-moi ce qui s'est passé, de A jusqu'à Z.

— C'est une longue histoire et je ne suis pas certaine que Walker Ames ait la patience d'attendre.

— Il attendra, affirma Powell d'un ton péremptoire. Il n'a pas le choix.

Liz ne lui fournit qu'une version condensée de son mariage, néanmoins, il eut l'air profondément choqué, ce qui ne la surprit guère. Elle insista cependant sur le fait qu'elle et Larry n'avaient pas ébruité leur mésentente, particulièrement à Richmond.

— Jusqu'à ce fameux dîner au restaurant où tout a basculé.

Et elle répéta à Powell ce qu'elle avait déjà raconté à Tucker. La dispute, la journée passée sur le bateau et la découverte du corps de Larry à son retour chez elle. Sans se départir de son air affable, Powell prit scrupuleusement des notes, hochant la tête de temps à autre et réduisant ses commentaires au minimum.

— Ce n'est pas moi qui l'ai tué, insista-t-elle, comme

s'il était important pour elle que ce soit bien mentionné dans les notes que prenait Powell.

— Peu importe, répliqua-t-il. Ce qui compte, ce sont les preuves tangibles. Pas le reste.

Au comble de l'indignation, Liz planta son regard dans le sien et s'écria :

— Tu ne m'écoutes pas, Powell ! Je-ne-l'ai-pas-tué. Si tu ne le crois pas, alors je ne veux pas que tu me représentes !

Il soutint son regard sans ciller, puis s'inclina.

— D'accord. Souhaitons seulement que personne ne soit d'un autre avis. Il y a une meute de journalistes dehors. Je vais leur parler.

— Avant que j'aie été entendue par la police ?

— C'est de bonne guerre. On va les devancer sur ce coup.

— En fait, tout cela n'est qu'un jeu pour toi, constata-t-elle avec le même sentiment de désarroi que tout à l'heure.

— C'est un défi, une bataille où c'est le plus malin qui gagne, admit-il, les yeux brillants d'excitation.

— Oui. Jeu, défi, bataille, c'est pareil. Et je n'aime pas ça.

— Ma petite chérie, quand on est dans la panade comme tu l'es en ce moment, mieux vaut être assistée de quelqu'un qui connaît les règles. Je ne te demande pas de m'aimer d'amour, ni même de m'apprécier. Je te demande juste de me laisser faire mon job. Je suis très, très fort, tu sais.

Au fond d'elle, Liz savait qu'il disait vrai — il avait été un élève brillant au lycée ; rebelle mais brillant. Et puis la justice et la politique avaient beaucoup en commun. Tout se jouait dans la perception que l'on avait des choses. Si elle se produisait en public, par l'intermédiaire des médias, elle pouvait gagner la première manche. Elle détestait cela, mais c'était un fait. Et ces dernières années lui avaient appris le pragmatisme.

— Alors, on fait quoi ? demanda Powell qui attendait sa décision.

— Fais venir les journalistes, dit-elle d'un ton posé. Mais je te préviens à l'avance, n'attends pas que je pleure devant les caméras.

— Tu serais pourtant plus crédible en veuve éplorée.

— Je serai plus crédible en disant la vérité, répliqua-t-elle d'un ton péremptoire.

— Très bien. Fais comme tu veux. Mais surtout n'évoque pas les liaisons de ton mari, lui recommanda-t-il. Laisse ce soin à quelqu'un d'autre. Tu en paraîtras d'autant plus sympathique aux yeux des gens.

Elle jeta un coup d'œil en direction de la maison. Tucker la regardait. Il allait être furieux de cette conférence de presse impromptue. Pour un peu, à l'idée de mécontenter Tucker, elle aurait tout décommandé. Mais c'était Tucker lui-même qui lui avait conseillé de prendre Powell comme avocat, et il connaissait sûrement les tactiques de leur camarade.

— Je sais ce que j'ai à faire, déclara-t-elle sèchement. Finissons-en !

Powell lui jeta un dernier coup d'œil, composa un numéro sur son téléphone mobile et s'entretint avec son interlocuteur à voix basse.

En quelques minutes, une horde de journalistes s'amassa au coin de la maison. Comprenant la manœuvre, Tucker fonça dans la maison et revint avec Walker Ames.

Mais Powell, plus rapide qu'eux, avait déjà demandé le silence et pris la parole.

— C'est une bien triste nouvelle pour ce comté, le nord de la Virginie et l'Etat tout entier, lança-t-il d'un ton solennel. Nous venons d'apprendre que le délégué Larry Chandler a été trouvé mort chez lui, et qu'il a vraisemblablement été victime d'un meurtre. Je suis sûr que vous imaginez dans quel état de choc se trouve son épouse, mais j'ai pu la convaincre de vous dire quelques mots. Elle ne répondra pas à vos questions, mais je pense que lorsque nous en aurons fini, l'inspecteur de la police criminelle en charge de l'affaire vous fera part de l'état d'avancement de l'enquête.

Liz risqua un coup d'œil en direction de Walker Ames. Il avait l'air tellement furieux qu'il ne s'en cachait même pas. Elle n'osait imaginer dans quel embarras il serait si elle lui laissait la parole. Pas plus qu'elle n'osa regarder Tucker.

Elle s'avança, bien décidée à ne dire que la vérité, même si, parfois, ce ne serait que des demi-vérités car elle se refusait à ternir la mémoire de Larry.

— Aujourd'hui, les citoyens ont perdu un ardent défenseur, commença-t-elle d'une voix posée. Mon mari était un fidèle serviteur de la cause publique qui croyait profondément en ses idéaux. Il était un grand délégué. Promis à devenir un merveilleux gouverneur. C'est une immense tragédie et je vous promets à tous que je n'aurai pas de repos tant que le coupable ne sera pas jugé.

Elle s'interrompit un instant, le temps de défier Walker du regard, puis reprit son discours :

— Je suis sûre que le shérif adjoint Ames qui mène l'enquête conclura au plus vite cette affaire, pour Larry et pour nous tous qui l'aimions.

Puis elle se détourna de la foule des journalistes et se dirigea vers Walker.

— Maintenant je suis à vous pour répondre à vos questions, lui dit-elle.

— Encore heureux ! répliqua-t-il sèchement. Rentrons à l'intérieur.

— Vous ne voulez pas d'abord faire une déclaration à la presse ? demanda-t-elle, feignant l'étonnement.

— Je pense que les journalistes ont assez de grain à moudre pour le moment, répliqua-t-il en lui adressant un sourire désabusé. Belle performance, en tout cas ! Vous pouvez remercier votre avocat.

— Sachez que je n'ai pas besoin de mon avocat pour m'indiquer ce que je dois dire, monsieur le shérif adjoint.

Une lueur furtive qui ressemblait à du respect passa dans les yeux de Walker.

— Je suis heureux de voir que vous assumez vos actes, madame Chandler.

— Toujours.

D'un geste de la main, il l'invita à entrer et lui indiqua une chaise, à la table de la cuisine. Cela faisait des années qu'elle ne s'était pas assise là. Larry ne voulait pas manger dans la cuisine. C'était vulgaire, disait-il. Et du coup, il avait réussi à lui faire perdre une habitude qui remontait à son enfance, quand elle mangeait là avec la bonne, plus souvent que de coutume. Dans la vieille bâtisse à courants d'air de son grand-père, c'était la pièce où elle était la plus heureuse. Elle lui rappelait la maison des Spencer. Chez eux aussi la famille se réunissait dans la cuisine, même après le décès de Mme Spencer.

En ce temps-là, grâce à Tucker, elle était considérée comme un membre de la famille. Même Daisy l'aimait et la traitait comme une sœur. Mais c'était il y a bien longtemps…

Tous ces souvenirs étaient tristes, bien sûr, mais curieusement, ce fut sereinement qu'elle s'assit à l'antique table de chêne sculpté.

— Quand vous voulez, dit-elle en plongeant crânement les yeux dans ceux de Walker Ames.

Ce fut à cet instant précis que Powell fit irruption dans la pièce. Comme il allait intervenir, elle lui fit signe de se taire et de s'asseoir.

— Tout va bien, le rassura-t-elle. Nous allions commencer. Shérif, je suis à vous.

— Très bien, madame Chandler. Allons droit au but. Racontez-moi avec précision ce qui s'est passé hier, voulez-vous ?

Pour la troisième fois, elle décrivit les événements

qui avaient précédé la découverte du corps de Larry ; leur dispute à propos du divorce, sa journée en bateau, son retour à Swan Ridge. Tout en racontant les faits, elle essayait de décrypter l'expression du visage de Walker. En vain. Il était impénétrable. Walker aurait fait un excellent joueur de poker.

— Et après l'avoir découvert, qu'avez-vous fait ? demanda-t-il.

— J'ai paniqué. Je me suis dit que l'on me soupçonnerait, alors je me suis précipitée chez Tucker en me disant que lui saurait quoi faire.

— Pourquoi ne pas lui avoir simplement téléphoné ?

Le souvenir de l'instant où elle avait compris que Larry avait été abattu d'un coup de feu et qu'il était bien mort lui revint brusquement à l'esprit. Et les larmes lui montèrent aux yeux. Quel gâchis ! Pourquoi l'avoir tué, lui ?

— Je…, commença-t-elle d'une voix étranglée par les sanglots. Je ne pouvais pas rester là une minute de plus.

— Pour quelle raison ? insista-t-il.

Cet homme ne comprenait-il donc rien ?

— Parce que mon mari était mort, shérif Ames, s'indigna-t-elle devant pareille incompréhension. Il avait été assassiné. Je ne pouvais pas supporter de le voir ainsi. De plus, le meurtrier était peut-être encore dans les parages.

— Ainsi, bien que vous ayez l'intention de divorcer, vous éprouviez encore des sentiments pour lui ?

— Naturellement. J'ai aimé Larry Chandler de tout mon cœur. Ce n'est pas parce que notre mariage n'a pas marché que je souhaitais sa mort. C'était un homme merveilleux. C'est juste qu'il n'était pas un très bon mari.

— C'est-à-dire ?

Avant de répondre, elle interrogea Powell du regard et le vit hocher la tête en guise d'assentiment.

— C'est-à-dire qu'il était infidèle, expliqua-t-elle.

— Une liaison ?

— Pas une, mais *des* liaisons. En si grand nombre que j'ai renoncé à les compter.

— Avec des ruptures orageuses, je suppose.

— Interrogez plutôt les dames, lui conseilla-t-elle.

— Vous avez des noms ?

— Je vous donnerai ceux que je connais, laissa-t-elle tomber dans un soupir. Mais je ne garantis pas que la liste soit complète.

— Et des ennemis politiques ? En avait-il ?

— Bien sûr. Comme tout homme politique.

— Des problèmes en affaires ?

— Pas que je sache.

— Y a-t-il quelqu'un dont vous pensez qu'il ou elle aurait des raisons de vouloir la mort de votre mari ?

Elle lui parla des menaces anonymes qu'il recevait.

— Il conservait les messages et les documents de ce genre dans le coffre. Je peux aller vous les chercher, proposa-t-elle.

— Eh bien, allons-y ensemble.

Il la suivit dans la bibliothèque, l'observa tandis qu'elle pressait un bouton et qu'un panneau s'entrouvrait, découvrant un coffre-fort qui datait du temps de son grand-père. Elle composa le code et en ouvrit la porte avant de s'écarter.

Walker enfila des gants et en sortit des coffrets à bijoux, des liasses de documents et une boîte qui contenait des lettres. Il plaça le tout dans un sac et referma le coffre.

— Avez-vous remarqué si quelque chose avait disparu ? demanda-t-il.

— En venant, je suis passée directement par le hall d'entrée et quand je suis repartie, j'ai emprunté le même chemin. Je n'avais pas vraiment l'esprit à faire un inventaire, ne put-elle s'empêcher d'ajouter d'un ton narquois.

— Eh bien, allons vérifier, répondit Walker Ames sans s'émouvoir. En dehors du contenu du coffre, y a-t-il ailleurs des objets de valeur ?

— Des bijoux dans ma chambre et l'argenterie à l'office.

Sa chambre… Une chambre où Larry ne mettait jamais les pieds. Un endroit où Walker n'avait aucune chance de voir autre chose que des affaires de femme. Parfums et cosmétiques sur la coiffeuse, robes dans une penderie, tailleurs et vêtements de sport dans une autre. Moquette blanche, de même que le lit en fer et son édredon parsemé de bouquets de violettes. Rideaux en organdi immaculé. C'était un univers de femme — à l'opposé de la suite du maître de céans au rez-de-chaussée. Son domaine de jeune fille et son refuge quand elle n'avait plus voulu partager le lit d'un mari infidèle.

Walker balaya la pièce du regard sans mot dire, tandis qu'elle vérifiait les quelques bijoux qui n'avaient qu'une valeur sentimentale pour elle.

— Tout est là, confirma-t-elle.

Les autres, les plus précieux, ceux que Larry lui offrait pour se faire pardonner ses incartades, étaient dans le coffre en bas. Mais en réalité, elle se moquait de ceux-là.

— Maintenant, allons vérifier l'argenterie, ordonna Walker.

— Prenons l'escalier de service, lui conseilla-t-elle. Ce sera plus court.

Quand elle était petite, c'était le chemin qu'elle empruntait la nuit pour aller chaparder des cookies dans la cuisine, et plus tard, c'était par là qu'elle passait pour rejoindre Tucker. Le chemin lui était si familier qu'aujourd'hui encore, elle espérait le trouver à la porte de la cuisine.

Mais Tucker n'était pas là.

Il ne manquait pas une pièce d'argenterie dans les coffrets soigneusement rangés dans les placards de l'office. Petite fille, Liz éprouvait un sentiment d'admiration mêlé de respect devant ces merveilles dont la plupart étaient l'œuvre d'orfèvres anglais réputés du XVIIIe siècle. Les après-midi de pluie, elle adorait s'asseoir à la table de la cuisine pour aider la bonne à polir une à une fourchettes et petites cuillères. Elle se voyait, deux siècles en arrière, en train de prendre le thé avec ses lointains ancêtres londoniens… Elle avait lu tous les livres de la bibliothèque de son grand-père qui décrivaient le délicieux art de vivre de ces temps anciens.

Cependant, il y avait une marge entre rêver des temps anciens et devoir supporter des brimades d'un autre âge. Elle détestait les principes vieux jeu de son grand-père qui l'empêchait de fréquenter Tucker. Depuis la mort tragique de ses parents, il l'élevait dans un cadre strict et d'un autre âge qui convenait à une petite fille de son rang.

Tucker l'aurait délivrée de cet univers étroit si elle lui en avait laissé la possibilité. Mais Larry était arrivé avec son charme et son brillant avenir. Et son grand-père, un des plus fervents admirateurs politiques de Larry, avait encouragé leurs rencontres, pensant qu'ils partageaient les mêmes idéaux. Et après de longues conversations avec Larry, elle en était venue à le croire elle aussi.

Pour elle au début, ces discussions avec Larry étaient une stimulation intellectuelle, rien de plus. C'était aussi la première fois qu'elle faisait quelque chose qui rencontrait l'approbation de son grand-père, et ce n'était pas rien.

Plus tard, ce fut ce même désir de faire plaisir à son grand-père — auquel s'ajoutait la perspective d'un mariage de conte de fées comme en rêvaient toutes les filles — qui la poussa à épouser Larry.

— Madame Chandler ?

Elle sursauta. L'inspecteur Walker Ames s'impatientait.

— L'argenterie est-elle au complet ? demanda-t-il.

Elle hocha la tête.

— Bien. Dans ce cas, à moins que vous ne découvriez ultérieurement la disparition de quelque chose, je pense que nous pouvons écarter le mobile du vol. J'aimerais que vous me fournissiez au plus vite la liste des noms de ces femmes dont vous m'avez parlé.

— Ce sera fait dès cet après-midi, promit-elle.

— Parfait. Où puis-je venir la chercher ?

Elle le regarda, l'air interloqué.

— Parce que je ne peux pas rester ici ?

— Pas pour le moment, madame Chandler, je regrette. Ce n'est que lorsque nous serons certains que tous les indices ont bien été relevés que nous lèverons les scellés et que vous pourrez revenir vous installer ici.

— Est-ce que je peux au moins prendre quelques effets personnels ?

— Bien sûr. Je vous attends et quand vous serez prête, je vous conduirai où vous voulez.

— Je suis venue avec Tucker. Je suis sûre qu'il pourra m'emmener… quelque part.

Walker Ames la considéra d'un air désapprobateur, mais ne fit aucun commentaire.

— Je vais le prévenir pendant que vous vous préparez, lui proposa-t-il. Je vais vous faire accompagner à l'étage.

— Ce n'est pas nécessaire.

Mais voyant la tête de Walker Ames, elle se ravisa en soupirant.

— Je vous remercie.

Lorsque Walker se fut éloigné, en quête d'un collègue et de Tucker, Powell, qui avait assisté à la scène sans rien dire, s'approcha d'elle et lui prit le menton.

— Bien joué, lui dit-il. Je dois rentrer à Richmond. Ça ira ?

— Pas de problème.

— S'ils te convoquent pour un nouvel interrogatoire, n'y va pas sans me le dire. Compris ?

— Oui.

— Et je veux voir tous les documents que tu fournis à la police. Tous. Fais-m'en une copie et envoie-la-moi par fax. L'adresse est là-dessus, précisa-t-il en lui tendant sa carte.

— Merci de t'être déplacé, Powell.

— De rien. Encore un conseil, ajouta-t-il en plongeant

les yeux dans les siens. Méfie-toi de Tucker. Je sais que tu lui fais confiance, mais n'oublie pas qu'entre toi et sa fonction, il est confronté à un dilemme.

— Tucker ne ferait jamais rien qui me nuise, répliqua-t-elle sans la moindre hésitation. J'ai une absolue confiance en lui.

— Lui aussi avait autrefois une absolue confiance en toi.

Elle frissonna. Mine de rien, il avait réussi à la déstabiliser. Et si Tucker la laissait tomber juste au moment où elle avait le plus besoin de lui ? Elle n'aurait alors que ses yeux pour pleurer.

5

En rentrant à Cedar Hill, King nota que la plus grande agitation régnait à Swan Ridge. De loin, il aperçut distinctement des voitures de police et des camions de différentes chaînes de télévision. Larry Chandler avait dû convoquer une de ces conférences de presse dont il était coutumier et il avait appelé en renfort toutes les forces de police disponibles dans le coin. Cet homme ne ratait pas une occasion de faire parler de lui !

King fut un instant tenté de faire un détour et d'aller voir par lui-même ce que Chandler concoctait, mais la perspective de tomber sur Mary Elizabeth le retint. Depuis qu'elle avait brisé le cœur de Tucker, sa seule vue le mettait hors de lui. Et s'il n'avait tenu qu'à lui, il aurait ordonné qu'on la bannisse du comté. Malheureusement, la loi ne le permettait pas. Tucker ne ratait jamais l'occasion de le lui répéter chaque fois qu'il osait dire que la présence de cette femme était une honte pour la communauté.

Donc, il se résolut à passer son chemin et à rentrer chez lui. Où il trouva sa fille en proie, elle aussi, à une grande agitation. Elle faisait les cent pas sur la terrasse, affichant son visage des mauvais jours. Dès qu'elle l'aperçut, elle dévala les marches, ouvrit la portière de sa voiture et le tira par la manche pour qu'il sorte plus vite.

— As-tu vu les infos à la télé ? lui cria-t-elle dans les oreilles.

— Où aurais-je pu les voir ? grommela-t-il. J'ai passé la matinée en ville.

— Et personne ne t'a rien dit ? s'exclama-t-elle d'un ton incrédule. Je n'y crois pas ! Pour une fois les infos télévisées ont été plus rapides que Radio Concierge à Trinity Harbor !

— Doucement, jeune fille. Respire ! Je vais nous chercher à chacun un verre de thé glacé et tu vas m'expliquer ce qui t'a mise dans un tel état.

— On n'a pas le temps ! répliqua-t-elle en le poussant pour qu'il remonte de nouveau en voiture.

— Je monte ou je descends de voiture ? Il faudrait que tu te décides ! Que veux-tu que je fasse ?

— Que tu remontes en voiture et je viens avec toi, répondit-elle avec une farouche détermination dans la voix.

— Pour aller où ? Tu commences à m'inquiéter, là.

Il ne l'avait pas vue aussi agitée depuis le soir où elle avait cru que Walker et Tommy étaient menacés par une bande de dealers. Au grand dam de Tucker, elle avait débarqué à la marina armée d'un fusil et remontée à bloc, prête à faire la peau à l'imprudent qui oserait lever le petit doigt sur l'un ou l'autre de ses deux hommes chéris.

— A Swan Ridge, répondit-elle.

— En passant, j'ai aperçu tout un remue-ménage. Tu sais pourquoi ?

— Larry Chandler a été assassiné. Mary Elizabeth s'est enfuie et Tucker est dans le pétrin.

Cette fois-ci, elle n'eut plus aucun mal à le faire asseoir. Il sentit ses jambes se dérober sous lui et se laissa tomber sur le siège du conducteur.

— Chandler est mort ? Tu es sûre ?

Il n'avait jamais beaucoup aimé ce politicard, surtout après le tort qu'il avait causé à Tucker, mais l'idée que quelqu'un ait pu le tuer ici, à Trinity Harbor, suffit à lui glacer le sang.

— Ils l'ont dit aux infos de Richmond, expliqua Daisy.

Et cette femme va encore une fois briser le cœur de mon idiot de frère. Je le sens !

— Allons ! Tucker est plus malin que ça, rétorqua-t-il d'un ton qui se voulait rassurant.

— Tu crois ça ? lança-t-elle avec dédain. Mais alors, pourquoi m'a-t-il demandé d'apporter des vêtements pour Mary Elizabeth, au petit matin ?

King regarda sa fille d'un air stupéfait.

— Qu'est-ce que tu me chantes là ?

— Tu ne veux pas plutôt que je t'explique ça en route ?

— Non ! rétorqua-t-il d'un ton qui n'admettait pas de réplique. Je ne veux pas risquer d'aller dans le fossé avec tes histoires. Explique-toi tout de suite !

Daisy lui raconta sa livraison matinale au domicile de Tucker.

— Je ne voulais pas t'en parler, précisa-t-elle. En fait, j'ai promis à Tucker de ne rien dire à personne. Mais les choses ont changé depuis.

— Et elle, tu l'as vue ?

— Non. Mais elle était là. Sa voiture était devant la porte et Tucker n'a rien dit quand je lui ai reproché de l'avoir laissée entrer. Il m'a juste poussée vers la porte en me recommandant de m'occuper de mes affaires.

Elle faillit s'étrangler d'indignation avant de poursuivre :

— Comme si voir la réputation d'un membre de ma famille traînée dans la boue ne me concernait pas !

Daisy était si furieuse et parlait si vite que King avait du mal à la suivre. Il se raccrocha à la première idée qui lui vint à l'esprit.

— Pourquoi diable une femme comme Mary Elizabeth voulait-elle tes vêtements à toi ? demanda-t-il en considérant d'un air perplexe le jean et le T-shirt de Daisy, qui sortaient assurément d'un magasin de discount. Désolé de te dire cela, mais vous ne fréquentez pas les mêmes boutiques. Cela dit, ne le prends pas mal.

Daisy le fusilla du regard, sans contester ce dernier point.

— Tu veux savoir pourquoi elle avait besoin de mes vêtements ? Eh bien, tout simplement parce qu'elle a débarqué chez Tucker couverte du sang de son mari ! répliqua-t-elle, furieuse. Est-ce que ça ne lui ressemble pas ?

— Juste ciel ! murmura King qui voyait tous ses espoirs et ses rêves pour l'avenir de Tucker partir en fumée.

Qui voudrait épouser un homme qui avait fréquenté une meurtrière ? Quant à son avenir de shérif, autant dire qu'il serait, lui aussi, réduit à néant.

— Sors de la voiture ! ordonna-t-il.

— Pas question ! Je vais avec toi.

— Non. C'est mon affaire. Toi, rentre à la maison et vois quelles informations tu peux tirer de ton mari. Il doit savoir des choses. Je t'appellerai plus tard quand j'aurai mis la main sur Tucker et pu lui dire ce que je pense.

— Ce n'est pas sa faute à lui. Cette femme est une sorcière.

Une sorcière ! C'était la meilleure ! Si la situation n'avait pas été aussi grave, il en aurait presque ri.

— Ne dis pas cela à ton frère, lui conseilla-t-il.

— Pourquoi ? C'est la vérité. Ne l'a-t-elle pas trahi et nous avec, il y a six ans ? Tucker a besoin qu'on lui rafraîchisse la mémoire.

— J'imagine qu'il n'a pas oublié. Mais si tu commences comme ça, il va prendre sa défense et tout sera encore plus compliqué. Tu le connais.

Elle allait protester, mais se ravisa en soupirant.

— Tu as sans doute raison. Je vais tenir ma langue, promit-elle.

Puis elle le considéra d'un air inquiet.

— Et toi ? Tu crois que tu vas en être capable ?

— C'est peu probable, reconnut-il en fourrant machinalement la main dans sa poche.

Bon sang ! Le petit écrin avec la bague ! Il l'avait oublié, celui-là ! Quand allait-il enfin trouver le moyen de le donner à Frances ? Il devait passer la prendre dans moins d'une heure, et les histoires de Tucker ne seraient sûrement pas réglées en si peu de temps.

Eh bien, Frances n'aura qu'à comprendre ! Une fois de plus. Sauf que, ça aussi, c'était peu probable.

Tucker rongeait son frein. Devoir rester à l'écart des inspecteurs de la police criminelle le rendait malade. Bon sang, il n'était pas habitué à ce que l'on marche sur ses plates-bandes ! Ce qu'il voulait, c'était aller dans la bibliothèque où Chandler avait été tué. Walker le laisserait sans doute faire, de même qu'il le laisserait consulter les rapports d'enquête, mais ce n'était pas comme s'il menait lui-même l'enquête.

Son attention fut soudain attirée par Mary Elizabeth qui sortait de la maison, escortée de Walker. Et la vue de la jeune femme lui fit tout oublier. Elle gardait la tête haute et la démarche assurée, mais son regard était d'une infinie tristesse et elle était d'une pâleur extrême. Cela faisait vingt ans qu'il la connaissait, et jamais il ne l'avait vue à ce point désespérée.

Dès qu'elle l'aperçut, elle se dérida, visiblement soulagée de retrouver enfin une présence amicale.

— Ça va ? demanda-t-il, résolu à ne pas lui parler de cette stupide conférence de presse qu'elle avait tenue avec Powell.

Elle hocha la tête, ses yeux se remplirent de larmes et malgré ses efforts pour les refouler, l'une d'elles roula sur sa joue. Tucker l'essuya doucement du pouce, mais aussitôt, il s'écarta vivement. Walker les observait.

— Comme elle ne peut rester ici pour le moment, je me demandais où je pourrais la joindre pour les besoins de l'enquête, dit ce dernier d'un ton neutre.

— Chez moi, répliqua Tucker.

— Non, protesta Mary Elizabeth. Je ne peux pas te demander cela.

— Tu ne me demandes rien, souligna Tucker. C'est moi qui te le propose.

— Puis-je te parler seul à seul ? demanda Walker d'un ton qui ne lui donnait pas le choix.

Et il s'éloigna de quelques pas, attendant que Tucker le suive.

— As-tu perdu la tête ? s'exclama-t-il lorsqu'il l'eut rejoint.

— Il faut bien qu'elle s'installe quelque part ! protesta Tucker. Et chez moi, elle sera en sécurité.

— C'est une très très mauvaise idée. Pour des tas de raisons que je ne peux même pas énumérer. Avec votre passé commun, en invitant cette femme chez toi, tu te ranges immédiatement après elle sur la liste des suspects.

— Fais ce que tu dois faire, dit simplement Tucker, refusant de polémiquer avec lui, en dépit de l'avenir calamiteux qu'il lui prédisait.

— Bon sang, Tucker ! Tu veux que je me fasse tuer par Daisy ?

— Ça, c'est sûr que tu vas être dans sa ligne de mire. Et j'imagine que mon tour viendra après, répliqua Tucker d'un air désabusé. Ça va sûrement chauffer.

— Tu ne vois donc pas que tu fais une erreur ?

— Je ne peux pas laisser Mary Elizabeth traverser seule cette épreuve.

— Je suis sûr qu'une femme comme elle a des amis.

— C'est probable, mais c'est vers moi qu'elle s'est tournée.

— Hier soir, c'est ça ? Mais dis-moi, comment se fait-il que tu aies mis si longtemps à me prévenir ? Qu'est-ce que vous avez fait tous les deux pendant tout ce temps ? Renoué connaissance ?

Pour un peu, Tucker aurait flanqué son poing dans la

figure de son beau-frère, mais il se retint. En fait, Walker essayait seulement de lui montrer dans quel guêpier il s'était fourré, et il ne pouvait pas lui en vouloir. Quant à lui, il agissait en connaissance de cause et savait parfaitement ce qu'il risquait.

— Eh bien, pour tout dire, elle dormait, expliqua-t-il posément. Et j'étais dans ma cuisine à méditer sur le cours des choses.

— Etait-ce avant ou après t'avoir mis au parfum pour son mari ?

— Avant. Dès qu'elle me l'a dit, je t'ai appelé.

— Es-tu passé du côté de Swan Ridge, dans la soirée ?

— J'ai patrouillé dans le comté, en effet. Vérifie mon carnet de route et le kilométrage au compteur.

— Tu t'es arrêté quelque part ?

— Pas une seule fois. Demande à Michele, elle faisait équipe avec moi. On a eu une discussion animée pour savoir où l'on mangeait les meilleurs crabes à la vapeur. Pour moi, c'est chez Bobby et pour elle, c'est dans un restaurant du Maryland, de l'autre côté de la rivière.

Walker soupira, l'air passablement excédé.

— C'est un faible aperçu de ce qui t'attend, tu sais. Les questions ne vont pas manquer et il n'y aura pas que moi à en poser.

— Je sais, reconnut Tucker.

— Tu es un homme intelligent. Je pense que tu connais les risques et que tu les assumes.

— Que j'assume ou pas, c'est mon problème, pas le tien. Mais je te remercie tout de même de t'en soucier. Je vais m'entretenir avec Mary Elizabeth et s'il y a du nouveau, je te tiendrai au courant.

— Penses-tu qu'elle va te suivre ?

— Oh ! Je pense qu'elle va trouver encore plus d'arguments que toi pour refuser de venir chez moi. Regarde-la !

Mary Elizabeth les fusillait du regard en tapant du pied.

— Que veux-tu dire ? demanda Walker, étonné.

— Eh bien, elle n'apprécie pas du tout que j'aie pris une décision sans lui en parler avant. Je suis presque sûr qu'elle va m'envoyer balader.

— Et alors ?

— Et alors, je vais contre-attaquer avec quelques arguments rationnels. Elle va me dire que j'essaie de régenter sa vie comme son grand-père autrefois. Je vais lui rappeler que c'est elle qui est venue à moi. Et elle va répliquer qu'elle le regrette profondément maintenant. Voilà.

— Tu es complètement fou, dit Walker, un sourire amusé au coin des lèvres. Daisy et ton père vont se faire un sang d'encre et toi, tu vas devoir te coltiner une femme irascible et ingrate.

— Je le crains bien, répondit Tucker d'un ton de martyr.

— Bonne chance ! lança Walker en s'éloignant. Hé, Tucker !

— Quoi ? Qu'est-ce qu'il y a encore ?

— Je t'aurai prévenu.

— Prévenu de quoi ?

— Que tu tombes encore une fois dans le panneau ! Et que la demoiselle éplorée, ça marche à tous les coups avec toi.

Tucker haussa les épaules et rejoignit Mary Elizabeth.

— Tu vas venir chez moi jusqu'à ce que nous en sachions un peu plus, lui annonça-t-il d'un ton qui n'admettait pas de réplique.

Puis il ajouta en la regardant d'un air désabusé :

— Je pense toutefois qu'il sera préférable que tu t'installes dans la chambre d'amis et que tu évites mon lit, que j'y sois ou pas.

— Je ne souhaite pas t'impliquer plus dans cette affaire, répliqua-t-elle sobrement sans relever ces derniers propos. Compte tenu des circonstances, tu as d'ores et déjà fait plus pour moi que je ne pouvais l'espérer.

— As-tu un meilleur endroit où aller ?

— Je pourrais aller à Richmond. Larry et moi, nous y avons une maison.

— Non, ce n'est pas possible. Tu es assignée à résidence en ville, lui rappela-t-il.

— Eh bien, j'irai à l'hôtel.

— Vois-tu, je crains que toutes les portes se ferment devant toi. Mais je pourrais passer un coup de fil à Anna-Louise. Elle acceptera sûrement de t'héberger.

— Le pasteur ? Je ne crois pas. En plus, n'est-elle pas mariée à l'éditeur du *Trinity Harbor Weekly* ?

— Et alors ? Où est le problème ?

— Parce que selon toi, ce n'est pas un problème d'avoir dans sa chambre d'amis une meurtrière présumée ? répliqua-t-elle avec amertume.

— As-tu une meilleure suggestion à faire ?

— Non, grommela-t-elle.

Et, après quelques instants de réflexion, elle accepta de mauvaise grâce de rester chez lui.

Gagné ! Mais il s'interdit de montrer son allégresse. Jusqu'ici, il avait réussi à se convaincre qu'il faisait son devoir de policier et sa B.A. d'honnête homme. Et cette excitation qui s'emparait de lui traduisait des sentiments qu'il croyait à jamais disparus. En tout cas des sentiments inappropriés, pour ne pas dire stupides et destructeurs. Il secoua machinalement la tête.

Et lorsque son regard rencontra celui de Mary Elizabeth, il y lut de l'ironie.

— Déjà des arrière-pensées ? s'enquit-elle d'un ton narquois.

— Si je t'ai proposé cela, c'est parce que je pense que c'est ce qu'il y a de mieux à faire, que ce soit bien clair entre nous.

— Mais bien évidemment, répliqua-t-elle, moqueuse.

— Cela n'a rien à voir avec…

Bon sang ! Il était tellement embarrassé qu'il ne trouvait plus ses mots.

— Le sexe ? compléta-t-elle naïvement.

— Avec nous. Cela n'a rien à voir avec nous. Le passé est le passé.

— Naturellement.

— Et je te rappelle que ton mari vient juste de mourir.

— Certes, mais comme je te l'ai déjà dit, notre mariage était rompu depuis longtemps.

— Seulement, tu ne m'as pas précisé ce qui avait causé votre rupture.

— Faut-il vraiment que nous parlions de cela maintenant ? demanda-t-elle, triste soudain.

Surpris par son changement de ton, il la regarda avec attention et lut l'amertume et l'inquiétude dans ses yeux. Mais même à bout de forces, après les épreuves de ces dernières vingt-quatre heures, Dieu qu'elle était belle !

— Oui, maintenant, répondit-il.

— King sera fou furieux quand il va découvrir que je loge chez toi, lui rappela-t-elle en soutenant son regard. Tu le sais, n'est-ce pas ?

— Oui, j'imagine. Mais à quoi servirait d'avoir de vieux amis si on ne peut pas compter sur eux dans le besoin ?

— Nous étions plus que des amis, Tucker. Et ça s'est mal terminé. Tu ne peux pas savoir à quel point j'en suis désolée. Je n'ai jamais voulu te blesser.

— Ne nous égarons pas. Qu'il soit bien entendu que je ne fais qu'aider une *vieille amie*. Ne va pas imaginer autre chose.

— D'autres personnes s'en chargeront bien.

— Eh bien, qu'elles imaginent ! J'en fais aussi mon affaire.

— Mais tu ne devrais pas avoir à te défendre à mon sujet. Je sais trop comment ça se passe ici. Au premier parfum de scandale, les vautours vont arriver en masse.

— Peu m'importe !

— Fatigué d'être shérif ? lança-t-elle d'un ton goguenard.

— On ne peut rien me reprocher et je ne me mets pas

professionnellement en danger dans la mesure où je me suis déchargé de cette affaire.

— Déchargé complètement ou seulement officiellement ?

— Les deux, répondit-il d'un ton ferme. Tu as un avocat. Il te sera plus utile que je ne saurais l'être dans ma situation.

— Mais tu es policier et qui plus est, enquêteur expérimenté.

C'était donc ça ! Maintenant, il voyait où elle voulait en venir.

— Et alors ? demanda-t-il prudemment.

— Il faut que je découvre qui a tué Larry. Je ne trouverai pas le repos tant que je ne saurai pas. Et puisque tu as insisté pour m'héberger, je pourrais peut-être aussi profiter de ton expérience.

— Walker va mener l'enquête sur les événements d'hier. Ton mari était un homme important. Mon équipe va prendre sa mission très au sérieux, que je m'en mêle ou pas. Les inspecteurs de la criminelle aussi.

— Tellement au sérieux qu'ils arrêteront la première suspecte plausible et que l'affaire se terminera ainsi, je le crains bien, laissa-t-elle tomber d'un ton désabusé.

Que répondre à cela ? Elle avait malheureusement raison. Même s'il faisait pression sur Walker, il était possible que les policiers s'en tiennent à la solution la plus rapide.

— Si on en arrive là…

— Il sera trop tard, l'interrompit-elle. Ne dit-on pas qu'il faut battre le fer pendant qu'il est chaud ?

— Mary Elizabeth, j'ai déjà un job. Si tu veux que quelqu'un double l'enquête de police pour ton propre compte, engage un détective privé. Je suis sûr que Powell peut t'en recommander un excellent.

— Il peut, mais c'est en toi que j'ai confiance.

— Moi qui croyais que tu regrettais de m'avoir impliqué

dans cette affaire. De plus, j'ai clairement entendu Powell te dire de ne pas me faire confiance.

— En effet, reconnut-elle en le regardant droit dans les yeux. Je regrette vraiment de t'avoir mêlé à mes histoires, mais c'est fait maintenant. Et c'est toi qui as choisi de me garder, tout en sachant que je t'empoisonnerais l'existence. Alors autant que j'en profite.

— Et mon job ? A ton avis, qu'est-ce que j'en fais ?

— Tu as dit toi-même que tu n'avais pas pris de vacances depuis longtemps. Puisque tu ne veux pas mener cette enquête et qu'à Trinity Harbor il ne doit pas y avoir grand-chose d'autre à faire, prends un congé ou fais une demande d'autorisation d'absence, comme tu préfères. Je te paierai au tarif officiel des détectives privés.

— Mary Elizabeth, je…

— Deux semaines. Si tes recherches n'aboutissent pas, tu pourras abandonner.

Certes, il avait des semaines de vacances à prendre, mais pas pour jouer au détective. Ce qu'il lui fallait, c'était du temps pour aller à la pêche, des vraies vacances, quoi ! Et surtout pas ce que Mary Elizabeth lui proposait, avec la catastrophe qui allait inévitablement s'ensuivre. De la réaction de Walker se voyant doublé dans son enquête, aux complications personnelles qui ne manqueraient pas de surgir dans sa relation avec Mary Elizabeth, tout poussait un homme sensé comme lui à refuser la proposition.

— Je t'en prie, supplia-t-elle d'un ton enjôleur. J'ai besoin de toi. Tu sais que je ne dirais jamais ça si je n'étais pas dans une situation désespérée.

C'était vrai. Pour elle qui s'était toujours enorgueillie de n'avoir besoin de personne, le déluge de larmes qu'elle versait depuis ce matin montrait bien l'intensité de sa détresse et de sa panique.

— Deux semaines, finit-il par répondre. Et pas une minute de plus.

— Merci.

— Ne me remercie pas, marmonna-t-il en fuyant son regard. Essayons plutôt de trouver le moyen d'empêcher mon père de découvrir le pot aux roses et de nous trucider tous les deux.

6

Deux heures après sa discussion animée avec Daisy, après avoir parcouru la ville et ses environs proches de long en large à la recherche de Tucker — en vain —, King débarquait dans le bureau du shérif.

Mais Walker fut très évasif lorsqu'il lui demanda où son fils était allé après avoir quitté Swan Ridge.

— Je ne veux savoir qu'une chose. Est-il oui ou non avec cette femme ?

— Je ne sais pas, répondit Walker, le visage de marbre.

— Tu ne sais pas ou tu ne veux pas le dire ?

— Qu'est-ce que vous venez faire ici ? lança Walker en ignorant sa question. C'est Daisy qui vous envoie, n'est-ce pas ? Mais oui, évidemment. Tucker m'a bien dit que tous les deux, vous mettriez tout en œuvre pour qu'il n'ait pas de contact avec Liz Chandler.

— Et alors ? Tu nous le reproches ? s'indigna King. Son mari n'est pas encore froid qu'elle tournicote déjà autour de Tucker !

— Je ne crois pas que ça se soit passé comme ça. Elle s'est tournée vers un ami pour demander de l'aide, c'est tout.

— Eh bien, je vois que tu es aussi aveugle que mon fils en ce qui concerne cette diablesse !

Walker resta impassible sous l'accusation.

— D'autres questions, King ? J'ai beaucoup à faire. Il faut que j'aille aider les policiers de la crim.

— Tu devrais commencer par coffrer le suspect numéro un.

— Encore faudrait-il qu'il y en ait un. Autre chose ?

— Où loge-t-elle ?

Walker, le visage impénétrable, le regarda droit dans les yeux et affirma d'un ton assuré :

— Je ne sais pas.

King gratifia son gendre d'un regard incrédule.

— C'est bien toi qui es en charge de l'enquête, n'est-ce pas ? Tucker a tout de même été assez sensé pour te confier les rênes, oui ou non ?

— Oui.

— Et tu n'es pas fichu de savoir où se trouve ton principal suspect ?

— Encore une fois, Mme Chandler n'est pas considérée comme tel, répliqua Walker.

— Eh bien, permets-moi de te dire que si elle ne l'est pas, toi, tu es le dernier des idiots ! Une femme capable de briser le cœur d'un homme, comme elle a brisé celui de mon fils, est capable de tout.

— Allons, ne dites pas ça. En ce moment, mieux vaut ne pas tenir pareils propos devant n'importe qui.

— Et pourquoi je devrais me taire ?

— La diffamation, vous savez ce que c'est ?

— Ce que je sais, c'est que dire la vérité, ce n'est pas de la diffamation.

— C'est vous qui voyez. Mais à moins que vous n'ayez des compétences particulières en matière d'enquête criminelle que je ne connaîtrais pas, vous ne savez strictement rien.

— Les faits parlent d'eux-mêmes.

— Rentrez à la maison, King. Avalez un alcool de menthe ou quelque chose qui vous calmera les nerfs. En tout cas, ne cherchez pas à parler à Tucker tant que vous êtes dans cet état.

— Je parlerai à mon propre fils quand il me plaira !

— Il faudra d'abord que vous le trouviez, et quelque chose me dit que ce n'est pas pour tout de suite.

De ce point de vue, King devait bien admettre que Walker avait sûrement raison. Il avait déjà passé au crible tous les environs ; sans succès. Et soudain il lui vint une idée. Et si Tucker, dans un sursaut de raison, avait finalement arrêté Mary Elizabeth ? On avait bien le droit de rêver, n'est-ce pas ?

— Où est-il ? lança-t-il en fonçant vers Michele.

— Il est absent, répondit cette dernière. En vacances.

En vacances ? Décontenancé, King la considéra un instant sans rien dire.

— Depuis quand ? demanda-t-il enfin.

— Depuis une heure. Tôt ce matin, il a prévenu qu'il prenait sa journée, et puis il a rappelé pour dire qu'il prenait deux semaines. Il avait bien besoin de vacances, vous savez. Ces derniers temps, il devenait irascible et s'emportait pour un rien. Pour ma part, je suis vraiment soulagée.

Tucker, irascible ? King regarda Michele d'un air perplexe. Ou bien elle ne connaissait vraiment pas la cause de la mauvaise humeur de Tucker ou elle avait délibérément choisi de l'ignorer et de faire comme si ces vacances n'étaient que tout à fait normales.

— Je veux bien admettre qu'il ait eu besoin de faire une pause, grommela-t-il. Mais il n'est sûrement pas en villégiature aux Caraïbes.

En fait, Tucker ne devait pas être loin de Mary Elizabeth, il en était quasiment sûr. Et tout bien réfléchi, il ne lui en faisait pas vraiment grief. Tucker avait été élevé dans le respect des bonnes manières et du code de l'honneur. La femme qu'il avait aimée autrefois était en grande difficulté et elle était venue lui demander de l'aide. Pouvait-il décemment lui tourner le dos, sous prétexte qu'elle lui avait autrefois brisé le cœur en le laissant tomber pour un autre ? Il devait admettre que… non — même s'il le reconnaissait à contrecœur.

Et puis, pour être honnête, il fut un temps où il appréciait beaucoup Mary Elizabeth. Un temps où il avait espéré une union entre elle et son fils. Mais, du jour où elle avait quitté Tucker pour épouser cette crapule de Chandler, il avait déchanté et lui avait ôté son affection et son estime. Et il n'était pas prêt à la réintégrer dans le cercle familial, encore moins maintenant qu'elle était impliquée dans une enquête pour meurtre.

Il jeta un coup d'œil du côté de Michele, femme au grand cœur.

— Faites-moi une faveur, Michele, essayez de le joindre sur son bip, suggéra-t-il, l'air innocent.

— Je vous le répète, il est en vacances.

— Mais ma grande, vous savez comme moi que son machin est toujours allumé. S'il l'a sur lui, il vous répondra.

— Et ? demanda-t-elle d'un ton méfiant.

— Et vous me le passerez, répondit-il comme si cela allait de soi.

Mais pour Michele, cela n'allait pas de soi.

— Certainement pas ! répliqua-t-elle, l'air déterminé.

— Pourquoi pas ? Qu'y aurait-il de mal à ça ?

— D'abord, mon patron c'est Tucker. Pas vous. Ensuite, il a laissé des consignes très précises pour qu'on ne le dérange pas.

— Et c'est valable pour tout le monde ?

— Non. Que pour vous. Désolée.

Dieu merci pour elle, la sonnerie du téléphone la tira d'un bien mauvais pas.

— Oui, il est ici, répondit-elle d'un ton résigné.

Et, se tournant vers lui, elle ajouta :

— C'est pour vous. C'est Daisy.

King s'empara vivement du combiné. A force de persuasion, sa fille avait peut-être réussi à obtenir des renseignements auprès de Walker.

— Oui ?

— Alors, tu lui as parlé ? demanda-t-elle.

— Je n'arrive pas à mettre la main dessus, avoua-t-il.

— Va voir à la marina. Je viens de discuter avec Bobby et d'essayer de le gagner à notre cause. Au début, il prenait des airs mystérieux, tu sais, comme il fait toujours quand il n'est pas d'accord avec moi. Mais comme il ne veut pas d'histoires entre nous, il s'est laissé amadouer. Il y a fort à parier que Tucker et Mary Elizabeth sont là-bas.

— J'y vais ! Je te tiens au courant. Au fait, tu ferais bien de rappeler à ton idiot de mari qu'il est un Spencer, maintenant, et que dans la famille, on est tous solidaires.

— Certes. Seulement, moi je te rappelle que maintenant, je suis une Ames, rétorqua-t-elle. Ce qui ne m'empêche pas de te comprendre. Malheureusement, Walker n'en fait qu'à sa tête, surtout quand il s'agit de son travail. C'est un domaine où mon influence est très limitée.

— C'est bien dommage, marmonna King avant de rendre le combiné à Michele. Si mon fils devait faire une apparition, dites-lui que je le cherche.

— Oh ! Je crois qu'il le sait déjà, répliqua Michele avec un sourire narquois.

— A lui aussi vous parlez sur ce ton ?

— Chaque fois que j'en ai l'occasion. Bonne soirée.

King hocha la tête d'un air scandalisé. S'il avait eu ce genre d'oiseau comme employée, elle n'aurait pas fait long feu. Le deuxième jour, elle aurait pris la porte ! Cela dit, il ne se faisait aucune illusion : une femme de la trempe de Michele ne l'aurait sûrement pas supporté plus d'une heure et n'aurait jamais travaillé pour lui !

Se balançant sur sa chaise, Bobby regarda alternativement Tucker, puis Mary Elizabeth, puis il secoua la tête d'un air perplexe.

— Je ne vous comprends pas. Pourquoi ne filez-vous pas tous les deux avant qu'il n'arrive ?

— Tu as peur qu'une rencontre houleuse nuise à tes affaires, c'est ça ? lui demanda Tucker d'un air moqueur.

— Ce que j'en dis, c'est pour vous. En fait, les gens ne détestent pas un peu d'animation en mangeant leurs crabes et leurs poissons de roche. Et si vous voulez rester, je vous recommande le flétan. Il est servi avec du citron, des câpres et un riz pilaf.

— Ce sera parfait pour moi, répondit Tucker en refermant la carte. Et pour toi, Mary Elizabeth ?

— Je n'ai pas très faim.

Tucker la scruta attentivement. Serait-elle en train de flancher ?

— Ecoute mon conseil : pour affronter King, mieux vaut ne pas avoir l'estomac vide, répliqua-t-il avec quelque agacement.

— Et si j'allais me cacher dans les toilettes jusqu'à son départ ? suggéra-t-elle.

Le pire, c'était qu'elle n'avait pas l'air de plaisanter.

— Pour me laisser l'affronter seul ? Il n'en est pas question, protesta-t-il en lui serrant la main pour lui redonner confiance. Surmontons l'épreuve ensemble, c'est mieux comme ça. Et puis j'y vois un avantage. Si nous réussissons à le gagner à notre cause, en espérant qu'il ne doute pas de toi, ce sera la meilleure assurance contre les ragots et les rumeurs qui pourraient voir le jour en ville.

— A mon avis, il faudrait beaucoup plus qu'une soirée de discussion autour d'un plat de flétan pour obtenir ce résultat, répliqua Mary Elizabeth. Je ne suis même pas sûre qu'une vie suffise. Tu sais comme King peut être rancunier. Te souviens-tu combien de temps il est resté sans adresser la parole à ton oncle ? Vingt ans. Peut-être même trente. Se souvenait-il seulement de l'origine de la fâcherie ?

— Ça oui, et avec précision ! s'exclama Tucker en

riant. Il parle encore du taureau de compétition qu'il briguait et que son frère lui a raflé sous le nez à une vente aux enchères.

— Si c'est ça, il me reste peu d'espoir de rentrer ce soir dans ses bonnes grâces, laissa-t-elle échapper dans un soupir.

— Le tout, c'est de réussir à l'amadouer et à le mettre dans une bonne disposition d'esprit, fit Tucker d'un ton pensif. Bobby, fais ajouter deux couverts à notre table.

— Si tu crois que je vais rester avec vous pour jouer l'arbitre, tu te trompes lourdement, répliqua Bobby en se levant d'un bond. Et dès que je vous ai vus entrer, j'ai appelé Jenna pour lui dire que je rentrais tôt.

— Les deux couverts ne sont pas pour vous, ils sont pour King et Frances, rétorqua Tucker, en tapant un numéro sur son téléphone portable. Tu ne m'avais pas dit que papa et elle avaient réservé pour dîner ici ce soir et qu'il avait rappelé pour annuler ?

— Oui, mais…

— Frances, c'est Tucker à l'appareil, dit-il en faisant signe à son frère de les laisser. Je suis à la marina et j'ai appris que vous aviez prévu d'y retrouver papa ce soir. Je pense qu'il est déjà en route et qu'il ne va pas tarder à arriver. Pourquoi ne vous joindriez-vous pas à nous ? Vous me rendriez un immense service si vous acceptiez.

— Oui, je comprends, répondit-elle en laissant échapper un petit rire. Votre père est sur le sentier de la guerre parce qu'il vous soupçonne d'être mêlé aux problèmes de Mary Elizabeth, c'est ça ? Pas besoin d'être un génie pour imaginer le scénario après avoir vu le journal du soir. Cela dit, il ne m'en a pas soufflé mot quand il m'a téléphoné pour se décommander.

— Voulez-vous venir me protéger ? Je vous en prie, insista Tucker du ton le plus enjôleur qu'il put.

Comme il la sentit hésiter, il insista :

— Cela me ferait vraiment, vraiment plaisir.

— Mary Elizabeth est-elle là ? demanda-t-elle.

— Oui.

— La pauvre, soupira Frances, qui allait visiblement fléchir. Elle doit être dans tous ses états. Bon, j'accepte. Je serai là dans quinze minutes. Mais gardez bien à l'esprit que je fais cela pour elle et pas pour vous protéger du courroux d'un père abusif.

— J'ai bien compris, assura-t-il avec un grand sourire. Merci, Frances.

Puis il raccrocha et se tourna vers Mary Elizabeth.

— Elle arrive. Elle s'inquiète pour toi.

— Elle a dit ça ? s'exclama-t-elle, visiblement étonnée. Et elle laissa enfin couler sur ses joues les larmes qui se pressaient à ses paupières.

— Tu vois, ma chérie, j'avais raison de te dire qu'à Trinity Harbor tout le monde ne te prendrait pas pour une criminelle.

— Mais les rares personnes qui ne me suspectent pas d'avoir tué Larry vont me reprocher de te faire du tort, rétorqua-t-elle.

— C'est en partie pourquoi nous sommes ici ce soir, au lieu d'être chez moi. Il faut que les gens comprennent qu'ils n'ont pas à se faire du souci pour moi et que, nous deux, ça va très bien, malgré nos différends passés.

Elle le scruta attentivement avant de demander :

— Vraiment ? Nous deux, ça va *très bien* ?

— M'as-tu entendu dire quelque chose qui laisse supposer le contraire ?

— Non… Tu te comportes toujours en parfait gentleman, même dans les pires circonstances. La plupart des hommes m'auraient sortie du lit par la peau du cou et jetée sans ménagement sur la pelouse pour ne plus avoir affaire avec la femme qui les a laissés tomber. Mais toi tu…

Tucker posa brièvement la main sur la sienne pour

l'interrompre. Son père venait de faire une entrée fracassante à la porte du restaurant.

— Je crois que nous ferions mieux de remettre cette conversation à plus tard pour nous concentrer sur notre défense, annonça-t-il. Papa arrive.

Mary Elizabeth pâlit et croisa nerveusement les mains, si fort que ses phalanges blanchirent.

— Souris et laisse-moi faire, chuchota-t-il. Et puis souviens-toi : s'il ne veut rien entendre, j'ai toujours mon arme de service sur moi.

Elle laissa échapper un petit rire. C'était gagné ! Il n'en voulait pas plus. Le temps que King les rejoigne, elle s'était redressée et affichait un sourire à toute épreuve que seuls les initiés pouvaient juger forcé.

— King, quel plaisir de vous revoir ! lança-t-elle.

Sur le coup, King parut déstabilisé. Visiblement, il ne s'attendait pas à un pareil accueil. Tucker l'observa avec curiosité. Qu'allait-il faire, maintenant ? se demanda-t-il. Son père était absolument incapable de se tenir mal devant une femme. C'était contraire à sa nature.

— Mary Elizabeth, répondit-il en s'inclinant brièvement devant elle.

Pour l'instant, on en restait au stade des bonnes manières, constata Tucker avec un certain soulagement.

— Papa, prends un siège et joins-toi à nous. Bobby nous a recommandé son flétan.

— Je ne suis pas venu ici pour dîner, grommela King en s'asseyant de mauvaise grâce.

— Je m'en doute, répondit Tucker. J'imagine plutôt que tu es venu me dire quelle énorme bêtise j'étais en train de faire.

Cette fois-ci encore, King parut surpris.

— Il est vrai que c'était mon intention, reconnut-il. Sans vouloir t'offenser, Mary Elizabeth, ajouta-t-il en se tournant vers elle.

— Je ne le prends pas mal, répliqua-t-elle, un petit

sourire ironique au coin des lèvres. Et je comprends parfaitement que vous ne souhaitiez pas voir Tucker mêlé à l'enquête sur le meurtre de mon mari.

— Ce n'est pas l'enquête qui me tracasse, c'est vous, répliqua-t-il d'un ton cassant en les désignant l'un et l'autre d'un geste théâtral. Tous les deux, là, au vu et au su de tout le monde alors que ton mari n'est pas encore enterré.

— Nous dînons dans un lieu public, rétorqua Tucker. Préférerais-tu nous savoir chez moi, en train de dîner aux chandelles ?

— Bon sang ! Bien sûr que non ! A vrai dire, je pense que vous ne devriez pas dîner ensemble du tout, et que vous ne devriez même pas vous voir. Ça risque fort de tourner mal pour vous, avec des spéculations et des insinuations aux quatre coins de la ville.

— Mais King, je suis certaine que vous saurez détromper les gens et rétablir la vérité, dit Mary Elizabeth d'une voix douce. Personne ne nous connaît mieux que vous et je ne crois pas que vous pensiez une seule seconde qu'il y ait anguille sous roche.

— Bien sûr que non ! Mon fils n'est pas fou.

— Alors, ce ne devrait pas être un problème pour vous de faire taire toutes ces insinuations malvenues, insista-t-elle.

— Evidemment pas !

— Eh bien, nous comptons sur vous, conclut-elle avec un grand sourire.

— Ce « nous » me déplaît fortement, répliqua-t-il d'un ton courroucé. Vous considérez-vous déjà tous les deux comme un couple ? Mais ça ne se passera pas comme ça ! Tu ne peux pas débarquer comme si de rien n'était et reprendre mon fils là où tu l'as laissé en plan autrefois. Appelons un chat un chat. C'est ce que tu es en train de chercher à faire, non ?

— Papa, intervint Tucker qui en avait assez entendu. C'est tout à fait déplacé ! Tu dois des excuses à Mary

Elizabeth, ainsi que tes condoléances. Je te rappelle qu'elle vient de perdre son mari.

— A dire vrai, on a déjà vu pire comme veuve éplorée, ne put s'empêcher de faire remarquer King. Je me demande bien pourquoi ! Ne serait-ce pas justement parce qu'elle te garde sous le coude ? En réserve, quoi !

Tucker bondit sur ses pieds.

— Ça suffit ! Si tu ne peux pas tenir un langage civilisé, tu peux partir !

Dans sa colère, il n'avait pas remarqué Frances qui était arrivée au moment où King se lançait dans sa diatribe guerrière contre Mary Elizabeth. Visiblement, elle avait tout entendu.

— King Spencer, tu devrais avoir honte de toi ! lança-t-elle en le toisant d'un air furieux. Tu connais Mary Elizabeth depuis qu'elle est toute petite. Tu as connu son grand-père et son père. Tu sais quel genre de femme elle est et combien ton fils est respectable. Comment oses-tu suggérer ici, en public, là où tout le monde peut entendre, qu'il pourrait y avoir quelque chose de louche dans leur relation à tous les deux ? Si demain il y a des rumeurs qui circulent, toi seul en seras responsable et personne d'autre. J'en suis gênée pour toi.

— Frances, d'où sors-tu ? s'exclama King en la fusillant du regard. Je croyais t'avoir dit que l'on ne pouvait pas se voir ce soir.

— Tu me l'as bien dit, en effet. Mais Tucker m'a invitée à venir me joindre à eux. Je savais que Mary Elizabeth aurait besoin d'être entourée d'amitié ce soir, alors je suis venue. Et je dois dire que j'en suis bien contente car cela m'a donné l'occasion de constater de quelles bassesses tu es capable vis-à-vis de tes enfants.

Sur ce, elle se pencha vers Mary Elizabeth et la serra dans ses bras en ajoutant :

— Ne fais pas attention à ce vieux grigou. Fais comme moi !

— Frances ! protesta King, s'étranglant presque.

Tucker adressa un petit sourire contrit à Frances. Il l'aimait beaucoup, et il appréciait la façon dont elle venait de s'opposer à King en prenant la défense de Mary Elizabeth. Mais il regretta soudain de l'avoir invitée ; il ne voulait pas dresser son père et elle l'un contre l'autre.

— Frances, allons à une autre table, veux-tu ? marmonna King en se levant. Nous pourrions avoir tranquillement cette discussion que nous avions prévue ce soir.

— Absolument pas, répliqua-t-elle. Je suis venue soutenir Mary Elizabeth. Toi, tu peux faire ce que tu veux.

Bobby surgit des cuisines juste à temps pour constater que sur les quatre personnes présentes, trois étaient debout et se regardaient en chiens de faïence.

— Alors, pour qui la spécialité du chef ? Et pour qui la soupe à la grimace ? s'enquit-il joyeusement.

— Très drôle ! s'exclama King en lui lançant un regard furibond.

— Alors ? insista Bobby sans se démonter. Le plat du jour, c'est rapide.

— Va pour le plat du jour, répondit Tucker en se rasseyant. Et pour toi, Mary Elizabeth ?

— Pour moi aussi, dit-elle sans grand enthousiasme.

— Le flétan me paraît très bien, renchérit Frances en repoussant la main de Tucker qui lui offrait son aide pour s'asseoir.

— Eh bien, flétan pour tout le monde, maugréa King en s'installant à son tour, de fort mauvaise grâce.

Bobby rayonnait.

— Vous voyez bien que tous les quatre, vous finissez par vous entendre ! Au moins sur un point ! C'est pas beau, ça ?

A la mine de King qui faillit s'étrangler d'indignation, Tucker réprima un gloussement et se tourna vers son frère.

— Si tu étais malin, tu filerais maintenant dans ta cuisine, lui conseilla-t-il, d'un ton aigre-doux.

— Et toi, si tu étais malin, il y a une heure que tu aurais dû prendre le large, rétorqua Bobby.

Tucker n'eut qu'à regarder les visages fermés autour de la table pour conclure… que son frère n'avait peut-être pas tort.

7

Avec tous ses problèmes et le stress engendré par la situation inextricable où elle se trouvait, Liz n'aurait pas trouvé étonnant d'avoir une bonne migraine. Mais il n'en fut rien. Une fois passé l'accrochage initial avec King, elle prit un certain plaisir au dîner. Il fallait vraiment que sa vie ait été jusque-là bien malheureuse pour qu'elle se satisfasse maintenant d'un dîner en compagnie d'un vieux grincheux qui la détestait, de son ex-petite amie — d'après ce qu'elle avait compris de la relation entre Frances et lui — et de l'homme qu'elle avait autrefois laissé tomber, le tout moins de vingt-quatre heures après la mort de son mari.

— Quelle merveilleuse soirée ! s'exclama-t-elle en s'installant sur le siège passager de la voiture de Tucker.

— Bobby sera ravi d'apprendre que tu as apprécié le repas, marmonna Tucker, les mâchoires crispées sur la colère qui l'étouffait encore.

— Je n'ai pas seulement apprécié le repas, mais aussi ta présence et celle de Frances et de ton père.

Tucker se tourna vers elle et la scruta, l'air déconcerté.

— As-tu perdu la tête ?

— En aucun cas. C'était comme si rien ne s'était passé. Tout était normal.

— Ma pauvre chérie, si pour toi tout paraissait normal ce soir, c'est que rien ne va plus dans ta vie.

Touché ! Tucker avait vu juste, et sa bonne humeur disparut instantanément.

— Tu ne crois pas si bien dire, répliqua-t-elle d'une voix posée. C'est exactement ça.

Le regard que Tucker posa cette fois sur elle était plein de compassion.

— Je suis désolé, dit-il.

— Ne sois pas désolé pour moi ! répliqua-t-elle sèchement. Autrefois, j'ai fait mes choix. D'abord, j'ai choisi Larry et ensuite, j'ai choisi de rester avec lui, même quand j'ai su qu'il me trompait.

C'était sorti malgré elle ! Mais maintenant que c'était dit, elle en fut soulagée. De toute façon, il aurait bien fallu qu'elle lui en parle un jour ou l'autre.

— Il te trompait ? s'exclama Tucker d'un ton incrédule.

Il avait l'air tellement ahuri qu'il en était comique. Mais l'heure était grave et elle n'avait pas le cœur à rire.

— A l'occasion, répondit-elle évasivement, refusant de se lamenter sur son sort.

Il y avait belle lurette qu'elle ne se plaignait plus. Le passé était le passé, et elle était bien décidée à repartir sur de bonnes bases, quoi qu'il lui en coûte.

— Mais pourquoi es-tu restée avec lui ? Désolé. Cela ne me regarde pas.

— Peu importe. Je voulais que tu saches pourquoi sa mort ne me touchait guère. Mais je ne voudrais pas que cela s'ébruite.

— Dans la mesure où il y a eu meurtre, ce sera difficile. D'un côté, les médias vont s'emparer de l'affaire et de l'autre, la police va faire des recherches pour essayer de trouver l'auteur du crime. J'ai bien peur que les… infidélités de ton mari n'apparaissent au grand jour. Et plus tôt que tu ne penses.

— Il n'y a pas moyen de… ? commença-t-elle en levant sur lui un regard plein d'espoir.

— Pas que je sache. Une fois que l'enquête va

commencer et que chacun va se mettre à creuser dans son coin, tout apparaîtra.

Elle s'en doutait bien un peu, mais la perspective de voir sa vie privée étalée aux yeux de tous ne l'enchantait guère. Tout le monde saurait que son mari l'humiliait en couchant avec d'autres femmes, et ce, depuis leur mariage. Mais si la découverte de son meurtrier en dépendait, elle ferait contre mauvaise fortune bon cœur. Pour elle, la vraie blessure, c'était quand Larry la trompait, c'étaient ses mensonges censés couvrir sa trahison. Ces mensonges à répétition qui l'avaient amenée à ne plus jamais croire un mot de ce qu'il disait. Après ces épreuves, pourrait-elle jamais refaire confiance à un homme ?

En jetant un coup d'œil à Tucker, la réponse à sa question lui parut une évidence. Lui, elle pouvait sans crainte lui faire confiance.

— Qu'y a-t-il ? demanda-t-elle devant son expression soucieuse.

— C'est tout ce que tu as à me dire ?

— Qu'est-ce que tu veux savoir ? Si j'ai des choses à cacher ? Eh bien, non ! Je n'ai pas de liaison, pas d'accord secret avec qui que ce soit. Je ne me suis pas servie dans la caisse des fondations pour lesquelles je lève des fonds. Les infidélités de Larry étaient la seule chose que je voulais garder secrète. Enfin, dans la mesure du possible.

— Alors, c'est parfait, répondit Tucker avec un soulagement perceptible. Commençons par le début. Quand as-tu découvert pour la première fois qu'il te trompait ?

Elle ferma les yeux un instant. Qu'elle le veuille ou non, elle devait raconter la triste réalité de son mariage à Tucker. Mais elle avait confiance en lui, non ? Elle savait qu'il ne la regarderait pas avec un air narquois en pensant : « Il ne fallait pas me quitter pour lui. » Et puis ce serait peut-être plus facile à dire dans l'obscurité de la voiture qui filait dans les rues tranquilles de Trinity

Harbor que sous les lumières crues du salon de Tucker. Alors elle prit une profonde inspiration et se lança.

— Quelques semaines après le mariage, avoua-t-elle, bien déterminée à ne laisser transparaître aucune émotion. Je ne sais pas depuis quand il me trompait. Mais c'était sans doute depuis le début. A cette époque, il avait une liaison avec Cynthia Miles, sa directrice de campagne. Une jeune femme ambitieuse.

— Est-ce qu'elle l'aimait ?

— Difficile à dire. Elle cachait bien ses sentiments. A les voir tous les deux, jamais je n'aurais suspecté quoi que ce soit. Il a fallu que j'entre inopinément dans sa suite à l'hôtel et que je les surprenne au lit.

— Pourquoi ne l'as-tu pas quitté sur-le-champ ?

— Pour des raisons toutes simples, répliqua-t-elle en haussant les épaules, l'air désabusé. Il s'est excusé et m'a juré que cela ne se reproduirait plus. A cette époque, il m'éblouissait encore et j'étais amoureuse. Je l'ai cru. Et puis, à la fin de la campagne, il a renvoyé Cynthia, à ma demande expresse.

— Comment l'a-t-elle pris ?

— Pas bien, je suppose. Je n'étais pas là pour le voir.

— Et si elle s'était juré de se venger, un jour ?

— Si c'était le cas, je pense que c'est plutôt moi qu'elle aurait pris pour cible.

— Probablement. Quoi qu'il en soit, il faut que je lui parle. Est-elle à Richmond ?

— Evidemment. C'est là que se trouvent les lieux de pouvoir, et Cynthia ne s'en éloigne jamais.

— Vous croisiez-vous souvent ?

— J'ai toujours essayé de l'éviter le plus possible. Mais elle est de tous les rassemblements mondains pour le compte des candidats des différents partis. Elle est douée pour ce job et n'a eu aucune difficulté à retrouver du travail.

— Dans ce cas, elle n'a donc pas pu en vouloir à

Larry, ni à toi, au point de vouloir ruiner sa carrière, conclut-il pensivement.

— En effet.

— Ton mari a-t-il eu d'autres liaisons après elle ?

— Oui.

— Et tu es quand même restée avec lui. Pourquoi ?

— Je ne sais pas si tu peux comprendre, mais c'est comme ça. J'ai choisi de jouer l'épouse docile et aimante parce que c'était ce que l'on attendait de moi. C'était un rôle et j'ai joué la comédie pendant des années.

— Pourquoi ?

Pour sauver son mariage ? Elle l'avait cru, un temps, mais peu à peu il y avait eu autre chose…

— Parce que je ne voulais pas me résoudre à reconnaître quelle terrible erreur j'avais commise, avoua-t-elle enfin. Cela aurait été reconnaître du même coup que je t'avais blessé pour rien.

Elle s'interrompit un instant, le temps de glisser un coup d'œil furtif du côté de Tucker. Et dans la pénombre qui régnait dans l'habitacle tout juste éclairé par la lumière diffuse du tableau de bord, elle le vit se crisper. Voulant éviter tout commentaire de sa part, elle reprit :

— D'une certaine manière, Larry était comme mon père, intelligent et charmant, mais immature et totalement irresponsable dans sa vie personnelle. Mais cela ne se voyait pas au premier abord. Quand je me suis rendu compte que j'avais fait la même erreur que ma mère, j'ai réagi de la même manière : j'ai accepté mon sort. Je l'avais voulu, aussi ne me restait-il plus qu'à faire avec. Comme ma mère. On n'en attendait pas moins, chez les Swan.

— Tradition familiale ou repentir ? ironisa Tucker.

— Repentir, probablement.

— Avoir une vie misérable, c'est cher payé pour une erreur.

— Ma vie n'était pas misérable, répliqua-t-elle, vexée. J'avais tout ce que l'argent peut procurer. J'avais le temps de m'investir dans beaucoup de grandes et nobles causes contribuant à l'amélioration de la vie des gens. C'est incroyablement gratifiant, tu sais. Il ne manquait que l'amour, conclut-elle en soupirant.

— Le plus important, dit-on.

— A juste titre. Je m'en suis rapidement rendu compte. C'est pourquoi Larry et moi, nous avons fini par mener nos vies séparément, pourquoi j'ai entrepris ce voyage et enfin, pourquoi je lui ai annoncé que je demandais le divorce. La grande maison, la voiture de sport et les relations, cela ne me suffisait plus.

— Et les enfants ? Je t'ai toujours entendue dire que tu voulais une grande famille.

— Avant le mariage, nous parlions d'avoir des enfants. J'en voulais vraiment, mais quand j'ai découvert que Larry me trompait, je me suis dit que ce ne serait pas bien d'élever un enfant dans ce fiasco. En outre, malgré ses promesses d'avant le mariage, Larry était hostile à l'idée de fonder une famille, craignant que je ne sois plus aussi tolérante vis-à-vis de son comportement.

— Ainsi, il avait tout ce qu'il voulait. Et toi, qu'avais-tu ?

Encore une fois, il avait vu juste : Larry avait une vie rêvée, et elle…

Elle ne sut quoi répondre.

— Ce que tu méritais, c'est ça ? insista-t-il.

— Oui. Sans doute. Ce qui est sûr, c'est que jamais je ne recommencerai. Si je devais me remarier, je dis bien, *si*, ce serait avec un homme qui veut sincèrement être à mes côtés et partager ma vie.

Tucker se tourna brièvement vers elle et se concentra de nouveau sur la route.

Un silence s'installa, et ni l'un ni l'autre ne se décida à le rompre.

— Mary Elizabeth, je ne saurais être cet homme-là, affirma soudain Tucker en vrillant son regard dans le sien.

Elle tressaillit.

— Je le sais, murmura-t-elle, sans chercher à cacher son regret.

King avait raison sur un point. Si elle avait besoin de l'aide de Tucker pour élucider le meurtre de Larry, ce n'était pas tout. Elle voulait plus de lui. Mais le méritait-elle ?

— Tu le sais vraiment ? insista-t-il. Parce que si mon père dit vrai, et si tu es venue à moi parce que tu recherches plus que mon aide, alors ce n'est pas une bonne idée de te ramener chez moi. Entre nous, les choses ne seront jamais plus comme avant.

— Peux-tu au moins être mon ami ? demanda-t-elle, incapable de cacher la mélancolie dans sa voix.

Il hésita. Et cela lui parut si long qu'elle crut qu'il allait dire non à cela aussi.

— Je le suis déjà, répondit-il enfin. Je crois même que je l'ai toujours été.

Il faudra bien qu'il s'habitue à n'être que l'ami de Mary Elizabeth et rien d'autre, songea Tucker en tendant à la jeune femme les draps et les serviettes dont elle avait besoin. Pas question qu'il franchisse le seuil de la chambre d'amis, au risque de succomber à la tentation.

Quand il avait déclaré dans la voiture qu'il ne saurait y avoir rien d'autre que de l'amitié entre eux, c'était un avertissement autant pour lui que pour elle. Car, qu'elle le veuille ou non, elle comptait parmi les suspects dans le meurtre de son mari. Et puis, il lui faudrait organiser les funérailles, et elle devrait tenir son rôle jusqu'à la mise en terre de Larry Chandler, jusqu'à ce que l'on trouve le meurtrier et jusqu'au procès.

Quels que soient les griefs qu'elle avait contre son mari, elle n'allait pas souiller sa réputation, à moins d'y être forcée par les circonstances. Et au bout du compte, ce serait le beau Larry Chandler, étoile montante de la politique, et pas le coureur de jupon que l'on porterait en terre. Cette idée le mettait hors de lui, mais il savait que Mary Elizabeth devait rester discrète sur sa vie de femme trompée.

Mais le temps viendrait où elle devrait affronter la dure réalité, ne serait-ce que pour se sauver elle-même. Il lui faudrait alors lui permettre de fouiller dans les coins et recoins obscurs de la vie de Larry, à la recherche d'autres suspects qui pourraient avoir quelque raison d'avoir voulu sa mort. Et Cynthia Miles n'était clairement que la partie visible de l'iceberg.

Tucker eut un reste de nuit agité, mais il mit son insomnie sur le compte de toutes ces questions sans réponses plutôt que sur la présence de Mary Elizabeth qui dormait dans la chambre d'amis.

Il dut tout de même s'assoupir un moment car ce fut un arôme de café et de cannelle qui le réveilla. Et comme il était certain de ne pas avoir de cannelle chez lui, quelqu'un avait dû passer… Daisy, sans doute. Bon sang ! Cela promettait de faire des étincelles !

Il sortit de son lit en toute hâte, enfila son pantalon et saisit un T-shirt froissé qu'il passa en s'élançant vers la cuisine. Et là, il trouva Mary Elizabeth attablée avec Anna-Louise Walton, le pasteur et accessoirement la meilleure amie de Daisy. Ce qui ne valait guère mieux que si sa sœur était venue en personne.

— Regarde ce qu'Anna-Louise a apporté ! s'exclama joyeusement Mary Elizabeth en mordant à belles dents dans un petit pain à la cannelle bien collant.

— De la part de Daisy, précisa Anna-Louise.

— J'espère que tu as vérifié qu'ils ne sont pas à l'arsenic, répliqua-t-il, suscitant l'indignation d'Anna-Louise. Désolé révérend, mais il est clair que ma sœur n'est pas particulièrement ravie de la présence de Mary Elizabeth chez moi.

— J'ai cru comprendre, en effet, répondit Anna-Louise d'un ton désabusé. Nous en avons discuté toutes les deux.

— Si vous venez me faire part du fruit de vos réflexions, il vous faudra attendre que j'aie bu mon café, marmonna-t-il.

— En fait, je suis venue voir si je pouvais être utile à quelque chose, rétorqua Anna-Louise sans se laisser impressionner le moins du monde par sa mauvaise humeur.

— Nous parlions des funérailles, précisa Mary Elizabeth. Je lui ai demandé si elle voulait bien conduire le service et elle a accepté.

Tucker imagina soudain le cirque médiatique que ne manquerait pas de soulever la cérémonie. Jamais la petite église d'Anna-Louise ne serait assez grande pour contenir la foule des politiques qui en profiteraient pour se montrer ! Mais il se garda bien de faire la moindre remarque et se contenta de hocher la tête. Il n'avait aucune envie de participer à ce genre de conversation. Etant donné ce qu'il avait appris de Larry Chandler la nuit précédente, ce serait pure hypocrisie de sa part de prétendre s'intéresser à ses obsèques.

— Je vous laisse entre vous, annonça-t-il, en avalant son café d'un trait au risque de se brûler. Je dois faire un saut au bureau pour vérifier certaines choses.

— Au sujet de Larry ? demanda Mary Elizabeth.

— Oui.

— Alors c'est donc vrai ? Vous enquêtez sur le meurtre ? s'étonna Anna-Louise. Richard me disait pourtant que c'était Walker.

— Officiellement, c'est Walker. Moi, j'enquête pour mon propre compte. Et avant que vous ne commenciez à poser des questions sur mon éthique, sachez que j'ai pris deux semaines de congé.

— Tucker ! protesta vigoureusement Anna-Louise. Je ne me permettrais pas de mettre en doute votre intégrité.

— Parfait ! Et j'espère que vous garderez la même ligne de conduite jusqu'au bout. Quelque chose me dit que cela va devenir peu ragoûtant et que tout le monde ne va pas apprécier ce que je vais remuer, précisa-t-il en posant un regard insistant sur Mary Elizabeth.

Cette dernière pâlit, mais ne dit rien.

— Et si vous trouvez quelque chose, préviendrez-vous Richard ? demanda Anna-Louise. Le *Weekly* est le journal local et il mérite bien un scoop, non ?

— Cela dépendra de Mary Elizabeth et de Walker. Ce sont eux qui seront informés les premiers.

Anna-Louise ouvrit la bouche, puis la referma sans rien dire.

— Quoi encore ? lança Tucker, que cette conversation commençait à énerver. Allez-y, crachez le morceau. Cela ne vous ressemble pas de garder vos opinions pour vous. Vous avez du cran d'habitude, et vous ne mâchez pas vos mots.

Anna-Louise le fixa un instant, et il vit clairement le combat que menait la femme contre le pasteur.

— D'accord, dit-elle enfin. Oublions l'argument de l'intégrité pour le moment. Il y a un autre enjeu. Pensez-vous réellement que ce soit… sage ?

— Là n'est pas la question, rétorqua-t-il. Mary Elizabeth m'a demandé de l'aider, un point c'est tout.

— J'admire votre loyauté, Tucker. Mais que vont penser les citoyens quand ils vont vous voir enquêter dans le dos de votre propre adjoint ?

— Je n'enquête dans le dos de personne. Je mène simplement une enquête indépendante pour m'assurer que tout est bien mis en œuvre pour faire éclater la vérité.

— Les gens de Trinity Harbor vont-ils vraiment le prendre mal ? demanda Mary Elizabeth, en se tournant vers Anna-Louise.

— Ils le pourraient. Sans compter votre… passé commun à tous les deux, si vous me permettez d'évoquer le sujet. Il y a déjà des rumeurs qui circulent à propos du dîner d'hier soir à la marina. Ce matin, c'était le sujet du jour chez Earlene.

— C'est ma faute, murmura Mary Elizabeth en lançant un coup d'œil à Tucker. Je n'aurais pas dû accepter. Je suis désolée.

— Arrête de t'excuser, protesta-t-il. C'était mon idée. Ce reproche ne me fait pas peur.

— Et ça ? demanda Anna-Louise en balayant d'un geste la pièce. Si les gens s'offusquent d'un dîner en public, que vont-ils dire quand ils découvriront que Liz vit ici et qu'elle partage son petit déjeuner avec vous ?

Tucker vit Mary Elizabeth pâlir.

— D'abord, c'est avec vous que je partage mon petit déjeuner, répliqua-t-elle vivement.

— Les passants qui voient votre voiture stationnée devant la porte ne sont pas censés le savoir, rétorqua Anna-Louise en lui pressant gentiment la main. Pourquoi ne pas venir vous installer chez Richard et moi pendant quelque temps ? Au moins jusqu'après les funérailles et jusqu'à ce que les choses se calment ?

— Je ne sais pas, murmura Mary Elizabeth. Ce serait peut-être mieux, en effet.

— Ecoutez-moi, toutes les deux, intervint Tucker. J'ai invité Mary Elizabeth à venir se réfugier chez moi. C'était *mon* initiative. Je n'ai aucune inquiétude et je ne vois pas pourquoi vous en auriez. Autant l'une que l'autre, ajouta-t-il en jetant un regard entendu à Anna-Louise.

— Mais je ne me le pardonnerais jamais si mon séjour chez toi et ton enquête devaient te coûter des voix aux prochaines élections de shérif, répliqua Mary Elizabeth en le regardant d'un air soucieux.

— Et moi, je ne me le pardonnerais jamais si je ne faisais pas cette enquête, rétorqua-t-il en guise de conclusion.

— Je pourrais t'en décharger, suggéra-t-elle.

— Ce n'est pas pour autant que je l'abandonnerais. Je n'ai jamais laissé une affaire sans la mener jusqu'à son terme. Quant au reste, c'est à toi de voir. Cela ne me dérange pas que tu restes ici, mais si cela t'ennuie, va chez Anna-Louise. Seulement, n'oublie pas que tu auras un journaliste sur le dos qui observera tes moindres faits et gestes.

Anna-Louise lui jeta un regard furibond.

— Ce ne sera pas pire que d'avoir un flic qui surveille ses moindres mouvements ! lança-t-elle.

— Probablement pas, reconnut-il.

— Je vais réfléchir, dit Mary Elizabeth en se tournant vers Anna-Louise. Je peux vous téléphoner plus tard ?

— Bien sûr.

— Alors, les spéculations sur le meurtrier, ça donne quoi chez Earlene ? s'enquit Tucker avec un petit sourire en coin. Des théories se dégagent-elles ?

— Je croyais que les policiers s'intéressaient plus aux faits qu'aux théories, rétorqua Anna-Louise.

— Quelquefois les meilleures théories contiennent un fond de vérité et je fais feu de tous bois. Et Richard ? Il a entendu des bruits ?

— Sûrement, mais malheureusement, il ne me dit rien, répondit Anna-Louise d'un ton dépité. Il a travaillé toute la nuit pour boucler l'édition de la semaine. Tout le monde est sur les dents. Earlene prétend que depuis l'assassinat de ce banquier il y a quelques années, elle n'avait pas entendu autant parler de système d'alarme et de chien de garde. Trinity Harbor a toujours été un endroit paisible où les familles se sentent en sécurité, et cet événement a été un vrai choc qui leur a rappelé les dures réalités du monde qui nous entoure. Mais la population va se mobiliser pour éviter les répercussions sur le développement du tourisme. Personne ici n'est prêt à abandonner le mode de vie paisible qui est le sien depuis des générations.

— J'espère sincèrement que cette triste affaire sera vite oubliée, avança Tucker qui ne quittait pas Mary Elizabeth des yeux.

Comme il aurait voulu revenir six ou sept ans en

arrière, au temps où cette femme était son grand amour ! Peut-être aurait-il pu trouver un moyen de l'empêcher de faire ce qui s'avérait maintenant être la plus grosse erreur de sa vie.

8

Liz n'était pas mécontente de son sang-froid. Elle avait passé des années à faire croire à tous qu'elle menait une vie de rêve, et il avait fallu qu'Anna-Louise la ramène à la dure réalité en lui rappelant l'organisation des funérailles de Larry qu'il lui faudrait assumer.

Il ne s'agissait pas d'un affreux cauchemar ni d'une série télé. Larry Chandler, l'homme débordant d'énergie, l'incorrigible coureur de jupon, accessoirement son mari devant Dieu et les hommes, était mort et bien mort. Et il lui revenait de l'enterrer sans laisser transparaître le mépris qu'elle éprouvait pour lui. Elle revit ces personnes aimées qu'elle avait déjà portées en terre. Ses parents, puis son grand-père adoré qui était mort moins d'un an après son mariage, heureux de la laisser entre de bonnes mains. Le pauvre, s'il avait su…

— Ça va aller ? demanda Anna-Louise d'une voix inquiète.

Elle sursauta. Tucker était parti depuis un petit moment, et Anna-Louise l'observait avec attention.

— Je… Oui, répliqua-t-elle vivement en se forçant à sourire. Tout est arrivé si vite que je viens seulement de réaliser que mon mari est disparu à tout jamais, qu'il ne reviendra pas.

— C'est souvent le cas, répondit Anna-Louise d'une voix douce. Parfois, l'esprit tient la vérité à distance jusqu'à ce que l'on soit capable de l'affronter.

— Et si on n'en est jamais capable ? Qu'est-ce qui se passe ? demanda-t-elle, songeant soudain au grand vide que laisserait l'absence de Larry dans sa vie.

Certes, en demandant le divorce, elle s'y était déjà préparée, mais ce n'était pas pareil. Avec la mort, l'absence était… irrévocable.

— Le moment arrive où nous sommes prêts à l'affronter, répondit Anna-Louise. Dieu nous y aide. Voyez-vous quelqu'un qui pourrait vous accompagner pour organiser les préparatifs de la cérémonie ?

Quelqu'un qui pourrait l'aider ? Ici ? Elle étouffa un sanglot.

— Non, je ne vois personne, murmura-t-elle. Etrange, n'est-ce pas ? Moi qui connaissais tout le monde ici, je n'ai personne à qui je peux demander de l'aide.

Autrefois, elle aurait appelé Daisy, mais maintenant, c'était hors de question.

— Personne, excepté Tucker, répliqua posément Anna-Louise.

— Je ne peux pas lui demander ça. Je peux m'en sortir toute seule. Les gens des pompes funèbres appartiennent à une vieille famille amie. Ils feront tout pour me faciliter les choses. J'ai seulement besoin d'un peu de temps pour me ressaisir.

— Je vous accompagne, proposa Anna-Louise d'un ton qui n'admettait pas de réplique. Je ne vous laisserai pas seule.

— Merci, mais vous avez à faire et je ne peux pas vous prendre votre temps.

— C'est pour ça que je suis là, pour vous assister du mieux que je peux.

— Non ça va aller. En fait, je pense demander à Frances. Elle était très liée à mon grand-père. Elle acceptera en souvenir de lui.

— C'est sûr. Si vous voulez, je peux lui téléphoner pendant que vous vous préparez.

Et Liz prit soudain conscience qu'elle était toujours en robe d'intérieur, une tenue de soie précieuse qui ne convenait pas du tout à la situation. Pas étonnant qu'Anna-Louise ait paru si consternée de la trouver dans la cuisine de Tucker dans cette tenue.

— Je suis désolée, murmura-t-elle. C'est tout ce que j'avais à me mettre.

— Je ne vous juge pas. Ce n'est pas mon rôle.

— Eh bien, vous êtes une exception !

— Je suis là pour guider et conseiller, c'est ça mon travail et je le prends très au sérieux.

— Vous êtes formidable, vous savez. J'aurais aimé vous rencontrer en d'autres circonstances.

— Nous aurons tout le temps, rétorqua Anna-Louise en posant sur elle ce regard serein qui avait le pouvoir d'adoucir les peines. Quelque chose me dit que vous êtes revenue chez vous pour de bon.

Chez elle ? Ces deux mots résonnèrent étrangement en elle. Depuis quand ne s'était-elle plus crue autorisée à considérer Trinity Harbor comme son « chez-elle » ? Cela remontait au jour où descendant l'allée de la petite église de la ville — bien avant l'arrivée d'Anna-Louise — pour s'unir à Larry, elle avait mis un terme à son passé avec Tucker. De cet instant, elle avait su que Trinity Harbor ne serait plus jamais chez elle.

En même temps, elle avait éprouvé peu de regret, sinon celui d'avoir blessé un homme qui ne le méritait pas. Elle avait toujours voulu vivre dans une grande ville avec ses facilités culturelles. Et de savoir que Larry et elle vivraient une grande partie de l'année à Richmond, avec juste quelques brefs séjours à Trinity Harbor pour garder le contact avec les citoyens, n'était pas pour lui déplaire. Sans compter la perspective d'aller bientôt vivre à Washington !

En quittant Tucker et Trinity Harbor, elle savait ce que cela impliquerait pour elle. Ici, les gens avaient de la mémoire et ils aimaient Tucker. A l'instar de King, ils s'étaient éloignés d'elle. En fait, ils s'étaient comportés exactement comme elle l'avait prévu.

Alors aujourd'hui, revenir vivre ici…

Pourrait-elle, après tout ce temps, regagner l'affection des habitants et se refaire une place parmi eux ? Et comment le vivrait Tucker ?

Quant à elle, serait-elle capable de supporter de vivre à proximité de cet homme ?

Elle poussa un gros soupir. Inutile d'espérer des réponses à ses questions ! Ni maintenant ni même dans une semaine. Tout ce qu'elle savait avec certitude, c'était que pour elle, Richmond avait perdu ses attraits. On verrait avec le temps si Trinity Harbor lui suffirait. Or, le temps, c'était justement ce qui, désormais, lui manquerait le moins. Alors…

Tucker entra en trombe dans son bureau à Montross.

— Qu'est-ce que tu fais ici ? s'écria Walker en sursautant.

De son côté, Tucker eut un choc en découvrant Walker assis sur *son* siège, derrière *son* bureau.

— A moins d'un coup d'Etat dont je n'ai pas eu connaissance, ici, c'est toujours mon bureau, répondit-il. J'ai pris un congé réglementaire. Je n'ai pas démissionné. Serais-tu déjà saisi par le syndrome du pouvoir ?

— Pas du tout ! Tu peux reprendre ta place quand tu veux. Sache seulement que je ne suis pas près de te pardonner de m'avoir refilé cette patate chaude.

Et il balaya d'un geste d'impuissance un monceau de messages répartis en trois piles.

— Ici, les coups de fil des médias. Là, les demandes de renseignements en provenance des copains de Chandler à la Chambre des délégués. Et là, les citoyens affolés qui craignent de se faire trucider devant leur poste de télé. Qu'est-ce que je dois faire de tout ça ?

Tucker rassembla les trois piles et les jeta dans la corbeille à papier sans plus de cérémonie.

— Fais ton travail, laissa-t-il tomber. Elucide le meurtre de Chandler et le reste se fera tout seul.

— Si seulement. Essaie donc de faire comprendre ça à une horde de journalistes affamés d'infos. Fatigués d'attendre en vain des réponses à leurs coups de fil, ils commencent à faire le siège devant la porte.

— J'ai vu. J'ai dû me faufiler par-derrière pour leur échapper.

— Il va bien falloir que quelqu'un aille tôt ou tard leur parler. Ils ne vont pas lâcher comme ça.

— Envoie Michele. Il n'y a pas mieux qu'elle pour renvoyer les indésirables.

— Bonne idée ! s'exclama Walker, le visage illuminé d'un grand sourire. Je reviens tout de suite. Ne bouge pas. Nous avons à parler.

Tucker prit place sur le siège du visiteur, laissant son propre siège à Walker. Finalement, il n'était pas mécontent de s'être dessaisi de cette affaire ; tout en rechignant à montrer ouvertement de la sympathie pour ce pauvre Walker qui devait se débattre avec son sac de nœuds, il n'enviait pas la situation dans laquelle il avait fourré son beau-frère.

Walker ne tarda pas à revenir, un grand sourire aux lèvres.

— Michele est sortie et elle leur sert une double ration de bobards enrobés de miel. Ça marche. Ils gobent tout, spécialement les blancs-becs de la presse du District of Columbia. On aura la paix jusqu'à ce qu'ils se rendent compte qu'en fait, elle les a menés en bateau.

Puis il le regarda dans les yeux, et ajouta, tout sourire envolé :

— A nous deux, maintenant. Dis-moi jusqu'où tu penses mener ta propre enquête.

— Jusqu'à ce que je trouve un filon.

— Vas-tu travailler avec moi ou me pourrir la vie ?

— C'est selon ! lança-t-il en riant.

— Alors dans ce cas, pas de rétention d'informations, partage tes découvertes et tout ira bien.

— Pareil pour toi, d'accord ?

— Autant que ce sera possible, répondit Walker. Je ne garderai rien pour moi, à moins que cela ne risque de nuire à l'enquête. En d'autres termes, si cela implique Liz. Du moins, si ça l'implique trop, précisa-t-il.

— Tu es bien bon ! Et alors, tu en es où ?

— Larry Chandler a été tué à bout portant, expliqua Walker en ouvrant un dossier. D'après Doc James, s'il a laissé son meurtrier l'approcher de si près, c'est qu'il le connaissait. Nous verrons ce que diront les légistes de Richmond. On n'a pas trouvé de trace d'arme dans la maison. En revanche, on a relevé un million d'empreintes de doigts en cours d'identification. Bien dommage que Liz n'ait pas demandé à la femme de ménage de passer nettoyer avant son retour. Ça nous aurait facilité la vie. Il y a des empreintes qui remontent à leur dernière visite, quand ils étaient venus tous les deux pour lancer une campagne de levée de fonds pour leur fondation. Richard dit qu'à la réception, il y avait un monde fou, les huiles de tout l'Etat s'étaient déplacées. Il a promis d'apporter les photos qu'il a prises ce jour-là. Mais je doute sérieusement que l'on trouve une piste fiable de ce côté-là.

— Je peux voir les photos de la scène du crime ?

— Bien sûr, répliqua Walker en lui remettant une grosse enveloppe. Tu remarqueras peut-être quelque chose qui m'a échappé.

Tucker parcourut les photos dont la plupart montraient une pièce parfaitement rangée où tout paraissait normal. Seules les photos de la victime mettaient en évidence la violence de l'agression.

— Trois impacts de balle ? s'exclama-t-il d'un ton surpris.

Mary Elizabeth n'en avait mentionné qu'un.

— Oui, confirma Walker. Celui ou celle qui a fait ça voulait s'assurer qu'il était bien mort. L'artère a été sectionnée, c'est ce qui explique tout le sang. C'est probablement le coup qui lui a été fatal.

— Tu as une idée du mobile ?

— La vengeance, c'est ce qui vient immédiatement à l'esprit.

— Oui, c'est probable. Au moins, pour étayer cette hypothèse on n'est pas dans le vague et on a des choses à chercher. Tu as fait la liste des gens qui détestaient Chandler ?

— Non. Mais toi, tu es mieux placé que moi pour rassembler une liste de suspects. Liz ne m'a pas encore donné la liste de noms qu'elle m'a promise et tout ce dont je dispose, ce sont des lettres anonymes et des réponses tapées à la machine. A-t-elle été plus causante avec toi ?

— Elle m'a juste donné le nom de Cynthia Miles qui a été la directrice de campagne de Chandler.

— Selon toi, quel pourrait être son mobile ?

— Mary Elizabeth a découvert qu'elle avait une liaison avec son mari, et elle a obligé ce dernier à la renvoyer sitôt après son élection. Non contente de la faire renvoyer, elle a fait en sorte qu'ils mettent un terme à leur relation.

— Ouais. Mobile valable, à supposer que Cynthia Miles ait ruminé sa vengeance pendant six ans. Si tu veux mon avis, ça ne vaut pas grand-chose. Enfin, je vais quand même la voir. Est-elle toujours à Richmond ?

— Mary Elizabeth dit que oui.

— Bien. Quelque chose de ton côté ?

— Non. Mais je n'ai pas encore commencé à creuser. Tout ce que je sais, c'est qu'il n'y a pas eu, dans tout le comté, un seul opposant politique d'envergure suffisante pour envisager de prendre la place de Chandler à la Chambre des délégués. Dès sa première élection, il a été indéboulonnable. Ken Willis s'y est essayé une fois, mais il a été emporté par un raz-de-marée. Depuis cette débâcle, plus personne n'a cherché à s'opposer à Chandler.

— Et du côté du monde des affaires ? A-t-il des ennemis ?

— Je vais vérifier ça demain. Dis-moi, Walker, toi qui es un expert en affaires criminelles, est-ce que cela pourrait être un crime de rôdeur ? Un cambriolage qui aurait mal tourné ?

— Rien ne le donne à penser. La porte n'a pas été fracturée et Liz n'a pas constaté de disparition de bijoux ou d'objets quelconques.

— Et si, l'entendant rentrer, le meurtrier s'était enfui sans rien prendre ? demanda Tucker. A-t-on une idée de l'heure du décès ?

— Entre 20 heures et 2 heures du matin. Doc James pense que l'on peut réduire le laps de temps, mais c'est en gros dans cet ordre d'idées.

— Bon sang ! C'est justement dans ce créneau horaire que Mary Elizabeth est revenue chez elle ! Pile dans ce créneau horaire, puisqu'elle dit être rentrée pendant le journal télévisé de 23 heures. Si c'est vrai, cela nous ramènerait entre 20 heures et 23 heures. Et si elle ment, elle aurait très bien pu être là au moment précis où l'on tirait sur son mari… et elle aurait aussi très bien pu être celle qui a appuyé sur la détente.

— Je sais, laissa tomber Walker en le regardant d'un air compatissant. Tout cela place Liz en tête sur la liste des suspects. Nous savons qu'elle était à Swan Ridge dans ce laps de temps puisqu'elle l'a elle-même reconnu. De plus, elle est la seule personne connue de nous qui avait à la fois des raisons et la possibilité matérielle de commettre ce crime.

Walker avait raison. Comment Tucker pourrait-il nier l'évidence ? Mais ce n'était pas pour autant qu'il devait l'accepter.

— Au fond de moi, j'ai la certitude qu'elle n'a pas fait

ça, décréta-t-il. Ce n'est peut-être pas suffisant pour toi, mais pour moi, ça l'est.

— Désolé vieux. En effet, je ne peux pas m'en contenter, répliqua Walker. Dis-lui de conserver le numéro de téléphone de son avocat à portée de main.

Les quelques jours qui suivirent, Tucker garda sa conversation avec Walker pour lui. Mais il ne pouvait s'empêcher de gamberger chaque fois qu'il regardait Mary Elizabeth. Avait-elle pu commettre ce crime ? Avait-elle changé, ces six dernières années, au point de tirer sur son propre mari, de quitter froidement les lieux et d'aller tranquillement se glisser dans le lit de son ancien amant, une fois son forfait accompli ?

Non, non et non ! C'était impossible. Seulement la connaissait-il encore ? Elle paraissait calme, mais aussi déterminée. Il l'avait bien vu quand elle avait donné cette mini-conférence de presse impromptue à Swan Ridge, aux côtés de Powell. Un modèle de sang-froid.

Mais non ! Elle avait peu, sinon rien, à gagner à la mort de son mari. Si son objectif était de le sortir de sa vie, le divorce qu'elle prévoyait suffisait amplement. A moins qu'elle n'ait changé ses plans après la dispute qu'elle avait eue au restaurant avec Larry. Il faudrait qu'il enquête de ce côté-là.

Si elle n'avait pas dilapidé son héritage et ses biens propres, elle n'avait pas besoin de l'argent de son mari. Il devait aussi vérifier tout cela.

Toutefois, cela attendrait. Les funérailles avaient lieu ce matin, et il avait promis à Mary Elizabeth d'y assister à ses côtés. Frances prévoyait aussi de les accompagner. Certainement à la grande fureur de King ! D'ailleurs, ce dernier viendrait-il ? Malgré tout, King avait le sens des convenances. Un Spencer ne devait-il pas montrer un minimum de respect envers l'autorité politique la plus éminente de la région ? Alors…

Mais son père était le cadet de ses soucis pour l'instant.

Il trouva Mary Elizabeth dans le hall, hésitant à se diriger vers la cuisine. Elle était vêtue de noir des pieds à la tête, ce qui n'était pas vraiment seyant à son teint pâle. Et son maquillage savant ne réussissait pas à masquer les cernes sous ses yeux.

— Ça va ? demanda-t-il d'une voix pleine de sollicitude. Assieds-toi pendant que je vais te chercher quelque chose à manger.

— Je n'ai pas faim, murmura-t-elle d'une voix plaintive, en acceptant toutefois de s'asseoir. Comment vais-je trouver la force de surmonter tout cela ?

— En te souvenant de qui tu es et en faisant ce que ton grand-père attendrait que tu fasses. Tu en es capable. Tu es plus forte que tu ne le crois.

— C'est vrai, reconnut-elle, un sourire fugace éclairant son visage l'espace d'un instant. Face à l'adversité, les Swan font toujours ce qu'il faut. Mon grand-père n'a pas versé une larme quand il a enterré mes parents.

— Du coup, toi non plus, avança-t-il.

Il n'avait jamais évoqué ce sujet avec elle. Les funérailles avaient eu lieu avant qu'ils ne fassent connaissance, et pendant des années, elle avait refusé de parler de ses parents.

— C'est vrai, reconnut-elle. Chaque fois que j'allais pleurer, il me lançait un regard noir qui aurait pu assécher l'océan Atlantique. Je peux te dire que je n'avais pas intérêt à laisser échapper une seule larme. Pour lui, les larmes étaient synonymes de faiblesse.

— Mais tu n'étais qu'une enfant ! s'exclama Tucker avec colère.

— Peu importe. J'étais une Swan.

— T'es-tu parfois demandé ce qu'aurait été ta vie si tes parents n'étaient pas morts dans cet accident en Suisse ?

Elle sourit tristement.

— Je n'avais pas besoin de me le demander. Je le savais. J'aurais mené une vie insouciante et passionnante, au milieu de gens intéressants. La vie que j'ai menée jusqu'à neuf ans. Oh ! bien sûr, à cet âge, je ne me rendais pas bien compte et vivais cela de l'extérieur, ajouta-t-elle avec une moue désabusée. Je me souviens d'être assise en haut de l'escalier d'une maison que nous avions louée pour l'hiver. J'écoutais la musique et les rires qui me parvenaient du rez-de-chaussée, me demandant quels plats exotiques on leur servait et qui étaient les convives. En ce temps-là, je rêvais d'un prince charmant qui me remarquerait, viendrait me chercher en haut de mon perchoir et me ferait danser.

— Cette vie me paraît bien solitaire, pour une petite fille.

— C'est vrai. Et malgré l'affreuse tragédie qui fut la cause de mon arrivée ici, j'étais beaucoup mieux à Swan Ridge. C'était une vraie maison, et mon grand-père s'occupait de moi. Certes, c'était un ours mal léché, sévère, et peu démonstratif, mais il savait à tous moments et en toutes circonstances où j'étais et ce que je faisais. Et jamais je n'eus l'occasion de douter de son amour pour moi.

Le regardant avec un sourire triste, elle poursuivit :

— Et puis il y a eu toi. Je n'avais encore jamais eu d'ami. Nous ne restions pas assez longtemps dans le même endroit, mes parents et moi. Dès le début, j'ai senti que tu me considérais comme une petite peste, mais j'étais déterminée à faire en sorte que tu m'aimes.

— Ce qui explique toutes ces boîtes de cookies au chocolat étiquetées à mon nom que je trouvais sur le perron ! dit Tucker en riant.

— Je savais que tu les aimais parce que ta maman, et plus tard Daisy, en faisait toujours pour toi.

— Sauf que les leurs n'étaient pas brûlés, précisa-t-il, heureux de lui arracher un vrai sourire.

— Depuis, j'ai fait des progrès en cuisine ! lança-t-elle, feignant d'être vexée. Un de ces jours, je te concocterai un menu et je t'étonnerai, tu verras.

— Je n'ai pas besoin de cela, laissa-t-il échapper. Tu m'as toujours étonné.

Leurs regards se croisèrent un instant, et l'air s'alourdit de pesante nostalgie. Il avait tort et il savait que cela ne lui apporait que des ennuis, mais comment détacher son regard de celui de Mary Elizabeth ?

— Ah, Mary Elizabeth…, murmura-t-il sans oser faire un geste.

Finalement, ce fut elle qui baissa les yeux la première.

— Je sais, dit-elle. Mais il ne faut pas…

— Non, répliqua-t-il fermement. Il ne faut pas.

Et il ajouta, consultant l'heure à sa montre :

— Je pense qu'il est temps de partir pour l'église. Frances a dit qu'elle nous y retrouverait. Nous pourrons attendre dans son bureau jusqu'au début de la cérémonie.

Elle hocha la tête et le suivit jusqu'à sa voiture. Une fois installée, elle se tourna vers lui.

— Ne te sens pas obligé de t'asseoir à côté de moi. Je sais que cela pourrait être gênant pour toi.

— C'est mon problème, répliqua-t-il sur un ton de farouche détermination.

— Mais je ne voudrais pas te nuire, insista-t-elle.

— Mary Elizabeth, nous n'allons pas reprendre cette discussion. Tout a déjà été dit. Et à moins que tu ne veuilles pas de moi, je resterai près de toi.

— Tucker, écoute-moi ! J'essaie de faire pour le mieux. Ne rends pas les choses encore plus difficiles qu'elles ne le sont ! Je t'en prie ! le supplia-t-elle. Ce serait un affront pour ton père et pour beaucoup de citoyens. Alors pourquoi insister ?

— Tout simplement parce que tu as besoin de quelqu'un près de toi.

— J'aurai Frances. Elle m'a beaucoup apporté, ces

derniers jours. Je lui dois beaucoup. De même qu'à Anna-Louise. Je serai bien entourée.

— En es-tu sûre ?

— Oui.

— Alors, c'est comme tu veux. Je resterai au fond de l'église, et si tu as besoin de moi, tu n'auras qu'à regarder dans ma direction.

— Je ne m'appuie déjà que trop sur toi. Je peux surmonter seule cette épreuve.

— C'est ton choix. Tu n'es pas obligée d'être seule.

— Je sais.

Il s'engagea sur le parking situé derrière la petite église au clocher de briques peintes en blanc qui datait de la fin du XVIIIe siècle. Par miracle, il n'y avait encore personne, ni journalistes ni participants à la cérémonie. Il aida Mary Elizabeth à sortir de la voiture et l'escorta vivement jusqu'à l'intérieur de l'église, juste au moment où le camion de la première chaîne satellite de Richmond arrivait dans la rue derrière l'église. Le reporter sauta en marche et fonça dans leur direction, mais Tucker lui claqua violemment la porte au nez, donnant même deux tours de clé par précaution.

Anna-Louise et Frances les accueillirent dans le hall, et Frances la serra longuement dans ses bras.

— Maintenant, elle est entre de bonnes mains, dit Anna-Louise. Ne vous inquiétez pas.

— Elle va tout intérioriser, répondit-il. Et je ne suis pas sûr que ce soit bon pour elle.

— Elle fait son deuil, ne l'oubliez pas. Je ne sais pas tout de son mariage, mais j'ai cru comprendre qu'il y avait des problèmes. Alors aujourd'hui, il lui faut faire face à des sentiments contradictoires, le chagrin, le remords, voire même un certain soulagement. Vous ne pouvez pas l'aider, Tucker. Elle doit faire le travail toute seule. Le meilleur service que vous puissiez lui rendre, c'est de trouver qui a tué son mari.

Après un dernier regard en direction de Mary Elizabeth, il hocha la tête.

— Oui, vous avez raison. Qu'avez-vous décidé pour les caméras de télé ?

— Pas de caméra ni de photographes, à l'église et au cimetière. Walker dit qu'il y veillera. Comme je ne peux pas les empêcher d'être dans la rue, ils vont s'agglutiner partout.

— Et Richard ?

— Cela n'a pas été facile pour moi, répliqua-t-elle en lui lançant un regard chargé d'amertume, mais j'ai dit à mon mari que pour lui, la règle était la même que pour tout le monde. Il est dehors, rongeant son frein et râlant d'avoir épousé la femme la plus têtue de la terre.

— Je vais aller le voir, dit-il en laissant échapper un petit rire.

— Faites-moi une faveur, Tucker. Dévoilez-lui quelques détails croustillants, si vous pouvez. Cela arrangerait bien mes affaires à la maison.

— Vous ne vous êtes tout de même pas disputés tous les deux pour ça ?

— Nous ne nous disputons jamais, protesta-t-elle avec un sourire. Nous avons *de vives discussions*, et à la fin, chacun reste sur ses positions, surtout s'il s'agit de sujets relatifs à nos professions respectives. En nous mariant, nous avons bien intégré le fait que quelquefois nos éthiques se heurteraient et que cela poserait problème. De le savoir à l'avance facilite un peu les choses.

— Et ça marche vraiment ? s'enquit Tucker d'un ton sceptique.

— Jusqu'ici, oui. Au fait, j'ai vu votre père rôder dans les environs. Il ne semblait pas plus heureux que Richard et vous pourriez peut-être profiter d'être dehors pour aller l'amadouer, lui aussi.

— N'est-ce pas trop me demander ?

— Pas plus que ce qui est en votre pouvoir, répliqua-t-elle de son ton de pasteur.

— Si vous le dites ! lança-t-il en s'éloignant.

Il se glissa par la porte arrière de l'église puis s'avança jusqu'à l'allée de devant. Il n'avait pas fait deux mètres que son père l'aperçut et s'approcha de lui à grands pas.

— Tu n'as même pas eu le bon sens de te tenir à l'écart aujourd'hui, maugréa-t-il.

— Et toi non plus, lui fit remarquer Tucker.

— C'est mon devoir de Spencer d'être là.

— Et moi, mon devoir d'ami de Mary Elizabeth.

— Comme si le fait d'être là changeait quelque chose à l'affaire !

— Papa, ne commence pas, ce n'est ni le lieu ni le moment, répliqua-t-il en indiquant les caméras braquées sur eux, ainsi que Richard qui approchait avec la sombre détermination d'un homme investi d'une mission.

— Vous ! s'écria King à l'adresse du journaliste. J'aurais dû me douter que vous rôderiez par là !

— Eh bien, j'en ai autant à votre adresse, répliqua Richard, un sourire insolent aux lèvres. Tucker, puis-je vous parler une minute ?

— Il n'a rien à dire ! lança King d'un air mauvais.

— Je pense qu'il est capable de répondre tout seul, répliqua Richard avec un zeste d'exaspération. N'est-ce pas, Tucker ?

— Venez par ici, dit Tucker, en l'entraînant derrière l'église. Papa, si tu veux attendre jusqu'à ce que je revienne, je m'assiérai avec toi.

— Ne te sens pas obligé, grommela son père, la mine renfrognée. Si c'est pour que l'on soit vus ensemble et pour te donner en spectacle, ne t'approche pas de moi.

Naturellement, Richard avait pris note de chaque mot. Et quand ils se retrouvèrent seuls tous les deux, il le scruta attentivement et demanda :

— Ça vous ennuierait de m'expliquer ?

— Vous connaissez mon père, répondit Tucker en haussant les épaules d'un air fataliste. Ses enfants font rarement ce qu'il voudrait qu'ils fassent.

— J'avais l'impression qu'il avait en tête une raison particulière pour que vous n'assistiez pas aux funérailles. Cela aurait-il quelque chose à voir avec le fait que vous et Liz Chandler, vous vous soyez fréquentés, autrefois ? Plusieurs personnes ont pris un malin plaisir à me le rappeler, ainsi que la façon dont elle vous a quitté pour épouser Chandler. Vrai ou faux ?

Pourquoi le nier ? La moitié de la ville connaissait l'histoire.

— Vrai, répondit-il laconiquement. L'interview est-elle commencée ?

— A moins que vous n'ayez une objection à faire ?

— Non, c'est bien ainsi. Je veux seulement être sûr de bien comprendre les règles avant de répondre.

— Normal, répliqua Richard en jetant un coup d'œil à ses notes. Donc, je confirme, l'interview est commencée. Ma question est la suivante : est-ce à cause de votre passé avec Liz Chandler que vous avez pris un congé et que vous vous êtes provisoirement déchargé de votre fonction de shérif ? Est-ce pour éviter un possible conflit d'intérêts ?

— Oui.

— N'était-il pas suffisant de vous retirer de l'enquête ?

— J'aurais pu, mais Mary Elizabeth m'a demandé de l'aider et si je le fais, ce ne peut être que sur la base d'une initiative personnelle et officieuse. Je ne veux pas que l'on m'accuse de partialité et de manipulation dans la recherche de la vérité.

— Vous semblez penser que ce n'est pas Mme Chandler l'auteur du crime ?

— Oui.

— Comment en êtes-vous arrivé à cette conclusion ? Avez-vous des indices en ce sens ?

— Indices ou pas, cela ne vous regarde pas. Occupez-vous donc de vos reportages de ventes de pâtisseries au profit des écoles et de la préparation du prochain festival d'artisanat à Colonial Beach, lança méchamment Tucker.

— Faites-moi confiance, je n'oublie pas non plus cet aspect de mon métier, le rassura le journaliste. Mais vous ne voudriez tout de même pas que je fasse l'impasse sur le meurtre d'un homme politique à Trinity Harbor ?

— Il n'est pas interdit de rêver !

— Allez-vous, oui ou non, répondre à ma question ? insista Richard. Y a-t-il d'autres suspects ?

— Jusqu'ici, il n'y a pas de suspects du tout. Du moins, selon moi. Mais si vous voulez un avis officiel, demandez à Walker. C'est lui qui est en charge du dossier.

— Y a t-il une chance que vous puissiez convaincre Mme Chandler de m'accorder un entretien ?

— Aucune. Pour la bonne et simple raison que je ne l'informerai pas de votre demande.

— Son avocat semble plus soucieux des médias que vous.

— Eh bien, voyez avec Powell. Mais s'il est un tant soit peu futé, il ne manquera pas de conseiller à Mary Elizabeth de se taire à partir de maintenant. La déclaration qu'elle a faite l'autre jour à Swan Ridge devrait être la seule jusqu'à ce que le meurtrier soit derrière les barreaux.

— Est-elle coopérative avec la police ?

— Demandez à Walker.

— Participe-t-elle à l'enquête ?

— Demandez à Walker.

— A-t-elle donné des pistes ?

— Demandez à Walker.

— Peut-elle justifier de ses faits et gestes la nuit où son mari a été assassiné ?

— De combien de questions allez-vous encore me bombarder avant de comprendre que je ne répondrai à aucune ?

— Je me disais que vous finiriez bien par vous énerver

et par lâcher le morceau, avoua Richard en éclatant de rire. Apparemment, je ne vous connaissais pas bien.

— Rassurez-vous. A défaut de me faire lâcher le morceau, vous avez quand même réussi à m'énerver !

Et si ce directeur de journal local, somme toute plutôt sympathique, avait réussi à le faire sortir de ses gonds, qu'en serait-il de ces journalistes de Richmond qui s'agglutinaient autour de l'église ?

L'après-midi s'annonçait long.

9

Les investigations n'étant pas finies à Swan Ridge, la réception qui suivit les funérailles eut lieu dans le hall de l'église paroissiale. Liz avait confié la confection du buffet à un traiteur de Richmond qu'elle connaissait. Mais elle se rendit rapidement compte que c'était beaucoup trop luxueux pour l'occasion. Les regards ébahis et les commentaires à voix basse des habitants de Trinity Harbor qui découvraient canapés sophistiqués et tartelettes, au lieu des tranches de jambon et des œufs en gelée préparés par des voisins compatissants, ne trompaient pas.

Comme elle l'avait fait tout l'après-midi, Frances s'empressa de la consoler.

— Ne fais pas attention, ma chérie. De toute façon, ces gens trouveront toujours quelque chose à redire, tu le sais bien.

— J'aurais dû y songer. Ils me prennent pour une prétentieuse.

— Tu vas voir dans quelques minutes, quand ils auront goûté ces délicieuses tartelettes aux noix de pécan, ils ne penseront plus qu'à se procurer la recette, affirma Frances d'un ton rassurant.

— Je l'espère, soupira Liz en scrutant la foule, à la recherche de Tucker.

De tout l'après-midi, il était resté à sa portée de vue, mais là, il n'y avait aucune trace de lui. Et naturellement, ce fut à cet instant que le pire arriva.

Elle se retrouva soudain face à Cynthia Miles, en larmes, le visage bouffi, les yeux gonflés, qui fondit sur elle, titubant de douleur.

— Vous ne pleurez même pas ! lui jeta cette dernière. Vous l'aimiez donc si peu ?

Les mots saisirent Liz de plein fouet, la laissant humiliée, folle de rage, avec une furieuse envie de prendre Cynthia par le bras et de la conduire poliment — mais fermement — dehors. Mais avant même qu'elle n'ait le temps de réagir, Tucker surgit à ses côtés.

— Ça va ? demanda-t-il d'un ton apaisant.

— Qui est-ce ? glapit Cynthia. Le remplaçant de Larry ?

— Non, répondit Liz, réconfortée par la présence de Tucker. C'est le shérif Tucker Spencer, Cynthia. Il m'aide à trouver qui a tué Larry. D'ailleurs peut-être accepteriez-vous d'échanger quelques impressions avec lui ? Tucker, je te présente Cynthia Miles.

— Ah, enchanté, mademoiselle Miles. Allons nous entretenir dehors, voulez-vous ?

Et avant que Cynthia ne réagisse, il la prit par le bras et l'entraîna vers la sortie.

Liz poussa un soupir de soulagement lorsqu'ils furent hors de sa vue.

— Ne faites pas attention à Cynthia, dit Ainsley Hayden qui venait de la rejoindre. Vous savez comme elle adorait Larry.

Ainsley Hayden, chef de cabinet de Larry, était un homme brillant qui défendait sincèrement les intérêts de son patron.

— Peut-être *l'adorait*-elle, mais sa réaction était un peu disproportionnée, vous ne trouvez pas ? répliqua-t-elle.

Certes, Ainsley ne pouvait le nier — il était au courant des petites incartades de Larry —, et il esquissa un petit sourire contrit.

— Vous savez Liz, il y avait longtemps qu'ils avaient

définitivement rompu. Et depuis que Larry l'avait remerciée, ils ne se voyaient que très rarement.

— C'est pourquoi elle m'en a autant voulu, lui rappela-t-elle. J'ai eu l'audace d'exiger son renvoi *et* leur rupture. Et je vois qu'elle ne l'a toujours pas digéré.

— De toute façon, tôt ou tard, Larry se serait débarrassé d'elle et aurait rompu de lui-même, affirma Ainsley. Cynthia n'est pas stable. Ce n'est pas quelqu'un sur qui l'on peut compter, et de nombreuses personnes de l'équipe avaient mis Larry en garde. Elle avait une fâcheuse tendance à exposer leur vie privée sur la place publique.

— Aurais-je dû attendre ce dénouement naturel et faire mine d'ignorer ce que tout le monde savait à Richmond ?

— Rassurez-vous, répondit Ainsley avec un petit sourire. Vous avez fait ce qu'il fallait, quand il le fallait. En tout cas, je vous dois mon poste.

Elle rit.

— C'est vrai. Comment l'oublierais-je ?

Et elle poursuivit, la voix étranglée par l'émotion :

— Vous savez que vous êtes une des rares personnes qui pleureront vraiment sa mort ? Il vous estimait et vous aimait comme un frère.

— C'était réciproque. Liz, je sais qu'il agissait mal envers vous, mais il vous aimait, à sa manière.

— Peut-être, mais c'était justement sa manière qui ne me convenait plus, dit-elle d'un ton sincèrement désolé.

— Alors c'était vrai ? Vous vouliez divorcer ?

— C'est lui qui vous l'a dit ? demanda-t-elle, curieuse de savoir si Larry avait partagé cette information avec celui qu'il considérait comme son meilleur ami.

— Non. Mais le bruit courait à Richmond, ces derniers jours.

— Sait-on qui en est à l'origine ?

Elle repensait à l'idée de Tucker. Un client du restaurant qui aurait assisté à son altercation avec Larry aurait pu s'en servir comme mobile et commettre le crime en toute impunité.

— Pourquoi ? C'est important ? demanda-t-il, interloqué.

— Cela pourrait bien l'être.

— Voyons, laissez-moi réfléchir… C'est Pauline, ma secrétaire, qui m'a dit que l'on parlait à Richmond d'une grosse altercation qui aurait eu lieu, la veille, entre vous deux, chez Dominique. Et ce matin-là, elle avait reçu plusieurs appels des médias demandant confirmation à ce sujet. Appels qu'elle avait transférés au service des relations publiques à qui Larry avait donné l'ordre de ne faire aucun commentaire.

— Vous souvenez-vous si certains journalistes ont précisé leurs sources ?

— Demandez à Pauline, pour vous en assurer, mais à mon avis, aucun d'eux n'a dû lâcher le morceau.

— Vous avez sans doute raison. Et dans les journaux, est-ce que l'on en parle ? Ces temps-ci, j'ai préféré ne pas les lire.

— On n'en dit encore rien. Jusqu'ici, ils ont gardé une certaine réserve. Il ne faut pas oublier qu'à Richmond, Larry a toujours été respecté par les médias, mais je pense que les funérailles passées, ils vont cesser de prendre des gants.

Et cherchant à capter son regard, il ajouta :

— Puis-je faire quelque chose pour vous ? Voulez-vous que les relations publiques vous contactent et prennent le relais pour répondre aux questions des médias à votre place ?

— Merci mais ce ne sera pas nécessaire. Je peux faire aussi bien qu'un porte-parole des relations publiques. Et, sans savoir qui sera choisi pour remplacer Larry, j'imagine que cette personne aura besoin de vous et que vous aurez bien assez à faire.

— Certes. Néanmoins appelez-moi si vous changez d'avis. Pauline et moi étions les collaborateurs officiels de Larry, mais nous avons toujours considéré que vous aviez votre place dans l'équipe, et nous serions heureux de pouvoir vous soulager en cette période difficile.

— Merci Ainsley, murmura-t-elle, les yeux noyés de larmes devant une sollicitude aussi sincère. Je n'ai pas vu Pauline. Où est-elle ?

— Probablement aux toilettes où elle pleure toutes les larmes de son corps. Elle est inconsolable depuis que nous avons appris la nouvelle.

— Je vais la voir.

Pauline avait débuté dans l'équipe d'Ainsley comme petite employée, mais grâce à son esprit vif et à sa loyauté, elle était rapidement devenue sa secrétaire de direction. A vingt-cinq ans, elle comprenait la politique de la Virginie et avait le sens du délicat équilibre des pouvoirs en présence comme personne à Richmond. Et ce qui la rendait encore plus inestimable, c'était son absence totale d'ambition personnelle. Elle se vouait entièrement à la réussite des deux personnes pour qui elle travaillait : Ainsley et Larry. S'il l'avait fallu, elle aurait marché sur des braises pour eux. Pas étonnant qu'elle soit terrassée par le chagrin !

Elle se tourna vers Ainsley qui la regardait d'un air perplexe.

— Qu'y a-t-il ? demanda-t-elle.

— Et si c'était vous qui repreniez le siège de Larry, au moins jusqu'aux prochaines élections ? Pour moi, ce ne serait que très normal. Vous avez grandement contribué à la réussite de Larry aux élections et vous êtes parfaite en campagne. Et pour tout dire, vous seriez la candidate idéale si vous décidiez de vous présenter aux prochaines élections.

— Aucune chance ! s'exclama-t-elle avec la plus grande détermination. La politique, c'est terminé pour moi ! Et si je suis revenue ici, c'est pour redevenir une simple citoyenne.

— Ne soyez pas si prompte à refuser, Liz. Vous êtes faite pour cela, et chacun sait ici que c'est vous qui aviez une vraie relation avec les électeurs de Larry.

— C'est très gentil à vous de le rappeler. Mais non merci, pas question que je retourne aux affaires à Richmond !

— Pas même pour aller jusqu'au bout de vos engagements dans les conseils d'administration des nombreuses associations auxquelles vous appartenez ? insista Ainsley, visiblement choqué.

Seigneur ! Elle n'avait pas pensé à cet aspect des choses. Cela dit, certaines associations préféreraient peut-être ne pas trop avoir affaire à elle, tant que son nom ne serait pas lavé de tout soupçon. Quant aux autres, elle continuerait de les aider dans la mesure de ses moyens.

— Je peux faire une exception pour elles, lui promit-elle.

— Tant mieux, dit-il, sans toutefois cacher ses regrets de ne pas obtenir plus. Mais si vous changez d'avis…

— Je vous appellerai, n'ayez aucune crainte.

— Avez-vous idée de qui pourrait convenir comme remplaçant ? Le gouverneur va vouloir qu'on lui fasse des suggestions. Quant à moi, j'ai bien quelques pistes.

— J'y réfléchirai. Et si je pense à quelqu'un, je vous contacterai.

— La dernière personne qui a manifesté quelque intérêt pour le poste est Ken Willis. Que pensez-vous de lui ?

— Si vous ne pouvez pas faire autrement, prenez-le, répondit-elle d'un ton distrait en scrutant un groupe de gens au milieu duquel se trouvaient justement Ken Willis et sa femme Arlene, en compagnie de quelques gros bonnets du parti.

Il fut un temps où Ken et Arlene avaient été ses camarades de classe, mais elle ne les appréciait pas plus alors que maintenant. Ken avait eu beau prêcher pour une campagne vertueuse, il avait été en butte à de nombreuses accusations de malversations et de coups bas pendant la primaire contre Larry. Il avait juré ne pas y être mêlé, mais, connaissant le personnage, on avait du mal à le croire.

— Mais Willis n'est pas capable de faire une campagne normale, pas plus qu'il n'est capable d'assurer le poste, affirma-t-elle sans détour. Et je ne le crois pas non plus spécialement digne de confiance.

— Au moins avec une réponse comme ça, c'est clair ! lança Ainsley avec un petit rire. Et je vais continuer mes recherches.

Ken Willis n'arriverait jamais à la cheville de Larry, c'était évident, et Liz fut bien contente d'avoir pu faire passer le message.

— Ainsley, n'oubliez pas, si jamais vous avez des soupçons sur quiconque aurait eu intérêt à vouloir la mort de Larry, faites-le-moi savoir. Je peux compter sur vous ?

— Absolument, répliqua-t-il, l'air farouche. Vous n'êtes pas la seule à vouloir mettre le grappin sur le salaud qui a fait ça, et le plus vite possible.

Tucker s'assit sans rien dire, attendant que Cynthia Miles pleure toutes les larmes de son corps. S'il n'avait pas connu toute l'histoire de sa relation avec Larry Chandler, il aurait sans doute éprouvé quelque pitié pour elle. Elle semblait sincèrement affligée. Et peut-être l'était-elle, après tout.

Elle devait avoir dans les trente-cinq ans. Des cheveux bruns tout ébouriffés dont on devinait malgré tout la coupe dernier cri. Elle était ultramince — trop à son goût —, mais elle avait incontestablement de la classe. Sans être expert en la matière, il se dit que son tailleur noir devait porter la griffe d'un grand couturier, et il nota le cuir fin de son sac et de ses chaussures. La vie était visiblement belle pour une directrice de campagne électorale, et rien qu'à ce petit niveau de l'Etat, cela devait bien payer, songea-t-il en attendant qu'elle se calme.

Les sanglots finirent par s'espacer et cesser complètement. Il lui tendit alors un mouchoir.

Elle se tamponna les yeux et se moucha.

— Désolée, murmura-t-elle d'un ton confus. Je ne sais pas ce qui m'a pris.

— C'est bien normal, en une aussi triste occasion, répliqua-t-il poliment.

— Je n'ai pas besoin de vous dire que je l'aimais, vous le savez déjà sûrement.

— Je sais que vous avez eu une liaison avec lui, corrigea-t-il.

Elle était assez maligne pour saisir la distinction, et son regard se durcit.

— Je *l'aimais*, insista-t-elle avec emphase. Quoi qu'*elle* en dise !

— Est-il bien judicieux de déclarer votre amour pour un homme marié qui vient d'être assassiné ?

— Insinueriez-vous que je l'aie tué par dépit ?

— Je n'insinue rien du tout. Je remarque simplement que vous prenez des risques.

— Et alors ? Qu'est-ce que cela peut vous faire ? rétorqua-t-elle sur un ton de défi. Cela devrait pourtant vous arranger de trouver quelqu'un à qui faire porter le chapeau pour blanchir votre petite amie et clore l'affaire ?

— Mme Chandler n'est pas ma petite amie, répliqua-t-il sèchement. Et mon seul souci est de faire surgir la vérité, mademoiselle Miles. Je veux que justice soit rendue.

— Dans ce cas, je vous conseille de vous intéresser de plus près à Mme Grand Manitou. Maintenant, c'est elle qui mène la danse contre Larry.

La garce ! Malgré son indignation, il résista à son désir de prendre la défense de Mary Elizabeth.

— Oh ? Mais pourquoi ? demanda-t-il avec un étonnement feint.

— A cause de toutes les autres femmes qu'il a eues dans sa vie.

— Si vous l'aimiez comme vous venez de l'affirmer, cette situation ne vous dérangeait-elle pas ?

— J'étais compréhensive. Je savais qu'il avait des besoins.

— Vraiment ? Je vous admire. Peu de femmes sont capables de fermer les yeux sur les infidélités de leur amant. Comment se fait-il que vous ayez pu le faire, alors qu'il continuait à avoir des liaisons avec d'autres femmes après avoir rompu avec vous, sur ordre de sa femme ?

Elle lui jeta un regard rapide, prit une cigarette et l'alluma à la flamme vacillante d'un briquet qui trahissait une main tremblante.

— Moi, il me redoutait parce qu'il m'aimait, répondit-elle enfin.

— Malheureusement, il n'est plus là pour le confirmer. Cela dit, vous qui le connaissiez vraiment bien, peut-être avez-vous une idée de qui pouvait vouloir le tuer ?

— En dehors de Liz ?

— En dehors d'elle. Avait-il des concurrents en affaires ? Des ennemis politiques ?

— Naturellement, répliqua-t-elle sans hésitation. Il était puissant, et la puissance engendre toujours des ennemis. Je pense par exemple à Devlin Rowe, le président de la commission des finances de l'éducation. Ils avaient un gros différend tous les deux, à propos d'un projet de loi soutenu par Rowe, projet de loi que Larry a réussi à faire échouer. Le gouverneur lui-même était furieux. Et je pense également que dans le monde de l'industrie, vous pouvez trouver pas mal de gens qui n'ont guère apprécié que Larry leur coupe l'herbe sous les pieds.

Elle s'interrompit un instant, le temps de le scruter attentivement et poursuivit :

— Et puis, il y a encore quelqu'un que vous connaissez bien, cette fois, ajouta-t-elle avec d'un ton narquois. Je pense à l'homme que Liz a laissé tomber pour Larry. Oups ! Suis-je bête, c'est vous, si je ne m'abuse ? Désolée.

Il la regarda froidement.

— Ça fait plaisir de constater que vous tenez vos fiches de renseignements à jour, même les vieilleries, laissa-t-il tomber d'un air moqueur. Aussi, je ne manquerai pas de faire part de vos suspicions à l'inspecteur Ames.

— L'inspecteur Ames ? Qui est-ce ?

— L'officier de police en charge de l'investigation.

— Je croyais que c'était vous, dit-elle déconcertée.

— Comme vous l'avez vous-même remarqué, cela aurait pu être interprété comme un conflit d'intérêts. J'ai demandé un congé.

— Mais Liz a pourtant bien dit que vous enquêtiez sur le meurtre ! s'écria-t-elle, soudain déstabilisée.

— C'est vrai. Je le fais pour son compte, répliqua-t-il avec un grand sourire. Passez une bonne journée, mademoiselle Miles.

Elle le fusilla du regard tandis qu'il regagnait le hall de la petite église.

Il jubilait ; il n'aimait rien tant que voir les gens se prendre à leur propre piège.

Dans le hall de l'église, il rejoignit Mary Elizabeth qui recevait les condoléances d'un flot ininterrompu de notables, parmi lesquels il reconnut certains hommes politiques importants pour les avoir vus dans le journal de Richmond, d'autres, au contraire, parfaitement inconnus. En le voyant, elle lui sourit et commença à décliner discrètement l'identité de chacun à son intention. Lorsque vint le tour de Devlin Rowe, Tucker le détailla avec attention.

Le président de la commission des finances de l'éducation était un homme de haute stature, distingué, grisonnant et d'apparence assez inoffensive. Il avait proposé un système de bons scolaires auquel Larry Chandler s'était farouchement opposé, manœuvrant pour liguer toutes les voix contre lui et conduire à sa défaite.

— Monsieur, puis-je m'entretenir quelques instants avec vous ? lui demanda Tucker après qu'il eut exprimé ses condoléances.

— Qui êtes-vous ? demanda Rowe d'un ton impatient. Ma voiture m'attend pour rentrer à Richmond.

— En ce cas, permettez-moi de vous accompagner. Je collabore à l'enquête sur le meurtre de Larry Chandler et j'aimerais vous poser quelques questions.

De ses yeux gris acier où brillait une froide lueur, le délégué le dévisagea.

— Vous êtes de la police ? s'enquit-il brièvement.

— C'est à titre privé que je travaille à cette enquête, mais je suis le shérif du comté.

— Comment diable est-ce possible ?

— C'est une longue histoire, expliqua Tucker en souriant. Mme Chandler et moi sommes de vieux amis et elle m'a demandé assistance.

— Et vous avez eu le bon sens de prendre un congé plutôt que de risquer d'être piégé dans une controverse de possibles conflits d'intérêts. C'est un bon point pour vous, jeune homme. De nos jours, trop peu de serviteurs de la cause publique s'embarrassent de telles précautions.

— Larry Chandler était-il de ceux qui font la distinction ?

— Je suppose que vous n'êtes pas sans savoir que, lui et moi, nous ne nous entendions pas.

— J'ai entendu parler d'un point particulier de désaccord, reconnut Tucker.

— Ce n'était pas le seul. Mais je le respectais. Chandler était un homme honorable qui ne cachait pas ses opinions. Avec lui, on savait toujours à quoi s'en tenir. Il avait la tête dure, mais ce n'est pas un péché, que je sache. C'est juste terriblement embêtant pour ses adversaires.

— J'imagine, répliqua Tucker en riant.

— Vous vous demandez sans doute si nous étions des ennemis jurés. Eh bien, désolé de vous décevoir, ce n'était pas le cas. Nous n'étions pas d'accord sur les méthodes pour améliorer les conditions de vie des administrés, mais nous n'avions jamais de mots à ce sujet, et nous ne nous permettions pas la moindre insulte, ni en public ni en privé. Vous pouvez creuser aussi loin que vous voulez, shérif, vous ne trouverez pas de désaccords sanglants entre nous, tout juste des différences d'opinions.

— Pouvez-vous en dire autant de ses relations avec vos autres collègues ?

— Ça, c'est une autre paire de manches ! Tous les hommes politiques n'ont pas le même pragmatisme que moi. Il y en a pour qui c'est un échec personnel de ne pas pouvoir faire passer ses idées et, vu la position de leadership de Chandler et son omniprésence sur la place, rien d'étonnant à ce qu'il ait une légion d'ennemis à Richmond. Je dis bien, une légion !

— Vous pourriez m'en nommer quelques-uns ?

— J'aimerais pouvoir. Ce serait même très volontiers, mais je vois le gouverneur qui m'attend là-bas. Et comme je souhaite l'entretenir sur un de mes projets et solliciter son soutien, je ne veux pas l'importuner par mon retard. Un conseil, shérif, consultez les actes de la dernière législature, je suis sûr que vous trouverez un bon échantillonnage de suspects.

— Je n'y manquerai pas. Merci de m'avoir donné un peu de votre temps, dit Tucker en regardant Devlin Rowe se diriger vers la Cadillac noire qui attendait sur la zone interdite au stationnement devant l'église.

Il eut un instant la tentation d'aller le verbaliser, mais se ravisa. Il était en congé et mieux valait se tenir tranquille.

Il se préparait à regagner l'église lorsque Walker le rejoignit.

— As-tu glané quelque chose d'intéressant, s'enquit ce dernier.

— Non. Rien qui vaille la peine. Et toi ?

— Rien. Le problème avec ces hommes politiques, c'est qu'ils mentent comme des arracheurs de dents. Ou qu'ils tournent autour de la vérité sans vraiment y entrer. Par ailleurs, j'ai discuté avec Cynthia Miles. Je suis surpris qu'elle ait eu le cran de se montrer ici.

— Pas moi. Elle a eu le cran de coucher avec Chandler quelques semaines à peine après son mariage et ce, sous le nez de son épouse. Se montrer ici n'est rien, comparé à cela. Elle a accumulé beaucoup de rancœur, mais c'est surtout contre Mary Elizabeth qu'elle est dirigée. Je ne pense pas qu'elle en ait voulu à Larry au point de le tuer.

Walker acquiesça d'un hochement de tête.

— C'est aussi mon avis. Bon sang, encore lui ! s'exclama-t-il en voyant Richard qui se dirigeait d'un pas décidé vers eux. Ce type a beau n'être que le gérant d'un hebdomadaire de petite ville, ses années passées au *Washington Post* l'ont rendu aussi collant que les sangsues des grands médias !

— Eh bien, je me le tiendrai pour dit, lança Richard qui avait tout entendu. Maintenant que je sais le peu d'estime que vous m'accordez, j'imagine que vous ne voulez pas savoir ce que je viens d'apprendre il y a quelques minutes.

— Arrêtez de faire votre malin ! lança Tucker au journaliste en le fusillant du regard. Je vais me plaindre à votre femme, si ça continue.

Richard éclata de rire.

— Pour un défenseur de la loi, je dois admettre que vous avez trouvé une arme ingénieuse. Et très efficace ! Bon, je me rends. J'ai discuté avec un type du nom de Ainsley Hayden. C'est Liz qui me l'a présenté, comme étant le chef de cabinet de Chandler. Ce type fuyant comme de la soie ne m'a fait que des éloges de son patron, glissant au passage quelques allusions à son désir de voir Liz succéder à son mari. Mais quelque chose me chiffonne dans son discours qui ne me paraît pas tout à fait sincère. Alors je me suis renseigné autour de moi. Certains délégués pensent que Hayden en a assez d'être relégué à l'arrière-plan. L'un d'eux a même suggéré qu'il le suspectait de faire campagne pour son propre compte.

— Pour le siège d'ici ? demanda Tucker. Je n'ai jamais entendu parler de lui et il n'a jamais résidé ici.

— Possible, mais la politique n'a pas de secret pour lui. Il le fallait, en tant que bras droit de Chandler. Il lui suffit d'acheter un pied-à-terre dans le coin, de traîner de temps en temps chez Earlene et dans d'autres coins fréquentés par les notables, et le tour est joué ! D'autant plus facilement si le gouverneur le désigne pour assurer l'intérim jusqu'aux prochaines élections.

— Attendez une minute, l'arrêta Tucker. Comment est-ce possible ? Le gouverneur va briguer ce siège pour lui-même. Il est de notoriété publique qu'il n'a pas digéré l'opposition de Chandler à son projet de réforme scolaire. Il va forcément reporter son animosité sur Hayden.

— Ah, vous croyez ? s'étonna Richard. Mais mon informateur me disait aussi que Hayden avait fait des pieds et des mains pour persuader Chandler de soutenir le projet de réforme scolaire. Jusqu'au moment du vote. Et il se serait même arrangé pour que leur altercation soit publique et qu'elle revienne aux oreilles du gouverneur.

— Stop ! J'en ai assez entendu, dit Tucker en levant la main. C'est exactement la raison pour laquelle je déteste les hommes politiques. Combien d'arrangements secrets, de déplorables ententes d'arrière-boutiques sont ainsi conclue ? C'est lamentable !

— Ecoute-le quand même ! lui conseilla Walker. Richard a peut-être soulevé un lièvre. Et si Hayden avait utilisé cet incident pour se dédouaner aux yeux du gouverneur et, ensuite, faire en sorte que Chandler disparaisse à point nommé du paysage, lui laissant le champ libre pour son propre avancement ?

Mary Elizabeth les rejoignit juste à temps pour entendre.

— Vous n'êtes pas sérieux ? s'écria-t-elle.

Et voyant l'air inflexible de Walker, elle s'indigna :

— Si ? Vous pensez vraiment que Ainsley serait impliqué dans l'assassinat de Larry ?

— Je dis seulement que c'est possible, répondit Walker. A ce stade de l'enquête, nous ne devons négliger aucune piste.

— C'est aussi ridicule que de dire que c'est moi la meurtrière ! Ainsley Hayden est l'homme le plus loyal de Richmond. Il aurait tout fait pour Larry. Il ne peut pas l'avoir tué.

— Selon vous, fit tranquillement remarquer Walker.

— Oui, selon moi ! répliqua-t-elle en relevant le menton avec dignité. Et je le connais depuis plus longtemps que vous !

— Quel genre de relation aviez-vous avec lui ? demanda Walker.

Quel idiot, ce Walker ! se dit Tucker en voyant les joues de Mary Elizabeth s'enflammer sous l'effet de la colère. Il avait intérêt à intervenir avant qu'elle ne balance une claque à son shérif intérimaire. Elle en était bien capable !

— Allez, vous deux ! Ça suffit comme ça ! lança-t-il comme il l'aurait fait à deux gamins de cinq ans en train de se chamailler. Cela ne nous mènera à rien.

— Justement, peut-être bien que si ! rétorqua Walker. Répondez-moi, madame Chandler, dans quelle mesure étiez-vous proche de Hayden ?

— Et vous, dans quelle mesure êtes-vous proche de Michele ? répliqua-t-elle du tac au tac.

— Qu'est-ce que cela a à voir avec ce qui nous concerne ?

— Vous travaillez ensemble. Comme Ainsley et moi. Voilà à quoi se résume notre relation.

— Vous me semblez bien sur la défensive, madame Chandler.

— Vous aussi quand j'évoque Michele. Et pourtant, ce n'est pas pour cela que nous sommes coupables de quoi que ce soit.

Richard, qui avait écouté l'échange sans mot dire, se tourna vers Walker avec un petit sourire.

— Là, je crois qu'elle a marqué un point, shérif.

— Moi aussi, je me range à cet avis, renchérit Tucker.

Walker les considéra l'un après l'autre, l'air maussade.

— Alors cela ne vous fait ni chaud ni froid que je m'échine à essayer d'élucider un meurtre au lieu de rester bien tranquillement dans mon bureau, c'est ça ?

Sur ce, furieux, il tourna les talons et s'en alla.

— Ce n'est peut-être pas ce que nous avons fait de mieux, fit remarquer Tucker d'un ton fataliste.

— Non, sans doute. Mais je suis fatiguée de ces gens qui font dire aux choses ce qui les arrange, ton copain Walker compris ! lança Mary Elizabeth. Et puis, je veux rentrer.

— D'accord, répondit Tucker. Je te ramène chez moi.

— Non. C'est *chez moi* que je veux rentrer. Walker m'a dit tout à l'heure qu'ils en avaient fini à Swan Ridge. Je peux donc réintégrer les lieux.

Tucker réprima un juron. La pensée de la savoir seule dans cette vieille maison immense, au milieu de tous ces fantômes anciens et nouveaux, l'inquiétait.

— Est-ce bien raisonnable ? lui demanda-t-il.

— Je crois, en tout cas, que c'est beaucoup plus judicieux que de rester plus longtemps chez toi, répliqua-t-elle en jetant un regard à Richard qui n'avait pas l'air de vouloir bouger. Plus tôt je retrouverai un rythme de vie et une routine, mieux ce sera. Et King sera content.

— Qu'est-ce qu'il a encore dit ? laissa tomber Tucker dans un soupir.

— Rien que je ne sache déjà, répondit-elle. Ne lui en veux pas, Tucker. Il a raison. C'est bien que tu aies pris un congé pour m'aider, mais ça suffit. Je ne veux pas ruiner ta réputation.

— Ma réputation peut résister à quelques égratignures.

— Mais ce n'est pas nécessaire. Veux-tu m'emmener

à Swan Ridge ou dois-je demander à Frances ? Elle est encore là, elle attend de voir si j'ai besoin de quelque chose avant de s'en aller.

— C'est moi qui t'emmène, répliqua-t-il d'un ton péremptoire.

— Et je compte sur vous pour que vous fassiez savoir que je vis désormais dans ma maison de famille, d'accord ? dit-elle en s'adressant à Richard.

— Bien sûr, acquiesça ce dernier.

— Parfait. Cela devrait suffire à rassurer King, dit-elle.

— Espérons, murmura Tucker, dubitatif.

Il avait l'impression que la seule chose qui rassurerait son père serait qu'elle parte à l'autre bout du monde sans laisser d'adresse.

Et ça, il ne le laisserait jamais faire, quoi qu'il lui en coûte.

10

Liz avait parfaitement conscience de bien faire en quittant le logement de Tucker pour retourner chez elle, mais une fois devant le perron d'entrée de Swan Ridge, elle eut un instant d'hésitation. Avec la nuit qui tombait, le lieu lui parut sombre, imposant, pour tout dire tout à fait inhospitalier.

— Tu n'es pas obligée de rentrer ce soir, lui rappela Tucker qui sentait ses réticences. Demain sera bien suffisant. La journée a été suffisamment éprouvante comme ça.

— J'ai l'intuition que je ne suis qu'au début des épreuves et que d'autres jours pénibles m'attendent dans l'avenir. Alors je surmonterai bien cette première épreuve.

— Tu ne veux pas que j'entre le premier et que je fasse le tour pour m'assurer que la police n'a pas trop mis le souk ?

Elle sourit à sa délicate attention.

— Qu'ils aient ou non remis les lieux en état, ils n'ont pas pu effacer les souvenirs, dit-elle d'une voix douce.

— Tu devrais peut-être demander à Mme Gilman de venir remettre les choses en ordre. Je suis sûr qu'elle ne refusera pas.

— Mais cela ne changera rien quant aux souvenirs. Tu sais, Tucker, c'est à moi de faire cela. C'est ma maison. Elle n'est à personne d'autre, et peut-être que de donner moi-même un grand coup de balai m'aidera à la réinvestir.

— Chérie, je sais que tu dois rentrer chez toi, mais par pitié, faut-il que ce soit ce soir à tout prix ?

— N'insiste pas, cela ne sert à rien ! dit-elle, riant au souvenir qui lui revenait à la mémoire. Autrefois, c'était la même chose. Tu te rappelles quand on ne voulait pas se séparer le soir ? Tu disais que tu devais partir. Je te demandais de rester encore un peu. Tu prétendais alors qu'il fallait vraiment que tu y ailles. Et moi je te suppliais de rester encore quelques minutes. Nous arrivions à prolonger les adieux d'une petite demi-heure, mais nous devions quand même nous résoudre à nous quitter. Tu rentrais chez toi et moi chez moi, affreusement seule, alors que, comme des idiots, nous avions gaspillé de précieuses minutes à nous disputer.

— Il me semble qu'aujourd'hui les circonstances ne sont pas tout à fait les mêmes, fit-il sèchement remarquer. Ton mari vient d'être assassiné ici, dans cette maison.

Elle vacilla à ce rappel implacable du drame, mais Tucker la rattrapa par la taille.

— Tu vois ? lança-t-il, un soupçon d'impatience dans la voix. Tu n'es pas prête à affronter cela.

— Mais si ! affirma-t-elle d'un ton résolu. Je suis on ne peut plus prête.

Et comme la meilleure façon de faire, c'était de prendre le taureau par les cornes, elle se détacha de Tucker, gravit les marches, engagea la clé dans la serrure et la fit tourner. Mais au moment d'ouvrir la porte, elle ne put réprimer un frisson.

— J'y arriverai, marmonna-t-elle entre les dents avant que Tucker ne la rejoigne.

Prenant une profonde inspiration, elle poussa la porte et entra.

A l'intérieur, on aurait dit que l'air était figé, et il faisait une chaleur torride. L'air conditionné avait été coupé. Cela sentait le renfermé comme dans une maison fermée et inhabitée depuis des mois, mais le parfum des roses qu'elle avait cueillies le jour de son arrivée flottait encore dans l'air, tel un message d'espoir au milieu du désastre.

Elle se tourna vers Tucker et lui sourit.

— Tu peux y aller, maintenant. Ça va aller.

— Je ne partirai pas tant que nous n'aurons pas fait le tour de la maison et tout vérifié, affirma-t-il, l'air buté.

— Tucker, l'assassin ne se cache pas dans un placard.

— Tu en as la preuve ?

Malgré elle, elle frissonna.

— Tu ne penses pas sérieusement que… ?

— Moque-toi de moi si tu veux, mais je me sentirai mieux quand j'aurai inspecté la maison de la cave au grenier, répéta Tucker, imperturbable.

Elle céda, hocha la tête et ressentit à son corps défendant un grand soulagement, sentiment qu'elle ne put s'empêcher de prendre pour un signe de faiblesse de sa part, elle à qui on avait appris à ne jamais flancher.

— Je vais préparer du thé, annonça-t-elle un peu précipitamment.

Dans la cuisine, elle alluma toutes les lumières et mit la bouilloire en marche. Elle trouva des sachets de thé dans le buffet et un pichet dans le placard au-dessus de l'évier. Elle sortit les glaçons du réfrigérateur, et prépara le thé, tout cela presque machinalement. Puis elle resta quelques instants immobile, appuyée contre le comptoir.

Autrefois, au début de sa romance avec Tucker, ils restaient jusque tard dans la nuit, assis à la table de chêne de la cuisine, à se confier leurs espoirs et leurs rêves d'avenir. En revanche, l'ironie du sort voulut que l'homme avec qui elle avait finalement choisi de partager son avenir ne mettait que rarement les pieds dans cette pièce, considérant que c'était le domaine exclusif de la gouvernante.

Soudain, saisie par un besoin irrépressible de retrouver quelque chose qui lui avait été familier, elle fourragea dans le réfrigérateur jusqu'à mettre la main sur une préparation de cookies aux copeaux de chocolat prête à cuire. Autrefois, elle avait développé une véritable addiction à cette pâtisserie à cause de Tucker. Et elle l'avait toujours. Chaque fois qu'elle avait du vague à l'âme, elle préparait des cookies. C'était pour elle une façon de retrouver le bonheur perdu, et Mme Gilman devait veiller à ce qu'il y ait toujours une préparation prête à cuire dans le frigo.

Elle disposa les petits morceaux de pâte dans les moules et mit le tout au four. Et lorsque Tucker la rejoignit au terme de son inspection, cela sentait bon les cookies dans la cuisine.

— Tu fais de la pâtisserie à cette heure ? s'exclama-t-il, surpris.

— Je triche, répondit-elle en lui montrant l'emballage. Mais oui, je fais de la pâtisserie. Je voulais faire quelque chose qui me rappelle le temps où tout était simple et où j'étais heureuse.

Et scrutant son regard, elle ajouta :

— Tu restes encore un peu ?

— Aussi longtemps que tu veux, dit-il en tirant une chaise pour s'asseoir. Mais si tu laisses brûler les cookies, je pars illico.

Elle renifla. Pas de doute, le délicieux arôme de tout à l'heure avait disparu, laissant la place à une désagréable odeur de brûlé.

— Oh non ! Ça brûle ! s'exclama-t-elle en se précipitant sur la porte du four qu'elle ouvrit violemment, avant de sortir à main nue la plaque de cookies.

La douleur lui arracha un hurlement et un cri de colère.

— Aïe ! Zut et rezut !

— Que s'est-il passé ? s'écria Tucker en accourant vers elle.

— Je n'ai pas pris la manique, gémit-elle en passant sa main sous l'eau froide.

— Assieds-toi. Où est la trousse d'urgence ?

— Dans la salle de bains. J'y vais. Toi, sauve les cookies pendant ce temps.

Mais il la fit asseoir sans trop de ménagements sur sa chaise.

— Laisse-moi faire.

Après avoir été chercher de quoi calmer sa brûlure, Tucker s'occupa des cookies. Ils avaient pris un peu trop de couleur et les bords croustillaient, mais ils paraissaient mangeables.

Liz les considéra d'un air morne.

— Finalement, je vois que mes compétences culinaires n'ont guère évolué, laissa-t-elle échapper dans un soupir.

Tucker jeta un coup d'œil circonspect sur les gâteaux, en prit un et le porta à sa bouche avec un plaisir non dissimulé.

— Je ne sais pas si tu en es consciente, mais en me proposant ces cookies, tu touches la corde sensible. J'avais oublié depuis longtemps qu'ils pouvaient avoir ce goût… particulier.

— Ne me raconte pas d'histoires ! Ceux de Daisy ne sont jamais brûlés, eux ! protesta-t-elle en riant.

Leurs regards se croisèrent, et une complicité familière s'installa entre eux.

— Pourquoi aurais-je mangé les siens puisque j'avais les tiens ?

— Oh ! Tucker…, murmura-t-elle.

Et de grosses larmes qu'elle n'avait pas senties venir dévalèrent brusquement ses joues.

— Ma chérie, ne pleure pas, chuchota Tucker en la serrant contre lui. Ça va aller. Je te promets. Tout va bien aller.

— Comment est-ce possible ? gémit-elle entre deux hoquets. Larry est mort et je… Oh ! ma vie est un tel gâchis…

— Nous allons arranger tout ça, promit-il en écartant

doucement les cheveux de son visage, ses yeux plongés dans les siens.

— Mais…

— Il n'y a pas de « mais ». Nous allons faire en sorte de découvrir ce qui s'est passé ici, et ensuite tu pourras tirer un trait sur cette partie de ta vie et repartir sur de nouvelles bases.

— Repartir pour où ? demanda-t-elle en essuyant ses larmes du revers de la main. Oh ! Quelle idiote je fais ! Cela fait des années que je n'ai pas pleuré autant.

— Eh bien, c'est que tu en avais besoin. A ta place, tout le monde en aurait fait autant. Voir son mari assassiné, tu te rends compte de ce que cela représente ? Tu es forte Liz. Tu retrouveras la sérénité. Que comptais-tu faire après ton divorce ?

— Je ne sais pas vraiment, avoua-t-elle en ravalant un sanglot. J'aurais dû avoir un projet, mais ce n'était pas le cas. J'ai rassemblé toute mon énergie pour annoncer à Larry mon intention de divorcer et j'étais bien incapable de voir plus loin.

— Eh bien maintenant, tu vas penser à toi et à l'avenir. Toutes les possibilités s'offrent à toi. Voyager. Trouver un job. Te remarier et avoir les enfants dont tu as toujours rêvé.

— J'ai déjà du mal à imaginer de quoi demain sera fait, alors des enfants…, murmura-t-elle d'un ton chargé d'amertume.

Larry ne voulait à aucun prix fonder une famille et, au fil des années, elle avait fini par ne plus y penser. Et pourtant, elle ne pouvait se défaire d'une image qui lui trottait dans la tête. Celle de bambins qui ressemblaient… à l'homme qui était assis en face d'elle.

Elle poussa un profond soupir.

— Ça va aller, la rassura Tucker. Désormais, tu n'as rien d'autre à faire que penser à la minute ou à l'heure qui suit. Demain est un jour nouveau. Après-demain et les jours à venir aussi.

— Depuis quand es-tu devenu aussi sage ? demanda-t-elle en scrutant son visage.

Et, sans y réfléchir, elle avança la main jusqu'aux pattes d'oie, au coin de ses yeux.

— C'est là que l'on voit la sagesse, affirma-t-elle.

— Moi qui croyais que c'était le signe du grand âge qui s'annonçait !

— Ne sois pas ridicule. Tu n'es pas vieux. Moi non plus, d'ailleurs, bien que parfois, je me prenne pour une aïeule.

Tucker s'empara de sa main et y déposa un baiser.

— Chérie, si toutes les aïeules te ressemblaient, les gens ne chercheraient plus à vouloir rajeunir à tout prix, dit-il d'un ton enjoué.

Elle ne put s'empêcher de rire.

— Tu me fais du bien, Tucker. Je crois que tu es le premier à réussir à me faire rire aujourd'hui.

— Normal ! Je suis comédien de nature, dit-il en se levant. Bon, je vais boire un verre de ce thé que tu m'avais promis et après je disparais de ta vue.

Elle soupira encore en le regardant préparer deux grands verres de thé glacé, n'oubliant pas de sucrer le sien comme elle l'aimait.

— Et ta main ? demanda-t-il.

Elle examina soigneusement ses bouts de doigts tout rouges, mais ne vit rien d'anormal.

— Je pense que je vais survivre, annonça-t-elle sur le ton de la plaisanterie.

— Tu ne croyais pas si bien dire. Tu es une battante, Mary Elizabeth. Ne l'oublie jamais.

Chaque fois qu'il disait son nom, allongeant les syllabes avec douceur, elle se revoyait à treize ans, alors qu'elle tombait amoureuse de lui. C'était Larry qui l'appelait « Liz », ainsi que le cercle de leurs amis à Richmond. Et cela ne lui déplaisait pas, préférant garder dans son cœur le souvenir de la petite musique du « Mary Elizabeth » de Tucker.

Elle était si heureuse qu'il ait continué à l'appeler ainsi à son retour ! Le contraire aurait signifié pour elle qu'il mettait une distance entre eux deux. Une distance… définitive. Alors que chaque fois qu'il prononçait son nom à sa manière, étirant les syllabes comme s'il voulait s'y allonger, elle se disait que, peut-être, il l'accepterait un jour de nouveau dans sa vie. Peut-être pas en amoureuse, comme autrefois, mais au moins en amie.

Ces six dernières années, elle s'était rendu compte qu'être l'amie de Tucker Spencer lui importait plus que toutes les autres relations amicales qu'elle avait dans sa vie. Cela n'irait peut-être pas plus loin, mais elle voulait au moins regagner sa confiance et son respect.

Après cela… eh bien, elle avait bien le temps de voir.

King n'avait pas encore digéré le spectacle que Tucker avait donné la veille en s'affichant avec cette maudite Mary Elizabeth après les funérailles. Et il lui faudrait toutes ses forces pour affronter les ragots qui, ce matin, ne manqueraient pas de pulluler chez Earlene.

Mais un Spencer ne se laissait jamais atteindre par la bave des crapauds ! Il avait enseigné ce principe à ses enfants et l'avait lui-même constamment mis en pratique. Aussi entra-t-il d'un pas décidé chez Earlene, se dirigeant aussitôt vers sa table habituelle, au fond de la salle. De loin, à son grand déplaisir, il aperçut Frances, seule dans un box, en train de chipoter d'un air distrait ses œufs brouillés, le regard tourné vers la fenêtre.

Que faire ? L'ignorer ? Il ne pouvait tout de même pas faire ça. Il se résolut donc, sans grand enthousiasme, à répondre au signe que lui faisait Pete et à se glisser dans le box en face de Frances. Ce fut à peine si elle lui accorda un regard avant de se remettre à contempler la fenêtre en soupirant.

Earlene lui apporta son café et, gratifiant au passage Frances d'un coup d'œil affligé, s'éloigna en haussant les épaules.

— Ça va ? finit-il par lui demander.

— Qu'est-ce que ça peut te faire ?

— Comment ça, qu'est-ce que ça peut me faire ? Je commence à en avoir assez de ces histoires de bonnes femmes !

Puis, se rendant compte qu'il avait élevé inconsidérément le ton et que tout le monde les regardait, il se radoucit.

— Désolé, s'excusa-t-il. Mais sache que je me soucie vraiment de toi.

— Vraiment ?

— Est-ce que je ne viens pas de te demander…

Mais il oublia soudain ce qu'il voulait dire, réalisant qu'il avait complètement omis de lui demander de l'épouser comme il en avait l'intention l'autre soir. Avec toute cette histoire à la marina avec Mary Elizabeth et Tucker, ça lui était tout simplement sorti de la tête. Et puis la façon dont Frances avait pris Mary Elizabeth sous son aile l'avait tellement énervé que l'envie de programmer un autre dîner en amoureux lui était passée. Peut-être lui en voulait-elle ?

— Demander quoi ? insista-t-elle.

De l'épouser ? Sûrement pas ! Pas ici, pas maintenant, devant tous ces gens qui les observaient d'un œil curieux. Et puis, il avait laissé la bague à la maison, dans la poche de son autre pantalon.

— Rien, marmonna-t-il.

Elle soupira une nouvelle fois, se tourna vers la fenêtre, le regard perdu dans le lointain.

— Qu'est-ce que tu regardes de si intéressant ? demanda-t-il.

— Rien, répondit-elle sans ciller.

— Je n'y crois pas ! Il y a donc des choses plus intéressantes que moi à regarder ?

— Parfois, oui.

Quel culot ! Il était clair qu'elle lui en voulait et qu'il devait faire quelque chose pour se racheter.

— On est mardi, tu sais, dit-il.

— Oui, je crois, répondit-elle en le regardant d'un air perplexe. Et alors ? C'est important ?

— Eh bien, souviens-toi. Le mardi, tu aimes bien aller jouer au bingo. Tu veux y aller ce soir ?

— Mais j'y vais. Pas besoin que tu me donnes ta permission.

— Frances, écoute-moi. C'est moi qui te demande si, ce soir, tu veux bien venir au bingo *avec moi*, précisa-t-il en s'efforçant de ne pas montrer l'exaspération qui montait en lui.

Pourquoi fallait-il qu'elle lui complique ainsi la tâche ?

Et voilà qu'un sourire un peu narquois releva le coin de ses lèvres.

— C'est si gentiment demandé, murmura-t-elle d'une voix lasse. Comment refuser ?

— Alors c'est oui ?

— Oui, mon vieux grincheux, j'irai avec toi. Et merci d'y avoir pensé.

— Très bien ! Et pendant que j'y suis, note sur ton agenda une invitation à dîner à Cedar Hill, dimanche prochain, veux-tu ?

— Ça faisait longtemps ! s'exclama-t-elle interloquée.

— Eh bien, c'est réparé. Ça te va ?

— Je crois qu'un million d'années ne me suffiraient pas pour te comprendre, King Spencer.

Il rit à son air perplexe.

— Comme ça, c'est plus vivant, tu ne trouves pas ?

— « Vivant » ne me semble pas le mot adéquat, répliqua-t-elle. Mais je dois aller travailler.

Elle se glissa hors du box et resta debout dans l'allée, hésitant à partir.

— Alors, à bientôt.

— J'ai hâte de te revoir, Frances.

Elle se pencha vers lui, et il crut un instant qu'elle allait l'embrasser devant tout le monde. Mais c'était pour lui glisser à l'oreille :

— Si jamais tu me poses un lapin, vieux chacal, ce sera fini entre nous !

A voir son air farouche, King jugea préférable de garder son sérieux. Bon sang ! La dame avait du tempérament. Elle en avait toujours eu. Et ce serait folie de sa part de risquer de perdre ce trésor à son âge. Il fallait qu'il en finisse avec Frances ce soir, et il avait sa petite idée sur la façon dont il allait faire. Ça non, elle ne serait pas près d'oublier sa demande en mariage !

Il en était là de ses réflexions, lorsque Anna-Louise se glissa dans le box en face de lui.

— Qu'est-ce que vous mijotez encore ? lui demanda-t-elle en le scrutant d'un air suspicieux.

— Rien qui vous regarde.

Question tempérament, Anna-Louise n'avait rien à envier à Frances, ou même à Daisy, et à l'occasion, il ne dédaignait pas d'engager la conversation avec elle. Mais à bien la regarder, il lui trouva l'air triste. Qu'avaient-elles donc toutes, ce matin ?

— Vous allez bien ? se hasarda-t-il à demander.

— Très bien, répondit-elle sans son entrain habituel.

— Anna-Louise, ce n'est pas convenable pour un pasteur de mentir comme une simple paroissienne, surtout à moi. Vous et moi avons suffisamment traversé d'épreuves ensemble pour que je ne reconnaisse pas, au son de votre voix, si vous avez un souci ou non.

— Vous ? Reconnaître au son de ma voix si… Je rêve ! Encore faudrait-il que vous écoutiez !

— Détrompez-vous ! J'en suis capable si besoin est,

répliqua-t-il, piqué au vif. Et maintenant, racontez-moi tout. Sinon je demande à vos supérieurs de vous mettre en congé jusqu'à ce que vous reveniez à de meilleures dispositions.

— Mais je suis dans de bonnes dispositions ! s'exclama-t-elle en retrouvant un peu de punch. C'est juste que je pensais à Liz Chandler.

King étouffa un juron exaspéré.

— Faut-il donc que, dans cette ville, cette femme soit une obsession pour tout le monde ? grommela-t-il.

— Je ne fais une obsession sur personne, mais je constate seulement comment sa vie a basculé en un rien de temps, et je me dis que l'on ne sait jamais ce que l'avenir nous réserve.

King eut l'intuition que le vague à l'âme d'Anna-Louise était moins dû au sort de Mary Elizabeth qu'à une frustration personnelle ou à la nostalgie de quelque chose qui lui manquait. Mais que pouvait-il lui manquer ? Elle aimait son rôle de pasteur, son fouineur de journaliste de mari. La ville la tenait en haute estime, même ceux et celles qui ne suivaient pas ses prêches. A moins que… ?

— Est-ce vraiment Mary Elizabeth qui vous chagrine ? demanda-t-il. Ne serait-ce pas plutôt le regret d'être passée à côté de quelque chose qui vous tenait à cœur ?

Elle le fixa un instant, partagée entre la colère et l'indignation.

— Je ne suis passée à côté de rien du tout ! rétorqua-t-elle. Et personne ne sait mieux que moi reconnaître la valeur des choses et profiter de la vie telle qu'elle nous est donnée.

— Vraiment ? Alors quand donc allez-vous vous décider tous les deux à agrandir la famille ? Vous n'êtes plus tout jeunes !

— King Spencer, c'est une question incroyablement indiscrète, même venant de vous ! s'écria-t-elle, suffoquant d'indignation.

— Possible. Mais elle est sincère. Je ne vous demande pas d'y répondre si vous ne voulez pas, mais si c'est le manque d'enfant qui vous turlupine, vous devriez en parler à votre mari.

Soudain, à sa grande surprise et à sa grande confusion, elle éclata en sanglots.

— Je ne peux pas, murmura-t-elle.

Prenant une profonde inspiration, elle précisa :

— Richard refuse obstinément d'aborder ce sujet. De longues années, il a été correspondant dans ces pays où règnent la violence et l'horreur, et il en a ramené la volonté inébranlable de ne jamais avoir d'enfants.

— Cet homme est un idiot. J'ai déjà eu l'occasion de le lui dire car je n'ai jamais apprécié sa façon de fourrer son nez partout, mais je croyais qu'il avait un minimum de cerveau. Eh bien, maintenant je n'en suis plus aussi sûr ! De ma vie, je n'ai jamais entendu pareilles balivernes ! Nous sommes à Trinity Harbor, pas dans un de ces maudits trous où l'on s'entretue, à l'autre bout de la terre ! Est-il seulement capable de faire la différence ?

Anna-Louise esquissa un pauvre sourire à travers les larmes qu'elle tenta, en vain, d'essuyer d'un revers de la main.

— J'aurais dû me douter que vous utiliseriez mes confidences comme un prétexte de plus pour dénigrer mon mari.

— Je vais lui parler, poursuivit-il sans l'écouter. On va voir ce qu'on va voir !

— King, il est hors de question que vous parliez de cela à Richard ! s'exclama-t-elle, la mine décomposée.

— Pourquoi diable ne le pourrais-je pas ?

— Parce que c'est mon affaire et pas la vôtre.

— Eh bien moi, j'ai décidé que si !

Tout n'était-il pas son affaire dans cette ville ? De plus, il considérait Anna-Louise comme sa propre fille, même si, parfois, elle méritait qu'on lui botte les fesses pour son insolence. Et il savait que c'était réciproque.

— Je vous interdis ! s'écria-t-elle en le voyant jaillir hors du box. Où allez-vous ?

— Chercher votre mari.

— Si vous faites cela, vous ne l'emporterez pas au paradis ! Vous irez en enfer, King ! Je vous jure que j'y veillerai personnellement ! lança-t-elle d'un ton d'une sincérité telle que King en fut déstabilisé. Asseyez-vous.

Jamais il ne l'avait entendue parler sur ce ton, aussi jugea-t-il préférable d'obéir, pour une fois.

— D'accord, marmonna-t-il en se laissant retomber sur son siège. C'est votre problème. Mais vous pouvez me dire comment vous comptez le résoudre ?

— Je ne sais pas.

— Et si vous faisiez tout bêtement ce que font les femmes de toute éternité ? lui suggéra-t-il tout en connaissant d'avance sa réaction.

— King !

— Je sais, je sais, je dis n'importe quoi. Je ne sais pas, moi ! Allez-y franco ! Mettez-le au pied du mur. Poussez-le à dire les choses. S'il y a une femme faite pour être mère, c'est bien vous. Et Richard ne serait pas non plus un mauvais père, même s'il n'est plus tout jeune.

— Je pense qu'il serait heureux de vous entendre dire ça, laissa-t-elle tomber d'un ton désabusé.

Puis elle tapota sa main et lui sourit.

— Merci de m'avoir écoutée, King. Cela m'a vraiment soulagée de parler parce que, jusqu'ici, je ne voulais pas admettre que cela me pesait autant.

— Tant mieux si j'ai pu être utile à quelque chose. Et n'oubliez pas que je veux avoir la primeur de la bonne nouvelle quand il y en aura une.

— La primeur, c'est mon mari qui l'aura, rétorqua-t-elle en souriant. Mais vous serez informé en deuxième. Promis ! Et puis, que diriez-vous d'être le parrain ?

— J'en serais honoré, et dans ce cas, je me contenterais de n'être informé qu'après votre mari. Seulement, ne tardez pas trop. Je me fais vieux.

— Vous plaisantez ! Vous êtes immortel, King ! De toute façon, vous êtes bien trop têtu pour lâcher la rampe.

— Puissiez-vous dire vrai ! s'exclama-t-il en riant. Parce que j'ai encore de grands projets.

— Ah bon ? dit-elle, les yeux brillant déjà de curiosité.

— Seulement, je ne dirai rien.

— Je parie que je sais ! Tout à l'heure, je vous ai vu discuter avec Frances.

— Pensez ce que vous voulez. Mais tenez votre langue. Pour le coup, c'est Frances qui doit avoir la primeur sur le reste du monde.

— Alors comme ça, vous avez un projet ?

— Oui. C'est comme je vous le dis.

— Je vais prier pour que ça marche.

— Priez donc pour vous ! Moi, je me débrouille très bien tout seul ! affirma-t-il en riant.

— Eh bien, je prierai pour nous deux.

— Alors, si vous y tenez tant que ça, ajoutez Tucker dans vos prières. Ce pauvre garçon en aura bien besoin, surtout maintenant que j'ai d'autres chats à fouetter.

— Je n'y manquerai pas ! promit-elle. Bonne chance.

— La chance n'a rien à voir avec ça. En revanche, la détermination, voilà le secret. Souvenez-vous-en.

— Je m'en souviendrai, répondit-elle en riant. D'ailleurs, je vais de ce pas à la recherche de mon mari.

11

Assise sur le perron, Liz en était à sa deuxième tasse de café, essayant de rassembler ses forces pour attaquer le ménage, lorsque Frances apparut au coin de la maison.

— J'espère que je ne te dérange pas, lança cette dernière. Mais je voulais m'assurer que tu allais bien, toute seule dans cette grande maison. Tu es bien seule, n'est-ce pas ? ajouta-t-elle d'un ton préoccupé, après avoir jeté un regard circulaire autour d'elle.

— Oui. Tucker ne se cache pas dans les buissons, prêt à bondir pour me défendre, si c'est ça qui te tracasse, répondit Liz en riant.

— Oh ! Je craignais plutôt de tomber sur lui en petite tenue, répliqua Frances, rougissant aussitôt de son audace. Excuse-moi. Je n'aurais pas dû dire ça, mais je suis ravie de voir que vous paraissiez réconciliés. Vous formiez un si beau couple autrefois.

Seulement voilà, Liz n'avait aucune envie de parler de sa relation avec Tucker, même avec Frances qui avait été si gentille avec elle. Aussi détourna-t-elle la conversation.

— Mon petit doigt m'a dit que tu te lançais dans une romance. Une romance avec King ?

— Une romance, c'est beaucoup dire, répliqua Frances sans grand enthousiasme. Ce soir, nous allons ensemble au bingo.

— Je croyais qu'il n'aimait pas le bingo.

— Oui, c'est vrai. Et la première fois qu'il m'a invitée,

je dois dire que j'ai trouvé cela adorable de sa part. Surtout connaissant son peu de goût pour ce genre de lieu. Mais j'aimerais bien qu'il évolue. Que les choses avancent, quoi !

Liz fixa Frances d'un air ébahi. Jamais elle n'aurait pensé qu'une femme aussi charmante qu'elle jetterait son dévolu sur un King Spencer. Mais les goûts et les couleurs, cela ne se discutait pas. Et puis, bien que le bonhomme lui ait, ces derniers temps, gâché la vie avec son intolérance et son outrecuidance, il lui fallait bien reconnaître qu'il avait de bons côtés, et qu'en son temps, elle l'avait adoré.

— Si je comprends bien, cette relation serait plus sérieuse que je ne le croyais, s'étonna-t-elle. Tu veux l'épouser ?

— Je ne suis pas une vieille folle excentrique ! s'exclama Frances, rouge de confusion.

— Ce n'est pas du tout ce que je voulais dire ! Je constate seulement qu'il n'est jamais trop tard pour rencontrer l'amour de sa vie. Du moins, c'est ce que je veux croire.

Et, scrutant Frances d'un regard affectueux, elle ajouta :

— Alors dis-moi ce qui ne va pas entre King et toi.

— Si seulement je le savais ! Nous sommes englués dans la routine. J'ai tout essayé pour le stimuler. Nouvelle coupe de cheveux, nouvelle coloration, régime amaigrissant… Tout ce que j'ai gagné, c'est de le rendre encore un peu plus grognon.

Tout ceci était bien ennuyeux, songea Liz, désolée. Frances avait tant fait pour elle, ces derniers jours, qu'elle n'avait qu'un désir, c'était de lui rendre la pareille. Même si, en l'occurrence, il s'agissait de la marier avec un vieil âne bâté.

— Est-ce que King a des rivaux ? demanda-t-elle, regrettant, mais un peu tard, de se montrer aussi directe.

Frances, en effet, ne sembla guère l'apprécier.

— Tu veux savoir si j'ai quelqu'un d'autre, c'est ça ? lança-t-elle d'un ton aigre-doux.

— Exactement.

— Eh bien, Chauncey Mayberry, peut-être. Il est arrivé depuis peu à Trinity Harbor et il a manifesté le désir de faire plus ample connaissance avec moi. Mais je l'ai éconduit.

— Voilà ce qu'il nous faut ! Pourquoi ne pas sortir avec lui ? On ne sait jamais, il serait peut-être un meilleur parti que King, et si ce n'est pas le cas, cela piquerait King au vif de te voir fréquenter un autre homme.

— C'est une bonne idée, Mary Elizabeth... Je pourrais essayer. Je dirais à Chauncey Mayberry que je vais au bingo ce soir. King y sera et je verrai si Chauncey est plus rapide à la détente que King.

Liz lui sourit, satisfaite de la voir reprendre son entrain. Satisfaite aussi d'avoir trouvé quelque chose qui allait recentrer King sur lui-même ; Tucker et elle n'auraient plus à craindre de le voir surgir à l'improviste pour leur gâcher la vie.

A son arrivée chez Earlene, Tucker vit avec soulagement son père en sortir — il l'adorait mais il préférait l'éviter, ces derniers temps ; cela lui facilitait la vie. La veille, il avait fixé rendez-vous à Walker pour le café, dans le secret espoir que leur rencontre dans un lieu public fasse taire les ragots sur son intégrité et sur son rôle dans cette affaire. Mais en matière de ragots, il n'avait rien entendu de bien fâcheux.

— Tiens, ce n'est pas souvent qu'on vous voit à cette heure-ci, qui plus est en civil, nota Earlene qui l'accueillit lorsqu'il entra. Je ne suis pas certaine que ce soit bon signe.

— Pas d'inquiétude, la rassura-t-il. Si j'ai abandonné mon uniforme, c'est tout à fait provisoire.

— Vous savez, c'est plus fort que moi. J'aime bien

Walker, mais c'est une pièce rapportée dans notre communauté. Et à Trinity Harbor on préfère avoir un Spencer pour veiller à la sécurité.

— Earlene, n'êtes-vous pas la première à faire remarquer à mon père qu'il n'a pas à tout régenter ici ?

— Si, reconnut-elle en riant. Et plutôt deux fois qu'une ! Mais vous, ce n'est pas pareil. Allez donc vous asseoir auprès d'Anna-Louise. Je vous apporte votre café.

— J'ai rendez-vous avec Walker.

— Et alors ? Il peut bien, lui aussi, aller s'asseoir auprès d'elle. La saison touristique bat son plein. J'ai beaucoup de monde et il faut optimiser l'espace.

A quoi bon discuter ? Tucker leva la main d'un air résigné.

— C'est bon, je comprends, soupira-t-il. J'imagine que Walker sera aussi ravi de s'entretenir avec Anna-Louise que moi.

Earlene le considéra un moment en hochant la tête avant de reprendre :

— Tucker, je vous ai toujours pris pour un homme sensé, c'est ce qui me retient de vous faire la leçon. Mais tout de même, méfiez-vous de Liz Chandler.

Elle aussi s'y mettait !

— Je vous remercie pour votre sollicitude, Earlene, répliqua-t-il sèchement.

— Je m'inquiète pour vous, c'est tout, se justifia-t-elle en lui lançant un regard noir.

— Apportez-moi donc mon café, je ne vous en demande pas plus.

Et il se dirigea vers le box d'Anna-Louise, notant avec soulagement qu'elle s'apprêtait à s'en aller.

— Vous alliez partir ? s'enquit-il aimablement.

— Oui, mais je peux rester, répliqua-t-elle en reposant son sac et en le gratifiant d'un regard inquisiteur. Alors, quoi de neuf ?

— En fait, j'ai rendez-vous avec Walker pour discuter

de certaines choses qui concernent le meurtre de Larry Chandler. C'est Earlene qui m'a envoyé m'asseoir ici. Question de place, précisa-t-il.

— C'est ça ! Elle m'envoie un deuxième Spencer, comme si je n'avais pas eu suffisamment de votre père, ce matin ! Il vient de partir.

— Oh ! Maintenant je comprends mieux votre mine bouleversée. Je suis désolé, Anna-Louise. Mon père est parfois…

— Ne lui en veuillez pas, le coupa-t-elle. Il n'en est pas la cause. C'est moi qui ai beaucoup de soucis en ce moment. A propos, comment va Liz ?

— Je ne l'ai pas encore vue, ce matin. J'irai la voir à Swan Ridge quand j'en aurai fini avec Walker.

— Parce qu'elle est retournée là-bas après la cérémonie ?

— Oui. C'est elle qui a insisté.

— Eh bien, je suis surprise que vous l'ayez laissée faire, s'indigna-t-elle.

— On voit bien que vous ne connaissez pas Mary Elizabeth si bien que ça. On ne lui fait pas faire ce qu'elle ne veut pas.

— Parce que vous avez essayé ? s'enquit Anna-Louise d'un ton suspicieux.

— Pas depuis des années. En tout cas, pas depuis bien avant la puberté, âge auquel j'ai compris ma douleur.

Et, sans lui laisser le temps de réagir, il poursuivit :

— Qu'est-ce qui se dit ici, ce matin ? De quoi les gens parlent-ils ? Du meurtre ? Des funérailles ?

— Je suppose que vous voulez savoir si les gens jasent sur Liz et vous. Je n'ai rien entendu à ce sujet, mais je dois dire que c'est le cadet de mes soucis. Si vous voulez savoir quelque chose, demandez à Earlene.

— Me demander quoi ? répliqua cette dernière qui venait d'arriver avec le café de Tucker.

— Si les gens se préoccupent de l'affaire Chandler, précisa ce dernier.

— Certes, ils sont toujours choqués par ce meurtre, cela ne fait aucun doute, mais ils jasent aussi beaucoup sur le buffet olé olé et sur l'assistance un peu spéciale à la cérémonie des funérailles, répondit Earlene. Et puis, il y en a qui spéculent sur la succession au siège de Larry Chandler. Beaucoup misent sur Ken Willis. On dit qu'hier, il aurait déjà commencé sa campagne à l'église. Les avis sont partagés sur le choix du lieu et du moment.

Tucker ne put réprimer un sourire furtif au compte rendu d'Earlene, mais il se garda de tout commentaire.

— Rien d'autre ? demanda-t-il.

— Si ! lança-t-elle, le regard mauvais. Les gens s'apprêtent à lancer des paris sur le temps qu'il vous faudra pour vous remettre ensemble, Liz et vous.

— J'espère que ce n'est pas revenu aux oreilles de mon père, sinon il ne va pas tarder à me tomber dessus, marmonna Tucker.

— Aujourd'hui, votre père a d'autres choses en tête, rétorqua Anna-Louise. Mais ne vous réjouissez pas trop. Dès que la rumeur lui parviendra aux oreilles, il trouvera le temps de vous dire que vous avez perdu la tête. Depuis que Daisy et Bobby sont casés, votre vie sentimentale est devenue une priorité pour lui, et il se fait sincèrement du souci sur la tournure que prennent les événements.

— Je n'ai pas de vie sentimentale et encore moins avec Mary Elizabeth, protesta-t-il avec la dernière des énergies, espérant que cela suffirait à étouffer ces stupides allégations.

Pas vraiment, se dit-il en voyant Anna-Louise pouffer de rire comme une idiote.

— Allons, Tucker ! Que l'on soit pasteur ou shérif, on ne raconte pas de bobards. Cela crève les yeux que vous êtes attirés l'un vers l'autre. Même moi, je le vois.

— Vous *croyez* le voir, mais en réalité, vous êtes tout bonnement influencée par les bruits qui courent, répliqua-t-il avec impatience.

— C'est ça ! Nous nous faisons des idées ! lança Earlene avec un regard plein de sous-entendus vers Anna-Louise.

— J'allais le dire, renchérit cette dernière.

Tucker les scruta toutes les deux d'un regard noir.

— Vous ne croyez tout de même pas que je pourrais entamer une liaison avec une veuve de quelques jours ?

— D'après ce que je sais, le couple Chandler s'était séparé depuis longtemps, répliqua Anna-Louise. De plus, nous ne disons pas que ce que vous faites n'est pas convenable. Nous constatons seulement que tout est réuni pour que la flamme se ranime entre vous deux.

— Grands dieux ! grommela Tucker. Qu'est-ce qu'elles vont chercher ? Comment voulez-vous que les hommes comprennent les femmes ?

— Surtout ma femme ! renchérit Richard qui surgit brusquement devant leur box.

Se penchant vers Anna-Louise, il l'embrassa et ajouta :

— Où étais-tu passée ? Je croyais que tu voulais me parler.

— C'est vrai, confirma-t-elle en rougissant. Mais il fallait d'abord que je mette un peu d'ordre dans mes pensées.

— Alors, que voulais-tu me dire ? demanda-t-il en se préparant à s'asseoir près d'elle.

— Pas ici ! s'écria-t-elle en le repoussant. Allons marcher un peu.

— Mais je viens de faire mon jogging, protesta-t-il. Et je meurs de faim.

— Earlene, prépare-lui un café et deux beignets à emporter, ordonna Anna-Louise. Pour ce que j'ai à lui dire, mieux vaut qu'il soit dans de bonnes dispositions.

— Parce que ce que tu veux me dire ne va pas me faire plaisir ? C'est ça ?

— Ça dépend, répondit-elle d'un ton sibyllin. As-tu des choses urgentes à faire ?

— Non.

— Pas d'interviews en vue ?

— Non.

— Parfait ! dit-elle en lui adressant un large sourire. Nous aurons donc tout le temps qu'il faut pour causer sérieusement.

Devant la mine interloquée de Richard, Tucker se mit à rire.

— Mon pauvre ami, vous n'y échapperez pas ! Inutile de résister. Croyez-moi, à ce stade de détermination, les femmes ne lâchent pas le morceau avant d'obtenir ce qu'elles veulent.

— C'est bien ce que je crains, répliqua Richard en emboîtant néanmoins le pas Anna-Louise.

Puis, saisissant au vol café et beignets sur le comptoir, il sortit en trombe heurtant Walker au passage.

— Qu'est-ce qu'ils ont, ces deux-là ? demanda ce dernier quand il eut rejoint Tucker.

— Je ne sais pas. Mais Anna-Louise me fait l'effet d'une femme qui part en guerre. Un peu comme Daisy quand vous vous battiez tous les deux à propos de Tommy.

— Pauvre Richard ! Je le plains sincèrement, fit Walker d'un ton de réelle compassion.

Puis il balaya d'un regard circulaire la salle de restaurant et les clients qui ne perdaient pas une miette du spectacle et se laissa tomber sur la banquette, regardant Tucker droit dans les yeux.

— Outre l'avantage incontestable que tu retires personnellement à t'afficher avec moi en public, tu veux bien me dire ce que nous faisons ici ? demanda-t-il.

— Eh bien, nous sommes ici pour partager nos informations, répliqua Tucker avec un sourire satisfait. Tu te rappelles ? Alors, du nouveau du côté des légistes ?

— Ils ont fait quelques prélèvements prometteurs sur place. Les fibres sont en cours d'analyse.

— Compte tenu de la réception donnée par les Chandler lors de leur dernier passage à Swan Ridge, ces éléments ne serviront à rien. Pas plus que le relevé des empreintes digitales.

— Possible. Mais les prélèvements ont été effectués sur le pantalon de Chandler. Et pas n'importe où, si tu vois ce que je veux dire.

Tucker sentit son cœur s'emballer.

— Il aurait eu une relation sexuelle juste avant de mourir ? s'exclama-t-il.

— En quelque sorte, oui. En tout cas, ça y ressemble fort.

Bon sang ! Cela pouvait tout changer ! Tucker dut faire un effort pour rassembler les idées qui se bousculèrent dans sa tête et poser la question dérangeante :

— Ont-ils fait des recoupements avec les vêtements que Mary Elizabeth portait ce soir-là ?

— C'est en cours. Je devrais en savoir plus en fin de journée.

— Ce ne sera pas une preuve suffisante pour l'arrêter. Elle était sur les lieux du crime, elle a touché le corps, tout cela on le sait, puisqu'elle l'a dit.

— Quoi qu'il arrive, je n'en tirerai pas de conclusions hâtives, rétorqua Walker, un soupçon d'impatience dans la voix. Pas d'inquiétude, Tucker. Je connais mon métier, je sais mener une enquête et avant d'arrêter qui que ce soit, il me faudra un faisceau de preuves concordantes et pas seulement un résultat d'analyse.

— Vraiment ? lança une voix d'homme.

Tucker et Walker levèrent la tête et virent un inconnu qui les toisait d'un air furibond.

— En êtes-vous si sûr ? poursuivit l'homme. N'êtes-vous pas plutôt en train de mijoter une stratégie pour couvrir cette traînée à qui Chandler était marié ?

Le sang de Tucker ne fit qu'un tour, et il allait bondir hors du box quand il fut retenu par Walker qui le fit rasseoir.

— Je m'en occupe, dit Walker avec une froide détermination.

Il se leva calmement de façon à faire face à l'inconnu.

— Qui êtes-vous ? lui demanda-t-il.

— Peu importe qui je suis. Le problème c'est vous, les flicaillons du coin, qui essayez d'entraver l'enquête et de maquiller les preuves. Mais tenez-vous-le pour dit, les gens comme moi, on ne vous laissera pas faire.

— Personne ici ne cherche à maquiller quoi que ce soit. Si vous pensez savoir quelque chose qui puisse nous être utile pour élucider cette affaire, dites-le-moi. Je vous promets que nous étudierons votre témoignage avec attention.

— Vraiment ? répliqua l'homme d'un ton sceptique.

Après un instant de réflexion, il ajouta, montrant Tucker d'un signe de tête :

— Et vous croyez que celui-là vous laissera faire ?

— Le shérif Spencer n'est pas en charge de l'enquête. C'est moi qui le suis. Maintenant, voulez-vous, sortons tous les deux et vous me ferez part de ce que vous savez.

— Pas besoin de sortir. Je peux le dire ici. La meurtrière, c'est Liz Chandler.

— Ah oui ? Et comment le savez-vous ? demanda Walker en lançant à Tucker prêt à bondir sur l'odieux personnage un regard impérieux qui le cloua sur place.

— Ça crève les yeux. Elle voulait divorcer, mais pas perdre le pognon. L'autre jour, je les ai entendus se disputer à Richmond. Ça bardait ! Tout le restaurant en a profité.

— Le divorce n'est pas une mince affaire, fit remarquer Walker. En s'exacerbant, les sentiments peuvent conduire à des discussions un peu vives.

— Je l'ai entendue dire : « Je te tuerai d'abord », de mes propres oreilles ! Je vous jure que c'est vrai.

Le sang de Tucker se figea dans ses veines. Si c'était vrai, cette remarque condamnait Mary Elizabeth. Mais il doutait qu'elle ait dit cela. Jamais, dans le récit qu'elle lui avait fait de la vive discussion avec son mari, elle n'avait dit avoir proféré une telle menace. Il s'en souviendrait. Il observa l'homme attentivement ; il avait des tas de questions à lui poser, mais il n'en avait pas le droit. C'était le témoin de Walker. Il s'était dessaisi lui-même de l'enquête et il ne lui restait plus qu'à ronger son frein, même si la rumeur gagnait la moitié de la ville avant midi. Quant à Mary Elizabeth, sa réputation en prendrait un coup, même si le témoignage de cette crapule s'avérait faux.

— Accompagnez-moi au poste, nous allons enregistrer votre déclaration, proposa Walker.

L'homme perdit aussitôt de sa superbe.

— Il n'en est pas question, protesta-t-il.

— Pourquoi ? demanda Walker. Vous voulez que je tienne compte de vos déclarations, n'est-ce pas ?

— Oui, mais je ne veux pas être mêlé à tout ça.

— Que vous le vouliez ou non, vous l'êtes déjà.

— Ce que j'en dis, moi, c'est pour faire mon devoir de citoyen. Il y a longtemps que je vous cherchais.

— Vous auriez pu gagner du temps en téléphonant au poste de police, ne put s'empêcher de lui faire remarquer Tucker.

— C'est pas ça qui est important, répliqua l'homme. Je voulais le dire de vive voix et m'assurer qu'on me prendrait au sérieux. Maintenant, c'est dit et je suis bien content.

— Tant que vous n'aurez pas fait une déposition en bonne et due forme, votre témoignage perd toute sa crédibilité et reste du domaine des accusations sans fondement, lui rappela Walker. La dispute de M. et Mme Chandler est de notoriété publique. En revanche, vous pourriez apporter une précision supplémentaire en témoignant de ce que vous prétendez avoir entendu.

— Je vous jure que je dis la vérité ! insista l'inconnu. Mais après tout, faites-en ce que vous voulez.

Sur ce, il tourna les talons et se dirigea vers la porte. Sans se presser, Walker le suivit, et Tucker le vit noter le numéro d'immatriculation du véhicule dans lequel il s'engouffrait.

« Bon travail, Walker ! » se dit Tucker en le rejoignant.

— Il y a de fortes chances pour que ce ne soit qu'un hurluberlu, mais par précaution, mieux vaut vérifier son identité, dit Walker en composant le numéro de Michele.

— A moins que..., commença pensivement Tucker.

— Que quoi ?

— A moins qu'il n'ait été envoyé par quelqu'un qui veut nuire à Mary Elizabeth.

— Quelqu'un qui serait le meurtrier ?

— Ou quelqu'un qui craindrait qu'elle ne se lance en politique et assure l'intérim de son mari jusqu'aux prochaines élections.

— Y songerait-elle ?

— Elle ne m'en a rien dit, répondit Tucker. En revanche, j'ai cru comprendre dans ses propos qu'elle envisageait de revenir s'installer ici, à Trinity Harbor. Je ne sais pas pour combien de temps. Elle a toujours été attirée par les lumières de la grande ville. Je pense que c'est en partie pour cette raison qu'elle s'est laissé prendre au charme de Larry Chandler. Il lui offrait le même style de vie raffiné que ses parents autrefois.

— En tout cas, je serais curieux de savoir qui il pouvait y avoir dans ce fichu restaurant de Richmond, le soir de la dispute, marmonna Walker. Malheureusement, je n'ai personne de disponible pour aller vérifier sur place.

— J'y vais ! s'exclama Tucker. Envoie-moi les résultats des analyses de tissu quand tu les auras.

— D'accord, mais...

— Mais quoi ?

— Fais attention à toi. Si quelqu'un essaie de mettre en cause Mary Elizabeth, tu risques de gêner, et on a bien vu que cette personne est capable de tuer.

— Personne ne le sait mieux que moi.

*
* *

Lorsque Liz en eut assez d'être seule et qu'elle partit à la recherche de Tucker, elle ne le trouva pas. Mais après une rapide enquête, elle ne tarda pas à découvrir qu'il était en route pour Richmond, sans elle, espérant trouver quelques pistes dans le restaurant où elle avait eu une altercation avec Larry. Heureusement, la région n'avait pas de secret pour elle et elle connaissait un raccourci, ce qui lui permit d'arriver en vue du restaurant Chez Dominique alors que Tucker en franchissait le seuil et de le rattraper devant le bureau de la direction.

— Tu n'imaginais tout de même pas que j'allais te laisser faire ça sans moi, susurra-t-elle d'un ton suave, ravie de son bon tour.

— Qu'est-ce que tu fabriques ici ? s'exclama Tucker, au comble de la stupéfaction. Tu m'espionnes ?

— Pas du tout ! Pour ton information, je suis partie vingt bonnes minutes après toi.

— Mais alors, comment diable as-tu fait pour arriver en même temps que moi ?

— Dévoiler mes petits secrets à un représentant de la loi ? Certainement pas !

Visiblement excédé, il la prit par le bras et l'éloigna de la porte du bureau.

— Mary Elizabeth, pourquoi es-tu venue ? chuchota-t-il en baissant le ton.

— Parce que je connais Dominique Gerard et pas toi, répondit-elle d'un ton qui n'admettait pas de réplique. Et parce que c'est de ma vie qu'il est question.

— Je croyais que tu me faisais confiance.

— C'est vrai, mais il y a certaines choses dont je préfère m'occuper moi-même et en l'occurrence, c'en est une. Que ce soit bien clair.

Sur ce, elle frappa à la porte du bureau et entra.

Dominique, sculpturale beauté originaire des îles Caraïbes, se leva pour l'accueillir.

— Ma chérie ! s'exclama-t-elle en français. Toutes

mes condoléances pour la perte inestimable que vous venez de subir.

Elle la serra contre elle, l'enveloppant du parfum de jasmin qui s'exhalait de son corps et ajouta :

— J'ai été atterrée en apprenant la nouvelle.

— Je veux bien le croire, répliqua Liz. Je sais que Larry était un de vos clients préférés.

— Taratata ! protesta Dominique en s'écartant d'elle. Vous savez bien que je n'ai pas de clients préférés. Dans mon métier, ce ne serait pas raisonnable.

— Et vous êtes, avant tout, une femme d'affaires avisée, n'est-ce pas ? rétorqua Liz en lui décochant un large sourire.

— Une des meilleures, je peux le dire sans fausse modestie. J'imagine que vous venez pour consulter le registre des réservations du soir de votre dispute. Je l'ai rangé ici pour qu'il ne tombe pas dans n'importe quelles mains, précisa-t-elle en le sortant d'un tiroir.

— D'autres personnes ont-elles demandé à le voir ?

— Oui, plusieurs journalistes. Et un client qui m'a demandé si je pourrais en faire disparaître son nom. Il disait ne pas vouloir être mêlé au ramdam médiatique suscité par cette soirée.

— Que lui avez-vous répondu ? demanda Tucker.

Dominique qui l'avait ignoré jusqu'ici parut soudain découvrir sa présence et, le toisant de la tête aux pieds, lâcha d'un ton aguicheur :

— Qui êtes-vous, vous ?

— Un ami, répondit Liz. Nous essayons tous les deux d'élucider le meurtre de Larry. Dominique Gerard, Tucker Spencer. Un type bien, comme on n'en fait plus.

— Et beau garçon de surcroît, renchérit Dominique en le gratifiant cette fois d'un clin d'œil non équivoque.

Tucker en rougit jusqu'à la racine des cheveux.

— Revenons à ce client, réussit-il à articuler.

— Ah oui ! Il s'agit de Charles Foley.

— Ce nom m'est inconnu, dit-il. Qui est-ce ?

— Un proche collaborateur du gouverneur, répondit Liz. Tu le reconnaîtrais sûrement si tu le voyais. Il est sur toutes les photos du gouverneur. Derrière lui, dans son bureau ou au pied des podiums, lors des meetings. Le gouverneur Hastings se déplace rarement sans lui.

— Et ce soir-là, le gouverneur était-il présent ? demanda-t-il en se tournant vers Dominique.

— Non.

— Et Foley ? Avec qui était-il ? voulut savoir Liz.

— Je ne l'ai pas vu arriver ni repartir, répondit Dominique. C'est Jacques, mon maître d'hôtel, qui s'en est occupé. Il s'en souviendra peut-être.

— Si je comprends bien, le gouverneur était chez lui, ce soir-là, puisque la présence de Foley à ses côtés n'était pas requise, résuma Tucker.

— Ou il travaillait probablement dans son bureau, répliqua Liz. Il restait souvent tard le soir, au grand dam de ses collaborateurs et des délégués à qui il passait des coups de fil à toute heure de la nuit pour les consulter sur tel ou tel projet de loi ou sur l'opportunité d'adopter telle ou telle stratégie.

— Et il n'avait pas besoin de Foley pour cela ? demanda Tucker.

— Pas s'il l'avait envoyé sur une autre mission, dit pensivement Liz. Ce qui laisse entendre que la présence de Foley ce soir-là était importante. Et ce qui explique aussi que Foley ait émis le vœu que son nom disparaisse de la liste de réservations car il n'a certainement pas intérêt à ce que cela s'ébruite.

— Mais alors, pourquoi avoir choisi ce lieu ? s'étonna Tucker. Ne m'as-tu pas dit toi-même que ce restaurant était le lieu de rendez-vous de personnalités en tout genre ?

— La disposition des lieux permet une certaine discrétion, expliqua Dominique. Et si un client le demande, nous pouvons mettre à sa disposition une salle à manger privée. Ce soir-là, c'était d'ailleurs le cas pour M. Foley.

— Puis-je y jeter un coup d'œil ? demanda Tucker. Je voudrais me rendre compte de ce qu'il a pu voir et entendre depuis cette pièce.

— Bien sûr, accepta Dominique. Liz, pouvez-vous lui montrer ou préférez-vous que ce soit moi ?

— Je m'en charge, je connais les lieux, répondit Liz. Nous vous avons déjà fait perdre assez de temps comme cela. En revanche, pouvez-vous me faire une copie des pages concernant les réservations de ce soir-là ?

— Certainement. Vous l'aurez avant votre départ.

— Merci beaucoup pour votre aide, Dominique.

— Oh ! je n'ai pas fait grand-chose. Reviendrez-vous bientôt à Richmond ? Je suis certaine que nombre de gens ici souhaiteraient vous exprimer leurs condoléances.

— Non. Je prévois de rester à Trinity Harbor, du moins pour l'instant. Je suis heureuse de me retrouver chez moi, après tant de temps.

— Comme je vous comprends ! lança Dominique avec un petit rire entendu, en décochant un petit sourire à Tucker.

Vraiment, cette Dominique ne manquait pas d'air ! se dit Tucker. Il n'en revenait pas. Et plutôt que de lancer la réplique cinglante qui lui brûlait les lèvres, il préféra quitter la pièce au plus vite.

— On dirait qu'elle t'énerve, le taquina Liz en le rejoignant à l'entrée de la salle à manger.

— Pas du tout ! Ne sois pas ridicule, grommela-t-il.

Mais à le voir de nouveau rougir, Liz voyait bien que la patronne du restaurant ne lui était pas indifférente.

— Dominique est une femme très séduisante, insista-t-elle.

— Qu'est-ce que tu essaies de faire ? lança-t-il sèchement. Tu veux me jeter dans ses bras ?

Grands dieux ! Lui, dans les bras de Dominique ?

Rien que cette idée lui glaça le sang. Sans savoir encore vraiment quelle importance Tucker avait pour elle, elle n'apprécierait guère de le voir s'enticher d'une femme comme Dominique qui avait la réputation d'être une mangeuse d'hommes sans scrupules.

— Non, certainement pas ! répliqua-t-elle vivement.

Peut-être un peu trop vivement.

— Ça me rassure, laissa tomber Tucker en lui décochant un sourire ravageur. Montre-moi maintenant où vous étiez, Larry et toi.

— Là, dit-elle en le conduisant à une table recouverte d'une nappe damassée et ornée en son centre d'un bouquet de fleurs.

— Où se trouve la salle à manger privée ?

Elle lui montra une porte, quelques tables plus loin, à une distance qu'il évalua à environ six mètres.

— Il est tout à fait possible que ce Foley ait entendu les termes de votre dispute sans que vous vous en aperceviez. A quoi ressemble ce type ?

— Grand, légèrement bedonnant, un peu vulgaire. Pourquoi ?

— Les cheveux bruns clairsemés et le teint rougeaud, compléta-t-il.

— Oui. Tu le connais ?

— A moins que je ne me trompe, il est venu ce matin à Trinity Harbor.

— Oh ! Vraiment ? Mais pour quoi faire ?

— Pour s'assurer que nous allions bien t'inculper pour le meurtre de ton mari.

12

Tout bien réfléchi, tout cela n'était-il pas trop beau ? en vint à se demander Tucker. L'homme qui était venu dénoncer Mary Elizabeth à Walker était aussi celui qui avait voulu que l'on efface son nom de la liste des réservations au restaurant le soir de l'altercation.

— Viens, dit-il en tirant Mary Elizabeth par la main. Passons prendre les copies du registre, et en route pour le Capitole.

— Si je comprends bien, tu veux rendre une petite visite à Foley, c'est ça ?

— Juste pour lui donner un petit avertissement. Si c'est bien lui qui est venu ce matin à Trinity Harbor, ça devrait lui faire un choc de me voir débarquer à sa porte quelques heures plus tard. Et de surcroît avec toi. Tu le connais bien ?

— Hélas, mieux que je ne le souhaiterais. C'est un homme très… *aimable*, si tu vois ce que je veux dire.

— Il t'a fait des avances ? s'exclama Tucker plus vivement qu'il ne l'aurait souhaité.

— A Richmond, il court après tous les jupons qui passent à sa portée. Il est célibataire et sait parfaitement s'y prendre avec les femmes qui, sans cela, ne le remarqueraient même pas.

— Comment le gouverneur tolère-t-il pareil comportement de sa part ?

— Il fait très bien son boulot. Il met les mains dans le

cambouis à la place du gouverneur. Tu connais l'expression « politique de l'ombre » ? Ça lui va comme un gant. C'est lui qui exerce les pressions. Lui qui conclut les accords foireux. Bref, c'est lui le méchant.

— Méchant comment ?

— Je connais au moins un délégué qu'il a ouvertement essayé de soudoyer pour qu'il vote en faveur de la proposition de loi sur l'environnement que présentait le gouverneur. Or la proposition de loi a été rejetée à une voix près et cela correspondait au vote d'un homme connu pour ses positions en faveur de l'environnement. Quelque temps après, des rumeurs se sont propagées dans la presse selon lesquelles il aurait tourné casaque au moment de voter cette loi importante. Toutes ces allégations s'appuyant sur un entretien houleux entre ce délégué et Foley, quelques heures avant le vote. Etant donné que personne n'avait assisté à cette discussion, nous n'avons jamais su le fin mot de l'histoire, mais cela n'a pas empêché le doute de s'installer.

— Je veux savoir le nom de ce délégué.

— Pas de problème.

— Va récupérer les copies et retrouvons-nous dehors. Je vais profiter de ces quelques minutes pour mettre de l'ordre dans ma tête.

Quelques minutes ? Des jours n'y suffiraient pas ! Ce que Tucker connaissait de la politique dans une petite ville comme Trinity Harbor n'avait rien à voir avec le machiavélisme qui régnait dans les hautes sphères de Richmond. Comment Mary Elizabeth avait-elle pu vivre dans ce monde ?

Lorsqu'elle le rejoignit sur le parking, la copie du précieux registre de Dominique en main, il était devant sa voiture, prêt à partir.

— Viens, je conduis, lui lança-t-il d'un ton péremptoire.

— C'est moi qui ai le ticket de parking. Allez, Tucker.

Pour une fois, tu vas bien supporter de t'asseoir sur le siège du passager de ma voiture.

— J'ai l'habitude, là n'est pas le problème. Ce qui m'inquiète, c'est que tu sois au volant. Tu ne connais pas les limitations de vitesse.

— Oh ! Shérif, comment pouvez-vous affirmer cela ? Montez avec moi, vous verrez bien…

— Pour tout dire, me faire conduire par une personne qui réussit si bien à embobiner son monde n'a rien de rassurant. D'autant plus que j'ai la preuve que tu as exercé une ou deux fois tes talents d'ensorceleuse sur deux de mes hommes.

— C'est possible, admit-elle avec aplomb. Alors, tu viens ou pas ?

— Allons-y !

Et il la suivit jusqu'à la luxueuse voiture de sport ornée de plaques d'immatriculation rutilantes qu'il avait découverte, une semaine plus tôt, devant sa porte. Une semaine ? Une vie, plutôt ! Il n'en revenait toujours pas qu'en quelques jours, Mary Elizabeth ait réussi à effacer des années de ressentiment et de douleur. Il n'était pas sûr de pouvoir jamais lui faire entièrement confiance, mais au moins, il pouvait la regarder sans éprouver de rancœur. En fait, ce qu'il ressentait désormais, c'était l'imminence d'un grand danger.

Il ne la quitta pas des yeux tandis qu'elle se faufilait avec dextérité dans les rues congestionnées de la banlieue de Richmond. Elle conduisait avec l'aisance de quelqu'un qui se croit seul au monde, et il crut déceler dans ses yeux la lueur du plaisir que lui procurait sa conduite sportive.

— Tu aimes la vitesse, n'est-ce pas ?

— Oui, tant que je ne me pose pas de questions, répondit-elle en toute candeur. Sinon, ça me donne des frissons. Tu n'as pas peur, au moins ?

— Penses-tu ! Mais j'ai une question à te poser.

Pourquoi ne me laisses-tu pas faire seul le travail que tu m'as confié ?

— Je le pourrais, c'est vrai. Seulement, tu comprends, c'est mon avenir qui est en jeu. Et puis je ne me vois pas cloîtrée à Swan Ridge, rongée par le remords de t'avoir impliqué dans cette affaire, au lieu d'être à tes côtés, ne serait-ce que pour te protéger.

Le protéger ? C'était bien elle ! songea Tucker qui ne put s'empêcher de sourire à l'idée de Mary Elizabeth n'écoutant que son grand cœur et volant à son secours.

— C'est mon problème, pas le tien, lui rappela-t-il. Je ne suis pas policier d'hier. J'ai de l'expérience.

— Certes. Mais tu ne vas pas me dire que Trinity Harbor est un repaire de grand banditisme.

— C'est vrai. Il n'empêche que le comté a eu son lot de meurtriers. Et toi ? Combien d'enquêtes policières as-tu à ton actif ?

— Aucune. Mais à la différence de toi, je connais les tenants et les aboutissants du monde politique local. Reconnaissez donc, shérif, que vous avez besoin de moi, conclut-elle avec une autorité qui ressemblait étrangement à celle de son grand-père. Mais si je t'agace vraiment, tu n'as qu'à le dire et me renvoyer chez moi. Marché conclu ?

Il hocha la tête. Il n'avait aucunement l'intention de la renvoyer chez elle, et si elle l'agaçait, il ferait en sorte de ne pas le lui montrer. Ne valait-il pas mieux la garder près de lui de façon à l'avoir à l'œil, plutôt que la laisser vagabonder où bon lui semblait comme elle ne manquerait pas de le faire ?

Arrivée au Capitole, son plus beau sourire aux lèvres, elle passa avec aplomb devant les gardiens de la sécurité, ralentissant à peine pour recevoir les condoléances que certains lui adressèrent. Elle ignora la réceptionniste et, du même pas décidé, se dirigea vers le bureau de Charles Foley, frappant à la porte avant que la pauvre dame de l'accueil ne revienne de sa surprise.

— Attendez ! s'écria cette dernière.

Trop tard ! Mary Elizabeth était déjà dans le Saint des Saints.

— Elle est très pressée, lança Tucker en guise d'excuse à la réceptionniste médusée.

Visiblement furieux d'avoir été interrompu, Charles Foley posa le combiné du téléphone et leva les yeux pour découvrir Mary Elizabeth et… lui, dans l'embrasure de la porte.

— Vous ! s'exclama-t-il en pâlissant.

— Oui, c'est bien moi ! lança Tucker d'un ton enjoué. Comme ce matin vous aviez des tas de choses à dire sur Mme Chandler, j'ai pensé que nous pourrions passer vous voir pour que vous les lui disiez en face.

Foley tenta de bredouiller quelque chose. En vain. Il était plus prolixe ce matin, songea Tucker, amusé.

— Ah, je vois que l'on a une petite faiblesse, monsieur Foley, lança-t-il, goguenard. Dois-je vous rafraîchir la mémoire et répéter ce que vous disiez ce matin ?

— Pas besoin, Tucker, intervint Mary Elizabeth d'un ton suave. J'imagine très bien ce qu'a dit M. Foley. J'aimerais juste savoir une chose, Charles. Pourquoi voulez-vous à tout prix me voir derrière les barreaux ?

— Parce que votre mari était un chic type et que cela me ferait mal que vous passiez entre les mailles du filet, répondit Foley d'une traite.

— Ne racontez pas d'histoires ! rétorqua-t-elle. Vous n'aimiez pas Larry parce qu'il s'opposait aux projets du gouverneur. Et comme il était le dernier obstacle important avant la prochaine législature, j'imagine que sa disparition vous a soulagé.

— Mais c'est absurde ! s'exclama Foley, visiblement choqué. Jamais je n'aurais voulu sa mort à cause d'opinions politiques différentes. En revanche, pour vous c'est autre chose. Il y avait les millions.

— C'est donc ça que vous pensez ? s'écria-t-elle. Je l'aurais tué pour son argent ?

Et elle éclata d'un rire qui résonna étrangement dans le sinistre bureau de Charles Foley. Un rire qui mit Tucker mal à l'aise.

— Mon pauvre Charles, laissa-t-elle tomber d'un air dédaigneux. Vous focalisez donc tant sur ces supposés monceaux de dollars que Larry aurait amassés ? Vous n'êtes pourtant pas sans savoir que les actions ne valent plus rien depuis ces deux dernières années ? Certes, Larry avait théoriquement une grosse fortune. Mais comme pour tout le monde, elle en a pris un sacré coup. Et en plus, nous avions un contrat de mariage. En cas de divorce, il récupérait ses biens propres et moi je gardais les miens. Tout était prévu comme ça. Et vous n'êtes pas sans savoir que j'avais une fortune personnelle *avant* d'épouser Larry.

Tucker éprouva un immense soulagement en entendant ces mots. Sous réserve de vérifications faciles à faire, elle écartait définitivement l'hypothèse qu'elle aurait tué son mari pour l'argent.

— Vous êtes en train de me dire que la fortune de Chandler s'était envolée ? Toute sa fortune ? s'exclama Foley.

— Pas toute sa fortune, mais il n'était plus multimillionnaire, précisa-t-elle. Il s'était arrangé pour que cela ne s'ébruite pas. Si vous ne me croyez pas, consultez ses impôts des deux dernières années. Je suis sûre que vous y avez accès.

— Mais en cas de décès, qu'est-ce qui était prévu pour sa fortune restante ?

— Son capital reviendrait intégralement à son associé, Roland Morgan, et sa fortune personnelle irait à différentes œuvres caritatives.

— Mais alors, si vous n'aviez rien à attendre de ce côté, pourquoi l'avoir menacé de le tuer ? s'étonna Foley qui paraissait ébranlé.

— Je ne l'ai pas menacé de le tuer.

— Mais j'ai entendu…

— Vous avez mal compris, un point c'est tout. Mais revenons à ma question de tout à l'heure. Pourquoi vouliez-vous à tout prix me faire endosser le meurtre ? Pour renouer des alliances et effacer des contentieux avant la prochaine législature ? Ou, plus grave encore, pour couvrir quelqu'un ?

— C'est absurde ! s'indigna-t-il. Qui voudriez-vous que je couvre ?

— Le gouverneur, répondit-elle sans hésitation. C'est ce qui vient tout de suite à l'esprit. J'ai toujours pensé que vous seriez capable de vous jeter dans un brasier pour lui sauver la mise.

Là, elle y allait fort !

— Mary Elizabeth, tu ne veux tout de même pas dire que…, commença Tucker.

— Elle insulte le gouverneur, voilà ce qu'elle fait ! le coupa Foley qui en tremblait d'indignation.

— Ce n'est pas pire que vous, quand vous l'insultiez ce matin ! rétorqua Tucker, hors de lui.

Mais il se ressaisit vite. Ne valait-il pas mieux se faire un allié de cet homme plutôt que de s'en faire un ennemi qui crache son venin ?

— Je propose que nous cessions de remuer la fange et que nous essayions, ensemble, de comprendre, reprit-il en regardant Foley dans les yeux. A votre avis, qui, dans vos relations politiques, profitera le plus de la mort de Larry Chandler ?

Foley énuméra quelques noms connus.

— Mais ce ne sont pas des tueurs, précisa-t-il. Je m'en porte garant.

— Moi aussi, renchérit Mary Elizabeth en soupirant.

— Une fois la piste politique éliminée, que nous reste-t-il ? demanda Tucker.

— Celle des collègues de travail et celle d'une

vengeance personnelle, suggéra Mary Elizabeth. Mais puisque nous sommes là, allons faire un tour dans notre maison de Richmond. En fouillant dans les papiers de Larry, nous trouverons peut-être des choses intéressantes.

— Cela me va, acquiesça Tucker.

— Liz, je regrette sincèrement de m'être fourvoyé sur une mauvaise piste, dit Foley.

— Je suppose que je devrais vous savoir gré de vous sentir concerné par cette affaire, répliqua-t-elle. Mais je ne suis pas entièrement convaincue que ce soit purement désintéressé de votre part. Et je vous promets que, si c'est le cas, vous me le paierez.

— C'est tout à fait normal. Mais je vous assure que vous ne trouverez rien, affirma Foley.

Charles Foley avait l'air sincère et Tucker le crut, sans toutefois désavouer la réaction de Mary Elizabeth. Mais il ne dit rien jusqu'à ce qu'ils aient quitté l'agitation du centre-ville pour le calme des quartiers résidentiels de la périphérie.

— Que penses-tu de tout cela ? demanda-t-il enfin.

— Que ce type ne changera jamais. Qu'il est toujours le même salaud opportuniste, mais que les accusations qu'il a proférées contre moi à Trinity Harbor ne sont pas vraiment méchantes et ne portent pas réellement à conséquence. Et toi, qu'en penses-tu ?

— La même chose que toi. Tu n'as pas envie que l'on s'arrête casser la croûte avant d'aller mettre notre nez dans les papiers ?

— Eh bien, tu vois, ce dont j'aurais envie c'est de m'arrêter, de sortir de la voiture et de me défouler en hurlant pour oublier ce putain de meurtre. Mais casser la croûte fera aussi l'affaire.

— Sans oublier un bon verre de vin.

— Un verre ? Tu plaisantes, il m'en faudra plus pour m'empêcher de hurler, répliqua-t-elle en riant.

— Je crains qu'une bouteille soit trop pour toi, surtout que tu conduis. Je boirai donc le reste.

— Soit ! Je me soumets. Selon toi, c'était une mauvaise journée, n'est-ce pas ? ajouta-t-elle en lui lançant un regard furtif.

— J'ai connu des matinées plus productives.

— Personnellement, je trouve au contraire que nous avons pas mal avancé. Nous revenons avec la liste des noms qui figurent dans le registres de réservations de Chez Dominique, nous avons éliminé un certain nombre de suspects et convaincu Charles Foley que j'étais hors de cause. Au moins, il n'ira pas répandre partout ses fausses allégations et n'ameutera pas les médias locaux.

— Provisoirement, précisa Tucker sans grand enthousiasme. Je te l'accorde, nous n'avons pas complètement perdu notre temps.

Soudain son visage s'éclaira et il parut se réveiller.

— Surtout que je vois un restaurant mexicain se profiler à l'horizon ! s'exclama-t-il.

En fait de restaurant mexicain, elle ne vit qu'un fast-food.

— Là ? Tu veux que l'on déjeune *là* ?

— Pourquoi pas ? Au moins, on est sûrs de ne pas tomber sur tes amis.

— Tu as raison, et c'est toujours ça, dit-elle en s'engageant sur l'aire de stationnement. En tout cas, tu peux faire une croix sur le vin.

— J'ai une meilleure idée. On va acheter ce qu'il faut et déjeuner dans votre maison de Richmond. On trouvera bien une bonne bouteille dans cette fameuse cave à vin dont parlent les journaux.

— Quelle riche idée ! Il n'y a pas à dire, shérif, vous savez y faire avec les dames. Mais dis-moi, ajouta-t-elle en lui lançant un regard oblique, tu as vraiment lu des articles où il était question de la cave à vin de Larry ?

— Difficile d'y échapper ! Ça faisait la une de la rubrique des faits divers, expliqua-t-il en riant. Quant à mes talents d'organisateur de sorties pour dames, je n'en suis pas peu fier. Et tu n'as pas encore tout vu ! Attends le dîner de ce soir !

— Je brûle d'impatience, répliqua-t-elle les yeux brillants.

— Si tu veux bien, Mary Elizabeth, je vais te faire redescendre des hautes sphères où tu planes et retrouver le vrai monde.

— C'est un défi que tu me lances ?

— Pourquoi pas ? Es-tu prête à le relever ?

— Oui, répliqua-t-elle sans hésiter. Tu sais bien qu'autrefois je te suivais partout. Alors, pas de raison que ça change maintenant.

Tucker frémit en retrouvant les accents de la fille intrépide qu'il avait connue. Mais ne jouait-il pas avec le feu ?

Liz s'engagea dans le lotissement résidentiel privé où, dès la première élection de Larry, ils avaient acheté une maison de briques entourée d'un petit jardin. Bien que les obligations officielles d'un élu ne soient pas très prenantes, tout au plus quelques mois dans l'année, ils avaient tous les deux préféré vivre à Richmond, là où ils pouvaient mener confortablement une vie sociale et culturelle. Et puis, Liz ne se voyait pas vivre à l'hôtel ou en location comme la plupart des confrères de Larry, pas plus qu'elle ne voulait vivre à Trinity Harbor, au milieu des souvenirs et avec Tucker dans les parages.

Avec le temps, elle avait fini par ne plus voir la laideur de la bâtisse prétentieuse avec sa décoration somptueuse et sa cave à vin climatisée qui plaisait tant aux médias. A l'opposé du style classique et du mobilier simple et traditionnel de Swan Ridge, cette maison était remplie d'œuvres d'art de prix qui trahissaient le goût de la décoratrice plutôt que celui de Larry. Ce dernier avait insisté pour engager cette femme avec qui il entretenait une liaison de notoriété publique. Ce qui, naturellement, contribuait largement à alimenter la rancœur de Liz.

Dans l'entrée, elle marqua un temps d'arrêt, attentive à la réaction de Tucker devant les papiers peints luxuriants et les lustres étincelants.

— C'est…, commença-t-il, hésitant et cherchant ses mots, ébahi devant le spectacle.

Puis il se tourna vers elle et conclut :

— Cela ne te ressemble pas du tout.

— Merci de le remarquer ! répliqua-t-elle en riant. Larry aimait ça. Et encore plus la décoratrice. Alors elle a tout fait pour lui en mettre plein la vue. Tu vas voir son bureau ! J'ai toujours rêvé d'avoir un fusil et de tirer sur la tête d'élan accrochée au mur. Après, je m'allumerais un cigare et boirais un brandy. Quand je pense à mon grand-père ! Dieu merci, il n'avait pas ce goût de macho prétentieux. Au contraire, son bureau témoignait de sa modestie.

— Je n'ai pas bien regardé, l'autre jour, mais il me semble que la pièce était sombre et austère.

— C'est exact. Et maintenant, suis-moi et tu vas faire la comparaison, lui proposa-t-elle en le précédant. Mais je te préviens, si je t'emmène dans le bureau de Larry, c'est uniquement pour y chercher des papiers qui peuvent nous être utiles. J'espère que cela ne va pas te couper l'appétit.

Comme elle s'y attendait, Tucker poussa un juron qui n'avait rien d'admiratif.

— Tu croyais que je te racontais des histoires, hein ? lança-t-elle en riant.

— Honnêtement, oui. Mon Dieu, comment est-ce possible ? Où avait-il la tête ?

— Je crois qu'il a compris quand il a vu le résultat. Mais c'était trop tard. Avant, il était bien trop occupé à plaire à Mme Highsmith, du renommé cabinet d'architecture Hampton Highsmith.

— Et selon toi, ce genre de délire devrait m'impressionner ?

— Pourquoi pas ? Ça impressionnait bien Larry. Et avec le temps, je m'y étais habituée.

— Vraiment ?

Il voulait juste savoir, s'assurer qu'elle disait la vérité.

— Non, avoua-t-elle. Je ne m'y suis jamais habituée. Mais avec le temps, je n'y attachais plus d'importance.

Et comme elle ne voulait pas qu'il sache combien, pendant toutes ces années, elle s'était sentie humiliée, elle désigna du doigt les poches de nourriture que Tucker portait à bout de bras et demanda :

— Lequel est le mien ? Je meurs de faim.

— Je crois que nous nous passerons de vin pour cette fois, déclara-t-il en lui tendant une poche. Si tu en trouves, des sodas feront l'affaire.

— Je vais en chercher.

Soulagée de se retrouver seule quelques minutes, elle fila dans la cuisine et remplit deux verres de soda. Soudain elle s'arrêta, se remémorant toutes ces nuits solitaires passées à attendre le retour de son mari volage... Sa colère, ses larmes, son amertume... Mais aujourd'hui, elle n'était pas seule. Elle était avec Tucker et cela lui rappela d'autres souvenirs. Des plus doux, cette fois. Ceux des nuits d'autrefois quand ils se dépêchaient d'avaler leurs sandwichs avant de se livrer à d'autres délices. Ce ne serait sûrement pas le cas cette fois, songea-t-elle en soupirant.

Lorsqu'elle rejoignit Tucker dans le bureau de Larry, il avait étalé les barquettes de nourriture bien grasse sur le marbre précieux de la table basse. Quelle tête aurait faite Mme Highsmith ! songea-t-elle en réprimant un fou rire.

— Ça va ? lui demanda Tucker devant son air bizarre.

— Très bien ! répliqua-t-elle en lui donnant son verre avant d'aller s'asseoir sur l'immense canapé brun foncé.

Elle avait toujours détesté ce canapé qui lui rappelait immanquablement les galipettes de Larry avec sa décoratrice, mais aujourd'hui, la présence de Tucker suffit à chasser les images importunes de sa mémoire. Et elle se jeta sur la nourriture.

Jamais *tacos* et *burritos* ne lui avaient paru si délicieux, et Tucker ne put s'empêcher de rire en la voyant lécher la sauce épicée sur ses doigts en soupirant de plaisir.

— Tu as toujours eu un estomac blindé, dit-il en plaisantant.

— Attends ! L'intérêt de la cuisine mexicaine c'est quand même bien les épices, non ?

— Il n'y a pas que ça. On peut aussi aimer la vraie cuisine.

— Et qu'appelles-tu « la vraie cuisine », Tucker Spencer ? lança-t-elle en riant. Tu n'y connais rien en cuisine ! Si tu ne m'avais pas rencontrée, je suis sûre que tu n'aurais jamais rien mangé de plus exotique que le cake au crabe et le poulet frit.

— Et alors ? Qu'y a-t-il de mal à ça ? Essaie donc de dire à King qu'il y a mieux que le cake au crabe ou le poulet frit, tu verras ! Il n'en revient toujours pas que Bobby fasse un tabac avec d'autres plats, et il ne voit pas pourquoi nous n'aurions pas les mêmes goûts que ses ancêtres.

— La cuisine de Bobby est remarquable, c'est vrai, reconnut-elle. Jusqu'à l'autre soir, je n'étais jamais allée dîner à la marina, ajouta-t-elle avec amertume. J'avais entendu dire que la cuisine de ton frère était fabuleuse, et j'ai enfin pu constater par moi-même que la renommée n'était pas surfaite. King devrait être fier de Bobby. Sa réputation s'étend jusqu'à Richmond et beaucoup de mes amis sont des habitués de son établissement.

— Je suis surpris que tu ne sois pas venue plus tôt, mais dans un sens, je le comprends.

— Je ne voulais pas courir le risque de te rencontrer et de te gêner. Larry et moi, nous avons eu de fréquentes discussions à ce sujet. Il trouvait que j'étais ridicule de refuser obstinément d'inviter nos relations à la marina. Surtout quand Bobby a été consacré meilleur chef du Northern Neck.

— Tu as eu bien tort de t'en priver à cause de moi.

— En fait, ce n'était pas seulement par égard pour toi. J'avais… peur.

— Peur de quoi ? Je n'aurais évidemment pas fait de scène et Bobby non plus.

Elle hocha la tête et le regarda dans les yeux.

— J'avais peur que tu puisses voir que mon mariage allait à vau-l'eau, avoua-t-elle. Et je ne voulais pas que tu saches que j'avais tout fichu en l'air pour rien. Je n'aurais pas supporté que tu t'en aperçoives. C'était déjà assez dur pour moi de vivre avec ma faute sans avoir à supporter ta pitié par-dessus le marché.

Il la contempla d'un air consterné.

— Je… je ne sais pas quoi dire, murmura-t-il, au comble du désarroi.

— Tu pourrais, par exemple, dire que je l'ai bien mérité.

— Jamais je ne dirais ça ! protesta-t-il avec indignation.

— Je sais, répondit-elle sur un ton où pointait le regret de n'avoir pas su reconnaître le trésor qui lui était offert et de l'avoir délibérément rejeté. Tu es trop bon pour ça.

— Je t'en prie, Mary Elizabeth, ne fais pas de moi un saint. J'ai mon lot de défauts.

— Je te mets au défi de m'en nommer un ! lança-t-elle mi-enjouée, mi-sérieuse.

— Je ronfle.

— Non, tu ne ronfles pas ! s'exclama-t-elle en riant.

— Comment le sais-tu ? Nous ne dormions guère quand nous passions la nuit ensemble.

Et il n'en fallut pas plus pour qu'elle se revoie avec lui, des années auparavant…

Il la rejoignait le soir, après son travail, et se glissait dans le lit, à côté d'elle. Peu importait l'heure, qu'elle soit profondément endormie, ou qu'il la réveille ou pas pour faire l'amour, elle se lovait tout contre lui, absorbant de son corps chaleureux la force tranquille qui s'en dégageait.

Elle se remémora la brûlure de ses caresses sur son corps… Et la passion dans ses yeux quand il la pénétrait et qu'il la crucifiait jusqu'à ce qu'ils atteignent tous les deux l'apogée du plaisir, leurs deux corps tremblant à l'unisson… Rien que d'y penser, elle frissonna et, sentant ses joues s'enflammer, elle détourna les yeux pour éviter le regard de Tucker.

Mais son embarras n'échappa pas à son œil attentif.

— Chérie, à quoi penses-tu ?

— A un autre temps et un autre lieu, répondit-elle en rassemblant son courage pour le regarder de nouveau.

— Je dois t'avouer que ces derniers jours, ça m'est aussi arrivé, avoua-t-il, un sourire confus sur les lèvres.

— Je voudrais…

— Mary Elizabeth, qu'on le veuille ou non, on ne peut pas revenir en arrière, la coupa-t-il sans lui laisser le temps de s'exprimer.

— Je sais, laissa-t-elle échapper dans un soupir.

C'était trop tôt et elle lui avait infligé une blessure trop profonde.

Un jour, peut-être…

Mais à la vue de l'expression inflexible du visage de Tucker, elle abandonna tout espoir de retrouver son amour passé et de le faire de nouveau éclore et grandir. Comment pourrait-il en être autrement après lui avoir brisé le cœur comme elle l'avait fait ? Elle devrait s'estimer heureuse s'il lui accordait une deuxième chance en lui offrant son amitié.

Elle avait beau savoir tout cela, elle ne pouvait s'empêcher de chercher son regard pour qu'il voie le désir qui la dévorait. Et, l'espace d'un instant, elle reconnut dans ses yeux l'ombre fugitive d'un désir aussi passionné que le sien. Mais il détourna la tête et cet instant béni fut perdu. Perdu à tout jamais, sans doute.

13

King n'avait pas beaucoup de temps. Il avait promis à Frances de l'emmener dîner ce soir et ensuite d'aller jouer au bingo, et si cette fois il ne tenait pas sa promesse, il allait perdre cette femme… à laquelle il tenait — et ce malgré son caractère ! De toute évidence, elle avait perdu patience et pour être honnête, il ne pouvait lui en tenir rigueur. Il s'était comporté en homme sûr de son fait pour qui le temps ne comptait pas. Pire, il l'avait traitée par-dessus la jambe, comme si elle ne méritait pas mieux. Et ça, ce n'était pas digne du gentilhomme sudiste qu'il se targuait d'être.

Alors il fallait coûte que coûte que cette affaire soit réglée ce soir, se dit-il en caressant du bout des doigts le petit écrin de velours enfoui au fond de sa poche. Mais il avait sur le dos un conseil familial dont il devait d'abord s'occuper. En l'occurrence, il lui fallait s'assurer que tous les membres de la famille étaient sur la même longueur d'onde pour écarter Mary Elizabeth de la vie de Tucker. Ce matin, en arrivant chez Earlene, la première chose qu'il avait apprise, c'était que Tucker était parti enquêter à Richmond et que Mary Elizabeth avait quitté la ville dans la foulée. Les citoyens qui avaient élu leur shérif pour sa rigueur et sa haute tenue morale n'apprécieraient sûrement pas ce genre de plaisanterie. Et Tucker pourrait toujours essayer de se justifier, les gens savaient à quoi s'en tenir. Le bruit courait que l'on prenait les paris et tous ne lui étaient pas favorables. Tucker risquait là son poste de shérif, et il n'avait pas l'air de s'en inquiéter, l'imbécile !

Aussi, une heure plus tôt, King avait-il convoqué à Cedar Hill, Daisy et Walker, Bobby et Jenna, ainsi que Anna-Louise. Cette dernière n'était pas de la famille, certes, mais King comptait sur son autorité de pasteur pour rappeler aux autres la différence entre le bien et le mal, au cas où ils l'auraient oubliée.

Les uns et les autres ne tarderaient pas à arriver et en les attendant, King se versa un grand verre de thé glacé. Son exposé de la situation risquait d'être long, et mieux valait prendre les devants et ménager sa gorge. Il songea un instant qu'il pourrait en profiter pour annoncer ses intentions concernant Frances, mais se ravisa aussitôt. Il n'était pas bon de mélanger les sujets. De plus, il n'était pas sûr que Frances accepte, et il n'avait aucune envie d'affronter sa famille si les choses n'allaient pas comme il l'entendait.

Daisy fut la première. Elle arriva en trombe dans l'allée et se gara dans un crissement de pneus et un nuage de poussière. Puis elle jaillit comme une folle de sa voiture, échevelée et complètement paniquée, s'arrêtant net et portant la main à son cœur, visiblement soulagée en le voyant confortablement installé dans son rocking-chair, un verre de thé glacé à la main.

— Que se passe-t-il ? J'imaginais déjà te trouver gisant inanimé par terre, dit-elle d'une voix où pointait déjà un soupçon d'exaspération. A t'entendre cela paraissait urgent.

— Même que c'est sacrément urgent ! C'est au sujet de Tucker et Mary Elizabeth. Il faut faire quelque chose et ça urge.

Daisy lui lança un regard où se succédèrent des sentiments qu'il préféra ne pas trop analyser.

— King Spencer, j'ai envie de te tordre le cou ! Et j'ai bien envie de reprendre le volant et de rentrer chez moi. Quand je pense que je croyais te trouver à l'article de la mort !

— C'est la réputation des Spencer qui est en danger de mort, répliqua-t-il. Et ça, ce n'est pas rien !

— Oh ! Par pitié ! Tu ne crois pas que tu exagères un peu ?

King, déconcerté, regarda sa fille avec insistance.

— Alors tu es contente que Mary Elizabeth se soit rabibochée avec ton frère et qu'elle s'affiche avec lui ?

— Non, bien sûr que non ! Tu sais ce que j'en pense. Toute l'amitié que j'avais pour elle s'est envolée du jour où elle a quitté Tucker.

— Bon. Alors qu'est-ce que l'on fait ?

— On la pousse à quitter la ville, je ne vois pas grand-chose d'autre à faire, répliqua-t-elle en s'éventant avec un catalogue de graines qui traînait dans son sac. Ouf ! Il fait une de ces chaleurs ! Il y a encore du thé glacé ?

Gagné ! songea King en retenant un sourire. Il avait gagné Daisy à sa cause.

— Oui, sers-toi, et viens t'asseoir. Les autres ne vont pas tarder.

— J'espère que tu as pris plus de gants avec eux, grommela-t-elle.

— Tu peux me dire ce qu'il y a de mal à inviter ma famille à passer me voir ? lança-t-il, vexé.

— Oui, je peux te le dire. Je trouve inadmissible que tu laisses sous-entendre que c'est probablement la dernière fois que l'on te verra en vie. Imagine que ce soit vrai !

— Eh bien Anna-Louise serait sur place pour prier sur mon cadavre, répliqua-t-il sans manifester le moindre remords.

— Quelle consolation !

King ne releva même pas car il venait d'apercevoir sur la route en lacets qui menait à Cedar Hill une voiture qui soulevait dans son sillage un panache de poussière. Vu la vitesse du véhicule, ce devait être Walker. Bobby se déplaçait à la vitesse d'un escargot. Et puis, il y avait ce gyrophare bleu.

— Je crois bien que ton mari arrive, fit-il remarquer. Mais qu'est-ce qu'il lui prend ? Pourquoi fait-il marcher son gyrophare ?

— Il a dû croire qu'il y avait urgence. J'espère que tu as prévu quelque chose à manger parce que le thé ne va pas suffire à le remettre de ses émotions, lui.

— Il y a un plateau de sandwichs au frigo. Avec cette chaleur, je ne voulais pas les sortir avant que tout le monde soit là.

— Je vais les chercher. Ça m'évitera d'entendre le savon que Walker va te passer quand il va découvrir tes méthodes pourries.

— Espèce de lâche ! lança-t-il comme Daisy filait dans la cuisine.

Walker mit un certain temps à descendre de voiture, et King se demanda sérieusement s'il n'allait pas sortir, son arme de service au poing. Mais Walker était un homme raisonnable, du moins le pensait-il.

— Allez viens, Walker ! Tu ne vas tout de même pas me tirer dessus.

— Eh bien, j'hésite encore parce que, sincèrement, vous le mériteriez ! répliqua ce dernier.

Mais il gravit les marches du perron, accepta le verre de thé que lui tendait King et, prenant place dans un fauteuil près de lui, ajouta :

— J'imagine que vous m'avez fait venir pour parler de Tucker.

— Bien vu !

— Je n'ai rien à dire. Tucker est un adulte responsable et en plus, c'est mon chef. Il traite cette affaire de la manière la plus professionnelle qui soit. Et pour tout dire, cela ne me regarde pas.

— Bien sûr que si, ça te regarde ! Tu es de la famille,

maintenant. Chez les Spencer, on s'entraide, on est solidaires.

— Sauf que votre solidarité à vous consiste à vous mêler des affaires des autres et surtout à vous immiscer dans la vie de chacun.

— Dis donc, c'est tout de même bien moi qui vous ai mariés tous les deux, toi et Daisy. Aurais-tu à t'en plaindre ?

Une ébauche de sourire se dessina sur les lèvres de Walker.

— Je ne dirai rien avec ma femme dans les parages qui écoute tout ce que je dis, répliqua-t-il en se tournant vers Daisy qui revenait avec un plateau.

— Zut alors ! Moi qui croyais que j'allais enfin avoir de quoi te faire chanter ! lança Daisy.

— Aucune chance, ma chérie. Je n'ai que des éloges à faire de toi et de notre mariage, susurra-t-il.

Qu'ils étaient mignons, tous les deux ! Et quelle belle réussite, ce mariage ! se félicita King en voyant Daisy se glisser sur les genoux de Walker.

Ce fut au tour de Jenna et Bobby d'arriver, main dans la main, comme il convenait aux parfaits amoureux. Encore une réussite à son actif, songea King. Il n'y avait que Tucker qui lui posait des problèmes ; mais il en viendrait bien à bout, foi de Spencer !

— Il ne manque qu'Anna-Louise, dit-il.

— Elle n'est pas de la famille, fit remarquer Bobby. Et je doute qu'elle apprécie vraiment que tu la mêles à tes manigances.

— Tout ce que je lui demande c'est de rappeler à chacun de vous le rôle de modèle que nous jouons dans la ville, répliqua King. En outre, s'il y a jamais eu une femme capable de me tenir tête, c'est bien elle. Et je peux toujours lui demander ce que je veux, c'est elle qui décide en fonction de ce qu'elle juge bien ou mal.

— Avec elle, il a trouvé son maître ! lança Daisy en jetant un regard amusé à Bobby, au grand dam de King.

— Méfiez-vous, tous les deux ! les menaça-t-il. J'ai encore la force de vous botter les fesses !

— Je m'étonne seulement de constater avec quel respect tu considères une femme qui ne t'écoute pas toujours, fit remarquer Daisy.

— Il faut bien faire la part des choses, répliqua-t-il en haussant les épaules. Anna-Louise connaît son affaire et à Trinity Harbor, tout le monde l'écoute. Elle n'impose rien, elle suggère simplement, en espérant que l'on prendra la bonne décision.

— Sauf que ce n'est pas le cas de tout le monde ! Suivez mon regard ! rétorqua sèchement Daisy en se tournant vers Walker.

— Ça, c'est vrai, renchérit King en fusillant son gendre du regard. Tu sais que tu commences à sérieusement m'agacer !

— Je peux partir, si vous voulez, proposa Walker en se servant ostensiblement d'un sandwich au jambon car il connaissait d'avance la réponse.

— Non ! répondit King. Personne ne partira d'ici sans que nous ayons mis un plan sur pied.

Mais avant qu'il n'entre dans une colère noire, il aperçut fort heureusement la voiture de sa dernière invitée qui s'engageait dans l'allée.

— Voilà Anna-Louise ! s'exclama-t-il.

— Oh mon Dieu ! s'écria-t-elle avec soulagement en sortant de son véhicule. Moi qui venais prier sur votre dépouille agonisante ! Je crois bien qu'en fait, on va me demander de faire des choses qui ne vont pas me plaire.

— Et pourquoi pas ? rétorqua King. Je vous ai bien écoutée quand vous m'avez confié vos problèmes. A votre tour de m'écouter, maintenant. Voilà ! Nous devons faire quelque chose pour sauver Tucker. La situation est en train de nous échapper.

Jenna et Daisy se tournèrent vers Anna-Louise.

— Qu'est-ce qui ne va pas ? s'exclama Daisy.

— De quels problèmes King parle-t-il ? renchérit Jenna.

— Des choses que je ne peux dire devant tout le monde, répliqua Anna-Louise d'une voix douce, non sans gratifier King d'un regard triomphant. Mesdames, rentrons dans la maison.

Sur ce, les trois femmes s'éclipsèrent sans plus de façons, et King, impuissant, ne put que les regarder disparaître.

— Bien joué papa ! lança Bobby en riant.

— Ah oui, bien joué ! Elles ne vont pas revenir avant des heures, marmonna Walker.

— C'est probable, reconnut King, résigné. Eh bien, nous nous passerons d'elles. Walker, ne peux-tu donc rien faire pour empêcher Tucker de mener cette enquête pour Mary Elizabeth ?

— A moins d'élucider moi-même cette affaire, je ne vois pas comment je pourrais faire. Et pour le moment, je n'ai pas de piste sérieuse.

— Eh bien, trouves-en ! répliqua King comme si cela allait de soi.

— Croyez-moi, je cherche. Personne ne souhaite plus que moi voir ce meurtre élucidé. Je prends très à cœur ma fonction et je déteste entendre les gens se plaindre que les crimes ne sont pas assez vite résolus.

Ce n'était pas le genre de réponse qui satisfaisait pleinement King, mais il s'en contenta provisoirement et se tourna vers son fils.

— Bobby, parle à ton frère. Fais-lui comprendre.

— Comme si Tucker m'avait jamais écouté ! Il est comme toi. Quand il a une idée en tête, il est têtu comme une mule. Quant à son esprit chevaleresque, il le tient aussi de toi. Et s'il croit que Mary Elizabeth a besoin de son aide, il volera à son secours.

— C'est bien là le problème, murmura King, l'air

soucieux. Walker, tu dois absolument expliquer à Tucker que les gens ne comprennent pas qu'il ait pris un congé.

— Sauf que ce n'est pas vraiment le cas. Et même s'ils ne sont pas trop contents que j'assure l'intérim, la plupart des habitants de la ville comprennent sa position. J'en ai entendu qui disaient qu'ils n'en attendaient pas moins de lui car c'était un honnête homme. Ils apprécient qu'il ait privilégié les considérations éthiques.

— Ses *considérations éthiques* ! Parlons-en ! s'écria King. S'il ne s'agissait que de cela, j'aurais compris, moi aussi. Mais on sait tous que ce sont ses hormones qui le travaillent. Cette femme a toujours fait de lui ce qu'elle voulait. Elle le faisait déjà tourner en bourrique avant même qu'il atteigne l'âge de la puberté !

— Je ne crois pas qu'il se laisse prendre au piège de nouveau, répliqua Bobby. Elle lui a brisé le cœur en épousant Chandler. Un homme peut-il oublier ça ?

— Pas s'il pense avec sa tête, reconnut King. Mais crois-tu que ce soit le cas de Tucker ?

— Absolument ! affirma Walker.

— Je suis d'accord avec lui, renchérit Bobby.

— Hum, marmonna King, l'air songeur.

Et, se tournant vers Walker, il lui lança :

— Je suppose que tu ne t'es jamais laissé distraire par un baiser de Daisy pendant ces mois où vous vous demandiez tous les deux ce que vous pourriez bien faire pour tirer de son marasme ce pauvre Tommy.

Walker marmonna quelque chose d'incompréhensible. Un juron, vraisemblablement.

— Ah ? Je croyais, ironisa King. Et toi Bobby, tu avais toute ta tête quand Jenna te harcelait avec son projet d'aménagement du littoral ?

— D'accord, d'accord ! grommela Bobby. Qu'est-ce que tu veux que l'on fasse ?

— Discuter avec Tucker, tous ensemble. Tu sais, comme on voit à la télé. Demain soir, ça vous irait ?

— Pourquoi pas ce soir ? demanda Bobby. Tu as dit toi-même que c'était urgent, alors le plus vite serait le mieux.

— Ce soir, j'ai des choses à faire, répliqua King.

— Des choses plus importantes que de s'expliquer avec Tucker ?

— Oui, répondit King sur la défensive. Il n'y a pas que mes enfants dans ma vie.

— Il a un rendez-vous avec Frances ! lança Walker avec un grand sourire. Tu paries, Bobby ?

— Mais oui ! renchérit Bobby en riant. Ce doit être ça ! Il a un rancard avec Frances. Et j'ai comme l'impression qu'il n'a pas intérêt à lui poser un lapin ce soir.

— Maintenant, ça suffit tous les deux ! s'écria King en tapant du poing sur le bras de son fauteuil. Ne nous égarons pas. Nous sommes d'accord pour discuter avec Tucker demain soir. Avec Daisy et Jenna. Prévenez-les.

— Nous viendrons, acquiesça Walker. Et toi, Bobby ?

— Je ne manquerais ça pour rien au monde. Rendez-vous compte ! L'événement de la semaine, peut-être même du mois !

— Je te dispense de tes sarcasmes, répliqua King. Maintenant, allez chercher les femmes et débarrassez-moi le plancher. J'ai à faire.

Walker et Bobby s'exécutèrent sans broncher, se contentant de lui jeter au passage un regard furibond. Et King, à la vue de la petite troupe qui se dirigeait vers les voitures, put enfin savourer le plaisir que l'on éprouve au travail bien fait. Il allait rentrer dans la maison et se préparer pour sa soirée, lorsque Bobby se pencha à la portière de sa voiture et lui lança :

— Hé, King ! N'oublie pas l'after-shave ! Les femmes adorent !

— Méfie-toi, fiston ! Il n'est pas trop tard pour que je te déshérite !

— Je croyais que c'était fait depuis des années ! répliqua Bobby en riant.

King les regarda partir en soupirant. Aucun de ses enfants ne se souciait d'hériter de Cedar Hill ni des biens qu'il avait pu accumuler dans sa vie, et on ne pouvait pas les accuser de vivre à ses crochets comme certains. S'ils accouraient à son appel en dépit des mauvais tours qu'il leur jouait, c'était par amour pour lui.

Jamais il n'apprécierait assez la chance qu'il avait.

Pendant ce temps-là, à Richmond, Tucker épluchait les documents de Chandler que lui passait Mary Elizabeth. Et il avait bien du mal à se concentrer… Chaque fois qu'elle lui remettait un dossier, elle tendait le bras vers la pile pour en prendre un autre, dégageant au passage une bouffée de cet exquis parfum qu'elle portait. De plus, la simple vue de son corsage tout simple qui épousait étroitement ses seins que l'on devinait nichés dans la dentelle le mettait en transe.

— Ça va ? demanda-t-elle. Tu as l'air en nage. S'il fait trop chaud, je peux régler l'air conditionné.

A moins de le régler sur le mode congélation, cela ne servirait pas à grand-chose.

— Oui, ça va, répliqua-t-il laconiquement. Tu fais bien la liste des noms au fur et à mesure qu'on les trouve, n'est-ce pas ?

— Evidemment. Tu m'as demandé de le faire et je le fais. Regarde, répliqua-t-elle en lui brandissant sous le nez un bloc-notes. Une colonne pour les associés et partenaires, une pour les amis politiques et une troisième pour ses maîtresses éventuelles.

— Parfait. Il y a encore beaucoup d'autres dossiers ?

— Ceux qui sont dans le tiroir de gauche et ceux qui pourraient se trouver dans le coffre.

— Parce qu'il y a un coffre, en plus ? gémit-il.

— Oui.

— Pourquoi ne l'as-tu pas dit tout de suite ? Il est clair que s'il voulait garder certaines choses secrètes, c'est là qu'il a dû les conserver.

— Je ne t'ai pas parlé du coffre parce que c'était ses dossiers que tu me demandais, expliqua-t-elle avec une infinie patience. Et puis, j'avais accès à son coffre, alors je ne vois pas pourquoi il y aurait déposé des documents confidentiels.

— Il a d'autres coffres ailleurs ?

— Pas que je sache.

— Et à son bureau ?

— Il en a un.

— Qui y a accès ?

— Je ne sais pas, répondit-elle après un instant d'hésitation. En tout cas, moi je n'ai pas la combinaison, mais quelqu'un doit l'avoir. Roland Morgan, peut-être.

— Rappelle-moi qui est ce Roland.

— Son partenaire dans l'entreprise Chandler Technologies.

— C'est ça.

Depuis qu'ils avaient commencé à feuilleter ces dossiers, sa tête vrombissait de noms. Comment faire le tri dans ce magma ? Et surtout comment mettre en évidence les personnes à qui la mort de Larry Chandler profiterait le plus ?

Pour tout dire, ce Roland Morgan pourrait bien faire une bonne tête de liste.

— Il était à l'enterrement ? Est-ce que je l'ai rencontré ?

— Oui, il était à la cérémonie. Mais il est parti sitôt après le service. C'est un phénomène, tu verras, précisa-t-elle avec un sourire.

— Est-ce qu'il est encore au bureau ?

— Je lui passe un coup de fil pour voir. Je lui demande de nous attendre ?

Tucker évalua le temps qu'il leur faudrait pour finir

de vérifier les dossiers, le contenu du coffre et se rendre au siège de la compagnie.

— Dis-lui que l'on y sera d'ici une heure.

— Et s'il dit qu'il n'est pas libre ?

— Demande-lui de se libérer.

Elle hocha la tête et décrocha le téléphone. D'après ce que Tucker entendit en continuant de fouiller dans les papiers, Roland semblait prêt à coopérer.

— Il nous attend, confirma-t-elle. Il dit qu'il fera tout ce qui est en son pouvoir pour contribuer à démasquer le meurtrier de Larry.

Tant mieux ! Mais cela ne prouvait rien. Cela pouvait aussi bien être une manœuvre de diversion, songea Tucker qui avait souvent rencontré ce cas de figure.

— Parfait. Je finis de relever les noms des derniers dossiers. Toi, va vérifier le coffre et on y va, dit-il.

Mary Elizabeth ne tarda pas à revenir avec une copie des dernières volontés de Chandler, deux mille dollars en billets de banque et quelques écrins de bijoux.

— C'est tout ? demanda-t-il.

— Oui. Et comme je l'ai dit tout à l'heure à Charles Foley, et sous réserve que Larry ait récemment changé d'avis, il laisse l'entreprise et le capital à Roland, et sa fortune personnelle à la fondation que nous avons créée tous les deux il y a quelques années. Tu vois, Tucker, je disais la vérité quand j'affirmais ne rien avoir à gagner en divorçant ou en le tuant. Dommage que tu ne m'aies pas crue.

— Désolé, murmura-t-il.

— Tu n'as fait que ton métier et je ne t'en veux pas, reconnut-elle. En dépit de la conjoncture économique, Larry disposait encore d'une fortune considérable. Mais que tu le croies ou pas, il n'a jamais été question d'argent entre nous. L'un comme l'autre, nous y avons toujours scrupuleusement veillé. Larry adorait Swan Ridge, mais il savait que c'était mon héritage. J'avais ma fortune personnelle et n'avais pas besoin de la sienne.

Mais alors, s'ils n'étaient pas liés par l'argent, quels liens entretenaient-ils ? se demanda Tucker que cette question tarabustait depuis quelque temps. Y aurait-il eu entre Mary Elizabeth et Larry quelque chose de plus profond, de plus personnel ? Autant il s'était fait à l'idée qu'elle avait choisi un homme riche plutôt que lui, autant il avait du mal à admettre qu'autre chose avait fait pencher la balance. A l'époque, il ne s'était pas appesanti sur les raisons de son choix, mais maintenant, il s'interrogeait.

— Bon, marmonna-t-il. On va bientôt pouvoir y aller.

Mary Elizabeth ne s'y trompa pas. Elle reconnut l'amertume qui pointait sous sa mauvaise humeur et elle posa sa main sur son bras.

— Tucker, je sais que pour toi c'est dur à entendre, mais j'ai sincèrement aimé Larry, au début tout au moins. Je m'étais mis en tête qu'à nous deux nous pourrions changer le monde. Dès nos premières rencontres, nous parlions de nos projets et de nos idéaux. Nous étions sur la même longueur d'onde. Seulement pendant longtemps, je ne me suis pas rendu compte que c'était plus sérieux. C'est Daisy qui s'en est aperçue la première. Là où je ne voyais qu'une entente intellectuelle, elle avait reconnu les signes d'une passion dévorante, et je crois que c'est pour cela qu'elle m'en a tant voulu. Elle pensait que je te trompais délibérément, alors que l'idée ne m'effleurait même pas. Et il a fallu qu'elle me fasse part de ses soupçons pour que j'ouvre les yeux et que je prenne conscience de la profondeur de mes sentiments à l'égard de Larry. Je te jure que j'ai tout de suite rompu avec toi. Ni Larry ni moi ne voulions trahir ta confiance.

Si elle pensait le réconforter avec ses aveux, c'était raté !

— Tu estimais avoir plus à gagner à partager la vie d'un homme politique en vue, c'est ça ? Avec lui, tu allais réaliser de plus grandes choses qu'en étant l'épouse d'un petit shérif de province, constata-t-il. Tout Spencer qu'il était.

— Oui, répondit-elle en le regardant droit dans les yeux. A l'époque, je le croyais. Seulement depuis, j'ai déchanté. Mais ce serait trop long à t'expliquer. Voilà, j'ai eu tort. Je suis désolée.

— Bien sûr, marmonna-t-il en enlevant la main de Mary Elizabeth de son bras. Moi aussi, je suis désolé.

— Je n'ai réussi qu'à te faire encore plus de mal avec mes explications, constata-t-elle d'un ton affligé. Ne serait-il pas mieux pour toi d'abandonner cette enquête ? Je comprendrais.

Abandonner l'enquête et ne plus la voir ? Impossible !

— J'ai commencé, je finirai, répliqua-t-il sèchement. Allons, sortons d'ici au plus vite. Cet endroit me donne de l'urticaire.

— A moi aussi ! répliqua-t-elle dans un éclat de rire.

Déconcerté, Tucker eut un instant d'hésitation avant de rire à son tour. Et la tension entre eux retomba comme par miracle.

Dehors, l'air moite et étouffant lui parut presque rafraîchissant comparé à la sécheresse artificielle de l'air conditionné, et il prit une profonde inspiration pour se débarrasser des idées inopportunes, autant que pour se purifier les poumons. Il mènerait cette enquête jusqu'au bout, côtoierait Mary Elizabeth quoi qu'il lui en coûte, ne perdrait pas la tête et ne l'attirerait pas dans ses bras.

Seulement voilà ! Il n'aurait pas fallu qu'il plonge dans la douceur de ses yeux couleur de violette. Cela suffit à lui faire perdre le fil de ses pensées… et la raison.

— Tucker…

Sans lui laisser le temps de finir sa phrase, il se pencha vers elle et couvrit sa bouche de la sienne, étouffant son exclamation de surprise. Et, s'enflammant à la vitesse de l'éclair, son corps fut bientôt la proie d'un désir que rien ne semblait pouvoir assouvir.

Il y avait si longtemps qu'il attendait cet instant, si longtemps… Il n'avait pas oublié le goût de sa bouche à la saveur sucrée de melon bien mûr.

Le souffle court, le corps tendu, il retrouva finalement ses esprits et suffisamment de raison pour s'écarter d'elle et rester sourd à ses gémissements de protestation.

— Désolé, marmonna-t-il entre ses dents. Pas de ça entre nous !

— Mais ce ne serait pas la première fois.

— Eh bien, il ne faut pas que cela se reproduise, répliqua-t-il avec conviction.

— Jamais ?

— *Jamais*, répliqua-t-il d'un ton solennel.

Pauvre Mary Elizabeth. Une expression d'oiseau blessé passa dans ses yeux.

— Comme tu veux, dit-elle doucement. Mais c'est vraiment dommage.

Ce n'était pas du tout l'avis de Tucker, persuadé, lui, que ce serait au contraire un vrai désastre.

14

« Roland Morgan est très fort dans le domaine des nouvelles technologies, mais il n'a pas le sens des affaires. » Liz entendait encore le jugement péremptoire de Larry résonner à ses oreilles en entrant dans le bureau de Roland.

Complètement absorbé par son écran d'ordinateur, entouré de dizaines de tasses de café vides, les cheveux en broussaille et les yeux hagards derrière ses lunettes de myope, Roland était vêtu d'un jean sans âge et d'un T-shirt tellement froissé qu'il avait dû dormir avec depuis plusieurs jours.

— Bonjour, Roland.

Il s'arracha avec peine à son écran, clignant des yeux au son de sa voix.

— Ah, vous êtes déjà là ? fit-il en la gratifiant d'un sourire distrait.

— Il y a plus d'une heure que je vous ai appelé, souligna-t-elle d'un ton amusé. Je suppose que vous travaillez sur quelque chose de nouveau.

— Je suis juste en train de finaliser un projet qui devrait être commercialisé pour Noël. Et ça ne va pas comme je veux, expliqua-t-il en consultant avec regret son écran une dernière fois.

Puis, jetant un regard circulaire sur le désordre qui régnait dans la pièce, il ajouta :

— Désolé pour le bazar. Je suis rentré directement après les funérailles et je travaille non-stop depuis. Si je n'arrive pas à finir ce truc, on ne pourra pas lancer la production. J'ai tous les gens du marketing sur le dos. Ils ont investi des centaines de milliers de dollars en espaces publicitaires dans la presse et en spots télé pour le lancement du produit pendant les vacances.

— Pourriez-vous nous dire si Larry avait des soucis ? demanda Tucker.

— Roland, je vous présente Tucker Spencer, dit Liz en réponse à son regard interrogateur. Il enquête pour moi sur la mort de Larry.

Comme il se levait pour tendre la main à Tucker, Liz nota qu'il était en chaussettes et que ses chaussures, des tennis éculées, traînaient dans un coin de la pièce. Quel contraste avec Larry qui s'habillait chez les meilleurs stylistes et dont pas un cheveu ne dépassait même après des heures de campagne ! Mais leur duo fonctionnait plutôt bien, aussi étrange que cela paraisse.

— Heureux de faire votre connaissance, Tucker, répondit Roland. Je ferai ce que je peux pour vous être utile. Mais je dois dire que Larry et moi menions des chemins séparés. Il m'avait laissé le domaine technologique et s'occupait de tout le reste.

— Allons nous asseoir, voulez-vous ? proposa Tucker en montrant un canapé et des fauteuils. Nous essaierons de ne pas vous prendre trop de votre précieux temps.

— De toute façon, un petit break ne me fera pas de mal, reconnut Roland. Mon cerveau est au bord de l'explosion. Voulez-vous du café ?

— Je suggère plutôt de l'eau et quelque chose à grignoter, répliqua Liz. Je vais voir dans le frigo de Larry. Il avait toujours des fruits et du fromage en réserve. Je crois que cela vous fera du bien, Roland.

— C'est vrai.

— De l'eau pour toi aussi, Tucker ?

— Oui, merci.

Elle ouvrit la porte du bureau de Larry qui était contigu

à celui de Roland et, laissant les deux hommes discuter, elle entra dans une vaste pièce au sol recouvert d'une épaisse moquette où trônaient un bureau en acajou précieux et des meubles somptueux. Elle se figea : le parfum de l'after-shave de Larry flottait toujours dans la pièce. Bien que ces derniers mois il y passe de moins en moins de temps, son bureau et tout le bâtiment de briques rouges situé dans une rue bordée d'arbres, comptaient beaucoup pour lui. Symbole de sa réussite, la construction pourtant récente paraissait avoir allègrement franchi les siècles, et les visiteurs étaient toujours surpris d'apprendre que le bâtiment avait à peine dix ans.

Etrangement, tout était froidement calculé pour faire de l'effet et donner une image de réussite ; tout ressemblait à Larry — peu de gens connaissaient l'homme qu'il était réellement ; même pas elle qui en était pourtant si proche.

Né dans une de ces villes minières en déconfiture aux confins ouest de l'Etat, il s'était juré tout jeune de réussir dans la vie. Et l'apathie de ses parents qui ne faisaient rien pour sortir de leur misère avait attisé son ambition. Pauvres gens ! Ils avaient dû être complètement dépassés par la réussite de leur fils.

Sa mère était morte quelque temps après l'inauguration de son bureau, et son père une année après sa première investiture à la Chambre des délégués. Ni l'un ni l'autre ne prirent part aux festivités liées à ces événements. Plus tard, Liz avait appris que Larry n'avait pas jugé bon de les inviter. Il avait honte de ses parents et n'avait aucune envie d'étaler ses humbles origines aux yeux de tous. Il préférait que ses associés et ses électeurs voient en lui le descendant d'une vieille lignée de Swan originaire du Northern Neck historique.

Liz n'avait jamais rencontré Mme Chandler qui était morte avant qu'elle ne commence à fréquenter Larry, et elle n'avait vu son père qu'une seule fois. Très brièvement, avant le mariage. Peu de temps après, Martin Chandler était tombé gravement malade, et Larry s'était rendu seul aux funérailles, ne consacrant qu'une petite demi-journée à la cérémonie. La campagne battait alors son plein et Larry s'était dit, avec ce cynisme dont il faisait preuve parfois, que la présence des médias qui ne manqueraient pas de couvrir l'événement compenserait largement le temps perdu à se rendre aux obsèques.

De toute évidence, il avait eu une enfance difficile, avait peut-être été en manque affectif ; et elle n'avait pas su le voir.

Tristement, elle prit de quoi préparer un petit en-cas dans le réfrigérateur et regagna le bureau de Roland.

Les deux hommes étaient en grande discussion. Ils parlaient… base-ball ! L'un et l'autre s'étaient visiblement découverts ardents supporters des Atlanta Braves, dont les joueurs en ligue mineure étaient basés à Richmond. Ou bien Tucker avait déjà appris de Roland tout ce qu'il voulait savoir, ou alors il était arrivé à la conclusion qu'il n'y avait rien à apprendre.

Elle disposa le plateau sur une table et retourna s'asseoir en retrait pour mieux évaluer quelle hypothèse était la bonne. Il lui fallut peu de temps pour comprendre que Tucker avait tout simplement entrepris de mettre Roland en confiance. Et lorsque Roland eut englouti distraitement une demi-douzaine de biscuits avec du fromage et une pomme, Tucker redevint sérieux et entra dans le vif du sujet.

— Voyons, dit-il, pour revenir au sujet qui nous intéresse, pourriez-vous me dire où en est la situation financière de l'entreprise ?

— Vous feriez mieux de demander ça au responsable financier, répondit Roland. Comme je vous l'ai déjà dit, je ne prête pas attention à ce genre d'affaires.

Il haussa les épaules, ajoutant avec une moue dédaigneuse :

— Moi et les chiffres, vous savez…

— Larry vous tenait sûrement au courant des hauts et des bas de l'entreprise, insista Tucker. Et vous receviez tout de même bien des rapports et des bilans ?

— Oui, sans doute, marmonna Roland en jetant un regard désespéré du côté des classeurs qui occupaient tout un mur du bureau. J'imagine que Selena les range là. Elle est très efficace.

— Qui est Selena ?

— Ma secrétaire, Selena Velez.

— Elle travaillait aussi pour Larry, précisa Liz.

— D'ailleurs elle lui était beaucoup plus utile qu'à moi, renchérit Roland. Tout ce que je lui demandais de faire, c'était de prendre mes messages et de m'épargner tout ce qui, de près ou de loin, avait à voir avec le marketing.

— Est-ce que Larry conservait des papiers importants dans un coffre ? demanda Liz. Ou bien est-ce que tout est dans ses dossiers ?

— Oh non ! s'exclama Roland. Il y a un coffre. Un coffre hautement sécurisé. J'y dépose beaucoup de papiers à moi. Compte tenu de la fréquence et de l'importance de l'espionnage industriel, Larry m'a convaincu d'être prudent et de mettre à l'abri tous mes travaux.

— On pourrait le voir ? Il y a des documents appartenant à Larry que je ne retrouve pas, et je me dis qu'ils sont peut-être dans ce coffre.

— Bien sûr, répondit Roland.

Et il les conduisit jusqu'à une sorte de bar dans un couloir entre les deux bureaux. Il pressa un bouton invisible et le bar s'ouvrit en révélant une lourde porte d'acier de la hauteur d'un homme.

— Attendez-moi là, dit Roland, l'air gêné. Il faut que j'aille vérifier la combinaison.

— Vous ne l'avez pas mémorisée ? s'étonna Tucker.

— Elle change automatiquement tous les deux ou trois jours. Larry a inventé ce système parce que j'ai la mauvaise habitude de l'écrire sur des bouts de papier que je laisse traîner n'importe où, dans la corbeille à papier ou bien en vue sur mon bureau.

— Mais comment accédez-vous au nouveau code ? s'enquit Liz.

— Sur un fichier sécurisé dans mon ordinateur. Cela dit, je vais peut-être retrouver le bout de papier sur lequel je l'ai noté il y a deux jours, marmonna-t-il en rejoignant son bureau. Attendez, je reviens.

— Un vrai poème, ce Roland ! s'exclama Tucker.

— C'est une personnalité d'une intelligence et d'une pugnacité exceptionnelles, reconnut Liz. Larry et lui s'entendaient à merveille. En fait, ils se complétaient, Roland ayant obtenu de Larry de n'avoir à s'occuper que du secteur technologique.

— Larry n'était pas très doué dans ce domaine, c'est ça ?

— Si, mais la réussite de l'entreprise est incontestablement due au génie de Roland.

— Et si Roland en avait eu assez d'être au second plan alors que ton mari recevait les lauriers ?

— Non, c'est impossible ! répliqua-t-elle vivement. Ce n'est pas son genre. Tu l'as vu toi-même.

— Partageaient-ils les bénéfices à égalité ?

— Oui, je crois. Mais il faut demander à Roland.

— Qu'est-ce qu'il faut me demander ? répliqua ce dernier en revenant et en composant de ses doigts agiles le code qu'il avait, selon sa bonne habitude, noté sur un bout de papier.

— En quoi consistait votre accord, à Larry et à vous ? s'informa Tucker tandis que la lourde porte de la chambre forte s'ouvrait.

— Nous nous partagions le capital à égalité et nous disposions d'un droit de regard sur la compagnie. Les bénéfices étaient placés en actions à la Bourse de New York depuis l'année dernière. Avant nous étions cotés au Nasdaq. Et quand on a eu assez de capital pour passer à la Bourse de New York, Larry n'était pas peu fier. Il disait que nous étions sur un plan d'égalité avec les grands comme Microsoft et AOL Time-Warner.

— Vous n'avez pas eu de propositions de fusion ou de rachat, ces temps-ci ? voulut savoir Tucker.

— S'il y en avait eu, Larry les aurait refusées tout net. Cette compagnie était son bébé, affirma Roland.

— Elle lui apportait la respectabilité qui était si importante pour lui, renchérit Liz. Jamais il ne l'aurait vendue.

— Pas même s'il avait eu des difficultés de trésorerie pour financer sa dernière campagne ? insista Tucker.

— Pas même, confirma-t-elle.

— Et vous, Roland ? Auriez-vous pu le contraindre à vendre ?

— Pour quoi faire ? s'exclama Roland, l'air complètement éberlué.

— Pour payer des dettes, suggéra Tucker. Ou pour changer d'horizon.

— Depuis le début de notre partenariat, je gagne plus d'argent que je n'ai jamais espéré, expliqua Roland en riant. Je mène une vie très simple, vous savez. Je n'ai ni voiture de luxe ni résidence somptueuse. Comme vous voyez, ma garde-robe ne sort pas de chez un styliste, et je n'ai aucune ambition politique.

— Peut-être envie de nouveaux défis ?

— Chaque jour ici est un défi, répliqua Roland.

Et, désignant la chambre forte, il ajouta :

— Allez jeter un œil là-dedans. Vous y trouverez peut-être ces documents que vous recherchez. Quant à moi, si je ne vous suis plus utile, je vais retourner à mon travail.

— Plus de questions pour l'instant ? demanda Liz en jetant un regard interrogatif à Tucker.

— Non. Merci de nous avoir consacré du temps, Roland. Nous irons vous saluer à notre départ.

— Très bien, répliqua Roland qui avait manifestement déjà la tête ailleurs.

Et il retourna à son cher ordinateur.

— Seigneur ! Par quoi on commence ? demanda Liz, désemparée devant les piles de dossiers sans étiquettes qui s'entassaient du sol au plafond.

— J'ai l'impression que Selena n'a pas exercé ses compétences dans le rangement de cette chambre forte. Puisqu'il faut bien un début, commençons par le fond. Moi, à droite et toi, à gauche.

Ils trouvèrent des statuts de toutes sortes, des bilans financiers, des dossiers de diverses commissions de sécurité, de surveillance boursière, de répartition de capital. Bref, pas de quoi attirer l'attention. Jusqu'à la cinquième pile, où Liz découvrit, entre deux dossiers, une grosse enveloppe en papier kraft. Elle la dégagea fébrilement de la pile, l'ouvrit et en sortit une liasse de lettres rédigées sur du papier vélin rose pâle, d'une écriture qu'elle reconnut aussitôt.

— Tucker, dit-elle en lui tendant les lettres d'une main tremblante. Ce sont des lettres de Cynthia Miles à Larry. Je ne veux pas les lire, mais elles peuvent être importantes.

Elle devait avoir l'air bouleversée car Tucker la regarda d'un air inquiet.

— Ça va aller ? lui demanda-t-il.

— C'est le passé qui resurgit et les vieilles blessures qui se rouvrent, avec tous ces sentiments de dégoût et de colère que je croyais oubliés. Mais oui, ça va aller.

— Emmenons ces documents, je les regarderai plus tard. Il faut prendre le temps de les étudier, dit-il en remettant les lettres dans l'enveloppe avec mille précautions.

— Pourquoi les prends-tu par le coin ?

— Parce qu'il peut y avoir des empreintes utiles à l'enquête, expliqua-t-il. Ça va mieux, maintenant ? Tu veux un verre d'eau ?

— Non merci. Tout cela n'est-il pas de l'histoire ancienne ?

— C'est vrai, dit-il en lui pressant la main d'un geste rassurant. Ni l'un ni l'autre ne te feront plus jamais de mal.

Elle prit une profonde inspiration et se remit à l'examen des dossiers restants. Quand elle eut fini, elle dut se rendre à l'évidence : il n'y avait pas le moindre indice, ni rien qui puisse permettre d'incriminer qui que ce soit.

Et Tucker n'avait pas eu plus de chance qu'elle.

— J'ai tout passé au peigne fin et je n'ai rien trouvé, soupira-t-il.

— Moi non plus. Sortons d'ici ! J'ai besoin d'air frais.

— Vas-y. Moi je ferme la chambre forte et je passe dire à Roland que nous partons.

Elle ne se fit pas prier et quitta les lieux sans demander son reste, désireuse avant tout d'échapper à ces fantômes qui lui faisaient encore des misères. Tout cela ne finirait-il donc jamais ? Que lui faudrait-il encore endurer avant que l'enquête ne soit close ?

Il était tard lorsque Tucker arriva à Trinity Harbor. Il avait suivi Mary Elizabeth au volant de sa propre voiture sur le chemin du retour de Richmond à Swan Ridge, puis s'était assuré qu'elle était bien rentrée chez elle. Mais il n'avait pas traîné, de peur de se laisser encore aller à l'embrasser une nouvelle fois.

Pour passer vraiment à autre chose, il décida de pousser jusqu'à Montross où il espérait bien trouver Walker et pouvoir découvrir avec lui le contenu des lettres de Cynthia Miles.

Il trouva Walker assis derrière son bureau, entouré d'un nombre impressionnant de tasses de café vides, comme Roland Morgan. Mais s'agissant de Walker, il y avait aussi les récipients vides des petits plats que lui préparait une Daisy qui ne devait pas décolérer. Tucker s'attendait d'ailleurs à essuyer à la première occasion une litanie de reproches de la part de sa sœur sur la façon dont il s'était déchargé de l'affaire Chandler sur le dos de son mari.

— Alors, il y a du nouveau ? lança-t-il en se laissant tomber dans un fauteuil, les pieds sur la table, comme pour marquer sa supériorité.

— Rien, avoua Walker, pas très fier de lui.

— Tiens, je t'ai apporté quelque chose qui va peut-être t'intéresser, dit-il en lui faisant glisser sous le nez la grosse enveloppe.

— Qu'est-ce que c'est ?

— Une liasse de lettres de Cynthia Miles à Larry Chandler.

— Où les as-tu trouvées ? demanda Walker d'un ton suspicieux.

— Dans le coffre de Chandler à son bureau. Ou bien ce type était sentimental et ne voulait pas s'en séparer, ou bien ce sont des tentatives de chantage qu'il voulait garder.

Des tentatives de chantage ? Walker sortit brusquement de son abattement.

— Et tu ne les as pas lues ? s'exclama-t-il.

— Je ne voulais pas le faire devant Mary Elizabeth. Rien que la vue de l'enveloppe lui évoquait de trop mauvais souvenirs. Et puis je me suis dit que moins il y aurait d'empreintes mieux ce serait.

— Ça c'est du professionnalisme ! reconnut Walker en fouillant dans le tiroir de Tucker pour y trouver une paire de pinces.

— Du professionnalisme pur et dur ! Est-ce que tu m'autorises à lire par-dessus ton épaule ?

— Tu ne veux pas plutôt que je lise à voix haute ?

— Si tu préfères, répondit Tucker en s'installant confortablement dans son fauteuil et en fermant les yeux.

— Hé ! Réveille-toi ! C'est pas une histoire pour s'endormir que je vais te lire, grommela Walker.

Il sortit la première lettre de son enveloppe et la posa à plat devant lui.

— Bon, allons-y.

« Mon bien-aimé…

» Je ne sais pas pourquoi tu ne prends pas mes coups de fil. Je croyais qu'il y avait quelque chose de particulier entre nous. En tout cas, ce qui est sûr, c'est que je t'aime et que je veux être avec toi. Je ne pardonnerai jamais à ta femme de nous avoir séparés. Je comprends pourquoi tu crois nécessaire de rester avec elle, mais tout de même, Larry, conviens que, toi et moi, nous formons une équipe extraordinaire. Pense à toutes ces grandes choses que nous pourrions faire ensemble et cette nuit, rêve de moi comme je rêverai de toi.

» Reçois tout mon amour.

» Cynthia. »

— C'est pas beau, ça ? s'exclama Tucker. J'en suis tout ému.

— C'est daté du 12 novembre, il y a six ans.

— Juste après la première victoire de Chandler aux élections. Cela corrobore l'histoire de Mary Elizabeth qui dit avoir fait renvoyer Cynthia Miles après les élections.

— En effet.

Trois autres lettres, datées des semaines suivantes, étaient de la même veine. Cynthia y suppliait Larry de quitter Mary Elizabeth et de refaire équipe avec elle, promettant la félicité dans le mariage et l'accomplissement de ses ambitions politiques. A chaque lettre, on sentait l'impatience grandir. Le ton montait, devenait hystérique, surtout la cinquième missive écrite une année plus tard, qui résonnait comme un cri de désespoir.

« Pourquoi ne veux-tu pas répondre à mes coups de fil ? Je sens ma vie et ma raison d'être m'abandonner. Je n'ai personne vers qui me tourner. Tu es tout pour moi, tu es le seul homme dans ma vie et je constate que je ne suis pas la seule femme dans la tienne. Je t'ai vu, Larry. Je t'ai vu avec elle. Comment as-tu pu me faire ça ?

Comment as-tu osé l'emmener dans notre coin secret ? Je peux te pardonner beaucoup de choses, mais pas ça. Non, ça, je ne te le pardonnerai jamais. »

— Elle n'a pas signé cette lettre-là, nota Walker. Je me demande ce qu'il lui a répondu.

— S'il était aussi malin qu'on le dit, il a dû se garder de répondre. Cela n'aurait servi qu'à entretenir son hystérie.

— Voyons la suite, dit Walker en ouvrant une lettre. Celle-là est datée de quelques jours plus tard.

Cynthia reprochait à Larry de ne pas lui donner de nouvelles.

— Tu as raison, reconnut Walker. Il semble avoir décidé de l'ignorer.

Les six lettres suivantes, certaines écrites à un mois d'intervalle, d'autres espacées de seulement quelques jours, étaient de plus en plus désespérées. Les deux dernières faisaient allusion à d'autres femmes sans les nommer et regorgeaient de menaces en tout genre.

— Eh bien, voilà un bel échantillonnage de mobiles pour un meurtre ! s'exclama Tucker lorsque Walker eut fini sa lecture.

— Seulement, il y a un problème. La dernière lettre a été écrite il y a deux ans. Pourquoi aurait-elle attendu si longtemps pour tuer Larry, si jamais c'est elle ?

— Je ne vois qu'une réponse à cela.

— Chandler avait renoué avec elle, conclut Walker.

— Oui. C'est la réponse qui me paraît la plus logique. La politique de l'autruche n'ayant pas marché, comme elle était instable, le meilleur moyen de la calmer était de lui jeter un os et de passer un peu de temps avec elle.

— Demain, je vais demander au procureur du comté si cette hypothèse nous autorise à perquisitionner chez Cynthia Miles pour trouver une arme éventuelle. Si ce n'est pas possible, je peux au moins envisager de l'interroger. J'ai un tas de questions que j'aimerais lui poser.

Et toi, que penses-tu de tout ça ? Y a-t-il quelque chose qui te tiendrait particulièrement à cœur ?

— Oui, répondit Tucker en secouant pensivement la tête. Demande-lui donc de nommer quelques-unes des autres maîtresses de Larry. Tu as remarqué comme moi qu'elle omettait soigneusement leur nom dans chacune de ses lettres. A mon avis, il devait y en avoir un paquet, mais il est possible que je me trompe. Il n'y en avait peut-être qu'une seule. Seulement c'était une qui comptait assez pour l'inquiéter, une qui lui donnerait à penser que, cette fois, c'était sérieux.

Walker leva les sourcils d'un air perplexe.

— Plus sérieux qu'avec sa femme ? Parce que l'on ne peut pas dire que cette dernière la rendait particulièrement hystérique, fit-il remarquer.

— En fait, elle avait gagné la bataille sur Mary Elizabeth, répondit Tucker en se remémorant la conversation qu'il avait eue avec Cynthia Miles. Sa liaison avec Chandler avait survécu à son mariage qu'elle prenait avec philosophie, comme une manœuvre qui aurait à terme un effet positif, ce qui s'est vérifié en novembre avec la victoire aux élections. La seule chose qu'elle n'avait pas prévue, c'était son éviction dans la foulée.

— Donc, elle avait perdu la bataille sur Mary Elizabeth, conclut Walker.

— En partie seulement. Elle était persuadée que le mariage n'était qu'une manœuvre politique et que Mary Elizabeth n'avait jamais vraiment compté pour Chandler. Quant au défilé des autres femmes dans son lit, il l'a confortée dans l'idée que le mariage ne signifiait rien à ses yeux.

— Mais pourquoi diable Liz ne l'a-t-elle pas plaqué dès qu'elle a découvert sa première liaison ? Si jamais je trompais ta sœur, c'est sûr qu'elle prendrait ses cliques et ses claques. Après m'avoir fait la peau, précisa-t-il avec une petite grimace.

— J'ai eu la même réaction que toi.

— Et ? J'imagine qu'elle t'a dit pourquoi ?

— Oui. Parce qu'elle ne voulait pas admettre avoir commis une erreur en me laissant tomber pour Larry. Son amour-propre en avait pris un sale coup et elle a décidé de ravaler sa rancœur et de rester. En faisant cela, elle croyait expier le mal qu'elle m'avait fait. Et ça lui a pris cinq ans avant de réaliser que personne n'y gagnait rien, si ce n'est des souffrances supplémentaires.

— Cinq ans ? Je croyais qu'ils étaient mariés depuis six ans, s'exclama Walker.

— Oui. Mais il y a un an elle a décidé de se séparer de son mari. Elle ne vivait plus avec lui et elle a entrepris un voyage en Europe. Voyage dont elle est revenue la veille du jour du meurtre de Chandler.

— Eh bien, ce n'est pas tout à fait le mariage de conte de fées auquel tout le monde croyait, marmonna Walker en hochant la tête. Bon ! Je rentre à la maison ! ajouta-t-il en se levant.

— Très bien. Vu ton état de fatigue, il te faudra bien deux jours de sommeil pour te remettre.

— Qui te dit que je vais dormir ? répliqua Walker en affichant un large sourire. Je vais de ce pas réveiller ma femme et lui montrer combien je suis heureux de ne pas avoir tous ces problèmes de couple. L'un comme l'autre, nous connaissons les règles d'une union réussie et nous les mettons en pratique.

— Oh ! Ça va ! grommela Tucker. Je te dispense des détails et te rappelle que tu parles de ma sœur.

— Ça va faire deux ans que l'on est mariés. Tu n'es quand même pas sans savoir que nous faisons l'amour ?

— Fiche le camp ! Disparais de ma vue !

— Tu sais ce qu'il y a ? Eh bien, tu es jaloux parce que personne ne t'attend dans ton lit.

C'était bien possible, se dit Tucker en se remémorant le

baiser passionné qu'il avait échangé ce matin avec Mary Elizabeth. C'était même tout à fait ça.

— Tu as sans doute raison, Walker. Je dois être jaloux.

— Eh bien fais en sorte d'y remédier.

Tucker ne demandait pas mieux. Mais la seule femme qui comptait pour lui, celle avec qui il oublierait le sentiment de solitude qui le dévorait, c'était Mary Elizabeth. Alors…

15

Liz commençait à désespérer. Une semaine entière s'écoula sans que rien ne se passe. Juste un coup de fil de Tucker pour s'assurer qu'elle allait bien. Et comme elle savait que c'était ce qu'il voulait entendre, elle avait répondu « oui » à chacune de ses questions. En revanche, elle garda pour elle celles qu'elle avait sur le bout de la langue car la seule fois où elle s'était risquée à lui en poser une, il avait répondu sèchement, à la limite de l'incorrection. Donc elle ne saurait pas s'il était retourné à Richmond, s'il enquêtait sur place dans l'ombre de Walker ou s'il allait à la pêche avec Bobby.

Pendant que Tucker s'occupait à on ne sait quoi, elle, elle tournait en rond dans sa maison. Après des années passées dans un tourbillon infernal, elle n'avait plus rien pour s'occuper l'esprit, alors elle inonda Frances de tant de coups de fil, juste pour savoir comment les choses avançaient avec King, que cette dernière s'en inquiéta et finit par se déplacer pour s'assurer qu'elle allait vraiment bien. Soit dit en passant, voir Frances et discuter avec elle lui fit le plus grand bien.

Depuis deux jours, Mme Gilman avait repris son poste de gouvernante à plein temps et, à elles deux, elles avaient épousseté, briqué, astiqué. Les miroirs et les cristaux étincelaient de tous leurs feux, les meubles reluisaient et on ne voyait plus la moindre trace de violence dans la bibliothèque de son grand-père. La maison était impeccable. Quoi de plus réjouissant pour une maîtresse de maison ? Mais aussi, quoi de plus frustrant si aucun visiteur n'en profitait ?

Liz n'en pouvait plus de solitude et elle finit par craquer. Elle fit ce qu'elle s'était juré de ne jamais faire : elle appela Tucker. Elle voulait juste savoir ce qui se passait et lui rappeler son désir de participer à l'enquête. Même aux pires moments de son mariage, elle ne s'était pas repliée sur elle-même en attendant que ça passe. Elle s'était construit sa vie et l'avait vécue pleinement. Pas question que cela change maintenant !

— Bonjour, Mary Elizabeth, répondit Tucker d'un ton qui manquait singulièrement de chaleur.

— Bonjour ! lança-t-elle joyeusement. Je t'appelle juste pour savoir où en est l'enquête. Il y a du nouveau ?

— Rien que je puisse te dire.

C'en était trop !

— Tucker, que se passe-t-il ? s'écria-t-elle.

— Je viens de te dire…

— Avec nous, que se passe-t-il ? Pourquoi agis-tu comme si tu me connaissais à peine ? A cause de notre baiser de l'autre jour ?

Il soupira et elle n'eut pas besoin de plus pour comprendre.

— C'est pour *ça* ? s'exclama-t-elle en réprimant une forte envie de rire. C'est ça qui te tracasse ? Depuis Richmond tu ressasses ça ? Tu t'en veux d'avoir baissé la garde ? Je parie même que tu es persuadé d'avoir profité de moi.

— Parce que ce n'est pas le cas ?

— Absolument pas.

— Pourtant, cela a bien dû te tracasser aussi, répliqua-t-il d'un ton où se mêlaient la gêne et le mécontentement de se savoir démasqué.

— Désolée, mais pas le moins du monde. Mais si cela te pose autant problème, faisons en sorte que cela ne se reproduise plus. Nous ne sommes plus des ados soumis à leurs pulsions, nous sommes capables de contrôler nos hormones.

Et lorsqu'elle l'entendit marmonner : « Parle pour toi », elle ne put s'empêcher d'éclater de rire.

— Oh ! Tucker, jamais je ne t'aurais cru aussi timoré.

— Je ne suis pas timoré, je suis sensé, c'est tout.

— Ah oui ? Eh bien moi, je ne trouve pas. Et puis permets-moi de te rappeler que je te paie pour mener une enquête.

— Non, tu ne me paies pas !

La riposte avait fusé, cinglante.

— Bien sûr que si, insista-t-elle.

— Non, Mary Elizabeth. C'est hors de question. Je n'accepterai pas d'argent de toi. Jamais. En aucun cas.

Elle soupira, vaincue. Cela lui rappelait leurs innombrables disputes d'autrefois, quand il refusait qu'elle paie sa part au restaurant, ou quand il estimait qu'elle lui faisait des cadeaux trop chers.

King Spencer avait beau rouler sur l'or, Tucker refusait obstinément que son père lui donne le moindre kopeck, prétendant que son misérable salaire de shérif débutant lui suffisait amplement pour vivre.

D'ailleurs ce mépris pour l'argent l'avait toujours exaspérée.

— Eh bien, je vais devoir trouver quelqu'un d'autre pour s'occuper de cette enquête, répliqua-t-elle d'un ton ferme et déterminé. Tu es un professionnel, Tucker. Je ne peux pas admettre que tu travailles pour rien.

— Trop tard. Tu m'as entraîné contre mon gré dans cette affaire. Je suis impliqué et tu ne peux pas te débarrasser de moi comme ça.

— Je te vire, tu entends ?

— Si tu crois que cela m'empêchera d'enquêter ! lança-t-il en éclatant de rire.

— Oh je t'en prie, Tucker, faisons la paix ! Pourquoi

ne veux-tu pas me dire où en est l'enquête ? Je te promets que je garderai ça pour moi.

— Ce n'est pas ta discrétion que je mets en doute.

— Alors, qu'est-ce qui te pose problème ?

— Tu le sais très bien, grommela-t-il.

— C'est ma bouche, c'est ça ? demanda-t-elle d'un ton ironique.

— Mary Elizabeth, ne me provoque pas, ce n'est pas malin de ta part.

— Tu crois ? Moi, je ne sais pas. Je me demande si ce n'est pas ce que je fais de mieux depuis ces six dernières années.

Tucker ne réagit pas, mais il ne raccrocha pas non plus. Elle entendait son souffle au bout du fil et voyait le froncement de ses sourcils comme si elle y était.

Mieux valait changer de stratégie.

— Si tu ne passes pas me voir, veux-tu au moins me promettre de m'emmener à Richmond la prochaine fois que tu t'y rendras ? Tu ne peux pas nier que je t'aie été utile, la semaine dernière. C'est ensemble que nous avons déniché les lettres, oui ou non ?

— Oui, admit-il d'un ton réticent. Mais je crois sincèrement que tu ferais mieux de te tenir à l'écart de tout cela. Il vaut mieux que tu ne sois pas mêlée à mes recherches ni à celles de Walker. Cela pourrait paraître louche, et on pourrait t'accuser de corruption.

— Est-ce la vraie raison ? N'est-ce pas plutôt un prétexte pour m'éloigner de toi ?

— Un peu des deux, avoua-t-il. Tout le monde s'inquiète pour ma réputation, mais pour la tienne, ce n'est pas terrible non plus. Tu viens de perdre ton mari. Que penseront les gens si tu t'affiches déjà avec un autre homme ?

— Comme si je m'en souciais !

— Toi peut-être pas, mais moi, je m'en soucie.

Elle soupira, complètement désemparée. Voilà que, maintenant, il se souciait de sa réputation !

— Dis-moi seulement si les lettres t'ont été utiles, demanda-t-elle.

— Je les ai remises à Walker qui les étudie, répondit-il, visiblement soulagé qu'elle change de sujet.

— A-t-il interrogé Cynthia ?

— C'est prévu pour ce matin.

— Assisteras-tu à l'interrogatoire ?

— J'en doute, mais je vais essayer d'obtenir l'autorisation. Si cela ne marche pas, je suis sûr que Walker me montrera la transcription intégrale des propos de Cynthia.

— Tu passeras me voir ou tu me téléphoneras ?

— Je te ferai part de ce qui s'est passé, promit-il évasivement.

Par quel moyen ? Mystère ! Par pigeon voyageur, peut-être !

— Et ta famille ? enchaîna-t-elle, changeant encore de sujet. Ils font toujours pression ?

— Pas plus que d'habitude.

— Je veux dire, pression à mon sujet ?

— En fait, ces temps-ci, ils sont étrangement silencieux. Mais je pense que c'est parce qu'ils ont du mal à me localiser.

— Tu les fuis, c'est ça ?

— Et comment ! Tu ne peux pas savoir comme j'ai la paix. Je devrais le faire plus souvent. J'ai appris par Walker que King avait convoqué un conseil de famille, mais j'ai déjoué le traquenard en ne rentrant pas chez moi ce soir-là.

— Tu as passé la soirée avec une petite amie ? s'enquit-elle du ton le plus naturel qu'elle put.

Mais elle eut beau paraître enjouée, elle ne put empêcher son estomac de se nouer en attendant la réponse.

— Non, Mary Elizabeth, répliqua-t-il avec une infinie

douceur. Si j'avais une petite amie dans ma vie, crois-tu que King s'inquiéterait autant de toi ?

— Probablement pas.

Elle se souvint d'une conversation qu'elle avait eue avec King, peu de temps après son mariage avec Larry. Elle l'avait rencontré par hasard en ville. Il s'était planté devant elle, l'avait regardée droit dans les yeux et lui avait déclaré que si elle s'avisait d'exploiter l'influence qu'elle avait eue sur son fils pour renouer avec lui, elle ne l'emporterait pas au paradis. Il y veillerait personnellement. Et elle l'avait cru. De temps en temps, quand son mariage avait commencé à prendre l'eau, elle repensait à cette influence qu'elle avait eue sur Tucker.

— Je suis sûre que King serait terrifié à l'idée que je puisse m'immiscer de nouveau dans ta vie et faire capoter une relation avec une autre femme, si belle soit-elle, reprit-elle d'un ton moqueur.

— Tu as sans doute raison. Mais l'opinion de King n'a aucune importance. Et s'il essaie de te culpabiliser, ignore-le.

— Connais-tu quelqu'un à Trinity Harbor qui soit capable d'ignorer King quand ce dernier a quelque chose à dire ? Avec lui, impossible de tourner le dos et de s'en aller.

— Sauf que tu as un gros avantage sur les autres. Par respect pour la mémoire de ton grand-père, jamais il ne te fera de scène en public. N'empêche que, s'il se présente à ta porte, tu as intérêt à fuir au plus vite par la fenêtre !

— Je garderai tes bons conseils présents à l'esprit.

— Que comptes-tu faire aujourd'hui ?

— Tu ne veux pas que l'on se voie, alors que veux-tu que je fasse ? répliqua-t-elle d'un ton plein d'amertume.

— Va faire un tour en ville, rencontrer des amis, je ne sais pas moi.

— Et risquer de tomber sur ta sœur ? Très peu pour moi !

— Il va bien falloir vous réconcilier un jour, toutes les deux. Si vous vous évitez sans cesse, vous n'y arriverez jamais.

— Dis ça à Daisy.

— Crois-moi, je le lui ai déjà dit.

— Et ?

— Elle est aussi têtue que toi. Mary Elizabeth, si tu as l'intention de revenir t'installer ici, il faut que tu sortes et que tu revoies du monde. Tu ne peux pas t'enfermer éternellement à Swan Ridge.

C'était malheureux, mais il avait raison. Elle venait de l'accuser de n'avoir pas le courage d'affronter ses angoisses, mais elle ne valait guère mieux.

— Je verrai, promit-elle. Mais je ne suis pas dupe. Je sais qu'en me donnant tous ces bons conseils tu soulages ta conscience du remords que tu éprouves à me laisser seule.

— C'est possible, reconnut-il avec un petit rire. Mais mes bons conseils n'en sont pas moins judicieux.

— Tucker…

Sa voix se brisa.

— Quoi ?

Elle soupira.

— Rien.

Comment lui dire ce qu'elle ressentait et le bien que lui faisait le son de sa voix ?

— Alors, au revoir.

— Au revoir, Tucker.

— Je te préviendrai quand j'aurai quelque chose à te dire, Mary Elizabeth.

— Je sais.

Elle l'entendit grommeler quelque chose qui ressemblait à un juron, puis étouffer un rire.

— C'est toujours aussi difficile de se dire au revoir, n'est-ce pas ? chuchota-t-elle.

Alors, pour leur faciliter la tâche à tous les deux, elle reposa le combiné sur son socle. Mais elle laissa longtemps la main sur l'appareil, comme si elle ne pouvait se résoudre à couper l'unique lien qui l'unissait encore à Tucker.

Tucker reposa le téléphone, furieux contre lui. Malgré tous ses efforts pour rester froid et distant, il avait fini par fléchir. Mais que c'était dur de se dire au revoir ! Aussi dur quand ils étaient ensemble et que ce n'était que pour la nuit, que plus tard, quand elle s'en était allée pour de bon.

L'interrogatoire de Cynthia était prévu à 10 heures. Il lui fallait à tout prix convaincre Walker de le laisser y assister car il voulait entendre ce qu'elle avait à dire sur les lettres et sur les tentatives de chantage qu'elles sous-entendaient. Pour cela, il devrait l'intercepter avant qu'il ne quitte Trinity Harbor, sachant qu'il lui faudrait affronter son dragon de femme. Mais il savait déjà ce qu'il lui dirait. Ce qu'il avait dit à Mary Elizabeth : qu'il était temps d'oublier le passé.

En se rendant chez Walker et Daisy, il se remémora l'amitié qui s'était instantanément nouée entre Mary Elizabeth et sa sœur. Les deux filles passaient des heures à glousser, expérimenter de nouveaux maquillages et bavasser de choses et d'autres — surtout de lui —, enfermées dans la chambre de Daisy.

En ce temps-là, Daisy considérait Mary Elizabeth comme sa sœur, et lorsque cette dernière avait évoqué son intention d'épouser Larry Chandler, Daisy avait terriblement souffert de ce qu'elle appelait « une trahison » — autant que lui. Mary Elizabeth avait eu beau la supplier d'être sa demoiselle d'honneur, elle avait fait la sourde oreille, allant jusqu'à refuser d'assister à la cérémonie.

— Je comprendrais que tu veuilles assister à la noce, lui avait dit Tucker avec sincérité, vous êtes si proches l'une de l'autre.

— Nous l'étions, avait-elle protesté en montant sur ses grands chevaux.

— Je te suis reconnaissant pour ta loyauté, mais…

— Ce n'est pas que de la loyauté de ma part. Je ne supporte pas de la voir commettre la pire erreur de sa vie.

Le matin de la noce, Daisy avait débarqué chez lui à 7 heures, lui proposant d'aller passer la journée au parc d'attractions Kings Dominion.

— On mangera des hot-dogs, des barbes à papa et des glaces, et on fera des tours de montagnes russes jusqu'à s'en rendre malade, avait-elle dit.

— Tu crois que ça va me réconcilier avec la vie ? avait-il répliqué en riant.

— En tout cas, tu penseras à autre chose.

Elle avait raison. Dans un grand élan de solidarité qui lui était allé droit au cœur, Bobby et King s'étaient joints à eux. Ils avaient expérimenté tous les manèges, mangé comme des goinfres et s'étaient même laissés aller à rire une ou deux fois. Entre autres à la mine stupéfaite de King quand il s'était retrouvé trempé sous la cascade.

Comment pourrait-il en vouloir maintenant à sa sœur de lui rester loyale alors qu'autrefois il avait tant apprécié son soutien ?

A peine était-il arrivé devant la maison de Daisy que celle-ci vint à sa rencontre.

— Aurais-tu l'intention d'accompagner Walker ce matin ? demanda-t-elle d'un ton peu amène.

— Oui.

— Pourquoi ?

— Parce que je veux entendre les réponses à certaines questions que je me pose, aussi désagréables soient-elles.

— N'oublie pas que tu as dit à Walker, à lui comme à tout le monde d'ailleurs, que c'était *son* enquête, lui rappela-t-elle.

— C'est le cas.

— Peux-tu m'expliquer alors comment tu envisages les

choses si tu lui fais constamment de l'ombre en te collant à lui ? Déjà que beaucoup de gens prennent Walker pour ton larbin ! Ils pensent qu'il ne connaît pas vraiment son métier et tu les confortes dans leurs doutes.

Tucker allait protester, mais se ravisa. Elle avait raison. Il ne faisait que le travail pour lequel Mary Elizabeth l'avait engagé, mais les gens non avertis pouvaient prendre cela pour de la méfiance envers les compétences de Walker.

Walker, qui venait de les rejoindre, l'empêcha de rassurer Daisy.

— Je savais que tu passerais ici avant que je ne parte, dit-il d'un ton résigné.

— Je venais juste te souhaiter bonne chance, répondit Tucker.

— Vraiment ? fit Walker, étonné, tandis que Daisy le regardait d'un air perplexe. Merci.

— Il vaut mieux pour toi que je ne m'en mêle pas, expliqua-t-il. Cynthia sait que j'enquête pour Mary Elizabeth et si elle me voit, elle va rester sur la défensive.

— Je te tiendrai au courant, promit Walker. Tu pourras lire le compte rendu dès qu'il sera imprimé, cet après-midi.

— C'est très bien, il n'y a pas le feu, dit Tucker avant de se tourner vers sa sœur. Je pourrais avoir de ces délicieux pancakes à la myrtille ?

— Tous tes désirs seront exaucés, s'exclama-t-elle en le gratifiant d'un baiser sonore sur chaque joue. Laisse-moi juste le temps de dire au revoir à mon mari.

— Ah non ! Epargne-moi ces manifestations de tendresse matrimoniale ! lança-t-il en levant les bras au ciel. Si je savais où est Tommy, je lui demanderais de me tenir compagnie le temps que tu prépares le petit déjeuner.

— Tommy est un lève-tard. Mais tu peux toujours essayer de le tirer du lit. Avec la perspective des pancakes, on ne sait jamais.

Dix minutes plus tard, Tucker entrait dans la cuisine, suivi d'un Tommy malgracieux, et Daisy leva les yeux de la pâte qu'elle versait dans le beurre grésillant de la crêpière.

— Merci pour tout à l'heure, dit-elle.

— De rien, ma sœur. Tu avais raison.

— Voilà des mots qui font plaisir à entendre, dit-elle en souriant. Pendant que j'y suis, est-ce que je peux te donner un conseil ?

— Non.

— Eh bien, écoute-moi quand même, insista-t-elle en fronçant les sourcils. Laisse quelqu'un d'autre aider Mary Elizabeth. Toi, tu ne peux pas être objectif.

— Détrompe-toi. Je le suis parfaitement.

— Oh ! Vraiment ? Peux-tu me dire quelle a été ta première réaction quand tu l'as trouvée chez toi ?

Dieu merci, elle ne savait pas *où* il l'avait trouvée ce soir-là !

— J'ai été surpris.

— Oh ! Tu me prends vraiment pour la reine des cloches !

— A juste titre, parfois !

— Tais-toi et bois ton jus de fruits, ordonna-t-elle en lui lançant un regard noir.

Qu'elle était drôle quand elle était en colère ! Mais Tucker la connaissait bien et il s'efforça de réprimer son hilarité pour ne pas la vexer. En vain. Elle s'en aperçut.

— Il n'y a pas de quoi rire ! grommela-t-elle.

— Je ne ris pas, se défendit-il.

— Peux-tu me regarder dans les yeux et m'affirmer que tu ne t'es pas réjoui quand tu as découvert Mary Elizabeth chez toi ?

Oui, il pouvait l'affirmer sans broncher, mais il ne pouvait pas la regarder dans les yeux en même temps. Et ils le savaient tous les deux.

— C'est bien ce que je pensais ! lança-t-elle, triomphante. Fuis-la. Même après toutes ces années, elle t'hypnotise encore.

— C'est quoi hypnotiser ? demanda Tommy en ouvrant de grands yeux.

— Bois ton jus de fruits, ordonnèrent Tucker et Daisy d'une même voix.

— Ben, quoi ? J'ai rien dit de mal ! répliqua Tommy avec une moue de dépit. Je veux juste savoir ce que ça veut dire.

Tucker et Daisy eurent le plus grand mal à garder leur sérieux devant l'air déconcerté de l'adolescent.

— Qu'est-ce que vous avez ? demanda ce dernier en les regardant tour à tour. Tout ce que j'ai dit, c'est…

— Nous savons ce que tu as dit, le coupa Daisy en lui fourrant une assiette de pancakes sous le nez. Mange avant que ce ne soit froid.

— Alors on n'a pas le droit de poser des questions ? grommela Tommy en arrosant ses pancakes de sirop.

— Il a raison de se renseigner, avança Tucker.

— Eh bien explique-lui, toi ! répliqua Daisy en ôtant son tablier. Moi, j'ai des courses à faire. Je file en ville avant qu'il ne fasse trop chaud.

— Et mes pancakes, alors ? s'exclama Tucker.

— Fais-les toi-même ! Moi, j'ai d'autres chats à fouetter, lui lança-t-elle en claquant la porte derrière elle.

— Tu as vu ce que tu as fait ? dit Tucker en s'emparant de l'assiette de Tommy. Je vais devoir finir tes pancakes.

— Eh ! fit Tommy en reprenant son bien. Je suis en pleine croissance, j'ai besoin de manger, moi. T'as qu'à t'en faire si tu en veux !

Tucker se leva en soupirant. S'il le fallait, il les ferait ces fichus pancakes. Ça ne devait pas être bien sorcier. La pâte était prête et le beurre grésillait dans la crêpière. Il versa un peu de pâte, se demandant à quel moment il faudrait la retourner. Avant ou après que les bulles se forment ? Avant, ce ne serait pas cuit, après, ce serait trop cuit. Il choisit avant et n'obtint qu'un affreux pâton qui atterrit directement dans la poubelle.

— Où sont les céréales ? demanda-t-il à Tommy d'un ton de martyr.

— Je crois que je ferais mieux d'aller moi-même les chercher, lança Tommy, hilare, en se levant. Tu n'as pas l'air très doué en cuisine.

— A ta place, je tournerais sept fois ma langue dans ma bouche avant de parler. Daisy nous a laissés en plan et nous sommes condamnés à attendre ensemble son retour. Ça tombe bien parce que ma voiture a besoin d'un bon lavage.

— Figure-toi que je me sens bien fatigué, rétorqua Tommy avec son grand sourire si énervant. Ça ira beaucoup mieux après un petit somme.

— Tu viens de te lever ! s'exclama Tucker en le rattrapant *in extremis* par son T-shirt.

— Dis donc ? Y a pas une loi qui interdit de faire travailler les enfants ?

— Si ! Mais figure-toi que je m'assois sur cette loi !

— Toi ? Je croyais que t'étais flic !

— Oui, mais pas en ce moment. Je suis en congé et mon meilleur adjoint est absent pour la journée. Pas de chance !

— Bon ! Alors c'est donnant donnant. Si je lave ta voiture, après tu viens avec moi faire un tour en bateau.

— Parce qu'il est en état de naviguer, maintenant ?

— Bobby et Walker disent que oui.

— Et ils ont déjà navigué dessus ?

— Ils disent que la peinture n'est pas sèche.

— Il y a combien de temps que tu l'as repeint ?

— Y a je sais pas combien de semaines, répliqua Tommy en le regardant d'un air perplexe. C'est si long que ça à sécher ?

— Oh ! Il faut des mois, tu sais. Oui, des mois ! affirma-t-il sans rire.

*
* *

Liz n'en pouvait plus de rester à la maison. Aussi décida-t-elle de suivre le conseil de Tucker et de prendre sa voiture pour aller faire un tour à Trinity Harbor.

La ville avait beaucoup changé en six ans. Il y avait de nouvelles boutiques et surtout une librairie merveilleusement accueillante où elle passa un grand moment dans le rayon des polars, espérant y trouver des idées pour élucider le meurtre de Larry. Laisser toute l'enquête entre les mains de Tucker commençait à lui peser. Et il était grand temps qu'elle cesse d'écouter ses conseils et qu'elle prenne les choses en main. Après tout, n'était-ce pas elle la plus concernée dans cette affaire ? Et n'était-ce pas elle qui possédait le plus grand nombre de clés ?

En tout cas, ce n'était pas elle le meurtrier, mais malheureusement, elle était la seule à en être sûre. Même Tucker avait parfois des doutes. Et ça se comprenait.

Après une bonne heure passée à choisir quelques livres, elle alla prendre l'air sur la jetée et se retrouva bientôt devant chez Earlene, où Tucker et elle allaient autrefois manger des burgers et boire des milk-shakes. Au premier abord, elle hésita à entrer. Affronter les vieilles connaissances l'effrayait un peu. Mais elle se décida, prit une profonde inspiration et franchit le seuil, la tête haute.

Le premier visage connu qu'elle vit fut celui… de Daisy. Et il était fermé. Visiblement, Daisy n'avait aucune envie de renouer avec elle. Mais elle était avec Anna-Louise. Alors, suivant le conseil de Tucker, Liz fit comme si de rien n'était et se dirigea vers les deux femmes.

— Daisy, je voulais te remercier d'être venue aux funérailles, dit-elle. Ce jour-là, nous n'avons pas eu l'occasion de nous parler, mais je suis contente de te revoir. Le mariage te va bien, tu es superbe.

— J'aimerais pouvoir t'en dire autant, répliqua Daisy sèchement.

Anna-Louise lui jeta un regard outré en se poussant pour faire de la place à Liz.

— Asseyez-vous, lui proposa-t-elle gentiment.

— Je peux, Daisy ? demanda Liz, hésitant à accepter l'invitation.

— Oh ! Vas-y ! Assieds-toi ! Anna-Louise ne serait pas contente si je te chassais. Mais ce n'est pas parce que son job à elle c'est de pardonner que je l'approuve pour autant, lança-t-elle avec aigreur.

Quel manque d'éducation ! Liz aurait bien aimé la remettre à sa place, mais elle se ravisa, déterminée à rester aimable envers et contre tout. Elle voulait renouer avec Daisy, et ce n'était pas le moment de lui faire un cours sur la politesse élémentaire.

— J'en profite aussi pour te remercier pour les vêtements que tu as apportés chez Tucker, reprit-elle. Cela m'a bien aidée. Je te les rapporterai dès qu'ils seront propres et repassés.

— Ne te dérange pas, tu peux les mettre au feu, répliqua Daisy.

— Daisy Ames ! s'écria Anna-Louise, complètement scandalisée. Tu devrais avoir honte !

— C'est bon ! la rassura Liz. Je préfère qu'elle dise ce qu'elle a sur le cœur.

— Tu veux vraiment le savoir ? répliqua sèchement Daisy.

— Je veux seulement que l'on s'explique, répondit-elle. Et que tu saches que je n'ai jamais songé à blesser Tucker. Je ne pensais pas à mal en nouant une amitié avec Larry alors que je sortais avec ton frère.

Daisy renifla d'un air méprisant.

— Je t'assure, poursuivit Liz. D'ailleurs quand tu m'en as parlé, j'ai réfléchi et je me suis dit que tu avais peut-être raison. J'en ai aussitôt discuté avec Tucker. Je l'aurais fait plus tôt s'il y avait eu quelque chose entre Larry et moi. Mais ce n'était pas le cas. Tucker savait que Larry et moi nous étions bons amis. Nous ne nous en cachions pas. J'ai toujours été le plus honnête possible envers ton frère.

— Ce qui ne t'empêche pas de lui faire encore du mal ! lança Daisy avec amertume. Il ne le mérite pas, mais tu recommences. Pourquoi t'acharner sur lui, Mary Elizabeth ? Tu ne pouvais donc pas demander de l'aide à quelqu'un d'autre ?

— Tout simplement parce qu'il est le plus compétent dans son domaine et que c'est ce dont j'ai besoin, expliqua-t-elle.

Ce n'était pas la seule raison, mais cela ne regardait qu'elle.

— Bien sûr, marmonna Daisy, pas du tout convaincue. Comme si je ne savais pas que la meilleure façon de séduire un homme était de le flatter et de lui faire croire qu'il était indispensable !

— Daisy ! s'exclama Anna-Louise, de plus en plus scandalisée par l'attitude de cette dernière.

— Tu es bien placée pour savoir que c'est la vérité ! répliqua Daisy sur un ton de défi. Et toi, Mary Elizabeth, n'as-tu vraiment rien à voir avec le meurtre de Larry, ou veux-tu seulement le faire croire à Tucker ?

Derrière l'amertume des propos, Liz n'eut pas de mal à déceler la colère qui animait Daisy — une colère légitime : elle défendait son frère et c'était tout à son honneur —, mais ce n'était pas pour autant plus facile à digérer.

— As-tu une aussi piètre opinion de moi ? demanda-t-elle d'une voix douce.

— Il fut un temps où je t'aurais dit que non, mais c'était avant que tu n'aies quitté Tucker à la première bonne occasion qui s'est présentée à toi. Etre la femme d'un petit shérif de province ne te suffisait plus alors que tu pouvais jeter ton dévolu sur un homme qui briguait la résidence du gouverneur !

— Cela ne s'est pas passé comme ça ! protesta-t-elle.

— Tu peux peut-être convaincre mon frère, mais pas

moi, répliqua Daisy en se levant de table. Désolée, mais je n'ai plus faim.

Liz soupira et la regarda s'éloigner.

— Est-ce qu'elle dit vrai ? demanda Anna-Louise.

— Non. Je n'ai pas attendu la mort de Larry pour m'apercevoir que j'avais fait le mauvais choix. Et je m'apprêtais à y remédier quand le malheur est arrivé.

— C'est donc que vous aviez déjà prévu de revenir vous installer ici ?

— Oui. Après mon divorce. J'en avais assez de vivre en ville, assez de la politique.

— Et Tucker ? Aviez-vous aussi l'intention de renouer avec lui ?

De la tête elle fit signe que oui, incapable de mentir à Anna-Louise. C'était bien la première fois qu'elle l'admettait. Jusqu'ici, elle se disait qu'elle revenait à Swan Ridge parce qu'elle y était chez elle et qu'elle y trouverait un havre de paix après des années de tumulte. Mais dès qu'elle avait vu Tucker, elle avait compris qu'il n'était pas pour rien dans son désir de rentrer au bercail.

— Je me demande s'il me croira un jour, murmura-t-elle.

— Oui, avec le temps, répondit Anna-Louise en lui serrant affectueusement la main. Vous verrez, tout rentrera dans l'ordre. L'amour triomphe toujours quand il est sincère.

— Il triomphe même de la trahison ?

— Oui, même de la trahison.

Alors, pour la première fois depuis son retour à Trinity Harbor, Liz entrevit une lueur d'espoir. Et quand son regard croisa celui d'Anna-Louise, elle y vit aussi la certitude d'avoir trouvé une amie.

16

King avait toujours cette maudite bague de fiançailles dans sa poche. Le dîner avec Frances s'était bien passé, mais quand le moment fatidique de la demande en mariage fut venu, Frances s'était rendue aux toilettes. Cinq minutes plus tard, elle était revenue en disant qu'elle ne se sentait pas bien et lui avait demandé de la ramener chez elle. Elle avait même refusé d'aller au bingo. Aurait-il dû insister ? Il ne savait pas. Il ne savait plus sur quel pied danser, avec Frances !

Depuis cette soirée, elle ne répondait même plus à ses coups de fil ! Et ça l'agaçait presque autant que le silence de Tucker qu'il n'arrivait pas à joindre depuis quelques jours, lui non plus.

Décidément tout allait de travers ! Et il allait de ce pas y remédier. Comme d'habitude.

Mais il fallait reprendre les choses dans le bon ordre. D'abord parler à Frances. Lui dire qu'elle était sa priorité, que c'était elle qui comptait, qu'elle passait avant ses enfants. Puisqu'elle ne répondait pas au téléphone et qu'elle ne se montrait pas chez Earlene, le seul endroit où il la trouverait, c'était à son bureau. Là, elle ne lui échapperait pas. Encore que…

En entrant dans le hall de l'immeuble qui abritait les services sociaux de la ville, le précieux petit écrin en poche, il fut accueilli par des éclats de rire provenant du bureau de Frances. Et en ouvrant la porte, il découvrit un spectacle qui lui glaça le sang. Bon sang ! Frances avait perdu la tête ! Elle riait à gorge déployée en compagnie de Chauncey Mayberry, un personnage bien peu recommandable.

Ce Mayberry s'était installé à Trinity Harbor quelques mois auparavant. Veuf et retraité, il avait de l'argent plein les poches et un goût immodéré pour les dames. Apparemment, ce triste sire avait jeté son dévolu sur Frances.

— C'est quoi ce cirque ? s'exclama-t-il en jetant un regard furibond à Mayberry interloqué et à Frances qui n'en menait pas large.

— Chauncey vient de m'apporter des pêches, expliqua-t-elle. Quelle délicate attention, n'est-ce pas, King ?

— Si tu voulais des pêches, pourquoi n'en as-tu rien dit ? grommela-t-il d'un ton bourru. Il y a des stands tout le long de la route. J'aurais pu t'en apporter ou t'offrir une pêche Melba comme tu les aimes, à la ferme auberge de Westmoreland Berry.

— Oui, mais Chauncey y a pensé sans que je le lui dise, *lui*, rétorqua-t-elle d'un ton doucereux.

C'était donc ça ! Bon sang Frances nageait en plein délire ! Chauncey, avec ses cheveux blancs, son teint hâlé et son costume en toile beige profitait de sa naïveté et de sa passion pour les séries sentimentales à la télé.

— Est-ce qu'il t'a acheté un solitaire, lui ? répliqua-t-il, au comble de la fureur.

Incapable de se maîtriser plus longtemps, il sortit de sa poche le petit écrin de velours et le jeta sur la table, sous le nez de Frances, poursuivant comme une litanie :

— Est-ce qu'il t'a dit qu'il t'aimait, *lui* ? Est-ce qu'il t'a demandé de l'épouser, *lui* ?

Sous le choc, Frances perdit toutes ses couleurs et fixa l'écrin de ses yeux exorbités, comme s'il s'agissait d'un engin de mort.

— Qu'est-ce que c'est ? demanda-t-elle d'une voix tremblante.

Et là, King fut satisfait de son coup. Il avait réussi à la surprendre. Mayberry lui-même semblait frappé de stupeur. Il en fallait peu pour secouer un vétéran des marines !

— C'est la bague que je t'ai achetée, répondit-il.

— Mais pourquoi ? demanda-t-elle au comble de la perplexité. Je… je croyais que tu ne voulais pas te remarier.

— Moi, j'ai dit ça ? répliqua-t-il avec humeur. Non, certainement pas. Je n'ai jamais dit pareille chose. En fait, j'ai toujours pensé que nous devrions reconsidérer notre relation. Tu te souviens de la conversation que nous avons eue à ce sujet ou bien l'as-tu oubliée parce que cela t'arrangeait ?

Comme elle ne disait rien, il lui lança un regard noir et lui jeta sans ménagement :

— Alors, Frances ? C'est oui ou c'est non ?

Frances fondit en larmes et quitta son bureau, laissant les deux hommes se regarder en chiens de faïence.

— Voilà, vous en avez fait, du propre ! s'exclama Mayberry d'un ton narquois. Un bon conseil, mon vieux : si vous voulez séduire une femme comme Frances, courtisez-la avec un peu plus de classe.

— Et les pêches, ça marche mieux que les diamants. C'est ça que vous sous-entendez ?

Chauncey Mayberry secoua la tête et le considéra du même air affligé que Frances, quelques instants plus tôt.

— Eh bien, voilà ! Il ne nous reste plus qu'à attendre la suite des événements, soupira-t-il.

— Et moi je pense que vous feriez mieux de vous mêler de ce qui vous regarde, marmonna King, peu désireux d'avouer qu'il avait manqué de courage.

— Un homme intelligent se retirerait, histoire de donner du temps au temps et de la laisser digérer pareille maladresse, fit remarquer Mayberry en prenant son panama avant de se diriger vers la porte. Mais j'imagine que vous, vous allez rester.

— Vous imaginez bien, répliqua King, sans relever l'insulte.

Mayberry s'y connaissait peut-être en courtoisie, mais lui connaissait Frances. La laisser ruminer toute seule dans son coin était justement l'erreur à ne pas commettre. Il devait s'excuser pour avoir tout gâché et il devait le faire maintenant, tant que l'incident était frais et que les choses pouvaient être réparées. Il l'avait appris à ses dépens, quelques mois auparavant, quand elle lui avait échappé et qu'il n'avait pas cherché à la rattraper. Il ne ferait pas deux fois une pareille erreur.

C'est pourquoi, après le départ de Mayberry, il s'assit pour l'attendre.

Frances ne tarda pas à revenir, les yeux rouges et bouffis. Elle passa précautionneusement la tête dans l'entrebâillement de la porte, prête à tourner les talons à la moindre alerte.

— Entre et écoute-moi, lui ordonna-t-il.

— Il me semble que tu en as assez dit pour aujourd'hui, répliqua-t-elle en allant s'asseoir à son bureau.

— Je suis désolé.

— Toi ? Désolé ? Et désolé de quoi ? lança-t-elle d'un ton sec.

— De mon irruption dans ton bureau, de m'être donné en spectacle et de t'avoir mise dans l'embarras.

— C'est un bon début, reconnut-elle, radoucie. Pourquoi t'es-tu comporté ainsi ?

— J'ai vu Chauncey te courtiser avec ses pêches et cela m'a rendu fou.

— Serais-tu jaloux ? demanda-t-elle en le scrutant avec curiosité.

— Moi ? Jaloux d'un type comme ça ? s'exclama-t-il avec dédain.

— King Spencer !

— Bon, d'accord, avoua-t-il, histoire de ne pas trop mentir. J'étais peut-être un peu jaloux. Mais qu'est-ce qu'il y a entre vous ? Ce type t'intéresse ?

— Il est très gentil. Et puis, à la différence de *certains*, il est attentionné et délicat.

Il la fusilla du regard.

— Ce n'est pas ce que je voulais savoir, marmonna-t-il.

— Non, il ne m'intéresse pas. Je te jure que tu es le seul homme qui m'intéresse.

— Alors si c'est ça, parlons un peu de la bague et…

— Non, je t'arrête tout de suite, dit-elle d'un ton ferme et grave. Avant tout, tu devrais te demander pourquoi tu veux m'épouser.

— Tu ne m'as donc pas entendu dire que je t'aimais ?

— Si, mais comme toi et Chauncey étiez engagés dans une parade amoureuse et une lutte pour conquérir la femelle, j'ai jugé que les circonstances n'étaient pas favorables pour que je te prenne au sérieux.

— Mais bon sang ! Je suis sérieux ! Je t'offre une bague, oui ou non ?

Elle se leva, fit le tour de son bureau et avant qu'il ne comprenne ce qui lui arrivait, elle s'installa sur ses genoux et l'embrassa à lui couper le souffle. A son âge, c'était peut-être un peu risqué, mais il dut admettre qu'il appréciait la sensation. Il y avait si longtemps qu'il attendait ce moment… qu'il ne sut comment réagir.

Soudain, elle devint toute rouge et se ressaisit.

— C'est tout l'effet que ça te fait ? Et c'est comme cela que tu me prouves ton amour ? s'indigna-t-elle en se levant et en tapotant sa jupe avant de retourner s'asseoir derrière son bureau. Les mots, ça ne suffit pas, surtout quand on les manie aussi mal que toi.

— Comment ça ? protesta-t-il, piqué au vif et essayant de calmer les battements de son cœur. Viens voir ce dont je suis capable.

— Pas ici et pas maintenant, répliqua-t-elle, en retrouvant soudain son air guindé de vieille institutrice, mains croisées sur son bureau.

— Alors quand ?

— Passe-moi un coup de fil. Je verrai quand je pourrai trouver un moment de libre, répondit-elle, les yeux brillants.

King traversa la pièce en deux enjambées et se planta devant elle.

— Je viendrai te chercher demain à 18 heures. Tâche de mettre une robe sexy.

— Ouah ! lança-t-elle en riant. Es-tu sûr que ton cœur va tenir le coup ?

— On verra bien ! Mais crois-moi, Frances ! Je suis prêt à tenter l'expérience.

Tucker attendait le retour de Walker avec impatience. Et il avait déjà ingurgité plus de café que de raison quand son adjoint revint de Richmond.

— Alors ? lui demanda-t-il dès qu'il l'aperçut.

— Ne peux-tu pas me laisser cinq minutes pour boire quelque chose ? protesta Walker.

— Tiens ! répondit Tucker en lui tendant sa tasse de café à moitié vide. Finis-la. De toute façon, je n'en veux plus.

Walker but une gorgée et grimaça.

— C'est tiédasse. Je préfère quelque chose de frais. Merci quand même. Tu peux encore attendre deux minutes ? Je reviens tout de suite.

— Dis-moi au moins si tu penses que Cynthia Miles est coupable.

— Non, laissa tomber Walker en s'éloignant.

— Non, quoi ? lança Tucker en le suivant. Non, elle n'est pas coupable ou non, tu ne peux pas me le dire ?

— Est-il vraiment nécessaire de poursuivre cette conversation là où chacun peut nous entendre ?

— Il n'y a pas âme qui vive, rétorqua Tucker en jetant un regard circulaire autour de lui.

— Ici, non. Mais dehors, il y a un journaliste dans chaque buisson.

Tucker s'approcha de la fenêtre. En effet, des camions de différentes chaînes de télévision stationnaient dans la rue et des gens, caméra et micro au poing, étaient placés aux points stratégiques devant l'immeuble et en face, sur la pelouse du palais de justice.

— Bon sang ! s'exclama-t-il. C'est toi qui les as attirés jusqu'ici, comme le joueur de flûte de Hamelin ?

— Il faut croire. Il devait y avoir un journaliste planqué en sentinelle devant la maison de Cynthia. En tout cas, quand je suis sorti, il y avait une demi-douzaine de camions de télévision et une armée de reporters. Et comme ils n'ont pas apprécié mon silence, ils m'ont suivi jusqu'ici, dans l'espoir d'apprendre du nouveau, expliqua Walker qui, muni d'une canette de soda, se dirigea vers son bureau où l'attendait Michele.

— La meute devient nerveuse, lui fit remarquer cette dernière quand il entra. Ils téléphonent toutes les cinq secondes pour obtenir un commentaire. Il y en a même qui ont réussi à entrer, mais j'ai demandé aux hommes de l'inspecteur Williams de les faire sortir. Richard n'est pas le moins excité de la bande. Je crois bien qu'il est au bord d'une rupture d'anévrisme. Si Anna-Louise savait ça !

— Qu'est-ce que vous voulez que j'y fasse ? grommela Walker.

— Eh bien, pourquoi ne pas faire entrer Richard, lui raconter ce que vous voulez bien rendre public et le renvoyer parmi ses confrères pour qu'il remplisse ses bons offices ?

— Excellente idée ! répliqua Walker. Sauf que je ne suis pas certain que les gars de la télé apprécient de ne pas pouvoir filmer un vrai porte-parole du shérif.

— Vous avez sans doute raison, reconnut Michele. Mais il va falloir faire quelque chose, sinon ils vont camper ici toute la nuit. Ce qui, entre nous soit dit, ne serait pas pour me déplaire. Le type de la chaîne CBS est beau garçon. Il y a longtemps que je n'en ai pas vu d'aussi classe et je crois bien que la dernière fois, je lui ai aussi tapé dans l'œil.

— Ma chère Michele, dit Tucker en secouant la tête d'un air réprobateur, je ne crois pas que ce soit le moment de faire ami-ami avec un représentant des médias. Vous courez vers de cruelles déceptions.

— Comme si je ne le savais pas ! répliqua-t-elle, vexée. Cela n'empêche pas de profiter de l'aubaine et de discuter *agréablement*. Il n'y a pas tant de types en ville avec qui c'est possible.

Walker laissa échapper un petit rire.

— Michele, allez les tenir à distance, ordonna-t-il. Dites-leur que je ferai une déclaration quand je me serai entretenu avec Tucker. Quant à Richard, faites-lui savoir qu'il peut entrer. Il peut nous être utile pour diffuser certaines informations.

— Je ne pense pas que Richard apprécie particulièrement ce rôle, dit Tucker avec une moue dubitative.

— Moi je crois que si, affirma Walker. A condition de lui laisser entendre qu'il a l'exclusivité et de lâcher quelques détails croustillants.

— Dans ce cas, oui. Ça peut le motiver, admit Tucker.

Lorsqu'il entra dans le bureau, Richard jeta un regard méfiant aux deux compères.

— Vous pouvez me dire pourquoi je suis là alors que tous les autres sont dehors ? demanda-t-il.

— J'ai besoin de votre aide, Richard, dit Walker.

— Je ne peux rien faire pour vous.

— Si vous pouviez me donner juste un petit conseil, en échange, je vous donnerais quelques tuyaux. Un scoop contre votre coopération. Ça vaut le coup, non ?

— Ça dépend, dit Richard avec circonspection. Dites toujours.

— D'accord. Mais, à partir de maintenant, vous êtes

lié avec nous et vous vous engagez à révéler ce que nous voulons rendre public.

— Je ne sais pas si je peux accepter cela, avança Richard.

— Vous préférez peut-être retourner faire le pied de grue avec les autres ? Vous ne travaillez plus pour le *Washington Post.* Nous sommes ici à Trinity Harbor et je ne m'adresse pas à l'éditeur du *Trinity Harbor Weekly*, mais à un membre de notre communauté.

— Vous oubliez l'aspect éthique, protesta Richard. Je suis d'abord journaliste, et je le reste en toutes circonstances. Quant à vous, vous détenez des informations que vous dissimulez.

— C'est à l'ami que je m'adresse. A l'ami journaliste qui connaît les ficelles mieux que moi.

Richard resta un moment sans rien dire, scrutant Walker d'un air dubitatif. Puis il finit par hocher la tête.

— D'accord. Seulement, si cela ne me plaît vraiment pas, j'arrête tout.

— Mais vous devez promettre de ne jamais dévoiler ce que vous avez entendu, dit Walker d'un ton qui n'admettait pas de réplique. Compris ?

— Compris, marmonna Richard que cette dernière condition n'enthousiasmait guère.

— Bien ! Alors voilà, commença Walker. Aujourd'hui, j'ai interrogé Cynthia Miles à Richmond. Elle m'a avoué avoir eu une liaison avec Larry Chandler avant, et les premiers mois après son mariage. Elle m'a aussi avoué avoir voulu le faire chanter, mais elle jure y avoir finalement renoncé parce qu'il n'avait pas cédé à ses menaces. Selon elle, c'était pour l'obliger à renouer avec elle.

— Et a-t-il renoué avec elle ? demanda Tucker.

— Elle dit que non. Elle dit qu'à cette époque, il avait une liaison avec une autre femme. Une liaison sérieuse qui mettait en péril son mariage et beaucoup plus encore car cette personne savait beaucoup de choses et pouvait les utiliser.

Tucker regarda Walker d'un air ébahi.

— Quelles choses ? demanda-t-il. Des histoires de coucheries ?

— Non. Certes, il y avait beaucoup de femmes dans la vie de Larry, mais il s'agissait plutôt d'histoires concernant ses affaires. Cynthia prétend qu'elle ne connaît pas tous les détails, mais que Chandler aurait fait des mauvaises affaires et qu'il aurait perdu beaucoup d'argent en placements aventureux, et selon elle, si l'information avait éclaté au grand jour, sa société n'y aurait pas survécu et son avenir politique non plus.

— Si elle savait tout cela, et si elle voulait se venger de Chandler, pourquoi ne s'en est-elle pas chargée elle-même ? demanda Tucker qui ne croyait pas un mot de cette histoire. Est-ce que cela ne serait pas plutôt une mise en scène pour éloigner d'elle les soupçons ?

— Possible, reconnut Walker en se tournant vers Richard. C'est là que j'aurais besoin de vous. J'ai une nouvelle piste et vous pourriez m'aider à mettre toutes les chances de mon côté.

— Vous avez une nouvelle piste, une vraiment crédible ? demanda Richard.

— Nous savons que le soir du crime, il y avait une femme à Swan Ridge, dit Walker. Nous avons fait des prélèvements qui sont en cours d'analyse.

— Alors si je comprends bien, Mme Chandler serait hors de cause ? demanda Richard en regardant Tucker.

— Nous attendons les résultats définitifs, mais selon les rapports préliminaires, c'est probable, répondit évasivement Walker.

C'était clair, Walker ne s'avançait pas trop. Mais il y avait du progrès, nota Tucker. Il acceptait au moins l'éventualité de l'innocence de Mary Elizabeth.

C'était le moment d'enfoncer le clou et de sonder Richard.

— Seriez-vous prêt à révéler cette nouvelle piste ? lui demanda Tucker. Et jusqu'où Walker peut-il aller ?

— Ça dépend, répondit Richard après un petit temps de réflexion. Si vous pensez que cette femme est un suspect sérieux, c'est bon. Mais si c'est seulement pour l'inquiéter et la pousser à commettre une erreur, c'est autre chose. A votre place, je prendrais des précautions, surtout en l'absence de preuve concrète.

— Quelles précautions ? demanda Tucker.

— Je ne donnerais pas de nom ni de détails, en dehors du fait que ce suspect sérieux est une femme de l'entourage de Larry Chandler. C'est assez vague pour rester dans le cadre de la légalité et assez précis pour inquiéter quelqu'un qui aurait des choses à se reprocher.

Tucker hocha la tête.

— Ça me va. Et toi, Walker ? Qu'en penses-tu ?

— Ça me va aussi. A condition que je puisse lire l'article *avant* publication et qu'il n'y ait pas de rectifications après coup, ajouta-t-il en se tournant vers Richard.

— Je suppose que je dois m'y mettre maintenant ? grommela Richard.

— Estimez-vous heureux, on vous donne des idées pour votre article de la semaine ! répliqua Walker avec un grand sourire.

— Vous êtes trop bons pour moi, répondit Richard. Je peux vous écrire ça tout de suite si vous me prêtez votre bureau.

— Faites comme chez vous ! dit Walker en lui laissant la place.

— Bon, alors qu'est-ce que je dois dire ?

— Que l'enquête avance et que Mme Chandler est maintenant hors de cause, dit Walker en regardant Tucker avec insistance.

Ça alors ! Walker mettait Mary Elizabeth hors de cause ? Quelle mouche l'avait donc piqué ?

— Qu'est-ce qui te fait dire ça alors que l'on n'a pas

encore les résultats du laboratoire ? demanda-t-il, surpris de l'assurance de Walker. Tu le crois sincèrement ?

— Tu y crois bien, toi.

— Bien sûr. Mais toi, tu voulais des preuves concrètes.

— Eh bien, si elle est effectivement innocente, j'aurai ces preuves avec les résultats du labo, répondit Walker. En outre, il paraît évident que le meurtrier cherche à détourner les soupçons sur elle. Alors si on la disculpe, cela ne devrait pas faire son affaire.

— Mais alors, pourquoi ne pas diffuser l'information plus largement ? demanda Richard. C'est idiot de ne la publier qu'au niveau du comté.

— Parce que Walker ne veut pas trop se mouiller si jamais il fait fausse route, répliqua Tucker en scrutant la réaction de son beau-frère.

Et il ne s'était pas trompé ; la façon dont Walker serrait les dents le confortait dans son hypothèse.

— Oui, c'est ça, grommela Walker. Je serai fixé dans un ou deux jours au plus tard. C'est le temps que mettra l'information pour parvenir jusqu'à Richmond. Et entre-temps notre nouvelle suspecte aura commencé à se ronger les sangs. Jusqu'à craquer, espérons-le.

— Si elle est coupable, fit remarquer Richard.

— Et là est la question, renchérit Tucker, l'air sombre. Et si j'en parlais à Mary Elizabeth ? Elle nous donnerait peut-être un nom.

— Je l'ai déjà, le nom, dit Walker. Mais restez tranquilles, vous deux ! Je ne vous le donnerai pas.

— Mais bon sang ! Pourquoi ? s'écria Tucker.

— Parce que je n'ai pas envie que vous alliez la harceler et parce que je ne veux pas de fuites dans les médias qui pourraient éveiller ses soupçons. Je n'ai pas envie qu'elle prenne peur et se sauve.

— Lui as-tu parlé ?

— Non. Mais j'ai des hommes qui la surveillent. Nous saurons très vite comment elle réagit.

Tucker marmonna un juron.

— Quelque chose à redire ? demanda Walker en le regardant droit dans les yeux.

— Rien, répliqua-t-il aussitôt. J'admets que ce que tu fais est très bien. C'est juste que ça me coûte de ne pas être dans le coup.

Merci. Et vous, Richard, quelque chose à dire ?

— Oh moi, je suis muet comme une carpe, répliqua ce dernier avec un sourire contraint.

— Parfait, conclut Walker avec une évidente satisfaction. Alors ne perdons pas de temps. Sortons mettre un peu d'animation dans les rangs. Pour une fois cette semaine, j'ai l'intention de dîner chez moi.

— Surtout, n'oublie pas de mettre Daisy au courant de tes conclusions au sujet de Mary Elizabeth, recommanda Tucker. Ça lui fera plaisir !

— Je crois que je ne le lui dirai qu'après le dessert. Je veux dîner tranquille.

Il était à peine 18 heures quand Liz entendit la sonnette de sa porte d'entrée. Elle alla ouvrir et se trouva nez à nez avec Tucker.

Elle faillit se jeter dans ses bras, mais à son air grave, et à son expression inhabituellement soucieuse, elle se ressaisit.

— Tu as découvert quelque chose, c'est ça ? demanda-t-elle.

D'un signe de tête, il fit signe que oui, tout en se dandinant d'un pied sur l'autre, l'air très embarrassé.

— Viens faire un tour, suggéra-t-il. Je vais te raconter.

— Allons sur la terrasse, derrière. Il y fait frais et je viens de préparer de la limonade.

— D'accord.

— Dis-moi juste si c'est quelque chose de bien ou de

mal, supplia-t-elle en essayant de déchiffrer l'expression de son visage.

— C'est quelque chose de prometteur.

Quelque chose de prometteur ? Que voulait-il dire par là ? se demanda-t-elle en le précédant dans la cuisine.

Elle tourna et retourna la phrase dans sa tête en versant la limonade dans un verre, ajoutant une pincée de sucre comme il l'aimait. Puis elle se prépara un verre pour elle, et ils se rendirent sur la terrasse où elle alla s'installer sur la vieille balancelle, son siège favori.

Elle vit Tucker hésiter. Viendrait-il s'asseoir à côté d'elle ou dans un fauteuil voisin ? A sa grande déception, il finit par opter pour un fauteuil éloigné d'elle et se tourna ostensiblement vers la pelouse qui descendait jusqu'au fleuve.

— Quelle belle soirée paisible, dit-il, comme s'il était venu dîner chez elle.

— Elle ne le restera pas si tu ne me dis pas ce que tu as découvert, lança-t-elle d'un ton exaspéré.

Il la regarda et lui sourit.

— D'accord. Je commence par le plus important. Walker s'est enfin rendu à l'évidence. Il doute que ce soit toi qui aies tué ton mari.

— C'est un homme sensé et je n'en attendais pas moins de lui. En revanche, cela semble t'étonner.

— Ecoute, je tiens à être honnête et je me garde de me fier à mon propre jugement en ce qui te concerne.

— Eh bien, au moins, tu ne mâches pas tes mots ! répliqua-t-elle avec amertume.

Elle savait maintenant à quoi s'en tenir et quelle piètre opinion il avait d'elle.

— Je suis désolé.

— Il faut donc qu'un homme qui ne me connaît pas te dicte ton opinion ? Toi qui me connais si bien, tu ne sais donc pas que je suis incapable de tuer quelqu'un ?

— Bien sûr que si, je le sais ! s'exclama-t-il avec force.

Mais il n'empêche qu'il y a eu un temps où je croyais aussi en ton amour.

— Et c'était vrai ! Je t'aimais ! s'écria-t-elle, piquée au vif. Mais je ne te demande pas de me croire. Pour tout dire, je ne t'en veux pas. Seulement…

Elle se tut un instant et le regarda dans les yeux avant de reprendre :

— Seulement, cela me déçoit.

— Je suis désolé.

— Moi aussi.

Mais elle chassa rapidement la mélancolie qui la submergeait et enchaîna :

— Tu as dit tout à l'heure que tu commençais par le plus important. Le reste, c'est quoi ?

Il lui raconta alors l'entretien de Walker avec Cynthia Miles, et au fur et à mesure qu'il parlait, son cœur se mit à battre de plus en plus fort.

— Selena Velez, laissa-t-elle enfin échapper. C'est elle. Je savais qu'ils avaient une liaison. Je l'ai toujours su, mais elle était si charmante et si aimable devant moi que je préférais mettre mes soupçons en sourdine.

— C'est de la secrétaire de Larry et Roland que tu parles ?

— Oui. Et cela ne m'étonnerait pas du tout que ce soit elle qui ait glissé les lettres de Cynthia dans le coffre, sachant que je les trouverais et que je préviendrais la police, dit-elle avec une excitation qui allait croissant. Maintenant que tu sais, tu vas aller l'interroger, n'est-ce pas ?

— Non. D'une part, j'ai promis à Walker de le laisser faire et d'autre part, mieux vaut ne pas inquiéter Selena.

Il se tut et la regarda d'un air soucieux avant d'ajouter :

— Tu dis qu'elle était toujours aimable avec toi. Alors rien ne t'a jamais fait penser qu'elle pouvait avoir des griefs ou des arrière-pensées ?

— Non. Pourquoi ? Tu crois que ce n'est pas elle ?

— Non, je veux seulement m'assurer qu'elle ne se retournera pas contre toi quand elle réalisera que tu n'es plus dans le collimateur de la police.

— Si c'est elle la meurtrière, est-ce que ce ne serait pas plutôt un crime passionnel ? Je ne la vois pas commettre un acte prémédité, murmura-t-elle, songeuse.

— On sait que ton mari n'avait pas d'armes à la maison. Donc, le meurtrier ou la meurtrière est venu à Swan Ridge avec une arme chargée et dans le but très précis de le tuer.

Elle le regarda, horrifiée, et frissonna.

— Mary Elizabeth, prends garde à toi si elle téléphone ou si elle vient te voir. Nous ne savons pas si elle est coupable, mais je ne veux pas que tu prennes des risques inconsidérés.

— Et si tu venais t'installer ici pour me protéger, suggéra-t-elle.

Mais il n'eut pas l'air d'apprécier la plaisanterie.

— Et qui me protégerait de toi ? répliqua-t-il en lui jetant un regard noir.

— Tu as raison. Sans compter que je n'ai peut-être pas envie que tu me protèges, lança-t-elle en soutenant son regard.

Pendant un instant, elle crut qu'elle avait réussi à entamer sa carapace, mais il se leva et posa son verre sur la table.

— Je dois rentrer, dit-il.

— Pourquoi ? Tu es attendu ?

— Non, Mary Elizabeth, je ne suis pas attendu.

— Alors, reste dîner. J'ai horreur de manger seule.

Il hésita un instant puis secoua la tête.

— Mauvaise idée, déclara-t-il.

— Craindriez-vous de ne pas pouvoir vous tenir, shérif ?

— En effet, je sais que j'en suis incapable. Or jusqu'à ce que l'enquête soit finie et que tu sois formellement disculpée, je ne te toucherai pas.

— Parce que tu ne veux pas de romance avec une meurtrière présumée, c'est ça ?

— Bon sang ! Bien sûr que non ! s'exclama-t-il. Mais tu ne te feras pas d'amis à Trinity Harbor si on te voit tourner autour d'un homme, ton mari à peine mort. Tout le monde ne sait pas qu'il te trompait ni que tu avais l'intention de divorcer. Ils ne verront qu'une chose, c'est que tu n'as pas tardé à remplacer l'ancien par le nouveau.

— Pas si nouveau que ça, lui rappela-t-elle d'un ton moqueur.

— Tu sais très bien ce que je veux dire, répliqua-t-il, exaspéré.

— D'accord ! D'accord. Laisse-moi lire entre les lignes. Tu as bien dit « jusqu'à ce que l'enquête soit finie et que je sois disculpée » ? Tu n'as pas dit « jamais », n'est-ce pas ?

Il poussa un soupir à fendre l'âme qui disait assez combien elle le mettait au supplice. Et, ma foi, cela ne lui déplaisait pas.

— Non, je ne dis pas « jamais », reconnut-il.

Elle lui offrit son plus beau sourire.

— Je m'en contenterai, dit-elle.

Anna-Louise avait sans doute raison. L'avenir avec Tucker n'était peut-être pas si improbable que cela.

— Pour l'instant, du moins, ajouta-t-elle en plongeant les yeux dans les siens.

Un sourire furtif flotta sur les lèvres de Tucker.

— Si je comprends bien, tu m'encourages à élucider rapidement l'affaire, fit-il remarquer.

— Et comment ! s'exclama-t-elle sans l'ombre d'une hésitation. Je veux recommencer à vivre. Je ne veux plus rester en marge. Pas toi ?

Il la regarda sans rien dire.

— *No comment !* finit-il par dire.

Elle éclata de rire.

— Tu as peur, hein ! lui lança-t-elle sur un ton de défi.

— Non, chérie. Mais je te connais depuis longtemps. Si je t'accorde un peu, tu voudras tout et en moins de temps qu'il n'en faut pour le dire, nous nous retrouverons au lit à jouir de l'instant présent en oubliant le reste du monde.

— Et alors ? Qu'y aurait-il de mal à ça ?

— Cela dépend. Tu as bien l'intention de revenir t'installer à Trinity Harbor, n'est-ce pas ?

— En effet.

— Eh bien, dans ce cas, ce serait catastrophique.

Il avait raison, elle devait bien l'admettre. Ce n'était pas le moment de commencer une aventure avec Tucker, cela ne leur attirerait que des ennuis.

— Tu sais que tu commences à m'énerver sérieusement avec ta manie de toujours avoir raison, protesta-t-elle.

— Oh ! Il m'est arrivé une ou deux fois d'avoir tort, répliqua-t-il avec un large sourire. Mais c'était il y a longtemps.

— Rentre chez toi, Tucker. File tout de suite !

Il éclata de rire.

— Tu vois ! Je savais bien que je finirais par te convertir à mes arguments. Tu me fiches même dehors et c'est très bien comme ça, dit-il en se levant pour partir.

Elle lui jeta un regard noir, mais l'accompagna quand même jusqu'à la porte et là, à sa grande surprise, il se pencha et déposa sur ses lèvres un long baiser avant de disparaître dans la nuit.

— Fais de beaux rêves ! lui lança-t-il avant de s'engouffrer dans sa voiture.

Elle passa un doigt sur ses lèvres en feu.

Faire de beaux rêves ! Il en avait de bien bonnes ! Encore faudrait-il qu'elle puisse fermer l'œil.

17

Etre assis sur la terrasse de Swan Ridge, siroter de la limonade et discuter avec Mary Elizabeth en lui racontant sa journée était trop pour Tucker ; cela lui rappelait le passé. Il ne manquait que les doux baisers volés en cachette du grand-père Swan. Mais comme il l'avait dit à Mary Elizabeth, il ne la toucherait pas tant que le meurtre de son mari ne serait pas élucidé.

Certes, en la quittant, il n'avait pas tenu parole. Mais il le regrettait. Cela n'aurait jamais dû arriver. C'était la deuxième fois qu'il perdait la tête, ce qui prouvait bien qu'il ne pouvait pas se faire confiance quand il s'agissait de Mary Elizabeth. D'où la nécessité absolue de l'éviter.

Et ce n'était pas par respect pour son mari ni par respect des convenances après un deuil. Non. C'était tout simplement parce qu'il ne souhaitait pas donner matière à des commérages qui pourraient la blesser. Et aussi qu'il ne voulait pas que son cœur se brise une seconde fois si jamais il découvrait qu'elle avait profité de lui, ou du moins de son expérience, pour s'éviter la prison. De ce point de vue-là, il avait été soulagé d'apprendre que Walker mettait sérieusement en doute sa culpabilité. Venant d'un inspecteur expérimenté et rationnel comme lui, c'était plutôt rassurant. Mais pas au point de vendre la peau de l'ours avant de l'avoir tué.

C'est pourquoi il avait fait en sorte de partir de Swan Ridge avant la tombée de la nuit, redoutant l'éveil des souvenirs avec l'apparition des étoiles dans le ciel et celle du sillage argenté de la lune sur le fleuve… Mais bon sang, qu'il avait eu du mal à s'arracher à Mary Elizabeth !

Une fois seul, après ce malencontreux baiser qui lui avait échappé, il était dans un tel état de stress qu'il se sentit incapable de rentrer directement chez lui. Il se rendit en ville, gara sa voiture et alla marcher sur la promenade au bord de l'eau, la fameuse promenade, œuvre de son frère Bobby et de Jenna, où il se mêla à la foule des touristes. Puis il s'acheta un hot-dog et un jus de raisin et alla s'asseoir sur un banc, se laissant porter par la musique du magnifique manège ancien qui avait été la cause de la rencontre de Bobby et Jenna.

S'il croyait garder l'anonymat, c'était raté. Un passant sur deux le reconnaissait et le saluait, ce qui avait de quoi le rassurer. Contrairement aux pronostics alarmistes de son père, les gens d'ici ne semblaient pas avoir mal pris sa décision de ne pas prendre officiellement en charge l'enquête Chandler. En tout cas, personne ne se permit le moindre regard inquisiteur ni le moindre commentaire désobligeant en passant devant lui. Et cela le réconforta. Si les gens avaient éprouvé des réserves à son égard, visiblement, ils les avaient oubliées. A Trinity Harbor, on se serrait les coudes quoi qu'il arrive et c'était une des raisons qui l'avaient incité à rester ici plutôt qu'à partir. C'était toujours le territoire des Spencer en dépit de l'arrivée de nouveaux habitants, des retraités qui transformaient lentement la paisible bourgade rurale en villégiature estivale.

Mary Elizabeth trouverait-elle le nouveau Trinity Harbor plus à son goût ? Autrefois, elle était attirée par les lumières et les plaisirs de la ville et elle ne comprenait pas pourquoi, de son côté, il refusait de partir. Aurait-elle changé d'avis ? Ne se faisait-il pas, une fois de plus, des illusions en s'imaginant qu'elle avait changé et que son retour ici n'était pas seulement dû au fiasco de son mariage ?

Il resta un long moment pensif, à remuer les souvenirs et se poser des questions sans réponses. Et quand, la nuit noire venue, il rentra chez lui, la tête pleine de Mary Elizabeth, en proie aux contradictions du désir et de la raison, il ne vit pas les voitures stationnées devant sa maison.

— En voilà une heure pour rentrer, tu ne trouves pas, fiston !

Le sang de Tucker ne fit qu'un tour en entendant la voix de son père. Cela lui rappela son adolescence, lorsque King s'assurait, depuis le porche, que le dernier de ses enfants respectait bien le couvre-feu. Sauf que maintenant, les remontrances paternelles n'étaient plus de son âge et qu'il n'avait pas à se justifier.

— Papa ! Quel bon vent t'amène ? s'écria-t-il d'un ton faussement enjoué.

Comme s'il ne le savait pas ! Il n'y avait qu'à voir les voitures alignées sous ses fenêtres. Daisy et Bobby étaient là, eux aussi. De toute évidence, King avait rameuté ses troupes et projetait une attaque en règle. Pour tout dire, Tucker s'y attendait, tout en espérant que son père aurait d'autres chats à fouetter. Hélas ! Ce n'était visiblement pas le cas. De plus, il avait l'air de fort méchante humeur.

— Faut-il, maintenant, que je prenne rendez-vous pour voir mon propre fils ? La semaine dernière, je suis passé tous les soirs. Où diable étais-tu ?

— J'avais à faire, répliqua Tucker en s'avançant sous l'œil d'un King visiblement ravi de sa prise.

Daisy et Bobby se tenaient en retrait, dans leurs petits souliers.

— Où sont Walker et Jenna ? demanda Tucker. Je suis sûr qu'ils aimeraient ajouter leur grain de sel à ce conseil de famille.

— Walker est au bureau. Il dit que tes affaires personnelles ne le concernent pas, maugréa Daisy.

— Vraiment ? lança-t-il en riant. Ma pauvre Daisy, ça

ne doit pas te plaire. Est-ce qu'il t'a raconté sa nouvelle théorie sur Mary Elizabeth ?

— Oui, il m'a dit qu'il ne pensait pas qu'elle soit coupable, reconnut sa sœur à contrecœur. Mais j'attends qu'il arrête quelqu'un d'autre pour y croire. Vous ne m'aurez pas comme ça, tous les deux.

— Quelle tête de pioche ! s'écria Tucker. Tu ne peux pas accorder un peu de répit à Mary Elizabeth ?

— Pourquoi le devrais-je ? demanda Daisy d'un ton méfiant.

— Parce que autrefois vous étiez comme deux sœurs.

Puis il ajouta à voix basse :

— Et parce que je te l'ai demandé.

— Seulement, tu te trompes, intervint King.

— Chacun pense ce qu'il veut ! répliqua Tucker. Au fait, qui a mis ce guet-apens sur pied ? Toi, Daisy ? D'habitude, notre cher papa préfère organiser ce genre d'embuscade sur son propre terrain.

— Ne t'en prends pas à ta sœur, répliqua King. C'est ta faute et celle de personne d'autre si nous sommes encore dehors à cette heure.

— Eh bien, je ne vous retiens pas. Rentrez donc chez vous ! lança Tucker qui commençait à perdre patience. Je me passerais bien de cette discussion. D'autant plus que tout a déjà été dit.

— Je ne partirai pas sans avoir donné mon point de vue et sans que tu m'aies écouté ! décréta King en détachant bien toutes les syllabes.

— Tu m'as déjà tout dit !

— Je t'ai peut-être déjà tout dit, mais toi, tu n'as pas dû tout entendre. Mon pauvre Tucker, tu te laisses encore une fois embobiner par cette femme.

— Je ne me laisse pas embobiner par elle comme tu le prétends. Mary Elizabeth a des ennuis et je lui donne un coup de main en ami, c'est tout. Je n'ai cessé de le répéter et il faut vraiment que tu sois têtu comme une mule pour ne pas l'entendre.

— Moi, ce que j'entends, c'est que cette femme se sert de toi ! Elle est suspectée du meurtre de son mari. Je trouve que cela devrait te faire réfléchir, toi, son fidèle défenseur.

— Elle n'a pas commis ce meurtre, répliqua Tucker. Même Walker en est persuadé.

— Vous en êtes sûrs, tous les deux ?

— Oui. Moi, j'en suis sûr. Et toi aussi d'ailleurs. Tu sais parfaitement que Mary Elizabeth ne ferait jamais intentionnellement de mal à quelqu'un.

— Elle t'en a bien fait à toi !

— C'est de l'histoire ancienne et cela n'a rien à voir.

— Ah bon ? lança King d'un ton sarcastique.

— Ça suffit, papa ! s'écria Daisy en fusillant son père du regard. Tu perds ton temps. Qu'on le comprenne ou pas, Tucker fait ce qu'il pense être le mieux, et quoi qu'on dise, il ne changera pas d'avis. On ne réussira qu'à le braquer un peu plus contre nous.

— Crois-moi, Daisy, rétorqua Tucker avec un grand sourire, peu m'importe ce que vous pensez ou dites. Je fais ce que je dois faire, comme je le ferais pour vous si vous étiez dans la même situation.

— N'importe quoi ! s'exclama King, hors de lui. Je rêve ! Il fait ce qu'il doit faire ! Alors, tu trouves normal que Mary Elizabeth revienne semer la pagaille ici ?

— Elle est chez elle, fit-il calmement remarquer. Une fois divorcée, où voulais-tu qu'elle aille ? Et ce n'est tout de même pas sa faute si, en son absence, un assassin s'est introduit dans *sa* maison pour tuer son mari. Et toi, Bobby, tu ne dis rien, mais que penses-tu de tout cela ?

— Rien, répliqua ce dernier du ton de celui qui ne veut pas prendre parti. Je suis juste venu aux nouvelles.

— Bon sang ! s'écria King. Moi qui comptais sur toi pour que tu dises à ton frère qu'il faisait une connerie !

— Comment le pourrais-je ? Je ne sais pas ce qu'il fait, fit remarquer Bobby fort judicieusement. Toi non plus, d'ailleurs. Peut-être devrions-nous commencer par le lui demander.

— Admettons ! marmonna King en se renfrognant. Alors Tucker, quelles sont tes intentions vis-à-vis de la Chandler ?

La Chandler ! Tucker faillit exploser devant pareil mépris.

— Depuis quand parles-tu d'elle en ces termes ? lança-t-il en fusillant son père du regard. As-tu oublié qu'elle partageait nos déjeuners dominicaux, que son grand-père était ton ami et que tu l'emmenais à la pêche ?

— Je n'ai pas non plus oublié qu'elle t'a laissé tomber comme une vieille chaussette, compléta King avec amertume. On ne peut pas traiter ainsi un membre de ma famille et s'en tirer impunément.

— Il me semble que c'est à moi d'en décider, rétorqua Tucker. Et puis, qu'est-ce qui t'inquiète dans cette histoire ? Que j'aide Mary Elizabeth à se sortir d'un mauvais pas ? Ou que je tombe de nouveau amoureux d'elle ?

A l'évocation de cette dernière hypothèse, King faillit s'étrangler de saisissement.

— Ne parle pas de malheur ! s'exclama-t-il, aussi choqué que si Tucker avait proféré un blasphème.

— Eh bien, tu sais quoi, papa ? Je n'ai jamais cessé de l'aimer. Maintenant, allez-vous-en, tous ! Rentrez chez vous. La journée a été longue et je suis fatigué.

D'un coup d'œil assassin à Daisy qui allait protester, Bobby lui cloua le bec. Quant à King, il voulut tout de même avoir le dernier mot.

— Je m'en vais, dit-il. Mais pas avant de te dire une dernière chose.

— Alors que ce soit vraiment la dernière ! lança Tucker, à bout de nerfs.

— Tucker, fais bien attention à toi. Elle s'est déjà

servie de toi. Elle recommencera. Et nous n'aurons plus qu'à ramasser les morceaux, comme la première fois.

Tucker poussa un soupir de soulagement en les voyant partir. Il avait réussi à recouvrer un peu de sérénité avec cette promenade le long du fleuve, mais après la scène qu'il venait de vivre, il savait qu'une nuit blanche l'attendait.

Liz se préparait à affronter une nouvelle journée de désœuvrement, avec pour seule perspective la compagnie de ses mornes pensées. De quoi s'arracher les cheveux de désespoir !

Elle ne pouvait s'y résoudre. Il fallait faire quelque chose, n'importe quoi qui la fasse avancer. Comme par exemple… parler à Selena !

Certes, Tucker le lui avait déconseillé et elle n'aimait guère l'idée d'aller contre son avis alors que leurs relations allaient en s'améliorant, mais ce n'était pas sa vie à lui qui était en question, c'était la sienne. Forte de cette justification, elle se mit en route pour Richmond, peu après 9 heures. Et puis, qu'y avait-il de répréhensible au fait qu'elle se rende au bureau de Larry ? Il y avait des dizaines de personnes avec qui elle pouvait souhaiter s'entretenir, et si jamais elle tombait sur Selena, cela pourrait aisément passer pour fortuit.

Ce fut donc l'esprit tranquille qu'elle gara sa voiture et dévala la rue qui menait aux bureaux de Larry, le visage à l'abri d'un grand chapeau de paille, avant d'entrer, incognito, par la porte de derrière, réservée au personnel. Toute fière de sa stratégie, elle emprunta l'ascenseur qui conduisait directement à la direction, ôta son chapeau, ébouriffa la masse de ses cheveux, leva les yeux et… découvrit un Tucker qui la regardait, l'air goguenard.

— Toi ! murmura-t-elle en détournant les yeux.

Ce n'était pas le moment de se laisser séduire, mais il lui fallait bien admettre qu'il avait fière allure dans son jean ajusté et son polo blanc. Et son teint hâlé qui faisait ressortir le bleu de ses yeux ne faisait qu'ajouter à son supplice.

— Qu'est-ce que tu fais ici ? parvint-elle à articuler.

— Ma chérie, susurra-t-il, je te connais. Je savais que tu ne résisterais pas à la tentation de venir à Richmond pour parler à Selena.

— Tu aurais pu m'épargner la route et m'emmener toi-même.

— J'ai préféré te laisser le plaisir, répliqua-t-il avec un grand sourire. Tu as toujours adoré le mystère. En fait, je suis à peu près sûr que ton grand-père ne voyait aucun mal à ce que nous sortions ensemble, mais que c'était toi qui aimais te glisser en cachette par la fenêtre pour me rejoindre, la nuit tombée, au bord du fleuve.

— Et alors ? Il faut bien admettre que la crainte d'être découverts ajoutait du piquant à nos rencontres, tu ne trouves pas ?

— Je n'avais pas besoin de ce piquant-là ! J'en trouvais déjà bien assez sans avoir besoin que l'on se cache.

Quel rabat-joie !

— Bon, dit-elle, l'air maussade. Alors, on y va, oui ou non ?

— Je dois dire que je suis partagé. J'ai promis à Walker d'éviter Selena.

— Pas moi. Je pourrais entrer, dire que j'ai besoin de quelques documents et voir comment elle réagit. Sans la questionner pour autant. Qu'en penses-tu ?

— Oui, à condition que ce soit crédible. De quels documents pourrais-tu avoir besoin ?

— Les statuts de la société. Ils sont dans le coffre. Je peux dire que les avocats veulent voir ce qui est prévu en cas de décès de l'un des partenaires.

— Sauf que les avocats le savent sans avoir besoin de consulter les statuts. Dis seulement que toi, tu veux les consulter pour t'assurer que tout sera fait selon les vœux de Larry.

Elle avait gagné ! Il cédait.

— Parfait ! Selena n'y verra que du feu. Elle sait que tout le monde se mettait en quatre pour satisfaire Larry.

— Alors, allons-y, dit Tucker en se dirigeant vers le bureau de Larry.

Mais elle l'arrêta.

— Tu ne peux pas entrer avec moi. Elle se méfierait.

— Mais je ne te laisserai pas y aller seule, répliqua-t-il fermement. En outre, mon regard de policier te sera bien utile pour apprécier son comportement.

Sûrement.

— Il ne faut pas qu'elle sache que tu es policier, dit-elle d'un ton pensif. Je te présenterai comme un ami qui m'a accompagnée jusqu'ici.

— C'est ça ! lança-t-il en la regardant d'un air amusé. Je suis ton garde du corps muet et attentionné.

— Cela t'ira parfaitement, répliqua-t-elle, moqueuse, en le gratifiant d'une petite tape de consolation sur le bras. Et en plus, quand elle verra tes biceps, elle ne se posera pas de questions sur ton cerveau.

— Avoue ! C'est ça qui t'attire chez moi, n'est-ce pas ? Mes biceps.

— Il y a vingt ans, tu n'avais ni biceps ni cerveau, mais je t'aimais quand même.

— Pourquoi ?

— Pour ta mauvaise tête.

— Il n'y a pas à dire, ça fait plaisir à entendre, reconnut-il avec un petit sourire en coin.

— Ne le prends pas mal, c'est un compliment que je te fais. Et puis les biceps et le cerveau sont venus plus tard.

— Cela me rassure. Maintenant, allons-y avant que je ne perde tous mes moyens sous l'avalanche de tes compliments.

Liz traversa d'un pas assuré le hall de réception, salua

de la main Barb Prescott qui était au téléphone et pénétra sans plus de façons dans le bureau de la secrétaire particulière de Larry. Levant la tête de la broyeuse à papier, Selena Velez la vit, et ses yeux sombres s'agrandirent de surprise — de surprise ou d'effroi. Liz s'avança vers elle et lui prit des mains la liasse de papiers qu'elle n'avait pas encore glissée dans la machine.

— Rien d'important, j'imagine, dit-elle d'un ton affable.

— Rien que des vieux documents dont nous n'avons plus besoin, précisa Selena sans perdre son sang-froid.

Mais ses doigts tremblaient en repoussant d'un geste nerveux une mèche de cheveux qui tombait sur sa joue.

— Je ne m'attendais pas à vous voir ici. Je pensais que vous habitiez maintenant à Trinity Harbor, ajouta-t-elle.

— C'est exact, répondit distraitement Liz en parcourant les feuillets sauvés de la destruction.

Puis elle demanda à consulter les statuts, comme elle en était convenue avec Tucker.

— Voudriez-vous me les donner, je vous prie ? demanda-t-elle.

— Je ne suis pas sûre…, hésita Selena.

— Je vous en prie, l'interrompit-elle sèchement.

— Mais je ne travaille pas pour vous, rétorqua Selena, piquée au vif.

— A propos, pour qui travaillez-vous exactement, maintenant ?

— Pour Roland, bien sûr. C'est lui qui a repris l'affaire.

— Il m'a dit qu'il n'avait pas besoin d'assistante de direction. Mais seulement de quelqu'un qui prenait les messages. J'imagine que Barb peut parfaitement faire l'affaire. De toute façon, il va bien falloir réduire les frais.

— Vous n'oseriez tout de même pas me licencier ! s'exclama Selena. D'abord, vous n'en avez pas le pouvoir et ensuite, vous ne gagneriez qu'à faire de moi une ennemie implacable.

— Pourquoi cela ? s'enquit Liz en s'efforçant de

paraître plus surprise qu'offensée par le revirement subit de l'attitude de Selena à son égard.

— Parce que si je veux, je peux mettre cette boîte en l'air.

— Vraiment ?

Selena esquissa un petit sourire — mais c'était un sourire triste — et affirma :

— Vous n'imaginez pas tout ce que je sais.

— A quel sujet ?

— Eh bien par exemple, les obscures transactions de Larry avec la SEC, l'agence fédérale de sécurité boursière, ou comment il trompait les investisseurs avec des projets bidon et toutes les magouilles internes.

Liz retint un petit cri de triomphe, mais elle se garda bien de se tourner vers Tucker, craignant de se trahir.

— Si je comprends bien, vous mainteniez l'épée de Damoclès suspendue au-dessus de la tête de Larry. Vous le faisiez chanter, n'est-ce pas ? demanda-t-elle.

— Bien sûr que non ! s'écria Selena, sincèrement horrifiée à cette idée.

— Larry savait-il que vous étiez au courant ?

— Naturellement. Il me faisait entièrement confiance.

— Et vous, n'avez-vous jamais pensé au tort que vous pourriez lui faire si, pour une raison ou pour une autre, votre *relation* venait à changer ?

— Absolument pas. Moi au moins, je l'aimais. On ne peut pas en dire autant de vous.

Nous y voilà ! Elle se dévoilait, maintenant qu'elle n'avait plus de gants à prendre avec l'épouse de son amant.

— Vous ne savez rien de mes relations avec mon mari, lui rappela Liz sèchement.

— Je sais tout de même que vous étiez une garce frigide et sans cœur.

Le coup était rude, et Liz respira profondément avant de riposter.

— C'est ce qu'il vous a dit ? Eh bien, vous savez, il disait la même chose à toutes ses maîtresses.

Selena la regarda un instant sans comprendre, puis son regard se voila.

— Ah, vous ne saviez donc pas pour les autres femmes ? demanda Liz innocemment. C'est drôle, pendant longtemps, moi non plus, je n'ai pas su. Nous avons au moins ça en commun. Larry nous a fait perdre la tête à toutes les deux.

— Il ne m'a pas fait perdre la tête, protesta Selena, au bord des larmes.

— Il vous a convaincue de garder le silence sur ses magouilles en prétendant qu'il vous aimait, c'est ça ? Et en même temps, il couchait à droite et à gauche avec des tas d'autres femmes. C'est en ce sens que je dis qu'il vous a fait perdre la tête.

— Sortez d'ici ! Je ne le faisais pas chanter pour qu'il reste avec moi. Taisez-vous ! Je ne vous permets pas !

— Vous ne voulez pas l'entendre parce que vous savez, au fond de votre cœur, que c'est la vérité. Avouez-le, Selena. Il avait d'autres femmes que vous dans sa vie. Depuis quand le saviez-vous ?

— Non, il n'en avait pas ! Je ne vous crois pas, insista-t-elle avec force.

— Je peux vous montrer une liste de noms et de dates, si vous voulez. La police l'a en sa possession et l'étudie de près. Chacune de ces personnes est présumée suspecte. C'est une liste que j'avais commencé à faire il y a quelque temps, pensant qu'elle me serait utile pour le divorce.

Selena pâlit à ces derniers mots. Et pour la première fois, elle parut perdre de sa belle assurance.

— Vous étiez en train de divorcer ? demanda-t-elle dans un souffle.

— Oui. Je lui ai annoncé mon intention de divorcer la veille du soir où il a été assassiné. Vous êtes sans doute au courant de l'esclandre chez Dominique ?

Selena hocha lentement la tête.

— Eh bien, c'était parce que je venais de le prévenir que je le quittais pour de bon, précisa Liz.

— Il m'a toujours assuré que vous n'accepteriez jamais de divorcer, murmura Selena, bouleversée.

— Jamais il ne me l'a proposé. Ce n'était qu'un mensonge de plus.

C'était clair. Selena s'était laissé berner et n'avait été qu'un jouet entre les mains de Larry qui se servait d'elle et la trompait sur toute la ligne. Elle la plaignait presque.

— Je suis désolée, Selena.

La jeune femme se redressa lentement, essuya vivement les larmes qui roulaient sur ses joues et déclara, l'air sombre et déterminé :

— Je vais vous chercher ces documents.

Quand elle eut quitté la pièce, Liz se tourna vers Tucker, mais il lui fit signe de se taire. Elle acquiesça d'un signe de tête et attendit sans bouger et sans rien dire le retour de Selena.

— Tenez ! dit cette dernière en lui remettant une liasse de papiers.

Puis elle ouvrit un tiroir de son bureau, en sortit son sac et lança :

— Maintenant, je m'en vais.

— Selena ?

— Quoi ? lança-t-elle en s'arrêtant, sans se retourner.

— Je suis sincèrement désolée.

Selena pivota sur elle-même, en larmes.

— Moi aussi, murmura-t-elle, je suis désolée pour ce que je vous ai dit tout à l'heure et pour la façon dont je vous ai traitée. Et encore plus désolée pour ce que j'ai fait, vous savez…

— Je sais, répondit Liz en la regardant s'éloigner.

— Sortons d'ici ! s'écria Tucker. Ces lieux me donnent la nausée.

— A moi aussi, renchérit Liz en se dirigeant à son tour vers la porte.

Une fois dehors, elle prit une profonde inspiration et se tourna vers Tucker.

— Sincèrement, crois-tu que cette femme pourrait avoir tué Larry ?

— Je ne sais pas. En tout cas, elle l'a fait chanter.

— Elle affirme que non.

— Ce n'est pas l'avis de Cynthia Miles.

— Oh ! Cynthia Miles ! Une personne digne de confiance, comme chacun sait ! répliqua Liz d'un ton sarcastique. Non, à mon avis, Selena savait beaucoup de choses, mais il ne lui serait jamais venu à l'idée de s'en servir à ses propres fins. Quant à aller jusqu'au meurtre, je ne peux pas l'imaginer. Réfléchis, Tucker. Elle l'aimait.

— Jusqu'au moment où elle a appris l'existence des autres femmes, souligna-t-il.

— Mais c'est moi qui viens de le lui apprendre !

— C'est du moins ce qu'elle t'a laissé croire. Imagine un instant qu'elle l'ait toujours su. Dans ce cas, elle aurait encaissé les mensonges de Larry et elle aurait été suffisamment calculatrice pour utiliser l'arme du chantage pour le garder. N'oublions pas qu'elle l'aimait à la folie.

— Oui, murmura Liz sans grande conviction.

Elle n'arrivait pas à croire que Selena soit coupable de quoi que ce soit, sinon d'aimer l'homme qu'il ne fallait pas et de s'efforcer par tous les moyens de le garder dans sa vie.

— Larry inspirait aux femmes des sentiments passionnés. Souviens-toi de Cynthia Miles, ajouta-t-elle.

— Et de toi. Tu as fini par le détester, mais j'imagine ce qu'il t'a fallu endurer pour en arriver là.

En effet. Elle repensa à toutes ces années d'humiliation. Au mal qu'elle avait à accepter ses excuses en se persuadant que ce n'était pas grave.

— C'est le passé, maintenant, dit-elle d'un ton las.

Mais tu sais, même dans mes pires cauchemars, je ne pensais pas que cela se terminerait ainsi.

Tucker prit son visage entre ses mains.

— Tu t'en es très bien tirée, murmura-t-il en plongeant ses yeux dans les siens.

— Moi, oui. Mais pas Larry. Il est mort.

— Il l'a quand même un peu cherché, non ?

— Je ne sais plus que croire…

— Crois au présent et à l'avenir.

Elle hocha la tête en esquissant un sourire qui, bien que furtif, n'échappa pas à l'œil perspicace de Tucker.

— C'est ce à quoi je m'emploie, assura-t-elle.

18

— Rien ! grommela Walker en jetant les derniers rapports des médecins légistes sur son bureau. Rien qui fasse avancer l'enquête dans un sens ou dans un autre.

— Tu es sûr ? demanda Tucker. Je pensais que l'analyse de ces fibres conduirait à de nouvelles pistes.

— C'est sûrement le cas. Mais dans l'état actuel de notre enquête, nous n'avons aucun indice qui nous permette de faire le lien avec les vêtements que nous avons en notre possession.

— Autrement dit, rien à voir avec les vêtements que portait Mary Elizabeth ce soir-là ?

— Selon les experts, absolument rien à voir. Reste à prouver qu'elle a dit la vérité en affirmant que c'étaient bien ces vêtements-là qu'elle portait.

Allons donc ! Walker croyait-il le déstabiliser avec ses commentaires à la noix ?

— Parce que tu crois qu'elle aurait pu changer de vêtements et détruire les preuves ? lança-t-il d'un ton plus sec qu'il ne l'aurait voulu. Mais alors pourquoi aurait-elle débarqué chez moi avec des vêtements tachés du sang de Chandler ?

— Pure stratégie. Pour ne pas avoir l'air de se cacher.

— Bon sang, Walker ! Tu sais bien qu'elle n'est pas tordue à ce point ! Pas plus tard qu'hier, tu avouais toi-même que tu la croyais innocente.

— Oui, mais on me pousse à réviser mon jugement.

— Qui ça « on » ? Daisy et mon père ?

— C'est sûr que ni l'un ni l'autre ne tiennent Liz en grande estime.

— Ce n'est pas tant à cause d'elle que de moi qu'ils veulent protéger à tout prix. Ils l'aimaient bien quand elle et moi étions ensemble. En fait, Mary Elizabeth et Daisy étaient comme deux sœurs.

Walker ouvrit de grands yeux.

— Vraiment ?

— Oui. Ça semble incroyable quand on voit le cirque que fait Daisy maintenant, confirma Tucker avec une moue de dépit. C'est elle qui s'est aperçue de ce qui se jouait entre Larry et Mary Elizabeth, avant même que cette dernière ne m'en parle. Je savais qu'ils étaient amis, tous les deux. Ils aimaient discuter politique ensemble, et le vieux Swan encourageait leur amitié. Et puis le moment est venu où Daisy a eu la puce à l'oreille et s'est mise à penser que c'était plus qu'une simple amitié. Elle en a parlé à Mary Elizabeth. Je ne sais pas ce qu'elles se sont dit, mais toujours est-il que Mary Elizabeth m'a expliqué qu'elle était en train de tomber amoureuse de Larry.

— Et t'a-t-elle jamais dit pourquoi elle avait tant tardé à t'en parler ?

— Elle m'a dit que dans son esprit, sa relation avec Chandler était tout à fait innocente, mais que, suite aux remarques de Daisy, elle avait commencé à se poser des questions sur ses propres sentiments. Qu'elle revendiquait la liberté de juger par elle-même de l'importance que cette relation avait pour elle. Qu'elle ne trouvait pas choquant que son grand-père voie cette relation d'un bon œil. Que ce dernier m'aimait bien, mais que, pour lui, je n'avais pas assez d'ambition. Qu'elle avait toujours voulu lui faire plaisir et que maintenant une chance s'offrait à elle avec Chandler. Si elle avait su…

— Est-ce que tu sous-entends que c'est sous la pression de Daisy qu'elle s'est jetée dans les bras de Chandler ?

— A vrai dire, je pense qu'elle aurait fini par s'y jeter un jour ou l'autre, marmonna Tucker.

Puis il ajouta en soupirant :

— Mais étant donné ce que, maintenant, je sais de lui, je me demande si avec le temps, Mary Elizabeth n'aurait pas ouvert les yeux et fait un autre choix. Seulement dès qu'elle a donné quelque espoir à Chandler, il n'a eu de cesse de la mener à l'autel et en quelques mois, le mariage était conclu.

— Tu ne tiens tout de même pas ta sœur pour responsable de votre rupture ? demanda Walker d'un ton soupçonneux.

— Longtemps, c'est ce que j'aurais aimé croire. Mais la vérité est tout autre. Mary Elizabeth a rompu avec moi de son plein gré parce que, selon elle, Chandler lui donnerait plus que je ne pouvais lui offrir.

— L'argent ? Le statut social ? C'est ça ?

— Oui, en partie. Mais elle l'a épousé surtout par idéalisme. Elle était persuadée qu'en devenant Mme Chandler et grâce à sa fortune, ses relations et sa position, elle pourrait vraiment améliorer la vie des gens. Alors, avec l'assentiment de son grand-père et la perspective de vivre à Richmond, voire même à Washington, toutes les conditions étaient réunies pour que ce mariage se fasse.

— Et selon toi, qu'est-ce qui a changé pour qu'elle veuille rester ici ? Pourquoi ne retournerait-elle pas vivre à Richmond ? Elle y menait une vie indépendante, complètement séparée de Chandler. Elle doit siéger dans une bonne demi-douzaine de conseils d'administration d'organisations de bienfaisance. Elle est maintenant libre et pourra se consacrer à ses idéaux.

Tucker se renfrogna à l'énoncé de ces évidences, et c'est de mauvaise grâce qu'il répliqua :

— Elle dit qu'elle n'y retournera pas et qu'elle veut revenir chez elle.

— Et tu la crois ?

— Je veux espérer qu'elle est sincère.

— Tu *espères* ? N'est-ce pas risqué de jouer ton avenir sur quelque chose dont tu n'es pas sûr ?

— Je ne joue pas mon avenir sur Mary Elizabeth, protesta Tucker.

— Comme si je te croyais ! Allons donc ! Tu es retombé amoureux d'elle, ça crève les yeux.

— Je l'aide. En toute amitié.

— En toute amitié, c'est ça ! Alors, on parie ! Tu te soumets au sérum de vérité et tu me jures que tu n'as jamais rêvé de coucher avec elle. Si c'est vrai, je te promets que King et Daisy te ficheront désormais la paix. J'en fais mon affaire.

Pour toute réponse, Tucker lui fit un bras d'honneur.

— Comme tu veux, laissa tomber Walker avec un sourire entendu. Maintenant, je te propose que l'on aille boire une bière à la marina et que l'on fasse le point sur cette affaire. Ce serait quand même bien que l'on y voie un peu plus clair.

Et il ajouta en lui lançant un regard matois :

— Par la même occasion, tu pourras me raconter votre visite chez Selena Velez.

Tucker lâcha un juron.

— Comment tu le sais ?

— Mon pauvre ami ! répliqua Walker en hochant la tête d'un air apitoyé. A peine avais-tu franchi le seuil de la porte que je le savais déjà. Mes hommes ont beau n'être que des flics de campagne, ils connaissent leur boulot. Et comme, après tout, c'est toi qui les as formés, tu devrais le savoir.

— C'est vrai. Cet aspect des choses m'avait échappé, répliqua Tucker du même ton goguenard.

La perspective de devoir s'expliquer sur cette rencontre non autorisée avec Selena Velez ne l'enchantait pas du tout, mais il devait bien cela à Walker.

Et puis cela l'empêcherait de foncer à Swan Ridge

pour y passer encore une soirée tranquille avec Mary Elizabeth. Walker avait raison sur un point : il avait perdu son objectivité professionnelle dans cette affaire. Quand il avait avoué à son père, Daisy et Bobby aimer toujours Mary Elizabeth, il disait vrai.

Et il avait l'espoir secret de la ramener dans son lit. Mais ça, il le garderait pour lui.

Lorsque Liz ouvrit sa porte, elle s'attendait à voir Tucker sur le seuil. Mais ce fut Anna-Louise et une autre femme qu'elle se souvenait vaguement avoir déjà rencontrée qu'elle découvrit devant elle.

— On ne vous dérange pas ? s'enquit aimablement Anna-Louise. J'ai pensé que vous étiez peut-être chez vous et qu'une petite visite vous ferait plaisir.

— Vous avez bien fait. Je tourne en rond ici, répliqua Liz. Je vous en prie, entrez.

— Liz, je vous présente Gail Thorensen. Elle tient la librairie en ville.

— Enchantée, répondit Liz qui se souvenait parfaitement à présent de cette femme.

— Andy, son mari, est retraité de la police de l'Etat de Columbia, poursuivit Anna-Louise. C'était le supérieur de Walker, et aussi un ami.

— Maintenant que vous savez tout de mes coupables relations avec le milieu policier, j'espère que vous ne m'en voudrez pas, dit Gail avec un grand sourire. J'ai demandé à Anna-Louise de m'accompagner jusqu'à vous.

— Pourquoi ? demanda Liz. Par curiosité ?

— En partie, oui, avoua Gail avec candeur. Mais surtout parce que Anna-Louise et moi, nous avons quelque chose à vous proposer.

— Allons dans la cuisine. Je viens juste de préparer de la limonade et des cookies, proposa Liz.

— Des cookies au chocolat, je parie, dit Anna-Louise. Les préférés de Tucker.

— Ah, c'est vrai, renchérit Gail. J'ai appris que vous vous étiez fréquentés autrefois.

— Il y a longtemps, répliqua Liz d'un ton mélancolique.

— Et vous l'attendiez ce soir ? voulut savoir Gail. Nous ne voulons pas vous déranger.

Avant que Liz ait le temps de répondre, Anna-Louise répliqua :

— A mon avis, nous avons le temps. Aux dernières nouvelles, il était à la marina avec Walker, Andy, Bobby et Richard, soi-disant pour discuter de l'enquête. Et comme ils ont été rudement mis à l'épreuve ces derniers temps, je pense qu'ils s'accordent quelque répit en buvant de la bière et en disant du mal de nous, les femmes.

— Dans ce cas, pourquoi ne pas inviter Daisy et Jenna à se joindre à nous ? suggéra Gail. Histoire d'équilibrer les forces. Et puis, nous les mettrons au courant de mon idée, par la même occasion.

— Jenna viendra sûrement, mais pas Daisy, affirma Liz.

— Pourquoi ne viendrait-elle pas ? demanda Gail.

— Elle me déteste depuis que j'ai rompu avec Tucker il y a…, tenta d'expliquer Liz.

— C'est de l'histoire ancienne ! la coupa Gail d'un ton désinvolte en prenant son téléphone dans son sac. Il faut dépasser ça !

Liz et Anna-Louise échangèrent un regard amusé.

— Et vous avez l'intention de le lui dire ? s'enquit Liz.

— Absolument. Et puis, c'est bien trop sérieux pour laisser de vieilles querelles en suspens.

Elle composa vivement le numéro et son visage s'éclaira d'un large sourire.

— Daisy ? C'est Gail. Anna-Louise et moi, nous sommes en train de monter un projet et nous avons besoin de votre avis. Est-ce que l'on pourrait se voir maintenant ? Oui ? Parfait ! s'exclama-t-elle avec un clin d'œil en direction d'Anna-Louise et de Liz. Où ? Nous sommes à Swan Ridge.

Au bout du fil, la réaction de Daisy fut si explosive, que Liz l'entendit comme si elle était à côté de Daisy. Elle haussa les épaules en voyant Gail écarter le téléphone de son oreille.

— Je vous l'avais bien dit, souffla-t-elle.

— Voyons Daisy, ça n'a pas de sens, reprit Gail quand Daisy se radoucit suffisamment pour l'entendre. C'est du passé. On est maintenant. Nous voulions discuter avec vous d'un projet de maison des jeunes à Trinity Harbor. Alors comportez-vous en adulte responsable et venez. Je compte sur vous. A tout de suite.

Et sans attendre la réponse de Daisy, elle raccrocha.

Liz jeta un regard amusé à Gail. C'était à l'évidence une femme qui savait ce qu'elle voulait et à laquelle il devait être difficile de résister.

Avec la femme de Bobby, ce fut plus facile. Jenna accepta sans faire d'histoires et promit d'être là une demi-heure plus tard.

Lorsque Gail eut raccroché, elle se frotta les mains d'un air satisfait et s'exclama avec un large sourire :

— Un petit morceau de gâteau serait le bienvenu, maintenant !

— Quel talent de persuasion ! s'exclama Liz à la fois admirative et respectueuse.

— C'est que mon mari est têtu comme une mule. Alors, au fil des ans, j'ai appris un certain nombre de techniques pour gérer les gens difficiles, expliqua Gail. La stratégie du bulldozer est souvent celle qui marche le mieux dans certaines situations. C'est comme cela que j'ai obtenu ma librairie. Ensuite, j'utilise l'arme de la gentillesse. C'est imparable pour parvenir à ses fins. Alors, ce gâteau ?

— Allons dans le salon, suggéra Liz. Je vais aller cueillir des fleurs dans le jardin et nous devrions peut-être préparer une autre fournée de cookies. Ceux-là sont un peu trop cuits. Et puis si quelqu'un veut du thé glacé, je vais en faire.

— Arrêtez ! s'exclama Anna-Louise en l'attrapant par le bras alors qu'elle commençait à arpenter nerveusement la pièce. La cuisine, c'est très bien. C'est plus intime. Et ces cookies sont délicieux. La preuve : je viens d'en manger trois ! Quant à la limonade, c'est parfait. Tout le monde l'aime par cette chaleur.

— Vous allez me dire que je m'inquiète sans raison, n'est-ce pas ? Mais Daisy ne me porte vraiment pas dans son cœur et…

— Liz, vous ne regagnerez peut-être pas l'amitié de Daisy en une seule nuit, mais les choses auront avancé dans le bon sens, la coupa Anna-Louise. Restez vous-même et n'espérez pas de miracle.

— Moi qui croyais que vous étiez la grande spécialiste des miracles, répliqua Liz.

— Si miracle il y a, c'est à Gail que nous le devons. C'est elle qui a réussi la prouesse de faire venir Daisy jusqu'ici.

— Oh ! Elle n'est pas encore là ! murmura Liz, juste au moment où la sonnette de la porte d'entrée retentissait.

Anna-Louise proposa d'aller ouvrir, ce que Liz accepta non sans un certain soulagement.

— Il y a donc tant de rancune que cela entre vous deux ? lui demanda Gail.

— De son côté, oui, répondit Liz. Pour ce qui me concerne, depuis six ans, elle n'a cessé de me manquer. En ce temps-là, je n'étais pas seulement la petite amie de Tucker. Je faisais partie de la famille. Même aux yeux de King. Maintenant, il ne me regarde plus, sauf pour m'ordonner de laisser son fils tranquille.

Gail hocha la tête d'un air apitoyé.

— Il est grand temps de panser les blessures, déclara-t-elle avec détermination. A commencer par Daisy. Ça va aller, ne vous inquiétez pas.

— C'est plus facile à dire qu'à faire, murmura Liz avec un pauvre petit sourire.

Et l'enjeu était grand. Il s'agissait non seulement de reconquérir la confiance de Daisy — à défaut de son amitié —, mais aussi de renouer un lien avec tous les Spencer.

Elle tressaillit lorsque Anna-Louise revint dans la cuisine, accompagnée de Daisy et Jenna, et de deux adolescents.

— Ma fille, Darcy, dit Jenna.

— Et Tommy, le fils de Daisy, précisa Anna-Louise, à la place de Daisy qui était restée en retrait.

Liz tendit la main aux adolescents.

— Je suis très contente de faire votre connaissance à tous les deux.

— On est bien d'accord, les jeunes ? Les cookies et les boissons, c'est dehors, dit Jenna d'un ton qui n'admettait pas de réplique.

Puis, se tournant vers Liz, elle ajouta :

— Comme ça, pas de miettes ni de taches sur les tapis. Vous ne voyez pas d'inconvénient à ce qu'ils aillent jouer dehors, n'est-ce pas ?

— Bien sûr que non.

Tommy se précipita vers la porte qui donnait sur le jardin et s'arrêta, médusé, sur le seuil.

— Super ! Il y a une piscine ! s'exclama-t-il. On peut se baigner ?

Et se tournant vers Daisy, il prit un ton suppliant :

— S'il te plaît.

— Oui, à condition que Mary Elizabeth veuille bien, répliqua Daisy. Tu peux te baigner en short, mais seulement là où tu as pied. Et pas de plongeon. D'accord ?

— Je n'ai pas mon maillot de bain, gémit Darcy.

— Tu vois la *pool house*, là-bas ? lui dit Liz. Tu y trouveras sûrement ton bonheur.

— Génial ! s'exclama Darcy, le visage illuminé par un grand sourire.

— Le dernier dans l'eau a perdu ! s'écria Tommy.

— C'est pas du jeu ! protesta Darcy. Il faut que je me change, moi !

Mais elle fonça tête baissée et le dépassa haut la main. En moins de temps qu'il n'en fallait pour le dire, on entendit un grand *plouf*.

Jenna leva les yeux au ciel et soupira.

— Oui, vous ne rêvez pas, elle a sauté tout habillée. Elle aurait été malade de perdre le pari. Liz, je vous préviens, si vous n'y mettez pas le holà, ils vont squatter chez vous. Ils adorent l'eau. Dès qu'ils en voient, c'est plus fort qu'eux, il faut qu'ils plongent.

— Cela ne me pose aucun problème, répondit Liz, que ces cris d'enfants dans son jardin remuaient plus qu'elle ne l'aurait cru. Je suis sûre que nous allons bien nous entendre, ajouta-t-elle en jetant un coup d'œil rapide vers Daisy qui, les bras croisés, attendait.

— Bien ! s'exclama Gail qui avait remarqué son regard furtif. Venons-en aux faits. Anna-Louise, veux-tu leur expliquer notre idée ?

Liz les invita à prendre place autour de la table, et Anna-Louise prit la parole.

— Voilà. Depuis l'année dernière, et particulièrement depuis que Darcy a été importunée par plusieurs sauvageons de chez nous, j'ai réfléchi et je me suis dit que l'on n'offrait pas assez d'activités à nos jeunes. Ils ont besoin d'un lieu sécurisé où se retrouver et s'amuser. Bien sûr, dans le cadre de l'église, nous proposons des activités, mais elles ne conviennent pas aux jeunes de toutes les confessions. Nous pensons, Gail et moi, à un lieu de rencontre et de tolérance où les jeunes s'épanouiraient loin de la violence et de la délinquance où ils sombrent trop souvent.

— N'exagérons pas ! riposta Daisy. Les choses se sont beaucoup améliorées. Depuis que Jenna et Bobby ont parlé aux parents, ces derniers prennent l'éducation de leurs enfants plus au sérieux.

— C'est vrai, admit Gail. Mais les jeunes ont besoin de se défouler. Tous, sans exception. C'est pourquoi nous pensons toutes les deux qu'il faudrait une maison des jeunes à Trinity Harbor. Alors ? Qu'en pensez-vous ?

— Je trouve que c'est une idée géniale, répondit Liz. En quoi puis-je être utile ?

— Nous avons besoin de gens pour concevoir les plans, répliqua Gail. Jenna, je pense que vous êtes tout indiquée. La promenade a été une immense réussite et dans mon idée, une maison des jeunes pourrait connaître le même succès. Le projet vous intéresse-t-il ?

— Absolument, répondit Jenna avec enthousiasme. Je ferais tout pour empêcher que d'autres enfants soient importunés comme l'a été Darcy. Elle n'a pas seulement subi des violences physiques qui guérissent relativement vite, mais elle a longtemps fait des cauchemars, et ça c'est pire que tout. Je suis avec vous sur ce projet.

— Parfait ! s'exclama joyeusement Anna-Louise. Nous aurons besoin d'un terrain et de financement pour la construction. Avec vos relations à Richmond, Liz, vous êtes tout indiquée pour trouver l'argent, et Daisy a toutes les accointances locales pour le terrain et la construction. A vous deux, vous ferez des merveilles.

Quelle outrecuidance, cette Anna-Louise ! songea Liz. Elle avait la prétention de la faire travailler avec Daisy ? Cela sentait le coup monté à dix lieues à la ronde. Certes une maison des jeunes serait utile pour la ville, mais de là à monter ce plan qui consistait à la lancer avec Daisy sur un projet commun, il y avait un monde — ou plutôt un abîme — d'ingéniosité… et de duplicité !

Avec cela, comment l'une et l'autre pourraient-elles refuser ?

Après un coup d'œil appuyé à Daisy qui lui parut perplexe, elle déclara :

— Je veux bien essayer, si toi aussi tu acceptes.

Daisy ne refusait jamais un challenge. Et en effet, elle soutint son regard sans ciller.

— Très bien, dit-elle. C'est pour une bonne cause.

— Parfait ! lança Anna-Louise avec un grand sourire. Je vais le dire à Richard pour qu'il fasse un papier dans le journal de cette semaine.

Visiblement, elle ne voulait donner ni à l'une ni à l'autre le temps de se raviser.

— Peut-être serait-il préférable d'attendre que les plans soient faits, suggéra Jenna. Je peux m'y mettre tout de suite, mais je ne pense pas être en mesure de vous soumettre quoi que ce soit avant deux semaines. De plus, ce serait beaucoup mieux pour moi si nous avions un site en vue. Je pourrais alors adapter ma proposition au lieu et m'assurer de la faisabilité du projet.

— Je ne pense pas qu'il faille retarder l'annonce, intervint Gail, prenant ainsi clairement le parti d'Anna-Louise. Nous préciserons seulement que les plans seront communiqués plus tard. Il n'est jamais trop tôt pour attiser la curiosité du public. Daisy et Liz devront, dès que possible, recruter des bénévoles pour leur comité. Plus il y aura de monde à travailler sur un tel projet, mieux ce sera.

— Absolument, renchérit Liz. Nous devons nous y mettre tout de suite. Il faudra du monde pour organiser des événements et faire en sorte que les gens s'approprient le projet.

— Ça marche ! affirma Anna-Louise. Nous sommes d'accord et je vais donc en parler à Richard. Prochaine réunion dans deux semaines pour discuter des plans de Jenna. Entre-temps, nous pouvons nous mettre, chacune de notre côté, à la recherche d'un terrain qui convienne. Daisy et Liz, vous pouvez dès maintenant vous atteler à la formulation d'une stratégie pour organiser une campagne de collecte de fonds.

Liz hocha la tête sans quitter Daisy des yeux.

— Je te téléphonerai pour que l'on définisse ensemble une date de réunion de travail, lui promit-elle.

— Comme tu veux, répliqua Daisy d'un ton évasif.

A défaut d'être enthousiaste, au moins elle n'avait pas d'emblée refusé le projet, au grand soulagement de Liz. Aussi, au moment du départ, la prit-elle à l'écart.

— Merci d'être venue te joindre à nous, Daisy. Je sais combien il t'en coûte.

— Je n'avais pas vraiment le choix, rétorqua Daisy en désignant Anna-Louise d'un coup d'œil.

— Tu aurais pu refuser de travailler avec moi.

— Pour que, pendant des années, tu me reproches mon étroitesse d'esprit ? Très peu pour moi ! Et puis, c'est pour une bonne cause et tu es très compétente pour lever des fonds, grommela Daisy.

— Tu vas voir, on va s'entendre, affirma Liz.

— Si ça ne marche pas, au moins j'aurai essayé.

— Moi aussi. Bonne nuit, Daisy. Je suis vraiment contente que tu sois venue ce soir.

— Tu penses vraiment ce que tu dis ? demanda cette dernière d'un ton surpris.

— Bien sûr. Tu me manquais, tu sais.

Daisy la scruta sans rien dire, l'air vaguement perplexe, puis elle hocha la tête et tourna les talons.

Ce n'était pas encore probant, mais Liz était presque certaine que son amie finirait bien par se détendre.

— C'est bien parti, dit Anna-Louise en la rejoignant après le départ de Jenna et Gail. Daisy a bon cœur, et la famille, c'est tout pour elle. Alors si elle voit que vous n'allez pas une nouvelle fois blesser Tucker, il est possible qu'elle vous pardonne.

— Si seulement. Merci de me donner à rêver, dit Liz.

— Ne me remerciez pas. Je fais d'une pierre deux coups. J'avance mon projet et je vous réconcilie avec votre vieille amie.

— Je vous en suis reconnaissante.

— Ne vous retournez pas, murmura soudain Anna-Louise. Nous allons avoir de la compagnie. Tucker, je crois. Comme vous avez beaucoup de choses à vous raconter, je vais vous laisser.

Et sans plus de façons, elle s'en alla.

Liz la vit s'arrêter un instant à la hauteur de Tucker, le temps de lui raconter la visite de Daisy, sans doute, car il gravit quatre à quatre les marches du perron, l'air affolé.

— Tout va bien ? demanda-t-il.

— Tu sais que j'ai reçu la visite de Daisy ?

— Oui, mais je ne sais pas pourquoi. Si jamais elle est encore venue t'importuner, je…

Liz ne le laissa pas finir sa phrase.

— Non, elle ne venait pas pour cela, le rassura-t-elle.

Heureusement, Anna-Louise ne lui avait pas raconté tous les détails de cette étonnante soirée !

— Allons faire un tour, proposa-t-elle. Il y a une petite brise qui souffle du fleuve.

— Et c'est la pleine lune, précisa-t-il. On va jusqu'à la plage ?

Il y avait quelque chose dans sa voix qu'elle n'avait pas entendu depuis des années, quelque chose de passionné et de nostalgique à la fois.

— J'apporte une couverture ? demanda-t-elle.

Leurs regards se croisèrent. Il y eut quelques secondes d'hésitation, et la réponse de Tucker fusa :

— Bien sûr. Pourquoi pas ?

— Il reste de la limonade. Tu en veux ?

— Après la bière, non merci.

— Comme tu veux. Attends-moi un instant, je vais chercher la couverture.

Dans la *pool house*, elle choisit un vieux quilt qui leur avait tant de fois servi à la plage et elle rejoignit Tucker qui — ô surprise — prit sa main dans la sienne et la garda tandis qu'ils marchaient dans l'herbe humide et odorante.

— Quelle belle nuit, murmura-t-il tout bas.

— C'est vrai. Il y a bien longtemps que je n'en avais pas vu d'aussi belle. J'avais oublié qu'ici on voyait autant d'étoiles dans le ciel.

Tucker la regarda en souriant.

— On les compte ? proposa-t-il quand il eut fini d'installer la couverture sur le sable.

C'était un jeu auquel ils aimaient jouer, autrefois. En fait, c'était un prétexte pour s'étendre côte à côte, main dans la main, et observer le ciel, heureux d'être ensemble. Quelquefois, cela les menait plus loin. Beaucoup plus loin… Mais ce soir, la nuit paisible et la présence de Tucker suffiraient à son bonheur, songea-t-elle.

Du moins le croyait-elle, jusqu'au moment où Tucker s'allongea sur la couverture et, se tournant vers elle, se mit à scruter son visage. Comment résister à la tentation de caresser du bout des doigts les joues taillées au burin et le profond sillon qui séparait maintenant ses sourcils ? Et la chaleur de son corps tendu qui irradiait jusqu'à elle, comment l'oublier ?

— Sais-tu que tu es belle sous la lumière argentée de la lune ? chuchota-t-il sans la quitter des yeux et luttant visiblement, lui aussi, pour empêcher ses mains de la caresser. Dieu que tu me manquais ! Que tout cela me manquait !

— Tucker, murmura-t-elle d'une voix incertaine. Qu'est-ce qui nous arrive ?

— J'ai pensé à une chose, ce matin, dit-il en jouant à enrouler et dérouler une mèche de ses cheveux sur un doigt avant de pousser un profond soupir.

— Quoi ?

— Que je te désire encore, même après toutes ces

années. Même après ce qui s'est passé. Je t'ai dans la peau, Mary Elizabeth. Je n'y peux rien.

Allons donc ! Il avait bu, ce soir. Lui-même l'avait avoué. Se laisserait-elle abuser par des propos d'ivrogne ? Elle avait beau vouloir y croire, il n'en était pas question. Et pourtant… comment ignorer les accents de désespoir et de regret contenus dans ces mots si doux à son oreille ?

— Et tu le regrettes, n'est-ce pas ? demanda-t-elle.

Il soupira, se remit sur le dos et observa les étoiles.

— Je ne peux pas le nier, avoua-t-il, une immense tristesse dans la voix. Je voudrais tant qu'il en soit autrement.

— Moi aussi, murmura-t-elle, laissant libre cours aux larmes qui roulaient le long de ses joues. Moi aussi.

19

S'il y avait eu un endroit plus approprié pour emmener dîner Frances, King l'aurait choisi, plutôt que le restaurant de la marina où son fils ne manquerait pas de surveiller le moindre de ses mouvements pour le raconter ensuite au reste de la famille. Malheureusement, la carte de Bobby était la meilleure à des miles à la ronde et ce soir, King était décidé à offrir le meilleur à Frances. Il avait d'abord pensé à commander à l'avance un menu spécial, mais s'était finalement ravisé. Frances l'accuserait une fois de plus de vouloir tout régenter. Mieux valait donc la laisser choisir.

A 18 heures précises, il se présentait à sa porte, dans son plus beau costume, avec chemise blanche amidonnée et cravate. Jamais il ne s'habillait ainsi, même pour aller à l'église. Alors quand elle le vit, Frances n'en crut pas ses yeux. Sa surprise fut telle qu'il en fut tout ragaillardi.

Elle aussi s'était mise sur son trente et un. Il lui avait dit de mettre quelque chose de sexy et elle lui avait obéi. Sa robe rouge à la jupe fendue et au décolleté vertigineux frôlait les limites de la décence. Mais elle avait une silhouette irréprochable et pouvait se le permettre.

— Tu es… vraiment… jolie, dit-il en cherchant ses mots comme un ado la première fois qu'il sort avec sa petite amie.

— Eh bien, tu en as eu du mal à le dire ! lui lança Frances avec un petit rire.

— C'est que j'en ai encore le souffle coupé, avoua-t-il sans détour. Tu es vraiment splendide, Frances.

Il vit le rose de ses joues tourner au vermillon et ses yeux briller plus intensément.

— Merci. On y va ?

— J'ai quand même un souci, dit-il en la prenant par le bras pour aller jusqu'à sa voiture. Je ne suis pas certain d'être en mesure de pouvoir te préserver des regards concupiscents que les hommes ne vont pas manquer de poser sur toi ce soir.

— Laisse-les faire ! répliqua-t-elle joyeusement. Ce sera bon pour mon ego.

Bon pour son ego ? Quelle mouche l'avait donc piquée ?

— Tu m'étonneras toujours, Frances Jackson.

— C'est tout simplement parce que tu t'intéresses enfin à moi. Tu sais, King, je n'ai pas changé. Mais toi, si.

— Comment ça, tu n'as pas changé ? Bien sûr que si. Nouvelle coiffure, nouvelle… silhouette, murmura-t-il en la jaugeant d'un regard admiratif. Et cette robe si… Enfin tu me comprends.

— Tout cela, c'est l'apparence. Je n'ai pas changé du tout depuis le premier soir où tu m'as invitée au bingo.

Non sans mal, il finit par comprendre le message. Elle essayait de lui dire qu'il lui avait fallu bien longtemps pour remarquer quelle femme extraordinaire elle était ! Voilà ce qui arrivait aux hommes qui ne se remettaient pas eux-mêmes en question et qui croyaient que tout leur était dû.

Mais il avait des circonstances atténuantes. Pendant des années, il avait considéré Frances comme une concurrente, d'abord à l'école primaire où elle le battait régulièrement en orthographe — jusqu'à ce fameux concours qu'il était pourtant sûr de remporter ! —, et plus tard, parce qu'elle était la fille d'un homme qui considérait que sa lignée était supérieure à celle des Spencer. Et il n'avait pas changé d'avis jusqu'au jour où elle avait cherché un foyer pour

Tommy et où Daisy s'était entichée de ce garnement. Lorsqu'il s'y était violemment opposé, Frances l'avait ramené à la raison. Et quand il avait failli couper les ponts avec Daisy, et plus tard avec Bobby, Frances était intervenue avec sa sagesse innée. Comme Anna-Louise, mais en plus âgée, elle était sensée et solide comme un roc. Toutefois, ces derniers temps, elle était devenue quelque peu imprévisible, ce qui lui donnait finalement du piquant.

Il la contempla et son cœur s'emballa à la vue de la robe rouge. Bon sang ! Qu'elle était sexy ! Avec elle, il ne s'ennuierait sûrement pas dans ses vieux jours. A condition, évidemment, qu'il réussisse à la convaincre d'accepter sa demande en mariage.

Il eut du mal à trouver une place pour se garer sur le parking de la marina qui, comme souvent, était bondé. Heureusement qu'il avait retenu une table, finalement.

Lorsqu'ils entrèrent tous les deux dans la salle du restaurant, tous les regards se tournèrent vers eux. Leur présence ici ce soir, surtout celle de Frances dans sa robe de vamp, ne manquerait pas d'alimenter la conversation du lendemain chez Earlene. Mais finalement, il n'y voyait pas d'inconvénient. En fait, il se réjouissait même d'entendre ce qui se dirait.

— Seigneur tout-puissant ! s'exclama Anna-Louise lorsqu'ils passèrent devant la table où elle dînait avec Richard. Quelle classe, tous les deux ! King, je ne vous ai jamais vu aussi sémillant et vous, Frances, vous êtes resplendissante dans cette robe. Vous devriez toujours porter du rouge, cela vous va si bien !

King la regarda d'un air suspicieux.

— Vous voulez quelque chose ?

— Comment ça ? s'offusqua-t-elle. Que voulez-vous dire ?

— Vous avez parfaitement compris, répliqua-t-il.

Puis il se tourna vers Richard :

— Vous avez une idée de ce qu'elle mijote, vous ?

— Moi ? Aucune. Tout ce que je sais, c'est qu'elle est passée à Swan Ridge où elle a retrouvé Liz Chandler, Gail Thorensen, Daisy et Jenna.

Le sang de King ne fit qu'un tour.

— Daisy a pactisé avec l'ennemi ? s'exclama-t-il.

— King Spencer ! protesta Frances.

D'après le regard qu'elle lui jeta, mieux valait ne pas insister.

— Bon ! D'accord ! Je ne me mêlerai pas de ça ce soir, marmonna-t-il.

Puis il posa sur Anna-Louise un de ces regards innocents dont il avait le secret et s'enquit aimablement :

— Alors, où en est ce projet qui vous tient tant à cœur ?

— Vous voulez dire, la maison des jeunes ? répliqua-t-elle, visiblement étonnée de sa question.

— Je ne suis pas au courant de cette maison des jeunes dont vous parlez. Je pensais à quelque chose de plus… personnel, rétorqua-t-il en se tournant vers Richard. Alors, vous a-t-elle convaincu de devenir papa ?

Il savoura un instant tous les sentiments qui se succédèrent dans le regard d'Anna-Louise — même son envie d'aller l'envoyer rôtir en enfer dans la minute — et s'empressa d'ajouter :

— Vous ne voulez pas devenir papa ? Un conseil, Richard : n'attendez pas trop longtemps. Ecoutez-moi bien, avoir des gosses, c'est pas pour les vieux, ni pour les poules mouillées. Ça nécessite une bonne dose de patience et d'énergie.

— Surtout pour ceux qui n'ont de cesse de s'immiscer dans la vie de leurs enfants, rétorqua vertement Anna-Louise. King, vous ne trouvez pas que vous devriez nous laisser, Richard et moi, gérer cette affaire entre nous deux ?

— Pas tant que Richard ne m'aura pas répondu. Alors, prêt à assumer la paternité, oui ou non ?

Richard se leva lentement et le regarda droit dans les

yeux, faisant visiblement un effort pour conserver son calme.

— King, je sais que vous prétendez tout régenter à Trinity Harbor, mais vous vous trompez. Vous ne pouvez pas contrôler la vie des gens. En tout cas, ma vie personnelle ne vous regarde pas. Vous feriez bien de vous en souvenir la prochaine fois où vous serez tenté de fourrer votre nez dans les affaires d'autrui.

Mais King ne se formalisa pas pour si peu.

— Je persiste à dire qu'il vaut mieux ne pas remettre à plus tard une affaire aussi sérieuse que ça, répondit-il. Surtout avec une femme comme Anna-Louise qui est faite pour la maternité. Votre femme veut un bébé, bon sang ! C'est pourtant simple à comprendre, non ? Bonne soirée à tous les deux !

Puis il se tourna vers Frances, glissa son bras sous le sien et la conduisit à leur table, à l'autre bout de la salle.

— Pourquoi te mêles-tu ainsi des affaires d'Anna-Louise et Richard ? s'indigna-t-elle quand ils furent installés.

— C'est mon affaire, répliqua-t-il prudemment.

Interloquée, elle lui lança un regard furibond.

— C'est tout ce que tu trouves à me répondre !

— C'est comme ça, laissa-t-il tomber en se plongeant dans l'étude de la carte. Le veau n'a pas l'air mal, ce soir. Qu'en penses-tu ?

— Je pense que la soupe de corbeaux te conviendrait mieux, répliqua-t-elle d'un ton acerbe. Pour moi, ce sera du filet de porc.

— De la soupe de corbeaux, pourquoi pas ? lança-t-il en riant. Je suis sûr que mon fils saurait en faire quelque chose de bon.

— Que se passe-t-il, King ? s'exclama Frances en feignant la stupéfaction. Je crois bien que c'est la première fois que je t'entends faire des compliments sur la cuisine de Bobby.

— Ce n'est pas vrai ! Certes, je n'ai pas approuvé sa

décision d'en faire son métier, en revanche, j'ai toujours apprécié son talent. Mais oublions mes enfants, Anna-Louise et Richard. Concentrons-nous sur nous.

— Sur… nous ? Ce serait une grande première ! répliqua-t-elle en écarquillant les yeux.

— Chacun sait qu'il n'est jamais trop tard pour apprendre, à condition d'être motivé.

— Ah oui ? Et qu'est-ce qui te motiverait, toi ?

Frances venait de lui tendre la perche, et il serait bien bête de ne pas la saisir. Le moment était venu de parler. Mais il sentit toutefois son cœur battre un peu plus fort lorsqu'il répondit :

— Je te veux, Frances. Et je ne lâcherai pas le morceau avant de t'avoir.

Le visage en feu, Frances s'éventa un instant avec la carte avant de rétorquer :

— Eh bien, attendons de voir si tu es à la hauteur de la tâche.

Elle le mettait au défi ? Eh bien, elle verrait !

— Tu sais parfaitement que je le suis, à la hauteur, dit-il avec son sourire le plus engageant.

— Je ne sais rien de la sorte.

— Menteuse !

Il prit sa main, la porta à ses lèvres et déposa un baiser sur ses doigts. A sa grande satisfaction, il la sentit tressaillir sous la caresse.

— Nous n'en sommes qu'aux préliminaires, ma chérie. Tu vas voir ce que tu vas voir !

Le lendemain matin, à l'heure du petit déjeuner chez Earlene, Bobby faisait son rapport à Tucker.

— Tu aurais dû les voir, tous les deux. Papa et Frances se sont fait les yeux doux toute la soirée. Et elle portait une robe, une robe rouge vif, qui lui faisait littéralement sortir les yeux de la tête.

— Bien joué ! lança Tucker en riant.

— Tu vois les verres à pied derrière le bar ? Eh bien, s'ils n'annoncent pas leurs fiançailles sous peu, je les passe tous à la moulinette et je les avale.

— Ça ne va pas être facile à digérer !

— C'est sûr ! Mais ne t'inquiète pas pour moi. Je suis convaincu que le destin de papa est scellé, affirma Bobby. Au fait, toi, où étais-tu ? Je t'ai appelé plusieurs fois pour te faire un compte rendu des événements.

Et avant que Tucker ne réponde, il poursuivit en balayant l'espace d'un geste grandiloquent de la main :

— Ne me dis rien ! Tu étais avec Mary Elizabeth.

— Oui, et alors ? Je suis passé la voir après avoir quitté la marina.

— Et ?

— Et rien. Nous sommes allés nous asseoir au bord du fleuve et nous avons parlé. C'est tout.

Bobby leva les yeux et un grand sourire illumina son visage.

— Ah, ah ! s'exclama-t-il en faisant un signe de la main à quelqu'un, dans le dos de Tucker. Nous allons peut-être avoir une autre version et voir si elle colle avec la tienne.

En voyant Mary Elizabeth les rejoindre à leur table, le sang de Tucker ne fit qu'un tour. Si elle voulait, en deux secondes, elle faisait de lui un menteur.

— Viens te joindre à nous, lui proposa Bobby. Tucker était justement en train de me raconter la visite qu'il t'a faite hier soir.

— Vraiment ? s'étonna-t-elle en fronçant les sourcils et en s'asseyant tout contre lui. Et qu'est-ce que tu lui as dit ?

Mais Bobby leva vivement la main pour l'empêcher de répondre.

— Non, attends ! s'écria-t-il. Je veux comparer vos versions. Dis-moi seulement ce qui s'est passé. Je veux savoir si mon frère est digne de confiance.

— Figure-toi, Mary Elizabeth, que mon frère est

d'humeur romanesque ce matin, expliqua Tucker qui trouvait finalement la situation cocasse. Il vient de me raconter le dîner aux chandelles que notre père a offert hier soir à Frances.

— N'essaie pas de t'en tirer en changeant de sujet ! protesta Bobby. Alors, Mary Elizabeth, raconte-moi tout.

C'est alors que surgit Earlene qui jeta littéralement une tasse devant Mary Elizabeth, la remplit de café, enleva au passage l'assiette de Tucker et s'en alla en les gratifiant tous les deux d'un coup d'œil assassin. Mary Elizabeth ne dit rien, poussant seulement un gros soupir.

En revanche, Tucker prit fort mal le cinéma que venait de leur faire Earlene.

— Je vais lui dire deux mots, maugréa-t-il en se levant. Laisse-moi passer.

— Non, laisse courir, répliqua Mary Elizabeth. Avec le temps, elle finira par se radoucir. J'ai la peau dure et une bonne dose de patience.

— Mais tu es une cliente, protesta-t-il. Earlene ne devrait pas se comporter comme ça. Laisse-moi passer, Mary Elizabeth, je veux lui parler.

— Non, il n'en est pas question. Assieds-toi et oublie ça, Tucker.

— Elle a raison, renchérit Bobby. Laisse tomber. Si tu pousses Earlene à bout, tout ce que tu gagneras, c'est une scène dont toute la ville fera des gorges chaudes avant la tombée de la nuit. A nous, maintenant, ajouta-t-il en faisant un clin d'œil à Mary Elizabeth. Raconte.

Visiblement soulagée de voir Tucker se réinstaller à côté d'elle, elle posa les coudes sur la table et son menton dans la paume de ses mains, puis fixa Bobby.

— Eh bien, voilà ! commença-t-elle. D'abord, nous avons pris une vieille couverture et nous sommes allés au bord du fleuve. Le ciel était de velours noir piqué de diamants et l'air embaumait le chèvrefeuille.

Bobby fit le clown en s'éventant à deux mains et en

battant des paupières. Et Tucker se détendit peu à peu à l'écoute du récit romancé que Mary Elizabeth brodait à l'intention de Bobby. A vrai dire, il trouvait même cette dernière version beaucoup plus intéressante que la sienne.

— Nous nous sommes allongés sur la couverture, l'un contre l'autre, susurra-t-elle d'une voix aguicheuse.

Et les yeux de Bobby s'agrandirent à l'avance.

— Et ?

— Et nous avons parlé, répondit-elle avec un grand sourire.

— Parlé ? répéta Bobby.

— Oui, c'est ça. Nous avons parlé, n'est-ce pas, Tucker ? dit-elle en lui donnant un coup de coude dans les côtes.

— C'est ça, confirma-t-il. Discuté, quoi.

— Et c'est tout ? s'exclama Bobby, au comble de la déception. J'avais une plus haute idée de toi que ça, frérot ! Peut-être bien que Walker et moi, on devrait te donner des cours de rattrapage !

— Fais-moi confiance, je sais comment m'y prendre, affirma Tucker en défiant Mary Elizabeth du regard. Cela dit, il n'y a pas de mal à vouloir prendre son temps, n'est-ce pas ?

A la base du cou de Mary Elizabeth, il vit battre son pouls et sentit aussitôt le sien battre à son tour. Il déglutit avec difficulté.

— Qu'en dis-tu, Mary Elizabeth ?

— Que prendre son temps, c'est bien beau, mais que la frontière est ténue entre vouloir prendre son temps et faire du mal, répondit-elle en le fixant droit dans les yeux.

— Je m'en souviendrai, répondit-il en hochant la tête, quelque peu déstabilisé.

Pour détendre l'atmosphère, Bobby poussa un soupir à fendre l'âme, agita frénétiquement la carte en guise d'éventail et se mit à gémir en se trémoussant :

— Oh ! Dieu... C'était si... si... Il n'y a pas de mots pour le dire.

— Parfait ! lança Tucker en riant. Comme ça tu sauras tenir ta langue au moins.

— Ça, n'y compte pas ! répliqua vivement Bobby. Tu te souviens de ce que tu m'as fait endurer à propos de Jenna ? Eh bien, je tiens enfin ma vengeance et je ne vais pas me priver de répandre, à mon tour, des histoires à ton sujet…

— A ta guise, du moment que papa n'est pas sur la liste des heureux bénéficiaires de tes ragots. Après ce dîner en compagnie de Frances dont tu m'as parlé, je ne suis pas sûr que son cœur puisse en supporter plus.

— Ah oui, parlons de ce dîner, dit Mary Elizabeth dont le visage s'était éclairé. Les choses seraient-elles en train de se débloquer ? La dernière fois que j'en ai parlé avec Frances, elle était complètement désespérée parce que King ne se décidait pas à lui déclarer sa flamme.

A ces mots, Tucker la regarda, complètement éberlué.

— Tu as parlé avec Frances de sa relation avec mon père ?

Elle haussa les épaules.

— Elle était dans tous ses états et nous avons eu une petite conversation entre filles, expliqua-t-elle. Je lui ai suggéré une ou deux choses.

— Le coup de la robe de vamp rouge, par exemple ? demanda Bobby.

— Non, mais je pense qu'elle a dû faire son petit effet.

— Ça oui ! confirma Bobby. A mon avis, avec sa robe, elle a tapé dans le mille.

— Si seulement elle pouvait détourner l'attention de papa et faire en sorte qu'il m'oublie quelque temps, je lui souhaite de tout cœur de réussir son coup ! s'exclama Tucker.

— Crois-moi, frérot. Hier soir, tu étais loin des préoccupations de papa. A mon avis, il n'avait qu'une seule idée en tête, c'était de trouver le moyen de débarrasser Frances de sa robe.

— Je t'en prie ! protesta Tucker. Tes propos sont choquants. Et je n'aimerais pas que des images aussi inconvenantes me polluent l'esprit pendant des heures.

Puis, se tournant vers Mary Elizabeth, il ajouta :

— Au fait, que fais-tu ici à cette heure ? Tu me cherchais ?

— Non, ce n'est pas pour toi que je venais, répondit-elle en faisant un clin d'œil à Bobby. Je venais prendre le café avec Gail Thorensen. Hier soir, après ton départ, elle m'a téléphoné pour proposer que l'on se retrouve ici avant l'ouverture de son magasin.

— Pour parler de la maison des jeunes ? demanda Tucker.

— Non, je ne crois pas. Quand je lui ai demandé pourquoi elle voulait me voir, elle a été très évasive. Elle m'a juste dit qu'elle avait pensé à quelque chose et qu'elle voulait m'en parler.

— Oh oh ! s'exclama Bobby. Quand ce genre de femme reste évasive, ce n'est jamais bon pour nous, les hommes.

— Surtout Gail, renchérit Tucker. Je n'ai pas oublié ses manigances pour convaincre Andy d'acheter cette propriété pour ouvrir un magasin à des centaines de miles de là où ils vivaient. Le pauvre s'est retrouvé ici en n'y voyant que du feu. Méfie-toi d'elle, Mary Elizabeth. Elle est habile.

— Je ne pense pas qu'elle utilise avec moi les mêmes arguments qu'avec son mari, répliqua-t-elle en les regardant d'un œil narquois. Cela dit, je suis ouverte à toutes les propositions qui me sortent de Swan Ridge et me ramènent à la vie active.

— Ça tombe bien ! déclara Gail qui venait d'arriver.

Elle donna un coup de coude à Bobby pour qu'il se pousse et lui laisse une place pour s'asseoir et précisa :

— Parce que j'ai justement quelque chose à vous proposer, Liz.

La lueur qu'il vit au fond de ses yeux déplut souverainement à Tucker.

— Qu'est-ce que vous mijotez ? demanda-t-il.

— Oh ! N'y voyez pas de malice, c'est pur égoïsme de ma part, répondit-elle avec candeur.

Il était clair qu'elle s'amusait beaucoup de les tenir en haleine. Et, histoire de faire durer encore un peu plus le plaisir, elle appela Earlene et lui commanda un café et un petit pain à la cannelle.

— Alors ? s'impatienta Tucker.

— Pas avant d'avoir bu ma première gorgée de café, répliqua-t-elle.

Heureusement, le café et le petit pain ne tardèrent pas et furent servis ensemble. Mais voilà que Mary Elizabeth décida qu'elle voulait la même chose. Et ce ne fut que lorsque les deux femmes purent siroter leur café et déguster les petites pâtisseries collantes d'Earlene que Gail se cala sur son siège et que la conversation reprit.

— Bien, voici donc ma proposition, Liz, dit-elle en posant sur elle un regard plein d'espoir. Est-ce que ça vous dirait de venir travailler avec moi ?

— A la librairie ? s'exclama Tucker avant que Mary Elizabeth ne trouve ses mots pour répondre.

Mary Elizabeth ? Travailler pour un salaire de misère dans une petite librairie, elle qui n'avait jamais rien fait de ses dix doigts ? Trimer à Trinity Harbor, elle qui frayait avec l'élite de Richmond ? Il avait beau faire, il n'arrivait pas à l'imaginer.

— Eh bien, oui. A la librairie, confirma Gail, un soupçon d'impatience dans la voix. C'est un établissement respectable.

— C'est très gentil de votre part, répliqua Mary Elizabeth.

Et elle appuya sournoisement ses dires d'un grand coup de coude dans les côtes de Tucker. Pour la deuxième fois !

— Je n'ai jamais dit le contraire, grommela-t-il.

— Alors ? demanda Gail. Cela vous intéresse-t-il ? On peut s'arranger pour les heures. J'ai fait venir mon mari ici pour être plus souvent avec lui, mais il s'avère que je travaille tout le temps. Je ne pensais pas que le commerce était si prenant. Et j'aurais bien besoin de quelqu'un pour me soulager. J'ai deux jeunes gens qui viennent m'aider le week-end, mais ils sont trop jeunes et trop inexpérimentés pour que je les laisse seuls.

Au fur et à mesure que Gail s'expliquait, Tucker voyait les expressions se succéder sur le visage de Mary Elizabeth. D'abord l'incrédulité, puis l'inquiétude et enfin les premiers signes d'enthousiasme.

— Vous êtes sûre de ce que vous faites, Gail ? demanda-t-elle toutefois, une note d'inquiétude dans la voix. Ne craignez-vous pas que cela se retourne contre vous ? Nombreux sont ceux qui n'ont pas digéré mon retour, précisa-t-elle en jetant un regard insistant du côté d'Earlene. Je crois même qu'il y en a qui paieraient pour me voir repartir. Si je venais travailler avec vous, cela prouverait que je m'installe définitivement ici et cela pourrait faire fuir des clients. Surtout avec ce climat de suspicion qui pèse encore sur moi.

— Oh ! Comment peut-on, si on est normalement doué de raison, vous tenir pour responsable de la mort de votre mari ? affirma Gail. En tout cas, ce n'est pas mon cas. Ni celui d'Andy. Quant à l'impact sur la clientèle, on verra. On peut toujours faire un essai pendant deux semaines. Je vous en prie, acceptez ! Je voudrais consacrer ce week-end à Andy. C'est notre anniversaire de mariage et j'ai prévu quelque chose. Vous me comprenez, n'est-ce pas ?

Elle rayonnait de bonheur. Comment aurait-on le cœur de la décevoir ?

— Pas de problème, répondit Mary Elizabeth. Je viendrai vous dépanner ce week-end.

— Vous voyez, j'avais raison ! lança Bobby, triomphant.

Cette femme est maligne. Comment Mary Elizabeth pourrait-elle lui résister ?

— Silence, Bobby ! s'écrièrent les deux femmes en chœur.

Et elles partirent dans un grand éclat de rire.

Bien que soulagé de voir Mary Elizabeth s'enthousiasmer pour quelque chose, Tucker ne pouvait s'empêcher d'éprouver quelques inquiétudes. Et si Mary Elizabeth avait raison quant au regard que portait Trinity Harbor sur elle ? L'idée de Gail ne risquait-elle pas d'échouer ? De mettre le feu aux poudres ? Malgré tout, il ne pouvait se résoudre à tempérer son enthousiasme. En outre, un autre argument plaidait en sa faveur : si Mary Elizabeth était heureuse de travailler pour Gail, elle aurait d'autant plus envie de s'installer pour de bon à Trinity Harbor. Ce qui, le moment venu, le conforterait dans le projet qu'il commençait à entrevoir pour eux deux.

En attendant, il lui jeta un coup d'œil en coin et s'enquit d'un ton ironique :

— Et tu y connais quelque chose aux livres ?

— Dis donc ! protesta-t-elle avec indignation.

— Oh ! Ce que j'en dis, moi ! N'empêche que je me souviens qu'autrefois, tu n'étais pas une grande lectrice. Tu préférais grimper aux arbres, lui rappela-t-il.

— Je vois que tu ne t'es jamais risqué à fourrer ton nez dans le creux de mon arbre. C'est là que je conservais ma bibliothèque secrète.

— Ouah ! Des livres interdits ? s'enquit Bobby que la perspective alléchait.

Elle lui fit les gros yeux et précisa, l'air offensé :

— Des Nancy Drew, si tu veux savoir. Des Hardy Boys. Louisa May Alcott. Et des classiques, y compris *Tom Sawyer* et *Huckleberry Finn*, dont la lecture m'a bien aidée à te comprendre, Tucker Spencer.

Gail était aux anges.

— C'est merveilleux ! s'exclama-t-elle. Vous serez

parfaite, Liz ! Je savais que je voyais juste. Venez avec moi. Je veux vous initier dès aujourd'hui au fonctionnement de la boutique. Il vous restera deux jours pour vous entraîner avant le week-end.

— Ça me va ! Allons-y ! répliqua Mary Elizabeth avec empressement.

— Je croyais que nous aurions pu discuter encore, marmonna Tucker, déçu de la voir partir si vite.

— Discuter de quoi ? Avions-nous quelque chose de particulier à nous dire ?

Furieux d'être pris au dépourvu, il ne trouva rien d'autre à dire que :

— Non, vas-y. N'oublie pas qu'en guise de petit déjeuner tu n'as qu'un petit pain à la cannelle dans l'estomac. J'espère que tu ne vas pas tomber d'inanition.

— Merci pour ta sollicitude, répliqua-t-elle avec un large sourire. J'ai déjà pris mon petit déjeuner à la maison. Le petit pain à la cannelle, c'était le dessert.

— Il n'est que 8 h 30, fit-il remarquer.

— Je sais, mais hier soir, je me suis couchée tôt et je me suis réveillée aux aurores. C'est ce qui arrive aux femmes quand il ne se passe rien d'intéressant dans leur vie, ajouta-t-elle en envoyant un clin d'œil complice à Bobby.

Quel talent ! ne put-il s'empêcher de noter. Elle avait réussi à exposer leur relation au grand jour en faisant remarquer que, la nuit dernière, il l'avait royalement laissée tomber.

— Tu ne vas pas me railler indéfiniment sous prétexte que j'ai changé d'avis, s'indigna-t-il.

— Changé d'avis à quel propos ? demanda Gail, frémissante de curiosité.

— Peu importe ! répondit-il vivement.

— Il pense qu'il est trop tôt pour que nous... sortions ensemble, chuchota Mary Elizabeth sur le ton de la confidence, penchée au-dessus de la table en direction de Gail.

Tucker lui lança un regard courroucé.

— C'est malheureusement le cas, répliqua-t-il.

— Comment ça ? voulut savoir Gail.

— Sauf votre respect, je connais cette ville mieux que vous, Gail. Les gens prendraient cela mal et ils lui en voudraient.

— Et à vous, Tucker ? demanda Gail. Vous en voudraient-ils aussi ?

— Je ne pense pas à moi.

Et comme Mary Elizabeth allait protester, il l'en empêcha en ajoutant avec détermination :

— Et tu ne me feras pas changer d'avis. Point final.

— Je te parie que si ! lança-t-elle en se glissant hors du box avant de quitter les lieux en compagnie de Gail, dans un grand éclat de rire.

— Eh bien, moi, je le parie aussi, renchérit Bobby.

— Oh toi ! Va donc au diable ! gronda Tucker.

— Moi ? Aller au diable et manquer tout ça ? Sûrement pas ! Il y a une éternité que je ne me suis pas autant amusé.

— Tant mieux pour toi. Que dirais-tu si je m'étonnais devant notre père, que toi et Jenna, vous n'ayez pas encore entrepris d'élargir le cercle familial ? demanda Tucker d'un ton faussement naïf. Nous aimons bien Darcy, mais nous attendons tous avec impatience l'arrivée d'un nouveau petit Spencer.

— Si tu fais ça, je t'en voudrai jusqu'à ta mort !

— C'était juste pour que tu gardes à l'esprit ce qui arriverait si tu t'avisais encore de te moquer de moi.

— J'ai compris, répliqua Bobby d'un ton résigné. Tu ne dis pas un mot à notre père de cette histoire de descendance et moi, je ne dis rien sur toi et Mary Elizabeth. Marché conclu ?

— Marché conclu ! Tout va pour le mieux dans le meilleur des mondes. N'est-ce pas merveilleux ? Bobby, ce petit déjeuner en ta compagnie fut un vrai plaisir. Merci pour ton invitation.

Et il se glissa hors du box, se préparant à partir.

— Hé ! protesta Bobby. Je n'ai pas dit que je t'invitais.

— Ah bon ? dit Tucker feignant la surprise. Merci quand même ! lança-t-il en s'en allant.

20

Liz se prit de passion pour son travail de libraire, un travail vraiment fait pour elle. Les matins de livraison, devant tous ces cartons qu'il fallait ouvrir, elle se croyait à Noël ! Elle adorait caresser du bout des doigts les couvertures glacées des volumes brochés, dévorait les quatrièmes de couverture, feuilletait les premières pages des volumes de ses auteurs préférés, mettait invariablement de côté ceux qu'elle projetait d'acheter.

— A ce rythme-là, tu n'auras pas fini d'enregistrer et de mettre en rayons tous ces livres avant la fermeture de la boutique, constata Gail amusée.

Liz jeta un long regard envieux sur un nouveau polar avant de se résoudre à le mettre de côté et à cocher les cinq exemplaires sur le bordereau de livraison.

— Comment fais-tu, toi ? demanda-t-elle. Moi, j'ai envie de tout lire.

— Moi aussi, et c'est pour cela que je résiste. Si je commençais, je serais tout le temps devant ma tasse de café, un livre entre les mains. Et la paperasse s'accumulerait jusqu'au plafond. Tu verras, au fil du temps tu finiras par faire comme moi.

Liz en était à sa seconde semaine de travail. Elle avait assuré le week-end toute seule afin que Gail puisse fêter son anniversaire de mariage. Tout s'était bien passé, mis à part quelques petits incidents. Elle avait bloqué la caisse enregistreuse une fois, perdu le fil de ce qu'elle faisait une bonne demi-douzaine de fois et dû recommencer parce qu'elle bavardait avec les clients. Rien de bien grave en somme. Les deux soirs, sa caisse était juste et elle était rentrée chez elle épuisée, mais heureuse.

Les clients avaient été étonnamment tolérants à l'égard de ses maladresses et surtout très aimables avec elle. Beaucoup d'entre eux étaient des gens de passage qui ne la connaissaient pas, mais même les gens de Trinity Harbor, une fois la surprise passée, l'avaient traitée avec bienveillance. Le lundi matin suivant, elle était rassurée — et Gail aussi.

A son grand étonnement, et tout à fait fortuitement, elle avait un travail stable. Evidemment, travailler dans une librairie n'était pas aussi prestigieux que siéger dans les conseils d'administration d'œuvres caritatives, mais cela donnait un but à sa vie. Elle s'était entendue avec Gail pour que son emploi du temps lui permette de consacrer encore un peu de temps à ses activités sociales. Tout allait pour le mieux. Et elle pouvait désormais véritablement envisager l'avenir à Trinity Harbor — avec ou sans Tucker.

Evidemment, elle préférait avec, mais le bonhomme était têtu. S'il refusait encore une fois de lui faire l'amour, elle n'était pas sûre de pouvoir se dominer. Elle comprenait ses raisons — toutes, y compris celles qu'il ne s'avouait probablement pas — mais pour elle, c'était vraiment trop frustrant de le voir pousser la noblesse jusqu'à rester chaste, alors que ce n'était pas nécessaire. Tout au moins pour elle. Il y avait longtemps qu'elle avait fait le deuil de Larry. Ce n'était pas sa mort qui avait rompu leurs liens, c'étaient ses liaisons.

— Faisons une pause, proposa Gail. J'ai bien besoin d'un café et d'un petit biscuit pour me remonter. Pas toi ?

— Il faudrait savoir ! Ce n'est pas toi qui viens de me faire remarquer ma lenteur à enregistrer les livres ?

— Crois-moi, tu travailleras plus vite après une dose

de caféine et de sucre, décréta Gail en la précédant dans le local qui servait de salon de thé à l'arrière de la boutique.

Une poignée de tables, de chaises et quelques fauteuils confortables recouverts de chintz composaient l'essentiel du mobilier mis à la disposition des clients qui souhaitaient se reposer en consultant journaux et revues.

Gail remplit deux tasses de café, piocha deux biscuits aux amandes et au chocolat dans un bocal rangé sur le comptoir et se jeta dans un profond fauteuil en étendant les jambes sur la table basse avec un soupir d'aise.

— Ah, qu'on est bien ! Jamais je n'aurais imaginé que c'était si fatigant de rester debout toute la journée.

— Tu pourrais me mettre plus à contribution, lui proposa Liz.

— Tu fais déjà plus d'heures que celles pour lesquelles je te paie.

— Je ne me plains pas. Je ne fais pas cela pour l'argent.

— Si c'est un cadeau, c'est beaucoup trop. Je ne veux pas avoir l'air de t'exploiter.

— Je t'assure que cela me fait plaisir. A tous points de vue.

Soudain, elle frissonna et demanda, inquiète :

— On ne t'a pas reproché ma présence ici ?

— Non, absolument pas, la rassura Gail. Au contraire. Tout le monde semble content de te revoir ici. Je n'ai entendu que des compliments. Tout ce que je crains, c'est de trop t'accaparer.

— Tu sais, je n'ai pas grand-chose à faire. Tucker est encore très réticent à passer du temps avec moi. Quant à Daisy, elle a dit que l'on se verrait demain pour établir la liste des personnes à contacter pour constituer le futur comité et pour réfléchir à l'acquisition d'un terrain pour la maison des jeunes. Et pour tout te dire, ce rendez-vous m'angoisse.

— Pourquoi ?

— Parce qu'elle a clairement dit qu'elle avait accepté

de travailler avec moi sous ta pression et celle d'Anna-Louise. Alors, quand on va être seules, je ne suis pas sûre qu'elle réussisse à se contenir, sans parler d'être aimable. Je ne m'attends pas à ce qu'elle me pardonne du jour au lendemain ce qu'elle appelle ma « trahison » envers Tucker. Pour moi, c'est très difficile de voir que celle que je considérais comme une sœur me traite maintenant comme une pestiférée.

— Veux-tu que je vienne ? Je ferai office de médiatrice.

— Merci mais non. Un jour ou l'autre, il va bien falloir que nous surmontions cela. De plus, cela prendra toute la journée. Toi, tu as à faire ici.

Le carillon de la porte d'entrée retentit, et Liz se leva d'un bond en lançant à Gail :

— Ne bouge pas ! J'y vais !

Et elle s'élança dans le magasin pour tomber sur une cliente qu'elle ne s'attendait pas à voir : Cynthia Miles.

De saisissement, elle resta figée sur place, dans le plus complet désarroi. De son côté, Cynthia la toisa d'un air dédaigneux.

— Que faites-vous ici ? demanda Liz d'une voix blanche.

— Je cherche un livre. Quoi de plus normal dans une librairie ? Je voudrais quelque chose avec des mensonges, plein de mensonges, des trahisons et du sexe, du sexe sordide. Quelque chose qui ressemble à votre vie avec Larry. Quel dommage que vous n'ayez pas encore écrit vos mémoires !

Glacée d'effroi, Liz sentit monter en elle l'envie irrépressible de sauter sur cette femme et de lui arracher les yeux, lorsque Gail s'interposa en disant aimablement :

— Je pense que nous avons ce qu'il vous faut. Par ici, dans le rayon fiction. Si vous voulez bien me suivre.

Et, sans la quitter des yeux, elle la dirigea à l'écart.

Cynthia se laissa faire, non sans gratifier Liz d'un sourire narquois.

Liz s'affala sur le tabouret derrière la caisse, en proie aux pensées les plus folles. Pourquoi Cynthia était-elle à Trinity Harbor ? N'était-elle revenue que pour la tourmenter ? Ou bien y avait-il une autre raison, beaucoup plus sinistre, à sa réapparition dans une ville où elle n'avait pas d'attaches ?

Le seul moyen de le savoir, c'était la confrontation, se dit Liz en se ressaisissant. Cynthia passerait forcément à la caisse et elle s'y prépara. Il y avait longtemps qu'elle aurait dû affronter l'ex-maîtresse de Larry. Si autrefois elle l'avait fait, au lieu de laisser Larry agir comme bon lui semblait, peut-être aurait-elle gardé une meilleure estime de soi. Mais le passé était le passé ! Il ne servait à rien d'y revenir.

Quelques minutes plus tard, Cynthia revint, suivie de Gail qui tenait un livre à la main.

— Liz, peux-tu encaisser ce livre, je te prie ? La cliente est pressée, dit-elle en lançant à Cynthia un sourire lourd de sous-entendus.

— Certainement, répondit Liz en gratifiant à son tour Cynthia d'un sourire « plus commercial, tu meurs ». En espèces ou en carte ?

— En espèces, répliqua Cynthia en lui tendant deux billets de vingt dollars, sans se départir de son sourire narquois.

— Quel bon vent vous amène à Trinity Harbor ? s'enquit Liz du ton le plus naturel possible.

— Je suis venue rendre visite à un client, répondit Cynthia sans se faire prier.

— Vraiment ?

— Aux prochaines élections, Ken Willis projette de se présenter pour le siège de Larry et il m'a demandé de coordonner sa campagne. Je pense, Liz, que nous aurons souvent l'occasion de nous revoir. C'est drôle, n'est-ce pas ?

— Pour être drôle, c'est drôle, marmonna-t-elle entre

ses dents, se remémorant la scène à l'enterrement de Larry, et le comportement de Ken.

Quant à Cynthia, elle n'en dit pas plus. Elle était satisfaite.

Malgré elle, Liz laissa échapper un petit rire.

— Je suis épatée de constater que vous avez réussi à garder votre humour après ce que vous avez vécu, fit remarquer Cynthia. Quand même, deux mois à peine après avoir trouvé votre mari assassiné, chapeau ! Ce n'est pas donné à toutes les épouses.

— De même qu'il n'est pas non plus donné à toutes les *illégitimes* de travailler avec celui qui brigue la place de son défunt amant, répliqua Liz en remettant à Cynthia son livre et sa monnaie. Il est vrai que vous avez toujours su faire le bon choix.

— Je vois que Mme Sainte-Nitouche a de la repartie, rétorqua Cynthia. Finalement, Larry n'a peut-être pas commis une si grosse bourde que cela en vous épousant.

— Croyez-moi, c'est moi qui ai commis une erreur en l'épousant. Maintenant, excusez-moi, je dois retourner à mon travail.

Elle repoussa le tiroir-caisse et se rendit dans l'arrière-boutique sans accorder un regard à Cynthia. Quelques minutes plus tard, la sonnette de la porte signalait enfin son départ, et Gail la rejoignait.

— Liz, qu'est-ce que tout cela veut dire ? demanda-t-elle avec inquiétude. Qui est cette femme ?

— Cynthia Miles, dans toute sa splendeur. Quand nous nous sommes mariés, Larry et moi, elle était sa directrice de campagne. Elle était aussi sa maîtresse, mais je ne le savais pas avant de les découvrir par hasard en entrant dans sa chambre d'hôtel.

— Oh non ! s'exclama Gail compatissante. Je suis désolée pour toi. Qu'est-elle venue faire ici ?

— Elle dit que Ken Willis l'a embauchée pour l'aider à conquérir le siège de Larry.

— Eh bien, c'est perdu d'avance ! Cet homme n'a pas de cervelle.

— C'est possible ! Mais il a du charme et c'est le genre d'homme qu'elle aime. Elle est capable de tout pour lui.

— Veux-tu dire qu'elle va le séduire comme elle l'a fait avec ton mari ?

— J'en donnerais ma tête à couper. Je me demande si je ne devrais pas prévenir Arlene pour qu'elle défende son territoire.

— Arlene Willis ? J'ai rencontré cette femme, et quelque chose me dit qu'elle est parfaitement en mesure de se défendre toute seule.

Surprise d'entendre avec quel mépris Gail parlait d'elle, Liz la scruta avec curiosité.

— J'ai l'impression que tu ne l'aimes pas beaucoup, constata-t-elle.

Gail réfléchit un instant avant de répondre :

— C'est juste que, pour moi, je la trouve un peu… comment dire ? Un peu électrique, un peu imprévisible.

Cela faisait des années que Liz n'avait pas revu Arlene, mais la description de Gail ne correspondait pas au souvenir qu'elle en avait.

— C'est étonnant, dit-elle. Elle était toujours en retrait à l'école. Jamais elle ne faisait parler d'elle.

— Le genre de filles qu'il faut toujours garder à l'œil, affirma Gail.

Avant que Liz n'ait le temps de demander des éclaircissements, le carillon de la porte d'entrée résonna de nouveau et Tucker, l'air sombre, traversa le magasin à grandes enjambées.

— Que se passe-t-il ? demanda Liz en s'avançant.

— Cynthia Miles vient de débarquer chez Earlene. Comme elle avait un sac de la librairie à la main, je me suis dit qu'elle était passée ici. Que voulait-elle ? Et toi, ça va ? demanda-t-il en la scrutant avec inquiétude.

— Je saigne un peu, mais je n'ai rien de cassé, le

rassura-t-elle. Au sens figuré, bien sûr ! précisa-t-elle en voyant son regard virer au noir. Je m'en suis bien tirée.

— Je suis désolé, Mary Elizabeth. Cela n'aurait pas dû se produire. Je vais trouver le moyen de l'éloigner d'ici. Walker va lui mettre la pression et lui rendre la vie tellement impossible qu'elle va devoir quitter la ville.

— Ça, ça me ferait bien plaisir à voir ! Walker combattant Cynthia, quel spectacle ! s'exclama-t-elle avec un grand sourire. Mais tu ferais mieux d'oublier. Elle est ici pour ses affaires. Elle travaille pour Ken Willis.

— Bon sang ! Tu me fais peur ! Laisse-moi deviner. Il reprend du poil de la bête, maintenant que son principal rival est mort.

— Gagné !

— Ce qui nous amène à nous poser une question très intéressante. Depuis quand Willis donne-t-il libre cours à ses ambitions et quelle détermination met-il à les réaliser ?

Willis était un tricheur, un garçon qui avait fait sa scolarité sans obtenir de diplôme, qui préférait la lecture des fiches sur les textes aux textes eux-mêmes. Le roi des méthodes expéditives et des systèmes D. Il achetait des petites entreprises, mais plutôt que de les faire prospérer, il les liquidait et les saignait à blanc. Au fil des ans, il avait accumulé plus d'argent que de bon sens. Mais de là à être un meurtrier, il y avait un pas que Liz ne pouvait se résoudre à franchir. Non, Willis n'en avait pas l'étoffe.

— Tucker, tu ne crois tout de même pas qu'il pourrait avoir tué Larry ? demanda-t-elle.

— Pourquoi pas ? Il aurait une bonne raison, répondit Gail à qui l'hypothèse semblait ne pas déplaire. Et d'après ce que je sais, il aurait une belle collection d'armes à feu.

— C'est vrai, confirma Tucker. Elles sont toutes déclarées et j'en ai la liste au bureau. Je vais immédiatement la soumettre à Walker. Nous allons l'éplucher, vérifier s'il y a une arme du même calibre que celle qui a servi au meurtre de Larry et si c'est le cas, établir un mandat de perquisition de son domicile.

Emporté par son élan, il souleva Liz et lui appliqua un baiser passionné sur la bouche, un baiser à lui couper le souffle.

— Merci, chérie !

— De… de quoi me remercies-tu ? Tu pars sur une fausse piste.

— Fausse piste ou pas, méfie-toi de Cynthia et de Willis. Je vais essayer de convaincre Walker de les interroger.

— Si tu fais ça, attends-toi aux pires ennuis. Tucker, fais attention. Ces deux-là, il vaut mieux ne pas se les mettre à dos. Même s'ils n'ont rien à voir avec la mort de Larry. Ken est un sale petit roquet agressif et prêt à tout, et Cynthia, une panthère aux griffes acérées. Elle est experte dans l'art de manipuler les médias. Tu ne voudrais tout de même pas qu'elle se déchaîne contre toi dans les journaux et à la télé ? Elle est capable de détruire ta carrière, tu sais.

— Les femmes de ce genre-là ne me font pas peur, répliqua-t-il avec détermination.

Il avait la main sur la porte lorsque Gail le rappela :

— Tucker, attendez ! Je viens de me souvenir de quelque chose. Je savais que j'avais déjà vu cette femme, mais je ne me souvenais pas où. Cela vient de me revenir. Elle était ici le jour du meurtre.

— Au magasin ?

— Non, pas au magasin, mais en ville. Je jure que c'est vrai. C'était à la banque, j'y entrais et elle en sortait. Nous nous sommes littéralement rentrées dedans. Je me suis excusée, mais, trop occupée à compter une grosse liasse de billets, elle ne m'a même pas regardée.

— Elle faisait chanter Larry ! s'écria Liz.

— Ou c'était tout simplement la première rétribution de Willis pour l'aide qu'elle lui apportait, suggéra Tucker. N'oublions pas qu'il a créé la surprise en commençant très tôt sa campagne. Il était quelle heure quand vous vous êtes croisées ? ajouta-t-il en se tournant vers Gail.

— C'était juste avant la fermeture. 13 h 45, peut-être.

— Et vous êtes sûre que c'était le jour du meurtre ?

— Absolument. Je venais d'acheter le *Weekly*. C'est une habitude, quand je vais déposer la recette à la banque. C'est d'ailleurs pour cela que je me suis excusée. J'étais plongée dans la lecture des titres de la une et je pensais que c'était ma faute si nous nous étions heurtées.

— Merci Gail. Votre témoignage renforce nos soupçons. Cynthia était bien à Trinity Harbor et non à Richmond comme elle l'a prétendu. Mary Elizabeth, ce soir, tu ne rentres pas seule à Swan Ridge, d'accord ? Tu attends que je vienne avec toi.

— Mais Tucker, elle a eu ce qu'elle voulait. Elle a reçu de l'argent de Larry ou de Ken, peu importe, et elle a un job avec Ken. Pourquoi veux-tu qu'elle s'en prenne à moi ?

— Pour-se-ven-ger, martela-t-il.

— Bon, d'accord, maugréa-t-elle, peu convaincue. Je t'attendrai.

Sceptique, Tucker se tourna vers Gail.

— Veillez à ce qu'elle m'attende, d'accord ?

— Shérif, vous avez ma parole, répliqua Gail.

— Traître ! lança Liz en riant.

— Pas du tout ! rétorqua Gail. Je ne suis qu'une pauvre femme à bout de forces qui a enfin trouvé l'employée capable de l'aider à tenir cette boutique. Alors, pas question que je risque de perdre cette perle rare !

— Bon, d'accord, vous deux ! Je vais me tenir tranquille, promit Liz. Tucker, est-ce que tu vas revenir me chercher ici, ou est-ce que l'on se retrouve quelque part ?

— Chez Earlene à 17 h 30. On pourra manger un petit quelque chose avant de rentrer à Swan Ridge.

— Dis-moi, serait-ce un rendez-vous amoureux que tu me proposes ? susurra-t-elle d'une voix sucrée.

— Si cela peut t'inciter à rester tranquille jusqu'à ce

soir, tu peux considérer que c'en est un, répliqua-t-il avec un sourire engageant.

— Je t'adorerai toujours, dit-elle en posant la main sur son cœur. Tu es si romantique, Tucker Spencer.

— Ravi de te faire autant d'effet, mon trésor, répliqua-t-il en lui décochant un clin d'œil. Mais sache que je garde encore beaucoup de ressources pour plus tard.

Il quitta la librairie sur un petit signe de la main.

— Ouah ! s'exclama Gail. J'en suis tout électrisée.

— Bof ! Des mots, tout ça ! Rien que des mots !

N'empêche que son cœur battait encore d'avoir reconnu dans sa voix le désir qui l'habitait.

— Ma chère, les mots, quand ils sont doux, peuvent se transformer en bombe à retardement, lui fit remarquer Gail. Si on n'y est pas préparé, mieux vaut passer son chemin.

— Oh ! Pour ma part, je m'y suis préparée, murmura Liz en suivant Tucker du regard.

Elle le vit traverser Beach Drive à la rencontre de Walker qui l'attendait. Les deux hommes échangèrent quelques mots et, moins d'une minute plus tard, Tucker s'engouffrait dans la voiture de Walker qui partit en direction de Montross, toutes sirènes hurlantes.

Son sang ne fit qu'un tour. Si elle n'avait pas vraiment pris au sérieux la théorie de Tucker, apparemment, il n'en était pas de même pour Walker. Elle posa un regard inquiet sur Gail.

— Je suppose que tu vas me dire que ce ne serait pas une bonne idée de fermer la porte à clé. Obliger les clients à frapper avant d'entrer, ce ne serait pas terrible, n'est-ce pas ? avança-t-elle.

— J'appelle Andy pour lui demander de venir assurer la sécurité ici jusqu'à l'heure de la fermeture, décréta Gail. Je le connais, il va adorer faire quelque chose qui l'autorise à porter une arme.

Malheureusement, l'idée de Gail tourna court. Quand

elle réussit à le joindre sur son téléphone portable, il était en route pour Montross, à la demande expresse de Walker et Tucker.

— Allez, tout ira bien, assura-t-elle quand elle eut raccroché. Il m'a dit qu'il envoyait quelqu'un. Il ne pense pas qu'il y ait vraiment de quoi s'inquiéter. Willis et cette Cynthia Miles vont être interrogés par la police, et ils seront hors d'état de nuire pour le reste de la journée.

Puisse-t-elle dire vrai ! songea Liz.

— Ça va aller ! répéta Gail. Andy a dit qu'il enverrait quelqu'un et il tiendra parole.

Il tint effectivement parole, et, quinze minutes plus tard, une voiture s'arrêtait dans un crissement de pneus devant la librairie. Une luxueuse berline. Et qui en sortit ? King, armé d'un fusil de chasse.

Liz n'en croyait pas ses yeux.

— Grands dieux ! s'exclama-t-elle au comble de l'inquiétude. King, que faites-vous ici ?

— Andy m'a téléphoné pour me dire qu'il avait un souci à propos d'une folle qui rôderait dans les parages. Il m'a demandé de venir. C'est toi, la folle ? demanda-t-il en fronçant les sourcils.

— Non. Bien sûr que non ! intervint Gail. Liz travaille ici. Selon Tucker et Andy il y aurait du nouveau dans l'enquête. Alors ils se méfient. Ils craignent que les personnes qu'ils suspectent maintenant s'attaquent à Liz.

Liz n'en menait pas large. Les yeux fixés sur King, elle vit se succéder sur son visage l'incrédulité, l'inquiétude puis la colère. Elle attendit, pétrifiée, le moment où il l'enverrait balader et lui annoncerait que son sort lui importait peu.

Au lieu de cela, il se cala dans un fauteuil du salon, le fusil sur ses genoux.

— Puisque je suis là, je prendrais bien une tasse de ce café dont on dit le plus grand bien en ville, grommela-t-il en se tournant vers Gail.

— Avec plaisir, s'empressa de répondre cette dernière. Je vous prépare une tasse, le temps de le dire.

Tandis que Gail s'affairait, Liz ne savait où se mettre.

— Vois-tu Mary Elizabeth, on ne peut pas dire que je sois content de toi, ni de ce que tu as fait à mon fils, commença King, mais je ne veux pas que l'on te fasse du mal et avoir ça sur la conscience jusqu'à la fin de mes jours.

Liz se mordit la lèvre pour masquer son sourire. King lui offrait sa protection. A contrecœur, certes. Mais quand même !

— Merci, murmura-t-elle.

— Ne me remercie pas. J'en ferais autant pour n'importe quel habitant de Trinity Harbor.

— Je sais. Cela ne m'empêche pas de vous en être reconnaissante. Et puis, sachez-le, King, je n'ai pas tué mon mari.

— C'est ce que tout le monde dit, reconnut-il.

— Et vous ? Que croyez-vous ?

Il mit longtemps à répondre. Allait-il la condamner ? Il la regarda d'un air énigmatique et finit par affirmer :

— La Mary Elizabeth que j'ai connue autrefois serait incapable de faire ça.

— Je suis toujours la même, murmura-t-elle. Juste un peu plus vieille et un peu plus sage, j'ose espérer.

Quand elle osa enfin le regarder en face, les larmes qui s'étaient accumulées derrière ses paupières dévalèrent le long de ses joues et elle ajouta :

— Et toujours très amoureuse de votre fils.

Après un moment qui lui parut une éternité, King poussa un soupir à fendre l'âme, se leva et lui tendit les bras en grommelant :

— Viens là, ma fille.

Elle ne se fit pas prier et, blottie contre lui, se mit à sangloter. C'était comme si elle retrouvait son grand-père. C'était même encore mieux, car King, au moins, ne lui reprochait pas ses larmes et la laissait pleurer tout son soûl. Il lui tendit juste un grand mouchoir blanc.

— Vous avez toujours des bonbons au citron dans vos poches ? demanda-t-elle en reniflant.

— Tu t'en souviens encore ? s'exclama-t-il en riant.

— Vous m'en donniez en cachette, quand mon grand-père ne regardait pas. Il ne voulait pas que je mange de sucreries. Il disait que c'était mauvais pour les dents.

— Oh ! Parfois ce vieux bourricot était têtu comme une mule, déclara-t-il en lui offrant les bonbons du sachet qu'il venait de tirer de sa poche. Et pour des bêtises. C'était le meilleur ami du monde, mais il faut reconnaître qu'il était dur pour une pauvre petite fille qui venait de perdre ses parents.

— Et pourtant, je l'adorais. Il me manque énormément.

— A moi aussi, il me manque. Nous avons passé de bons moments ensemble. On se disputait sur presque tout, mais il savait jusqu'où aller.

Liz suça avec application son bonbon au citron, appréciant ce moment de paix et d'harmonie entre elle et King.

Et elle se risqua à le regarder dans les yeux en murmurant dans un souffle :

— King, on efface tout ?

— Ma petite chérie, répondit-il en pressant ses mains dans les siennes. C'est déjà fait.

21

Cynthia Miles resta de marbre sous la pluie de questions dont Walker l'assaillit au sujet de sa présence à Trinity Harbor, le jour du meurtre ; elle paraissait insensible à toute pression. Tucker lui-même en fut impressionné. Visiblement, ce sang-froid était le fruit de son entraînement aux conférences de presse qu'elle tenait pour le compte de ses clients.

Pour Walker, c'était autre chose. Les réponses calmes de Cynthia et sa capacité à rester complètement imperturbable l'énervaient au plus haut point. Tucker essaya bien de l'avertir du regard, mais il ne pouvait faire plus, car si Walker avait accepté sa présence, cela ne lui donnait pas le droit de le critiquer ou de le reprendre.

Andy, qui assistait également à l'interrogatoire, jeta un regard rapide à Tucker.

— Walker, dit-il, sortons une minute. J'ai à te parler.

Walker, qui avait une grande estime pour son ancien chef, obéit sans discuter et le suivit, laissant Tucker seul avec Cynthia. C'était trop beau pour que ce dernier n'en profite pas. Il y avait une piste que Walker n'avait pas encore explorée : celle des fibres prélevées sur le pantalon de Chandler qui suggéraient que ce dernier avait eu une relation sexuelle avant sa mort.

— Il y a quelques minutes, vous avez affirmé que vous n'aviez pas exercé de chantage auprès de Chandler pour obtenir la somme que vous avez reçue le jour de sa mort, reprit Tucker après avoir observé attentivement Cynthia quelques secondes.

— C'est exact, répondit-elle.

— Mais vous ne niez pas que cette somme vienne de Chandler.

— Non.

— Alors à quoi correspondait cette somme ?

— Que voulez-vous dire ? demanda-t-elle sèchement.

— Je ne sais pas, moi, répliqua Tucker d'un ton tout à fait naturel. Etait-ce pour services rendus ?

— Il y a des années que je n'ai pas travaillé pour Larry.

— Je pensais à des services particuliers, disons plus… personnels.

Elle serra les dents et, telle une furie, se jeta sur lui avant qu'il n'ait eu le temps de réagir.

— Espèce de salaud ! hurla-t-elle en lui labourant les joues jusqu'au sang.

Elle allait recommencer, mais Tucker l'arrêta dans son élan et la menotta au moment où Andy et Walker se précipitaient dans la pièce.

— Bon sang ! Qu'est-ce que ça veut dire ? s'écria Walker en voyant Cynthia menottée.

Puis il découvrit les joues en sang de son beau-frère.

— Tucker, que s'est-il passé ?

— Mme Miles et moi causions gentiment, quand elle a soudain pris la mouche, expliqua calmement Tucker.

— Il m'accusait d'être la putain de Larry Chandler ! se justifia Cynthia. Je ne tolère ce genre d'accusation de personne !

— Tu as dit ça ? s'étonna Walker en regardant Tucker.

— Je lui ai seulement demandé comment elle avait gagné l'argent qu'elle avait reçu de Chandler. Elle a tiré d'elle-même ses propres conclusions.

— Va donc attendre dehors, Tucker. Cela vaudra mieux pour tout le monde, répliqua Walker qui avait bien du mal à garder son sérieux.

— C'est sûr, renchérit Tucker. Il va falloir que je me fasse faire une piqûre contre la rage. D'ailleurs, je vais faire un saut chez le médecin tout de suite.

Cynthia tenta une nouvelle fois de se jeter sur lui, mais elle ne fut pas assez rapide. Il était déjà sorti.

— Je crois bien que j'ai réussi à la mettre en boule, dit-il avec satisfaction à Andy qui l'avait suivi.

— En effet, acquiesça ce dernier en le regardant d'un air désapprobateur. Et cela ne m'étonne pas. D'habitude, vous faites preuve de plus de doigté.

— Vous croyez donc que c'est une femme que l'on peut manœuvrer avec doigté ? C'est une battante. Je voulais voir si je pourrais la faire sortir de sa réserve et en tirer quelque chose.

— Et ?

— J'y suis parvenu. Ce n'est pas elle qui était avec Chandler avant sa mort. Je parierais mon étoile de shérif, s'il le fallait. Quant à la femme qui y était, je la plains si jamais Cynthia la trouve avant nous. A ce propos, Andy, cela vous ennuierait-il de me ramener à Trinity Harbor ? Je sais que vous aimez rester dans le feu de l'action, mais il faut absolument que je rejoigne Mary Elizabeth. J'ai l'impression que nous approchons du dénouement et je crains qu'elle ne soit en danger.

— Je vais vous ramener.

Après avoir fait signe à Walker qu'il partait, Tucker suivit Andy jusqu'à sa voiture.

— Mais ne vous inquiétez pas pour votre amie, ajouta ce dernier au bout de quelques instants. Elle est en sécurité. J'ai appelé des renforts.

Tucker le regarda, interloqué.

— Qui ?

— Votre père, répondit Andy, qui se mit à rire en l'entendant lâcher un juron. Evidemment, je ne lui ai pas dit à l'avance que c'était la protection de Liz Chandler qu'il était chargé d'assurer. J'ai seulement parlé de la librairie.

Alors il a pensé à Gail et l'idée d'assurer sa protection l'a emballé autant que si je lui avais demandé d'assurer celle du président. Je me demande bien pourquoi.

— Probablement parce que ça lui donnait un prétexte pour goûter son café, suggéra Tucker. Il a fait un tel foin quand il a appris qu'une personne venue d'ailleurs venait s'installer à Trinity Harbor pour vendre des livres et tenir un café qu'il n'a jamais voulu faire des infidélités à Earlene en y mettant les pieds.

Il lui vint alors à l'esprit l'image de King armé jusqu'aux dents et de Mary Elizabeth, tous les deux dans la même pièce…

— Je me demande comment il a pu réagir quand il a découvert que Mary Elizabeth travaillait à la librairie, murmura-t-il. Thorensen, vous qui êtes un homme si intelligent, vous savez que vous avez parfois de drôles d'idées !

— Dites donc ! répliqua-t-il, vous en connaissez beaucoup des hommes qui ont un fusil de chasse et qui sont disponibles sur-le-champ ?

— La moitié de la ville. Et en l'occurrence, n'importe qui aurait mieux valu que mon père.

Il jeta un coup d'œil sur le compteur et s'aperçut qu'ils se traînaient à la vitesse autorisée.

— Vous ne pouvez pas aller plus vite ? demanda-t-il.

— Quel bel exemple nous donnerions ! s'indigna Andy d'un ton vertueux.

— Pour l'instant je me fiche complètement de donner un bon ou un mauvais exemple ! Ce que je veux, c'est arriver avant que mon père et Mary Elizabeth se soient entretués.

— Pas de panique ! Tout a dû bien se passer, affirma Andy. Au pire, Gail les aura assommés de ses discours moralisateurs.

Ils arrivèrent devant la librairie peu avant 17 h 30. Tout était fermé.

— Je croyais que Gail s'en allait habituellement à 18 heures, fit remarquer Tucker en regardant Andy avec inquiétude.

— C'est le cas.

— Mais alors pourquoi diable tout est-il fermé ? s'écria Tucker en essayant de voir à l'intérieur à travers la vitrine.

Il n'y avait apparemment rien d'anormal, mais cela fut loin de le rassurer.

— C'est bien ici que vous deviez retrouver Liz ? demanda Andy.

— Bon sang ! Je lui ai dit que je la prendrais chez Earlene à 17 h 30. Elle doit y être.

— Allez-y voir. De mon côté je fais un tour dans le coin et je vous retrouverai là-bas dans une minute, suggéra Andy.

— Bonne idée.

Hélas ! De tout l'après-midi, Earlene n'avait vu ni Mary Elizabeth, ni Gail, ni King.

— Nom de nom ! jura Andy quand Tucker lui annonça la nouvelle. Dans la librairie, tout semble normal. La caisse est fermée et la machine à café éteinte, preuve qu'ils ne sont pas partis en catastrophe. Bon sang ! A quoi pense King ? Je lui ai pourtant dit de ne pas bouger.

Tucker téléphona à Cedar Hill. Personne. Alors il se défoula en laissant un message sur le répondeur. Puis il essaya Swan Ridge. Personne non plus. Dépité, il laissa le même message.

— Où diable peuvent-ils bien être ? marmonna-t-il en essayant de ne pas montrer à Andy la panique qui le gagnait.

— Je vais essayer chez nous, proposa Andy.

A son air déçu, Tucker comprit que là non plus, il n'y avait personne.

— Prenez votre voiture et sillonnez les alentours proches, suggéra Tucker. Moi, je vais chercher la mienne qui est restée devant la librairie et ratisser de l'autre côté. On se tient au courant par téléphone.

— Est-ce qu'il ne faudrait pas appeler Walker et voir s'il ne peut pas envoyer quelques hommes pour commencer les recherches ?

— Il a besoin de son équipe au complet pour aller cueillir Ken Willis, mais je vais le prévenir de ce qui se passe ici. Ce ne serait pas mal qu'ils soient au courant et qu'ils jettent un œil en cours de route. On ne sait jamais, dit Tucker en composant le numéro de Walker.

Quand il eut mis ce dernier au courant, il se tourna vers Andy et le regarda d'un air sombre.

— Je n'aime pas ça du tout, dit-il.

— Moi non plus, je dois l'avouer. Mais il y a quand même une chose qui m'empêche de paniquer.

— Laquelle ?

— Quelqu'un peut-il mettre votre père en difficulté alors qu'il a le doigt sur la détente de son fusil ?

Tucker esquissa un petit sourire. Bien sûr que non ! Son père était un fin tireur. Il avait appris à ses enfants le sens des responsabilités, de sorte que tous trois maniaient les armes avec aisance depuis leur plus jeune âge. Même Daisy était capable d'atteindre une cible à cent pieds. Ce n'était pas grand-chose, mais en y repensant, cela contribua à le rassurer quelque peu.

— Vous avez raison, Andy. Mon père est parfaitement capable de se défendre.

— Il est donc impensable que quelqu'un les retienne captifs tous les trois. Raccrochons-nous à cette certitude. On va bien finir par les retrouver tous les trois tranquillement assis, en train de siroter une limonade.

Et, comme s'ils étaient arrivés ensemble à la même conclusion, ils s'écrièrent :

— Chez Anna-Louise !

Tucker fit le numéro de cette dernière, laissant sonner

longuement. Lorsque Anna-Louise finit par répondre, elle était essoufflée et de fort méchante humeur.

— J'espère que c'est au moins pour quelque chose d'important, gronda-t-elle.

— Anna-Louise, c'est Tucker.

— Qu'est-ce qui ne va pas ? s'exclama-t-elle en oubliant immédiatement sa mauvaise humeur.

— Est-ce que par hasard, Mary Elizabeth, Gail et mon père seraient avec vous.

— Non. Je… je suis seule avec Richard.

Anna-Louise semblait gênée, ce qui n'était pas dans ses habitudes. Soudain, Tucker comprit. Depuis les commérages de son père, toute la ville — ou presque — savait qu'Anna-Louise souhaitait avoir un bébé.

— Je ne les ai pas vus, ajouta-t-elle. Pourquoi ?

— Oh ! Pour rien de grave. Rappelez-moi seulement si vous avez des nouvelles des uns ou des autres.

— Sans faute.

— Désolé de vous avoir interrompue dans… ce que vous étiez en train de faire, dit-il, incapable de garder son sérieux.

— Vous pouvez l'être ! confirma-t-elle, pince-sans-rire. Sachez-le, je viens de rayer Tucker de ma liste de prénoms de bébé potentiels.

Tucker riait encore en raccrochant.

— Pour un homme qui était au fond du gouffre tout à l'heure, vous me semblez bien gai, lui fit remarquer Andy.

— C'est Anna-Louise qui me fait rire, répliqua-t-il sobrement.

En tout cas, ce n'est pas lui qui se répandrait sur ses petites histoires, même s'il doutait que quelqu'un, à Trinity Harbor, ignore encore les projets d'Anna-Louise et de Richard — d'autant plus que ces deux derniers semblaient s'activer à la tâche avec le plus grand sérieux !

— Ah, ce fameux bébé ! lança Andy en riant. Comment avais-je pu l'oublier ? C'est le sujet à la mode, ces temps-ci. Mais je dois dire que je ne suis pas encore habitué à la façon dont, à Trinity Harbor, tout le monde sait tout sur tout le monde. Spécialement quand il s'agit d'affaires personnelles.

— J'avoue que cela peut être énervant, mais dans ce cas, c'est ce qui va nous permettre de savoir où sont passés mon père, votre femme et Mary Elizabeth. Nous ferions bien de nous mettre en route.

Andy, qui avait retrouvé son sérieux, acquiesça d'un signe de tête.

— On se tient au courant, dit-il.

Tucker retourna à sa voiture et entreprit de sillonner méthodiquement la ville, sans oublier la moindre ruelle. Il remonta Beach Drive des quartiers nord à ceux du sud. Sans rien voir. Rien. Pas la moindre trace de leurs voitures. Pas le moindre indice de quelque chose d'anormal, si ce n'est le déploiement de policiers autour de la propriété de Ken Willis.

Il tapotait son volant en proie aux scénarios les plus noirs, lorsqu'une idée lui vint soudain à l'esprit. Daisy ! Il n'y avait pas songé jusqu'ici, persuadé que Mary Elizabeth ne risquerait pas de lui rendre visite. Mais l'heure n'était plus aux états d'âme, et comme il ne voulait négliger aucune piste, il rebroussa chemin en direction de la rue où habitaient sa sœur et Walker.

Gagné ! A son grand soulagement, il vit la voiture de son père, celle de Mary Elizabeth et celle de Gail, sagement alignées devant la maison de Daisy. De courte durée, le soulagement fit bientôt place à la colère.

Pas un de ces idiots n'aurait pensé à le prévenir de leur petite réunion ! Furieux, il se préparait à passer son chemin, lorsque Andy s'arrêta à côté de lui.

— Je vois que nous avons eu la même idée, fit remarquer ce dernier en sortant de sa voiture.

— Oui. Mais je dois dire que c'est bien le dernier

endroit où je pensais les trouver, répliqua-t-il. Surtout Mary Elizabeth.

Il entra dans la maison, s'attendant à trouver sa sœur et Mary Elizabeth en pleine bagarre, au milieu des autres qui comptaient les points. En réalité, il tomba sur ce qui ressemblait étrangement à un paisible goûter. Daisy faisait passer des cookies tout juste sortis du four, son père taquinait Mary Elizabeth en lui rappelant quelques petites bêtises d'enfance et Gail s'activait à remplir des verres de thé glacé. Même Tommy était de la partie.

— Eh bien je vois que c'est une réunion familiale en bonne et due forme, lança-t-il d'un ton ironique. Je constate également que personne n'a songé à m'inviter !

Andy s'empressa de poser la main sur son épaule.

— Tucker est juste un peu fâché parce qu'il pensait que Liz l'attendrait chez Earlene, expliqua-t-il aussitôt.

— Je suis désolée, Tucker, dit Mary Elizabeth. Ton père était à la librairie et Daisy a téléphoné pour savoir ce qui se passait parce qu'elle avait entendu dire qu'il avait un fusil. Nous avons décidé de nous retrouver ici. Voilà tout.

Voilà tout ? Perplexe, Tucker regarda son père et sa sœur l'un après l'autre, puis avança d'un ton méfiant :

— Je croyais que vous ne parliez plus à Mary Elizabeth.

— Eh bien j'ai changé d'avis, répondit King en haussant les épaules.

— Et toi ? demanda Tucker en se tournant vers Daisy.

— Je réserve mon jugement à plus tard. Un cookie ? proposa-t-elle aussitôt en lui passant ostensiblement le plateau sous le nez de façon à ce qu'il profite au maximum de l'arôme douçâtre de la pâtisserie au chocolat.

— Prends-en un et viens t'asseoir près de moi, renchérit Mary Elizabeth.

Tucker prit un cookie, mais hésita à accepter l'invitation.

— Vas-y donc, fiston ! l'encouragea son père. Tu es

trop vieux pour que ce soit à moi de te dire ce que tu dois faire !

Tucker manqua éclater de rire. Venant de son père, cette remarque valait son pesant d'or ! Mais ne voulant pas ouvrir un débat houleux, il haussa les épaules, tira une chaise qu'il plaça à côté de Mary Elizabeth et s'assit, s'attendant au pire de la part de sa sœur. En fait, elle se contenta d'un léger froncement de sourcils, juste pour marquer le coup.

Et en quelques secondes la conversation reprit son cours, comme si de rien n'était.

— Tout va bien ? Vraiment bien ? demanda-t-il en posant une main inquiète sur le bras de Mary Elizabeth.

— Il y a des années que je n'ai pas été aussi bien, répliqua-t-elle, les yeux brillants. J'ai retrouvé ma famille.

— Mais il faudrait être fou pour se sentir bien dans cette famille ! s'exclama-t-il en riant.

— Pas du tout. Pour rien au monde je n'en voudrais une autre.

L'effet fut immédiat.

Le désir pour cette femme intrépide s'empara de lui, corps et âme.

— On s'en va. Tu viens ? lui lança-t-il sans ciller.

— Maintenant ?

— Oui, maintenant.

— Pour faire quoi ?

— Ce qui te fera le plus plaisir.

— Sois plus précis.

— Je ne peux tout de même pas en dire plus devant tous ces gens !

— Ils ne font pas attention à nous.

Mais il n'était pas du tout de cet avis. S'ils avaient l'air tout à leur conversation, ils n'en gardaient pas moins l'oreille tendue pour capter ce qu'ils se disaient tous les deux. Cependant, comme le jeu en valait la chandelle, il se rapprocha de Mary Elizabeth et lui chuchota son projet à l'oreille.

Elle rougit mais ne perdit pas contenance ; elle repoussa sa chaise et se leva.

— Nous devons y aller, annonça-t-elle à la cantonade en prenant résolument la main de Tucker.

— Maintenant ? s'exclama Daisy qui aurait manifestement bien voulu en savoir plus.

— Maintenant, confirma Tucker.

— C'est bien le moment ! fit remarquer King.

— Toi, ne te mêle pas de ça ! lança Tucker fermement, mais sans méchanceté. Et toi, Daisy, mets cette arme hors de sa portée avant qu'il ne tue quelqu'un par mégarde.

Daisy s'exécuta sans mot dire.

— Bonne nuit, tout le monde ! lança Mary Elizabeth depuis la porte.

Mais au moment de sortir, elle se ravisa, lâcha la main de Tucker et revint sur ses pas pour embrasser King sur la joue.

— Merci, chuchota-t-elle.

— Je n'ai pas fait grand-chose, répliqua-t-il.

— Vous avez fait le plus important de tout. Vous m'avez pardonné.

— Tâche de le rendre heureux. C'est tout ce que je te demande.

— Je vous le promets, répondit-elle en sortant à la suite de Tucker.

Ce dernier s'arrêta brusquement et lui prit la main.

— Tu crois que tu peux me rendre heureux ? Vraiment ? demanda-t-il en plongeant ses yeux dans les siens.

Elle lui caressa la joue du bout des doigts puis se hissa sur la pointe des pieds pour effleurer ses lèvres des siennes.

Tucker sentit alors son cœur battre à tout rompre.

— Qu'est-ce qu'il faut pour te rendre heureux ? murmura-t-elle, si près de lui qu'il sentit son souffle sur sa peau.

— Ça, répondit-il en posant sa bouche sur la sienne.

Et son goût sucré le plongea aussitôt dans un monde d'obscurité et de dangers tandis que son pouls se déchaînait. Quand, du bout de la langue, elle effleura le pli de ses lèvres closes, il entendit distinctement le mugissement de son sang dans ses veines. Il malaxa ses fesses à deux mains, l'attira contre lui et colla sauvagement ses hanches sur les siennes, recherchant désespérément les sensations qui lui avaient tellement manqué depuis le jour où elle l'avait quitté.

Il voulait se fondre en elle, se perdre dans la chaleur du velours de son intimité.

Mais au gémissement de plaisir qu'elle poussa, loin de s'enflammer, il reprit ses esprits. Ils n'allaient tout de même pas se donner en spectacle sur la pelouse ! S'afficher avec la veuve de Larry Chandler quelques semaines seulement après sa mort, à la rigueur, mais *ça*, jamais Trinity Harbor ne le leur pardonnerait !

Sans desserrer son étreinte, il prolongea son baiser jusqu'à y mettre fin en douceur, ce qui suffit à éteindre provisoirement les flammes qui ne demandaient qu'à se ranimer.

— Nous sommes à un mile de chez moi, lui rappela-t-il avec un petit sourire en coin. Ça ira ?

— Oui, c'est faisable, répliqua-t-elle d'un ton malicieux. Mais je propose que l'on rentre à pied. L'air frais nous fera du bien.

— Si tu peux marcher vite, aucun problème.

— Après réflexion, non. Je ne marche pas assez vite.

— Dans ce cas, ta voiture est la plus près, décréta-t-il.

— Oui. Mais en cas d'urgence, cela ne va pas être facile de se garer en chemin. Et puis le levier de vitesse entre les sièges, c'est vraiment gênant.

Se moquerait-elle de lui ? Il la regarda, interloqué. Et éclata de rire.

— Il me semble que nous pourrons survivre à un trajet en voiture de cinq petites minutes, dit-il.

— Seulement je tiens à te faire remarquer que ma voiture va passer la nuit devant ta porte. Cela ne te gêne pas ?

— Non. A partir de maintenant, plus rien ne m'effraie, affirma-t-il.

— Alors, conduis, dit-elle en lui tendant ses clés de voiture. Toi au moins, ils ne t'arrêteront pas pour excès de vitesse.

Ils arrivèrent chez lui, en un temps record et sans voir ne serait-ce que l'ombre d'un policier. La nuit s'annonçait bien.

Il sortit de la voiture… et reçut un magistral coup de poing. Ce fut si violent qu'il crut un instant sa mâchoire brisée. Mary Elizabeth poussa un hurlement, mais Tucker s'était déjà ressaisi pour éviter un deuxième coup. Il attrapa le bras de son agresseur et le lui tordit en arrière en le plaquant contre la voiture tandis que Mary Elizabeth accourait en faisant tournoyer son sac à bout de bras. Ce fut Tucker qui le prit de plein fouet.

— Hé ! Qu'est-ce que tu transportes là-dedans ? s'exclama-t-il. Des briques ?

— Ça ne te regarde pas, répliqua-t-elle d'un ton pincé.

Puis elle jeta un coup d'œil à l'homme qui se débattait comme un beau diable sous la poigne de Tucker. Et sa surprise fut telle qu'elle en resta bouche bée.

— Ken Willis ! Avez-vous perdu la tête ? s'exclama-t-elle quand elle retrouva l'usage de la parole.

Et Tucker le reconnut à son tour. Sans ménagement, il lui fit faire volte-face et le regarda droit dans les yeux.

— Vous avez entendu ? Répondez ! ordonna-t-il.

— Je ne dirai rien hors de la présence de mon avocat, répliqua Willis en les fusillant tous les deux du regard.

— Très bien, répondit Tucker en lui tendant son téléphone portable. Appelez-le. Dites-lui que nous l'attendons sur ma pelouse, là où vous m'avez agressé. En attendant qu'il arrive, je vais réfléchir aux charges que je vais requérir contre vous. La première qui me vient à l'esprit, c'est celle d'agression sur la personne d'un officier de police.

— Vous n'êtes pas dans l'exercice de vos fonctions, protesta Willis.

— Oh ! Ce n'est pas grave, rétorqua Tucker. Surtout qu'un témoin peut préciser que vous rôdiez dans les buissons. Autant que je sache, il s'agit bien là de tentative d'homicide avec préméditation.

— Allez, Tucker ! Vous savez bien que je n'avais pas l'intention de vous tuer, protesta Willis qui avait soudain pâli.

— Comment le saurais-je ?

— Vous me connaissez ! Vous savez que je ne suis pas capable de la moindre violence.

— Ah oui ? Et ma mâchoire, alors ? Willis, que faisiez-vous ici ?

— Je voulais me venger. Bon sang, Tucker, arrêtez ! Vous me faites mal.

— Vous venger de quoi ?

— De tout ce que vous faites subir à Cynthia. Vous la harcelez.

— Non. La police l'interroge sur un meurtre. C'est tout. Vous aussi, on vous aurait interrogé si on avait réussi à vous localiser. Je vais de ce pas prévenir Walker et voir s'il est toujours disposé à vous entendre.

— Je ne dirai rien, affirma Willis. Je n'ai rien à voir avec le meurtre de Chandler. Pas plus que Cynthia. Elle l'aimait, vous ne le savez donc pas ?

— Et vous, Ken ? Quand vous êtes-vous fixé pour objectif de briguer le siège de Larry ? intervint Mary Elizabeth, qui ne devait pas avoir envie d'entendre parler de Cynthia. Avant ou après sa mort ?

— Après, rétorqua-t-il vivement. De son vivant, c'était inenvisageable. Il tenait tout le district.

— Ce qui revient à dire que vous aviez un sérieux motif de vouloir sa peau tant que vous étiez encore assez jeune pour affronter les difficultés d'une campagne électorale, fit remarquer Tucker.

Il reprit alors le téléphone des mains de Ken Willis et le tendit à Mary Elizabeth.

— Appelle Walker. Qu'il nous envoie immédiatement un policier.

— Mais bon sang, Tucker, je n'ai tué personne ! s'exclama Willis.

— Rassurez-vous, vous aurez l'occasion de le répéter devant Walker.

Quelques minutes plus tard, une voiture de police s'arrêtait devant eux dans un crissement de pneus, et Tucker remit le suspect au policier non sans le prévenir :

— S'il vous fait des histoires, rappelez-lui que je peux encore changer d'avis et porter plainte pour agression.

Bucky Harris le regarda un instant sans comprendre, puis il vit sa mâchoire enflée et comprit.

— Chef, vous ne voulez pas porter plainte maintenant ?

— Pas encore. J'attends de voir si ce monsieur est coopératif.

— C'est de l'intimidation ! protesta Willis.

— Possible, reconnut Tucker. Les juges en décideront, si vous voulez.

Quand ils furent partis, Tucker se tourna vers Mary Elizabeth qui effleura de la main sa mâchoire blessée.

— Tu es sûr que ça va aller ? demanda-t-elle avec inquiétude. Il faut mettre de la glace dessus.

— La glace peut attendre. On a déjà perdu trop de temps avec ce sale type. J'ai de quoi occuper le reste de la nuit.

— Vraiment ?

— Oui. Tu veux voir ? chuchota-t-il en la soulevant de terre.

— Oh oui…, soupira-t-elle en enfouissant son visage dans son cou. Montre-moi, shérif. Je n'en peux plus d'attendre !

22

Dans les bras de Tucker, Liz était au septième ciel. Au propre comme au figuré, elle ne touchait pas terre. Elle planait. Sa vie prenait enfin le tour qu'elle aurait dû prendre autrefois, si elle avait choisi la bonne personne. Elle était enfin dans les bras de l'homme qu'elle avait toujours aimé, même du temps de son désastreux mariage avec un autre. D'ailleurs, elle avait commencé à comparer les infidélités de Larry au profond sens de l'honneur et des responsabilités de Tucker dès les premiers mois qui avaient suivi son mariage. Il lui avait seulement fallu beaucoup de temps pour l'admettre.

Et il avait fallu qu'une tragédie survienne avant qu'elle finalise son divorce et revienne en femme libre à Trinity Harbor. Certes, elle était désormais libre, mais il restait mille et une questions sans réponses sur la mort de Larry et sur l'avenir. Cependant, ce soir, la seule question d'importance était de savoir si Tucker et elle retrouveraient la passion qui était autrefois la leur. Et peu importait qu'elle dure, cette fois, il lui suffisait d'être avec lui ; il y avait si longtemps qu'elle attendait cet instant…

Dans le hall d'entrée, Tucker hésita un instant.

— Tu veux dîner ? Quelque chose à boire ?

— Plus tard, répondit-elle vivement. Beaucoup plus tard.

— Bonne réponse, fit-il en se dirigeant tout droit vers sa chambre.

Dans la pièce, elle reconnut le tapis et le dessus-de-lit

vert qu'elle avait choisis. Les marines qu'elle avait trouvées à une exposition d'art à Colonial Beach étaient toujours accrochées au mur. Et sur la commode, elle découvrit avec surprise une photo où ils étaient tous les deux. Etait-elle là, trois semaines auparavant, quand elle s'était glissée dans le lit de Tucker ? Ce soir-là, elle était dans un tel état qu'elle n'avait rien remarqué de ce qui l'entourait. Rien, excepté l'odeur de Tucker sur son oreiller.

— J'ai retrouvé cette photo dans un tiroir après ton départ de Trinity Harbor, expliqua-t-il en réponse à son air étonné. Je l'ai mise de côté et je n'ai pas pu m'en défaire, même après ton mariage avec Chandler. C'est idiot, n'est-ce pas ?

Elle repoussa tendrement une mèche de cheveux et déposa un baiser sur son front.

— Non. Je trouve que c'est charmant.

— Eh bien moi, je ne trouve pas que ce soit charmant d'attendre quelqu'un pendant six ans, surtout quand cette personne a choisi de suivre un autre homme, laissa-t-il tomber, non sans une certaine amertume. Au contraire, je trouve que c'est pathétique. A la limite du ridicule.

— Peut-être était-ce parce que au fond de ton cœur tu savais que je reviendrais. Si seulement j'en avais eu la force quand je me suis aperçue de mon erreur !

— Oui ! Ç'aurait été bien. Très bien. Je me serais senti moins seul pendant toutes ces années.

— Maintenant je suis là, Tucker. Alors ne perdons plus de temps !

Pour la déposer à terre, il la fit glisser le long de son corps. Lorsqu'au passage, elle heurta son sexe en érection, tout son corps s'embrasa jusqu'au plus profond d'elle. De ses doigts tremblants, elle voulut déboutonner son chemisier, mais il la repoussa et, le regard fou de désir, entreprit de le faire à sa place.

De ses doigts maladroits, il lui griffait la peau, et sous la brûlure de ces éraflures naissait une sensation de picotements qui prenait naissance dans son ventre et se propageait en elle comme une source chaude.

Il écarta son chemisier, dévida un chapelet de baisers brûlants sur la courbe de ses seins et saisit pour finir un mamelon recouvert de dentelle dans sa bouche, si bien qu'elle sentit ses genoux se dérober sous elle.

— Oh ! Tucker…, murmura-t-elle, en se cambrant sous la brûlure du désir.

Puis il dégrafa son soutien-gorge, libérant lentement ses seins de leur prison de satin et de dentelle, pour les livrer, dans toute leur splendeur, à la passion qui l'animait. De la langue, il dessina le contour de chacun de ses tétons, et quand ils furent bien durs, il les suça l'un après l'autre, lui arrachant de tels gémissements qu'il s'interrompit un instant et la regarda avec inquiétude.

— Non, supplia-t-elle. Continue, Tucker. Encore, je t'en prie…

— Oh ! Ce n'est pas fini. Il va y en avoir d'autres, beaucoup, beaucoup d'autres…

Il y en eut tant que ses seins furent bientôt trempés et douloureux. Alors Tucker poursuivit son chemin jalonné de baisers, déboutonna son pantalon et lentement, très lentement, fit glisser la fermeture vers le bas. Au raclement métallique et à la caresse furtive des phalanges de Tucker sur sa peau nue, elle sentit son ventre se contracter.

Et lorsque les doigts de Tucker franchirent la barrière de soie de son slip et plongèrent dans la moiteur torride, ses hanches entamèrent un mouvement incessant de va-et-vient et son sang s'embrasa dans ses veines. Mais ce n'était rien en comparaison de ce qui l'attendait lorsqu'elle ressentit la caresse de son sexe…

Mais aussi merveilleux et fantastique que ce fût, elle en voulait plus encore. Elle voulait qu'après tant d'années, cette première fois soit complète. Elle voulait Tucker au plus profond d'elle.

Le souffle court, elle s'écarta de lui, souriant à son regard interrogateur.

— Pas si vite, dit-elle en lui ôtant sa chemise.

Et à son tour, elle déposa des chapelets de baisers sur la peau frémissante sous laquelle elle sentait jouer les muscles tendus de Tucker.

— Tu m'anéantis..., murmura-t-il.

C'était peut-être un peu exagéré ! Mais il avait l'air d'y prendre goût.

— Parfait ! C'est une excellente chose, répliqua-t-elle. Je veux justement te réduire à ma merci.

Et du bout de sa langue, elle traça le contour de ses tétons.

— Je t'ai déjà avoué que j'ai toujours été sous ton charme, même après que tu m'as quitté. Ça ne te suffit pas ? demanda-t-il en poussant un gémissement car, pour toute réponse, elle venait de lui arracher un des poils noirs de la toison qu'il avait sur le torse.

Elle défit la boucle de sa ceinture et glissa la main dans son jean puis dans son boxer, jusqu'à toucher son sexe frémissant. Et alors, plantant ses yeux dans les siens, elle se délecta du feu qu'elle y vit.

— Non, ça ne me suffit pas. J'envisageais plutôt quelque chose comme ça, dit-elle.

Et joignant le geste à la parole, elle saisit son sexe à pleine main, jouissant de le voir fermer les yeux et haleter en gémissant de plaisir.

— Alors ? Ça fait quoi ? murmura-t-elle.

— Arrête ! Je n'en peux plus ! dit-il en la soulevant de terre pour la porter sur le lit où ils roulèrent tous les deux.

Et là, finie la plaisanterie ! Leurs vêtements volèrent, leurs bras et leurs jambes s'enchevêtrèrent, leurs corps s'emmêlèrent dans une sorte de folie désespérée. Chaque fois que Tucker s'enfonçait, elle projetait ses hanches en avant à la recherche d'une félicité qui restait désespérément hors d'atteinte.

Alors qu'elle n'en pouvait plus de frustration et qu'elle allait crier grâce, il ralentit le rythme et croisa son regard. Loin de diminuer, la tension monta jusqu'à l'extrême. Dans ses yeux, elle lut alors la passion, les années de solitude et son amour pour elle qui n'était pas mort.

Il plongea en elle plus profondément encore, et la tension explosa en un million de sensations plus fulgurantes les unes que les autres.

Et ce fut tremblant de tous ses membres qu'elle reçut le plus tendre et le plus doux des baisers que Tucker lui donna jamais.

— Je t'aime, Mary Elizabeth, dit-il en plongeant ses yeux dans les siens.

Plus émue qu'elle ne voulait l'admettre, elle effleura sa joue d'une tendre caresse, et le contact rugueux de sa barbe lui procura de nouvelles sensations qui la transportèrent de joie.

— Oh ! Tucker, murmura-t-elle. Qu'est-ce que j'ai fait pour te mériter ?

— D'aucuns diraient que c'est moi qui ai de la chance, répliqua-t-il avec un large sourire. Je ne suis pas de ton monde.

— Jamais ! Tu m'entends ? Jamais je ne l'ai prétendu ! s'écria-t-elle avec force. Alors toi, ne redis jamais une chose pareille !

— Alors nous sommes faits l'un pour l'autre, c'est ça ?

— Oui. Nous sommes faits l'un pour l'autre.

— Sauf qu'il va encore y avoir quelques petits problèmes à résoudre, murmura-t-il, la main tendrement posée sur sa taille.

— Rien à côté de ceux que nous avons résolus, assura-t-elle.

— Je suis sérieux, ma chérie, rétorqua-t-il en posant un doigt sur ses lèvres. Certes, nous sommes venus à bout de ma famille, mais il y a encore à convaincre les gens qui m'ont élu shérif. Et ça…

— Tu es le meilleur shérif que l'on ait jamais eu dans ce comté, s'exclama-t-elle avec force. Et que personne ne s'avise de dire le contraire !

— Sinon, que vas-tu faire ? Leur casser la figure ?

— Oui, s'il le faut !

— Je te préviens que, dans ce cas, je devrai t'arrêter.

Elle roula sur lui et s'installa sur ses cuisses.

— Tu me passerais les menottes ? demanda-t-elle avec curiosité.

— Je t'en prie, changeons de sujet, grommela-t-il.

Elle se pencha sur lui et déposa un baiser dans son cou, là où son pouls recommençait à battre furieusement.

— Allez, on fait semblant ? proposa-t-elle.

— Oh oui ! s'écria-t-il en l'attrapant et en emprisonnant ses deux poignets qu'il releva au-dessus de sa tête. Comme ça !

Et il se redressa, profitant de sa position pour couvrir ses seins de baisers tandis qu'elle se contorsionnait en tous sens.

— Pouce ! gémit-elle à son tour.

— C'est bon de se laisser aller, n'est-ce pas ? murmura-t-il à son oreille avant de l'emmener au septième ciel dans une explosion des sens qui les laissa tous les deux hors d'haleine.

— Je crois bien que je ne pourrai plus jamais bouger, reprit-elle quand elle recouvra l'usage de la parole.

— Eh bien, ne bouge plus. Ce n'est pas grave puisque je t'ai ramenée dans mon lit.

— Je te ferais remarquer que j'y étais déjà il y a peu de temps.

— Oui, mais sans moi.

Il plongea son regard dans le sien avant d'ajouter :

— En tout cas, j'espère bien que tu ne trouveras plus de prétexte pour aller voir ailleurs.

*
* *

Tucker dormait profondément lorsque le téléphone sonna au milieu de la nuit. Mary Elizabeth était lovée contre lui, une main reposant sur son ventre, et il était si bien qu'il aurait voulu rester ainsi pour le reste de sa vie.

Mais celui qui appelait à… 3 heures du matin, constata-t-il après un coup d'œil à son réveil, devait avoir une sacrée bonne raison.

— Quoi ? grommela-t-il dans le téléphone.

— Sors tout de suite de ton lit et fonce à Swan Ridge, ordonna Walker sans s'embarrasser de préambule.

Tucker se redressa sur un coude, repoussant Mary Elizabeth qui marmonna une protestation avant de se tourner de l'autre côté et d'enfouir sa tête dans l'oreiller.

— Qu'est-ce qui s'est passé ? demanda-t-il à voix basse.

— Quelqu'un a tenté de mettre le feu.

— Il y a des dégâts ?

— Les pompiers sont intervenus rapidement et le feu ne s'est pas propagé au-delà de la bibliothèque. Il n'y a que des dégâts de fumée dans l'escalier.

— Tentative de destruction de preuves ? Le meurtrier aurait eu peur que l'on trouve quelque chose en fouillant les lieux de plus près ?

— Possible. Ou vengeance, dit Walker après un instant d'hésitation.

— Le meurtrier aurait espéré prendre Mary Elizabeth au piège à l'intérieur, c'est ça ?

— Je dois dire que ça m'a traversé l'esprit, reconnut Walker.

— Où sont Willis et Cynthia Miles ?

— Sous bonne surveillance. Willis est assigné à résidence chez lui, et Cynthia Miles est à l'hôtel. Mes hommes les ont à l'œil tous les deux.

— Très bien. J'arrive dans dix minutes.

— Avec Mary Elizabeth ? s'enquit Walker d'un ton faussement naturel.

Tucker se retint d'envoyer Walker promener. La veille

au soir, tout le monde les avait vus partir ensemble de chez Daisy. Cependant l'ironie sous-jacente de la question l'énerva au plus haut point.

— Si je la trouve, répliqua-t-il sèchement.

— Cherche bien, lui conseilla Walker avec un petit rire avant de raccrocher.

Tucker reposa pensivement le combiné sur son socle et se tourna vers Mary Elizabeth qui l'observait avec inquiétude.

— Il y a un problème, n'est-ce pas ? demanda-t-elle.

A quoi servirait de travestir les faits ? Mieux valait lui dire la vérité.

— Oui. Quelqu'un a essayé de mettre le feu à Swan Ridge. Mais l'incendie est circonscrit.

Il la vit pâlir brusquement.

— C'est… c'est grave ? murmura-t-elle.

— Juste des dégâts dans la bibliothèque de ton grand-père, mais nous devons aller nous en assurer.

Elle hocha la tête en essayant vainement de retenir ses larmes, et sauta du lit.

— Mary Elizabeth ! s'écria-t-il en la retenant.

— Quoi ? lança-t-elle en se dégageant. Je vais bien.

Sans l'écouter, il la rejoignit et vit les larmes qui couraient sur ses joues.

— Non, tu ne vas pas bien, répliqua-t-il. Ne raconte pas d'histoires. D'ailleurs, comment pourrais-tu aller bien avec tout ce qui te tombe sur la tête ? La bibliothèque, c'était…

— La pièce où mon mari a été assassiné ! s'écria-t-elle vivement. De toute façon, elle n'aurait plus jamais évoqué autre chose dans mon esprit.

Il la serra contre lui, en dépit de ses efforts désespérés pour lui échapper.

— Non, murmura-t-il. C'était là que tu aimais te glisser en cachette, pendant que ton grand-père travaillait en fumant la pipe. Tu m'en parlais toujours.

Il la sentit trembler. Elle était plus choquée qu'elle ne le laissait paraître.

— Raconte, Mary Elizabeth. Confie-toi à moi.

Un moment, il crut qu'elle allait rester stoïque et se taire. Mais elle céda, posa sa tête sur sa poitrine et donna libre cours à ses larmes.

— L'odeur de son tabac était encore dans les rideaux, chuchota-t-elle d'une voix tremblante. Ils étaient sombres, sinistres, affreux, mais je ne voulais pas les enlever à cause de ça. C'est idiot, n'est-ce pas ?

— Non. Nous avons tous quelque chose qui nous tient à cœur à cause du souvenir qui s'y rattache. Moi, quand ma mère est morte, j'ai fouillé dans sa chambre et j'ai trouvé un foulard qu'elle portait toujours. Il avait gardé son parfum. Je l'ai caché sous mon oreiller pendant des mois. Je l'ai gardé, jusqu'au jour où il n'a plus rien senti parce que le parfum s'était évaporé.

— Est-ce que tu l'as encore ? demanda-t-elle en le regardant de ses yeux lumineux.

— Dans un tiroir de ma commode. Avec ta photo.

— C'est un foulard de soie blanche imprimé de roses roses ! s'exclama-t-elle en riant, tout heureuse d'avoir deviné.

— Tu l'as vu ?

— En cherchant un T-shirt à me mettre, la nuit où j'ai débarqué chez toi. Je n'ai pas remarqué la photo, mais j'ai vu le foulard et je me suis dit qu'il appartenait sans doute à la femme qui partageait maintenant ta vie.

— Non. Il appartenait à la femme que je ne veux pas oublier, ma mère.

Puis il prit son menton pour l'obliger à l'écouter et ajouta :

— Tu sais quoi ? On n'a pas besoin de quoi que ce soit pour se souvenir des gens que l'on aime. Ils sont à jamais dans notre cœur.

— Tu as raison, soupira-t-elle. Je disais ça parce

que je n'ai rien qui me rappelle mes parents et que, du coup, j'ai commencé à oublier à quoi ils ressemblaient et jusqu'au son de leur voix.

— Parce que tu étais jeune quand ils sont morts et que ton grand-père n'a jamais rien fait pour entretenir leur souvenir.

— C'est vrai. Tout ce qui venait d'Europe était tabou, et il ne répondait à aucune de mes questions. Je crois que cela lui faisait trop de peine de parler d'eux. A l'époque, je ne m'en rendais pas compte. C'est seulement maintenant que je le comprends. Merci de me rappeler que le souvenir que l'on en a est plus important que la réalité.

Et elle déposa un baiser sur sa joue.

— A ton service ! lança-t-il en lui souriant.

— Tucker, je ne te l'ai pas dit la nuit dernière parce que je ne voulais pas que tu penses que je te le disais pour te faire plaisir, mais je t'aime, tu sais.

— Je sais, Mary Elizabeth. Au fond de mon cœur, j'ai toujours cru que tu succombais à un égarement passager.

— C'est ça, reconnut-elle en hochant lentement la tête. Un égarement passager. Mais maintenant, je suis revenue à la raison. On y va ? ajouta-t-elle en se dégageant de ses bras pour aller s'habiller.

Une demi-heure plus tard, ils étaient à Swan Ridge et constataient les dégâts. La bibliothèque était effectivement réduite en cendres. Mais, en dehors d'une tenace odeur de fumée dans les pièces adjacentes, le reste de la vieille demeure patricienne était intact.

Walker vint les retrouver dans le patio de derrière.

— Je vois que tu n'as pas eu trop de mal à la retrouver, lança-t-il, moqueur.

— Va te faire f… ! répliqua Tucker. Alors, tu as relevé des indices ? C'est un incendie criminel ?

— Jusqu'ici, on n'a que des soupçons, pas plus. J'attends les conclusions de la police d'Etat. Pour moi, le départ de feu est au centre de la pièce. A l'endroit précis où nous avons trouvé le corps de Chandler. Désolé, ajouta-t-il en se tournant vers Mary Elizabeth.

Elle inclina la tête dignement, serrant juste un peu plus fort la main de Tucker à laquelle elle s'accrochait.

— Qui est au courant des prélèvements que tu as faits sur les vêtements et le corps de Larry ? demanda Tucker.

— Moi, je n'en ai pas parlé, affirma Walker d'un air pensif. Mais je crois qu'en dehors de leur existence, les gens n'en savent pas plus.

— Ce qui signifie que peu de gens sont au courant de ce que tu as en ta possession et des conclusions que nous en tirons.

— N'as-tu pas toi-même donné l'information à Cynthia Miles, l'autre jour ? s'enquit Walker.

— Oui, je l'ai évoquée. Mais tu viens de me dire qu'elle était sous bonne garde, la nuit dernière.

— A moins qu'elle n'ait échappé à la surveillance du policier et qu'il ne m'ait rien dit. Ce qui est peu probable. Il m'a confirmé qu'elle n'avait pas bougé de la nuit. Quant au policier affecté à la garde de Willis, il m'a affirmé que ce dernier n'avait pas quitté la maison et que la seule personne qui était sortie était son épouse.

Son épouse ? Bon sang !

— Arlene Willis est sortie ? s'exclama Tucker. A quelle heure ? A-t-il vu quand elle était rentrée ?

Walker sortit vivement son téléphone mobile. Et quand il eut son subalterne en ligne, laissa échapper un chapelet de questions pressantes auxquelles succéda un chapelet de jurons qui laissa Mary Elizabeth perplexe et remplit Tucker de honte devant le manque de politesse de son beau-frère devant une femme.

— Arlene Willis a quitté la maison à minuit, dit enfin Walker. Elle n'est pas encore rentrée.

Puis il appela le poste et donna l'ordre à Michele de lancer un avis de recherche.

— Si elle est encore dans la région, nous allons la retrouver, affirma-t-il, l'air soucieux.

— Est-ce que Larry et Arlene se connaissaient ? demanda Tucker en se tournant vers Mary Elizabeth.

— Elle était belle. Son mari avait des ambitions politiques. Evidemment qu'il la connaissait, affirma-t-elle en haussant les épaules.

— A-t-il eu une liaison avec elle ? insista Walker, qui se sentait plus libre que Tucker pour poser ce genre de question.

Mary Elizabeth secoua d'abord la tête, puis elle se ravisa en soupirant.

— Pour tout dire je ne sais pas. Peut-être, après tout. Je pensais qu'à Trinity Harbor, il serait plus prudent. Mais je me trompais sans doute, répondit-elle, l'air accablé.

— Pendant que l'on recherche Arlene, pourquoi ne pas interroger Willis ? suggéra Tucker. Peut-être que, jusqu'ici, on ne lui avait pas posé les bonnes questions. Nous pensions tous qu'il souhaitait la mort de Chandler parce qu'il briguait sa place. Mais si ce n'était pas ça ?

Il lança un regard plein de compassion à Mary Elizabeth et conclut :

— Et s'il voulait sa mort parce que Chandler avait une liaison avec sa femme ?

23

Cela faisait maintenant des jours que Frances tenait King en haleine. Et il commençait à en avoir plus qu'assez ! Le soir du dîner à la marina, il avait enfin réussi à faire sa demande. Une longue promenade au bord de l'eau, entrecoupée de baisers comme il se devait, avec la lune pour témoin, et il avait renouvelé sa demande en mariage dans les formes, cette fois. Selon lui, toutes les conditions étaient réunies. Le dîner avait été parfait, le cadre était romantique et il était de bonne humeur. Pourtant, l'effet fut décevant. Frances l'avait regardé d'un air pensif avant de déclarer qu'elle avait besoin de temps pour réfléchir. Si jamais quelqu'un apprenait ça dans sa famille, il n'aurait pas fini de l'entendre !

— Je me demande bien ce qu'il y a à réfléchir ! n'avait-il pu s'empêcher de grommeler dans un premier temps.

Mais il s'était vite rétracté, songeant que le jeu en valait la chandelle et qu'il devait se garder de tout casser sur un mouvement d'humeur.

— Je suis désolé, Frances. Prends tout le temps que tu veux, avait-il ajouté.

Elle l'avait scruté d'un air méfiant et avait paru satisfaite, suggérant qu'il la ramène chez elle.

— Bien sûr que je vais te ramener chez toi ! C'est moi qui suis venu te chercher.

Elle avait eu un sourire narquois. Qu'avait-il donc dit de si drôle ?

— Je ne suis pas certaine que nous nous soyons compris, avait-elle répliqué.

Il l'avait donc laissée devant chez elle, et avait attendu qu'elle soit rentrée avant de repartir. Et depuis ce soir-là, il ruminait et se remettait en question. Qu'avait-il fait pour qu'elle le rembarre ? Lui qui croyait avoir fait preuve d'esprit chevaleresque en lui montrant qu'elle méritait mieux que la bagatelle ! Venant de lui — qui s'en serait parfois contenté —, n'était-ce pas héroïque ? D'autant plus qu'elle n'avait jamais expressément dit le fond de sa pensée. Voilà qu'il commençait à se demander s'il ne s'était pas trompé sur toute la ligne avec elle ! Une fois de plus. Bon sang ! Que les femmes étaient compliquées !

Au moins, Tucker et Mary Elizabeth semblaient sur la bonne voie, et les racontars à leur sujet se faisaient de plus en plus rares en ville. Il ne se faisait plus guère de soucis pour eux. Tous ses enfants seraient casés avant la fin de l'année et peut-être pourrait-il enfin espérer l'arrivée prochaine d'un petit Spencer.

— Qu'est-ce qui te rend aussi songeur, mon vieux ? s'enquit Pete Dexter en se glissant sur la banquette de chez Earlene, face à lui. Ça a l'air de mouliner sec dans ta petite tête.

— Je me disais que dans la vie, on est parfois confronté à des obstacles inattendus, répondit-il en repensant à Frances.

— Ton fils serait-il en train de commettre des folies ?

— Si c'est à Tucker que tu fais allusion, sache qu'il ne fait jamais de folies, répliqua sèchement King.

— Ce n'est pas ce que tu disais quand Liz Chandler est revenue en ville et l'a entraîné dans cette sale histoire, lui rappela Pete avec un petit sourire innocent.

— Vous parlez encore du meurtre ? demanda Frank Davis qui venait de les rejoindre. J'ai entendu dire qu'ils vont procéder à une arrestation ce matin. La nuit dernière, il y a eu un incendie à Swan Ridge et la police est pratiquement sûre que le meurtrier et l'incendiaire sont une seule et même personne.

Un incendie à Swan Ridge ! La nouvelle remplit King de stupeur. Il se leva en toute hâte, bousculant son ami pour passer devant lui.

— Il faut que j'y aille ! s'écria-t-il.

— Pour quoi faire ? demandèrent en chœur ses deux amis. L'incendie est éteint.

— Ce n'est pas l'incendie qui me tracasse ! répliqua-t-il.

Tucker et Mary Elizabeth allaient, une fois de plus, être dans de beaux draps. Quoi qu'il arrive, ils auraient besoin qu'on les soutienne, et il voulait être le premier à leur apporter son réconfort.

— Tiens ! Je croyais que tu avais rendez-vous avec Frances, s'étonna Pete.

— J'ai dit ça, moi ?

— Non, mais ces temps-ci, c'est toujours la même chose avec toi. Ça fait des semaines qu'on n'a pas eu de conversation sans que tu nous laisses tomber pour aller t'asseoir avec elle, répliqua Pete.

— Ah oui ? Eh bien, aujourd'hui, ça ne changera pas. Je vous laisse tomber ! Mais pas pour elle, grommela-t-il.

Il eut un moment d'hésitation et se radoucit quelque peu. C'était pourtant vrai qu'il retrouvait Frances presque tous les matins. Comme ça, sans que ce soit prémédité. Elle allait sûrement se demander où il était parti.

— Si Frances vient, dites-lui que je suis allé à Swan Ridge, ajouta-t-il. Expliquez-lui que c'était urgent.

Pete et Frank hochèrent la tête en le considérant d'un air apitoyé.

— Quand vas-tu épouser cette femme et en finir avec ça ? demanda Frank. Est-ce que ça ne serait pas mieux ? Tu pourrais prendre ton petit déjeuner avec elle, lui faire la conversation. Et puis au moins, tu nous ficherais la paix.

King les regarda en maugréant.

— Alors, vous allez lui dire ou pas ? ronchonna-t-il.

— Va ! dit Pete en le chassant de la main. Et ne t'inquiète pas ! Nous nous ferons un plaisir de prévenir Frances que tu es de nouveau parti te mêler de ce qui ne te regarde pas.

King avait grande envie de dire à son ami ce qu'il pensait de lui, mais il n'avait pas de temps à perdre. Si le meurtre de Chandler était sur le point d'être élucidé, il voulait être présent pour s'assurer que ce n'était pas Mary Elizabeth que l'on allait mettre sous les verrous. Comme Tucker, il était convaincu de son innocence, mais l'un et l'autre s'étaient déjà trompés une ou deux fois sur le compte de Mary Elizabeth, et chat échaudé craint l'eau froide.

Il sortait en trombe du café, lorsqu'il tomba sur Frances. Il l'embrassa si tendrement qu'elle en fut éberluée.

— Je suis pressé, lança-t-il en guise d'explication. Pete te racontera.

— Si tu vas à Swan Ridge, je viens avec toi, s'écria-t-elle aussitôt.

— Tu es déjà au courant pour l'incendie ?

— Il y a une demi-heure, Anna-Louise m'a téléphoné. Richard a appris la nouvelle par une dépêche de la police. En fait, je venais te le dire. Prenons ma voiture, elle est juste là.

Il grimaça. Il rechignait toujours à monter en voiture avec elle. Elle conduisait son cabriolet décapotable comme un vrai casse-cou. Et c'était un miracle qu'elle ne se soit pas encore écrasée contre un arbre. Malheureusement pour lui, le maudit cabriolet en question était juste devant la porte de chez Earlene, là où il était interdit de stationner, et le moteur tournait. Sa voiture à lui était garée plus loin, dans une autre rue. Et puis… il devait bien faire des concessions de temps en temps.

— Allons-y, marmonna-t-il en s'installant sur le siège du passager et en chaussant ses lunettes de soleil.

S'il fermait les yeux, peut-être aurait-il moins peur quand

elle foncerait à toute allure sur la petite route en lacets qui menait à Swan Ridge. Parce qu'il la connaissait ! Elle ne savait pas conduire autrement qu'en prenant des risques !

Frances prit le volant, enclencha une vitesse et quitta tête haute sa place de stationnement interdit. Quand ils furent sortis de la ville, elle le regarda.

— Tu peux ouvrir les yeux, maintenant, dit-elle d'un ton narquois.

— Ils ne sont pas fermés, mentit-il.

— Je n'ai aucune confiance en quelqu'un qui fait des petits mensonges car il est capable d'en faire des gros, répliqua-t-elle d'un ton sentencieux.

Bon sang ! Elle exagérait ! Il ouvrit grands les yeux et releva ses lunettes.

— Frances, je ne t'ai jamais menti. Jamais, tu m'entends ? affirma-t-il d'un ton véhément.

Elle le considéra d'un air satisfait, hocha lentement la tête et déclara :

— Dans ce cas, la réponse est « oui ».

— Oui ? répéta-t-il, l'air perplexe. Oui à quoi ? Arrête de parler par énigme !

Elle pila net en écrasant de toutes ses forces la pédale de frein, se tourna vers lui et le regarda droit dans les yeux en énonçant clairement :

— Oui, je veux t'épouser, King Spencer.

Il ouvrit la bouche et la regarda, les yeux exorbités. Et quand son cerveau décrypta enfin ses paroles, il laissa échapper un cri de victoire.

— Si on n'était pas aussi pressés, je me jetterais sur toi et je t'embrasserais jusqu'à t'en dévisser la tête, déclara-t-il.

Elle éclata de rire et il songea qu'il n'avait pas entendu pareille manifestation de joie depuis une éternité.

— Je t'aime, tu sais. Je t'aime tellement ! dit-elle.

— Et moi donc !

— Alors ? Où est ma bague ?

— Au même endroit, depuis ces deux dernières semaines. Dans ma poche.

— Eh bien ?

— Eh bien quoi ? Tu veux vraiment que je la sorte alors que nous sommes arrêtés au milieu de la route ? demanda-t-il d'un ton incrédule.

Elle se concentra, fit semblant de réfléchir, puis hocha la tête et dit :

— Oui, je le veux.

Alors il plongea sa main dans sa poche, non sans jeter un coup d'œil par-dessus son épaule, le temps de voir qu'une file de voitures s'était formée derrière eux ! Eh bien, qu'ils attendent ! Il y avait plus important. Il extirpa l'écrin de velours et découvrit aux yeux éblouis de Frances un diamant qui étincelait de tous ses feux.

— C'est magnifique ! s'extasia-t-elle. Jamais je n'aurais imaginé quelque chose d'aussi extraordinaire.

— Je voulais quelque chose qui aille avec ton style. Je trouve que c'est réussi. Je vois tes yeux qui se reflètent dedans.

— Oh ! King Spencer ! s'exclama-t-elle, au comble de l'émotion. Quelquefois, tu sais être si romantique !

Elle tendit sa main et il glissa l'anneau à son doigt, au moment précis où un concert de Klaxon s'élevait derrière eux.

On était à la campagne et les conducteurs étaient habitués à patienter derrière les machines agricoles, mais pas à s'arrêter derrière un clampin qui bloquait la circulation sans raison !

Furieux de tout ce ramdam, King ouvrit sa portière et sortit de voiture pour dire son fait au malotru qui klaxonnait comme un malade.

— La ferme ! Vous ne voyez pas que je suis en train de me fiancer ?

Mais quelle ne fut pas sa surprise en reconnaissant

Richard, l'appareil photo à la main ! Un Richard mort de rire et fier de lui !

— Fantastique ! s'exclama Richard, le pouce levé en signe de triomphe. Ça, ça va faire une sacrée une !

King se tourna vers Frances. Elle était rouge comme une tomate et ne savait où se mettre.

— Ne t'inquiète pas, lui dit-il pour la rassurer. L'information a ses priorités. L'incendie à Swan Ridge et l'arrestation du meurtrier de Chandler vont sûrement passer avant notre décision de nous passer la corde au cou.

— C'est possible, répliqua-t-elle en riant. Mais il n'en reste pas moins que ce bouchon dont nous sommes la cause ferait un beau titre en deuxième page. Nous ferions mieux de partir.

— Pas avant que l'on s'embrasse pour conclure notre accord, décréta-t-il en lui prenant délicatement le menton pour lui relever la tête et déposer sur ses lèvres un chaste baiser.

Et il lança un coup d'œil narquois du côté de Richard en braillant :

— Vous l'avez, la photo ?

— Qu'est-ce que vous croyez ! s'exclama Richard. Ne vous ai-je pas toujours dit que j'étais un sacré bon journaliste ?

— Admettons. Mais si c'était vraiment le cas, vous seriez à pied d'œuvre à Swan Ridge, plutôt qu'ici à me prendre en photo avec Frances, grommela-t-il en remontant en voiture.

Tandis que Frances reprenait la route sur les chapeaux de roues, il se mit à rire.

Voilà une matinée qui s'annonçait comme la plus belle de sa vie.

Tucker en avait plus qu'assez de ce bourbier sordide qu'était la vie de Larry Chandler. Si leur nouvelle hypothèse s'avérait exacte et s'il avait eu une liaison avec Arlene Willis, c'était une preuve de plus de sa bêtise et des humiliations qu'il imposait à Mary Elizabeth.

Plus le temps passait et plus les choses se décantaient, moins il comprenait pourquoi Mary Elizabeth s'était si longtemps accrochée à ce triste individu.

Ils étaient à Swan Ridge, attendant de savoir si la police avait mis la main sur Ken Willis ou sur sa femme, lorsqu'il lui vint une idée à laquelle il n'avait jamais pensé. Etant donné toutes les magouilles personnelles et professionnelles dans lesquelles trempait Larry Chandler — liaisons et affaires louches —, Mary Elizabeth devait savoir qu'elle ne serait pas la seule sur la liste des suspects. Alors comment expliquer son comportement la nuit où elle était venue lui demander de l'aider ?

Et surtout pourquoi s'était-elle adressée à lui, étant donné leur passé à tous les deux ? Etait-ce parce qu'elle voulait plus que son aide ? Il fallait qu'il en discute avec elle. Mais plus tard. Pour l'instant, elle déambulait tristement dans les pièces du rez-de-chaussée de Swan Ridge encore envahies de fumée.

Au bout d'un long moment, elle s'approcha de lui, et lui qui la croyait au bout du rouleau, vaincue par le désespoir et la solitude, décela dans ses yeux l'éclat d'une surprenante détermination.

— C'est décidé, annonça-t-elle d'une voix tremblante. Dès que tout sera terminé, je me débarrasse de Swan Ridge. Ce n'est pas une maison, c'est un mausolée.

— Et que vas-tu faire ?

— Ça dépendra de beaucoup de choses, répondit-elle en plongeant ses yeux dans les siens.

— Par exemple ?

— Ce n'est pas le moment de parler de cela.

Soudain, elle eut l'air affolée.

— Zut ! s'exclama-t-elle. J'avais rendez-vous avec

Daisy pour voir un lieu pour la maison des jeunes et pour mettre notre comité sur pied. Comment ai-je pu l'oublier ?

— Ne t'inquiète pas, ma chérie, la rassura-t-il. Walker l'a sûrement mise au courant de l'incendie.

— C'est vrai, mais je vais quand même l'appeler. Je ne voudrais pas qu'elle croie que je la laisse tomber, au moment où nous nous réconcilions.

— Tu veux que je lui téléphone ?

Du coin de l'œil il aperçut un groupe de gens qui s'avançaient d'un bon pas en direction de la maison. Son père et Frances en tête, main dans la main, derrière eux, Richard, puis Daisy. Il prit Mary Elizabeth par les épaules et la fit pivoter pour lui montrer la scène.

— Regarde ! Tu n'as vraiment pas besoin de te tracasser.

Il vit que Daisy ralentissait en voyant Mary Elizabeth, mais elle se ressaisit vite, releva le menton du même geste de défi que Mary Elizabeth tout à l'heure, et traversa le patio, jusqu'à s'arrêter devant elle.

— Mary Elizabeth, est-ce que ça va ? demanda-t-elle en lui caressant la joue d'un geste plein de sollicitude. J'aurais voulu venir plus tôt, mais il fallait que je réveille Tommy et que je le conduise chez Jenna. Bobby va l'emmener à la pêche avec Darcy.

— Je vais bien, répondit Mary Elizabeth. Mais je vais encore mieux depuis que tu es là. En fait, j'allais t'appeler pour m'excuser d'avoir oublié que nous avions prévu de commencer aujourd'hui à travailler sur notre projet de maison des jeunes.

— Ce n'est pas grave, nous pouvons remettre ça à plus tard, répliqua Daisy en désignant la maison d'un signe de tête. C'est grave ?

— Pas aussi grave que cela aurait pu l'être. C'est la bibliothèque de mon grand-père qui a le plus souffert dans l'incendie.

— Des dommages matériels, ça se répare, affirma

Daisy en passant un bras sur les épaules de Mary Elizabeth tandis qu'elles allaient visiter les lieux.

— Je viens avec vous ! s'écria Frances en serrant la main de Mary Elizabeth dans la sienne.

Tucker regarda songeusement les trois femmes pénétrer dans la vieille maison.

Quelle ironie du sort ! Alors qu'elle perdait une grande partie de son passé, Mary Elizabeth trouvait enfin l'amitié dont elle avait toujours rêvé.

Il se retourna et vit son père, perdu lui aussi dans la contemplation des trois femmes.

— Alors, papa ? Comment ça va entre Frances et toi ? J'ai l'impression que quelque chose a changé.

— Elle a accepté ma demande en mariage, répondit King, un peu surpris de la question. C'était en venant, il y a juste dix minutes. Elle a provoqué un bouchon de deux kilomètres en s'arrêtant en plein milieu de la route pour me dire « oui ».

— Il faut dire que c'est le bon endroit pour accepter une demande en mariage ! répliqua Tucker en éclatant de rire.

— N'est-ce pas ? renchérit King en riant lui aussi. Avec elle, ma vie ne va pas être triste, c'est sûr.

— En tout cas, je suis content pour toi, affirma Tucker, retrouvant son sérieux.

— Merci, fiston. Tu crois que ton frère et ta sœur penseront la même chose ?

— J'en suis sûr. Bobby sera juste déçu de ne pas avoir été témoin de la scène. Il était persuadé que ça se passerait à la marina et il avait même ouvert des paris.

— Non ! s'exclama King, scandalisé. Il a fait ça ? Puisque c'est ça, il sera le dernier à l'apprendre ! Et toi, ne t'avise pas de le lui dire. Il l'apprendra en regardant la une du journal.

— Parce que tu espères un article dans le journal ? s'exclama Tucker, complètement effaré.

— Richard était derrière nous sur la route, répondit King avec un grand sourire. Et, à moins que Walker ne lui fournisse un plus gros scoop, ce sont nos fiançailles qui feront la une cette semaine.

Puis, changeant de ton, il ajouta d'un air soucieux :

— Qu'est-ce que tu en penses, fiston ? Est-ce que je vais être délogé de la première page ?

— Si c'est un moyen déguisé de savoir s'il y a du nouveau dans l'enquête, je ne peux rien dire. Demande à Walker.

— C'est peine perdue, répliqua King, l'air dégoûté. Il est encore plus fermé que toi pour ce qui est des affaires de la police.

— C'est tout à son honneur ! Maintenant, si tu veux bien, je crois que je vais aller souhaiter bonne chance à Frances. Elle va en avoir besoin.

— Et à moi ? Tu ne me souhaites pas bonne chance ?

— Elle a dit « oui ». C'est plus de chance que tu ne mérites ! Félicitations, papa !

— Hâte un peu les choses avec Mary Elizabeth et on fera une double cérémonie, ne put s'empêcher de suggérer King en le regardant par en dessous.

— Occupe-toi de tes amours et laisse-moi m'occuper des miennes, répliqua Tucker en s'en allant.

— Alors tu avoues que tu en as, des amours ! lui lança King, triomphant.

— Je ne te répondrai pas.

Le rire de son père le suivit longtemps après qu'il fut rentré dans la maison. Il aurait bien voulu être aussi optimiste que lui pour son propre avenir. Malheureusement il n'en était encore qu'à se demander ce que Mary Elizabeth avait l'intention de faire une fois qu'elle aurait vendu Swan Ridge et n'aurait plus d'attaches à Trinity Harbor.

***

Liz avait besoin de respirer, de soulager la pression qui pesait sur elle. Chaque fois qu'elle déambulait dans les pièces de Swan Ridge, la pensée de laisser tout cela la remplissait de tristesse. Mais il y avait ici autant de tristes souvenirs que de bons, et la plupart des bons étaient liés à Tucker. Or, tous les deux, ils pourraient toujours s'en faire de nouveaux, où qu'ils soient.

A la condition, bien sûr, qu'il veuille bien envisager l'avenir avec elle. Ce qui, à tout prendre, après les événements de la nuit dernière, n'était pas impensable.

Elle se glissa hors de la maison, laissant Daisy et Frances débattre de son idée d'installer la future maison des jeunes à Swan Ridge. Certes, c'était loin du centre-ville, mais il suffirait d'organiser un système de navettes. Et le parc planté de vieux arbres serait parfait pour les activités sportives et les jeux. On pourrait aménager des terrains de base-ball et de basket sur les terres attenantes. Il y avait déjà un plan d'eau à l'arrière des bâtiments, et la maison comptait assez de pièces pour abriter les activités manuelles et autres, ainsi que des salles de classe. Son grand-père aurait, à coup sûr, approuvé que l'on transforme à cet usage une demeure familiale devenue trop grande pour une femme seule et même pour une famille de taille raisonnable comme celle qu'elle rêvait de fonder avec Tucker.

En suivant l'allée qui menait au Potomac, elle leva les yeux vers le ciel sans nuages qui se dessinait entre les frondaisons des arbres.

— Alors, grand-père ! Qu'est-ce que tu en penses ? Si je fais ça pour la ville et pour moi, ça te va ?

Les rayons du soleil qui dansaient joyeusement sur le fleuve se chargèrent de transmettre la réponse de son grand-père.

— Parfait ! Si tout le monde est d'accord, ma résolution est prise, affirma-t-elle.

— On dit que parler tout seul est un signe de folie, fit une voix de femme qui la figea sur place.

Elle sursauta et sentit son cœur battre un peu plus vite. Son interlocutrice restait cachée dans l'ombre, mais elle avait reconnu sa voix, une voix qu'elle n'avait pas entendue depuis des années.

— Bonjour, Arlene, lança-t-elle d'un ton cordial, comme si elle accueillait une vieille connaissance. Pourquoi te caches-tu ?

— Je n'ai pas envie de me montrer. Pour une fois, j'ai l'avantage sur toi.

L'amertume qui émanait de ses propos déconcerta Liz. Elle ne se souvenait pas avoir été en compétition avec Arlene Willis depuis les années de lycée, quand cette dernière s'appelait encore Arlene Hathaway. Et soudain, comme sur ces panneaux publicitaires où les images changent toutes les trente secondes, tout se mit en place dans son esprit.

— C'est pour cela que tu as mis le feu à Swan Ridge ? demanda-t-elle posément. Pour te venger ?

— Tu plaisantes ! répliqua Arlene avec un petit rire crispé.

— Alors pourquoi ?

— Pour te rappeler à mon bon souvenir, répondit-elle, confirmant par là qu'elle était bien l'incendiaire. Pour t'envoyer un avertissement et te prévenir que j'allais tout te prendre de la même façon que tu m'avais tout pris.

— Moi ? s'écria Liz, au comble de la perplexité. Mais qu'est-ce que je t'ai pris ?

— Mon avenir.

— Je ne comprends pas.

— Notre avenir, à Ken et moi, était tout tracé. Il a fait des études de droit puis s'est présenté aux élections. Il aurait gagné le comté si tu n'avais pas ruiné tous nos espoirs ! Tu ne peux pas savoir comme je t'ai haïe pour cela ! Les gens nous ont considérés comme des moins que rien quand Larry a écrasé Ken à la première élection. Du coup il a perdu l'estime de soi et n'a plus jamais été le même. Tout cela à cause de toi !

Au début, elle n'avait pas eu peur d'Arlene, une ancienne camarade de classe avec qui l'on pouvait discuter. Mais maintenant, avec ces propos insensés, c'était une personne franchement dérangée et potentiellement dangereuse qu'elle allait devoir affronter. La peur s'empara d'elle.

Il fallait la faire parler. Gagner du temps en espérant que Tucker remarquerait son absence et viendrait à sa recherche.

— Dis-moi comment j'ai pu ruiner tes espérances, insista-t-elle. Qu'est-ce que j'ai fait pour ça ?

— Tu as épousé Larry Chandler, quelqu'un venu d'ailleurs. Un étranger, sans attaches dans la région, expliqua Arlene avec cette nuance de mépris dans la voix qu'ont les gens d'ici pour les étrangers qui ne sont pas nés et n'ont pas été élevés dans le Northern Neck, ceux qui ne peuvent se targuer d'au moins une génération ou deux d'autochtones. Toi et ton grand-père, vous l'avez légitimé. Il avait le charme, la fortune, et après le mariage, il a eu la puissance des Swan. Ken et moi, nous n'avions plus aucune chance après ça. Alors je me suis dit qu'il ne me restait plus qu'à détruire ton mariage de la même façon que tu avais détruit le mien en brisant notre rêve.

— En faisant quoi ? En ayant une liaison avec mon mari ? Etais-tu une de ces autres femmes ? Coucher avec mon mari, c'était ça, ta vengeance ? Mais en quoi cela aidait-il Ken ?

— Ken, je ne pouvais plus rien pour lui. Je voulais Larry pour moi. Je voulais être avec lui. Partout. Toujours. Je voulais ce dont tu m'avais dépouillée : le pouvoir, le succès, l'argent.

— Mais alors pourquoi l'as-tu tué ? Parce que tu l'as bien tué, n'est-ce pas ?

En guise de réponse, Arlene éclata de rire, d'un rire funeste, un rire qui glaça Liz jusqu'à la moelle.

Puis elle sortit de l'ombre et ce fut pire encore. Liz eut un éblouissement, et la panique la saisit, lui coupant le souffle tandis qu'elle essayait désespérément de comprendre ce qui lui arrivait. Arlene changea de position et Liz put enfin la voir.

Elle tenait un revolver braqué sur sa poitrine. Et vu le sort qu'elle avait réservé à Larry, Liz n'eut aucun doute : Arlene avait la détente facile.

24

Impatient de féliciter Frances, fatigué de son rôle d'observateur là où il aurait préféré être acteur, Tucker se réfugia à l'intérieur de la maison où il trouva Daisy et Frances, auxquelles s'étaient jointes Gail et Anna-Louise, en grande conversation. En temps normal, il aurait été curieux de savoir ce qui intéressait autant ces dames, mais sur le moment, seule l'absence de Mary Elizabeth l'interpella. L'incendie de la bibliothèque de son grand-père l'avait profondément affectée, et mieux valait ne pas la laisser seule.

— Dites-moi, mesdames, savez-vous où se trouve Mary Elizabeth ?

— Elle a dit qu'elle avait besoin de prendre l'air, répondit Daisy. Elle est probablement descendue jusqu'au fleuve comme elle en avait autrefois l'habitude.

— Et tu l'as laissée partir toute seule ? répliqua Tucker en fusillant sa sœur du regard. Il y a longtemps ?

— Oui, je l'ai laissée partir seule. Il y a vingt minutes environ. Où est le problème ?

— Le problème, c'est qu'il y a une dangereuse meurtrière en liberté !

— Je cours prévenir Walker ! s'écria aussitôt Daisy.

Tucker courut de son côté, maudissant l'entêtement de Mary Elizabeth à faire comme si tout allait bien. A quoi pensait-elle ? Surtout après l'incendie de cette nuit ! Elle aurait dû comprendre qu'il y avait du danger.

Priant le ciel de s'inquiéter pour rien, il s'avança précautionneusement sous le couvert de la végétation, marchant à pas de loup pour le cas où, la ou le meurtrier serait avec Mary Elizabeth. Ses efforts et son flair furent bientôt récompensés. Là-bas, non loin du fleuve, la voix calme et posée de Mary Elizabeth répondait à celle hystérique et désespérée… d'Arlene Willis !

— Tiens bon, Mary Elizabeth ! marmonna-t-il entre ses dents. Continue comme ça !

Il dégagea son revolver de son ceinturon et, l'arme au poing, s'avança en direction des voix. Quand, finalement, il put entrevoir les deux femmes, il eut un choc.

Le visage blême et les yeux fous d'un animal pris au piège, Arlene Willis brandissait un revolver au bout de son poing vacillant en direction de la poitrine de Mary Elizabeth.

Et le pire de tout, c'était que de là où il était, il n'avait aucune marge de manœuvre pour intervenir. S'il approchait davantage, Arlene le verrait aussitôt. Et Dieu sait ce qu'il pourrait lui passer par la tête !

Si seulement il pouvait manifester, d'une manière ou d'une autre, sa présence à Mary Elizabeth ! Lui qui se moquait des sciences occultes se prit à croire très fort aux vertus de la suggestion. Et il pensa très fort : « Mary Elizabeth, n'aie pas peur, je suis là ! »

En attendant, c'était Arlene qui avait le dessus.

— Vois-tu, je n'ai vraiment pas le choix, disait-elle.

On aurait dit qu'elle voulait raisonner un enfant récalcitrant.

— Il faut que j'en finisse, poursuivit-elle. Tu dois comprendre le mal que tu m'as fait, à moi et à mon mariage. C'est toi qui m'as poussée dans les bras de Larry. Lorsque Ken s'en est aperçu, il a menacé de divorcer. Ce qui aurait été la meilleure solution si j'avais pu convaincre Larry de m'épouser. Mais il ne voulait pas et disait que c'était toi qu'il aimait.

— Arlene, j'étais en train de divorcer ! s'écria Liz. Rends-toi compte ! Tu aurais eu toutes tes chances !

Mais Arlene secoua tristement la tête.

— Hélas ! Il t'aimait encore. Il me l'a dit le dernier soir. Il m'a dit qu'il était revenu à Swan Ridge pour te convaincre d'essayer encore. Même après m'avoir fait l'amour dans ta propre maison, il te désirait encore.

Que faire ? Tucker était partagé. Appeler Willis à la rescousse pour tenter de raisonner sa femme ? Non. L'état mental d'Arlene semblait si dégradé et si précaire qu'il valait mieux ne pas perdre de temps.

Pendant ce temps, Mary Elizabeth continuait de négocier.

— Arlene, tout peut encore s'arranger. Je peux t'aider. Faire campagne pour Ken, dire aux gens qu'il est l'homme que Larry aurait souhaité pour le remplacer.

— Tu mens ! lança Arlene. Jamais tu ne ferais ça !

— Bien sûr que si ! Je vous connais tous les deux depuis toujours. Pourquoi veux-tu que je ne vous aide pas ? Pose ton arme, Arlene et discutons. Voyons ce que nous pouvons faire ensemble. Pourquoi ne ferions-nous pas équipe ?

Mais Arlene restait cramponnée à son revolver.

— Pas question ! s'écria-t-elle d'une voix aiguë. C'est un piège. Pourquoi te croirais-je maintenant que tu sais que c'est moi qui ai tué ton mari ? Je ne suis pas stupide !

— Je sais tout cela. Je sais aussi que tu étais la meilleure à l'école et au lycée. Je sais que tu es intelligente, Arlene.

Un instant, Tucker crut que la partie était gagnée. Mais il vit Arlene se ressaisir.

— Non, décréta-t-elle fermement. Il faut que j'aille jusqu'au bout. C'est trop tard, maintenant. Tout le monde va savoir que j'ai tué Larry. Je vais aller en prison. C'est fini pour moi, mais je veux encore m'assurer que tu ne retrouveras jamais ce que tu veux.

— Il n'est jamais trop tard, insista Mary Elizabeth, occultant volontairement l'aveu du meurtre de Larry. Je suis bien placée pour te le dire, moi qui bénéficie d'une seconde chance avec Tucker. Une chance que je ne méritais pas. Alors, toi aussi, tu peux avoir une deuxième chance avec Ken.

Les larmes commencèrent à rouler sur les joues d'Arlene, mais elle resta inflexible, complètement déterminée à venir à bout de la mission qu'elle s'était fixée : faire payer Mary Elizabeth pour des torts qu'elle lui attribuait. Lesquels ? Tucker n'avait pas tout compris. Mais il était clair qu'il y avait une rivalité de longue date entre les deux femmes, et qu'Arlene s'estimait perdante dans cette affaire.

« Tiens bon, Mary Elizabeth. Parle-lui », pensa-t-il en croisant les doigts. Il fallait tenir jusqu'à ce que Daisy trouve Walker et le prévienne. Sans son aide, il ne pouvait rien faire.

Entre-temps, les nuages qui s'étaient amoncelés à l'horizon avaient fini par obscurcir le ciel. Le vent s'était levé, soulevant des gerbes d'écume sur la surface du fleuve. Un orage se préparait. Comment savoir si le ciel jouerait en sa faveur ?

La réponse ne tarda pas. Un éclair zébra le ciel, accompagné d'un roulement de tonnerre. Arlene sursauta comme si la foudre l'avait touchée et, dans sa frayeur, tira avant de lâcher son arme. Dans un ultime réflexe de survie, Mary Elizabeth se jeta à terre, roula à portée de main du revolver dont elle s'empara avant qu'Arlene ait le temps de réagir.

Voyant que Mary Elizabeth tenait son arme, Arlene eut un sourire résigné et supplia :

— Tue-moi ! Vas-y ! Tire !

— Personne ne tire sur personne ! s'écria Tucker qui surgit à ce moment, les menottes à la main.

Il les passa aux poignets d'Arlene en jetant un coup d'œil à Mary Elizabeth pour s'assurer qu'elle allait bien. Elle n'avait pas lâché le revolver et gardait les yeux rivés sur Arlene.

— Chérie, donne-moi cette arme, dit-il d'une voix posée. C'est fini.

Elle cligna des yeux comme au sortir d'un mauvais rêve et lui tendit le revolver d'une main tremblante.

— Arlene a tiré sur moi, dit-elle d'une voix blanche. Et elle a tué Larry. Tout cela parce qu'elle voulait se venger de moi pour avoir ruiné les ambitions politiques de Ken en épousant Larry la première. Comment a-t-elle pu faire ça ?

— Arlene n'a pas toute sa tête, c'est évident.

Puis, voyant Walker accompagné d'un autre policier qui s'approchait d'eux, il ajouta à l'adresse de son beau-frère :

— A toi de jouer, maintenant. Arlene a tout avoué.

— Elle t'a fait ses aveux ? demanda Walker.

— C'est à moi qu'elle les a faits, précisa Mary Elizabeth. Elle voulait que je sache avant de me tuer.

— Et j'ai tout entendu, renchérit Tucker.

Walker hocha la tête.

— Peux-tu l'emmener et prendre sa déposition ?

— Oui, on y va.

Pendant cet échange, Arlene n'avait pas dit un seul mot.

Tucker la regarda dans les yeux et n'y vit que du vide. Comme si toute vie en avait disparu. S'il ne l'avait pas vue lever son arme sur Mary Elizabeth, il aurait presque eu pitié d'elle. Jamais il ne pourrait oublier cette image ni le sentiment d'impuissance qu'il en ressentit.

Quant à Mary Elizabeth, elle attendit que Walker et le policier aient emmené Arlene pour se tourner vers lui et déclarer, bouleversée :

— Voilà ! Ce chapitre de ma vie est clos. Désormais, je peux aller de l'avant.

Et elle ajouta, les yeux brillants de larmes contenues :

— Je savais que tu me trouverais à temps.

— Je frémis encore à l'idée d'avoir failli arriver trop tard, murmura-t-il en l'attirant vers lui pour la serrer dans ses bras. Je ne sais pas ce que j'aurais fait si je t'avais perdue.

— Jamais plus tu n'auras à le craindre.

— Viens ! dit-il en lui prenant la main. Allons faire notre déposition et ensuite nous irons faire un tour en ville comme des gens normaux.

— Comme des gens normaux ? Pourrons-nous jamais avoir une vie normale ?

— Je ferai en sorte que oui. Fais-moi confiance, Mary Elizabeth. Tes ennuis sont finis.

— Mais je crains bien que les vôtres ne commencent, shérif Spencer, dit-elle avec un sourire malicieux.

— J'y survivrai, rétorqua-t-il en riant.

Liz peinait à profiter pleinement de cette promenade sur la jetée au son joyeux de la musique du carrousel. Trop de vies avaient été brisées. Pour sa part, elle s'estimait heureuse d'avoir pu préserver la sienne. Mais n'était-ce pas elle qui avait, indirectement, poussé Arlene à s'intéresser à Larry et finalement à le tuer ?

Mais à quoi bon se torturer ? Tout cela était du passé. Ce soir, elle était en vie et heureuse de l'être.

Et Tucker ? Que pensait-il de tout cela ? Les propos qu'il avait tenus, plus tôt dans la journée et ce soir pendant le dîner, laissaient entendre qu'il envisageait déjà l'avenir. Tout en restant réservé, comme s'il avait encore des doutes et ne se sentait pas prêt. Cette incertitude devenait insupportable, à la fin, et elle le retint par le bras pour le scruter attentivement.

— Dis-moi franchement, à quoi penses-tu ? demanda-t-elle. Toute la soirée, tu as eu l'air bizarre.

— Je ne veux pas parler de cela maintenant.

— Tucker Spencer, ne m'oblige pas à me fâcher. Si nous voulons repartir sur de bonnes bases, il ne doit pas y avoir d'arrière-pensées entre nous et nous devons lever tous les doutes, quels qu'ils soient, affirma-t-elle avec détermination.

Tucker haussa les épaules.

— Eh bien, oui. Il y a quelque chose dans tout cela qui me chiffonne, admit-il.

— Et cela a-t-il à voir avec moi ?

Il hocha la tête.

— Viens, allons nous asseoir, dit-il en l'entraînant vers un banc sur la rive. Tu te souviens du soir où tu es venue te réfugier chez moi ? Pourquoi fallait-il à tout prix que ce soit moi qui vienne à ton secours ? Pourquoi n'es-tu pas allée directement à la police ou ne l'as-tu pas tout simplement appelée ?

Que dire ? Essayer de le convaincre qu'elle avait eu peur et qu'elle s'était instinctivement tournée vers lui parce qu'elle était convaincue qu'on l'accuserait du meurtre ? Elle le pourrait, mais ce n'était qu'une infime partie de l'explication. Et dire le reste reviendrait à lui avouer combien il comptait pour elle. Mais lui ? Ne lui avait-il pas dévoilé ses sentiments en lui révélant qu'il n'avait jamais cessé de l'aimer ? Alors ne devait-elle pas lui rendre la pareille ?

— J'avais peur, commença-t-elle. Mais ce n'était pas d'être accusée à tort de la mort de Larry. J'ai foi en la justice. Je n'étais pas coupable et je savais que la vérité triompherait à un moment ou à un autre.

— Alors de quoi avais-tu peur ?

— De ce que l'enquête nous révélerait.

— *Nous* révélerait ? Mais il n'y avait pas de nous.

— Je sais. Mais quand j'étais en Europe et que je réfléchissais à la possibilité d'un divorce, c'était ton visage que j'avais à l'esprit. Je repensais à nous deux et au genre d'homme que tu étais. Alors je me suis dit que je devais rentrer, repartir de zéro et voir s'il y avait encore quelque chose entre nous.

Elle se tut, le temps d'une caresse furtive sur sa joue. Puis reprit :

— Tu occupais tellement mes pensées que lorsque j'ai découvert Larry cette nuit-là, mon premier réflexe a été de te rejoindre, parce que toi seul pourrais me protéger, toi seul pourrais tout arranger. Et ce fut le cas, conclut-elle avec un sourire enjôleur.

— Te protéger ? Façon de parler ! Pour un peu, Arlene t'aurait abattue sous mes yeux, sans que je puisse faire quoi que ce soit.

— C'était ma faute. J'ai commis une imprudence. Jamais je n'aurais dû m'éloigner de la maison, sachant qu'elle n'était pas localisée et sous bonne garde.

— Je pense que nous avons tous les deux notre part de responsabilité. Voilà tout.

Elle le regarda, interloquée.

— Et quelle est la tienne, selon toi ? demanda-t-elle d'un ton incrédule.

— De t'avoir laissée épouser Larry Chandler sans discuter. Si je m'étais battu, j'aurais peut-être pu te faire changer d'avis, et rien de tout cela ne serait arrivé. Mais j'avais mon amour-propre et je me suis rangé à ta décision, conclut-il en plongeant ses yeux dans les siens.

Elle le regarda sans rien dire, repensant au temps où Tucker et elle étaient amants, à ses années de mariage malheureux où elle ne faisait plus que supporter Larry. A ce qu'elle avait perdu. A ce qu'elle retrouvait.

— Alors ? Qu'en dis-tu ? demanda Tucker, comme elle restait silencieuse. On la prend, cette deuxième chance ? Après ce que nous venons de vivre, on y arrivera bien, tu ne crois pas ?

— Oui, je veux le croire. Je veux croire que le passé et toutes les erreurs sont derrière nous.

— Et que l'avenir ne fait que commencer. Maintenant, reste à savoir ce que tu veux vraiment. Mary Elizabeth, veux-tu rester avec moi pour toujours ?

— Oui ! C'est mon vœu le plus cher. Et toi ? M'accorderas-tu enfin de nouveau ta confiance ?

— Depuis le lycée, j'ai su que tu étais la femme de ma vie.

— Et ta famille ?

— Ils se font doucement à l'idée de notre réconciliation. Cet après-midi, j'ai eu une conversation avec Bobby. Il a préparé une fournée de petits pains à la cannelle comme tu les aimes. Et il m'a dit que Daisy prévoyait un dîner familial pour fêter l'événement.

— Et King ?

— Tu l'as reconquis l'autre jour, lui rappela-t-il en riant. En plus, il a suffisamment à faire avec sa propre idylle. Il a finalement réussi à convaincre Frances de l'épouser. J'imagine qu'elle saura le raisonner. Sans compter qu'il sera aux anges à l'idée d'avoir des petits-enfants.

— Parce que c'est à l'ordre du jour ? lança-t-elle, rayonnante de bonheur.

— Chaque chose en son temps, répliqua-t-il en posant un long baiser sur ses lèvres.

Puis il murmura au creux de son oreille :

— C'est si bon que je voudrais que cela dure toujours.

— Attends, dit-elle en se dégageant soudain, l'air pensif. Peut-être devrions-nous suggérer à Frances et à ton père de se marier le plus tôt possible.

— Qu'est-ce qui te prend ? Tu veux que nous nous mêlions de la vie sentimentale de mon père ?

— Pourquoi pas ?

— En effet, pourquoi pas ? rétorqua Tucker avec un large sourire. On n'aurait encore jamais vu ça à Trinity Harbor.

— Et ça ? Tu crois qu'on l'a déjà vu à Trinity Harbor ? rétorqua-t-elle en reprenant sa bouche pour un baiser, un vrai baiser, un baiser digne d'un film classé X.

— Hé ! Vous deux ! Vous êtes sur la promenade, les

héla Bobby d'aussi loin qu'il put. C'est un lieu public ! Il y a des enfants.

— Toi tu commences à m'..., répliqua Tucker.

— Dois-je appeler la police ? insista Bobby, visiblement ravi de l'embêter.

— C'est moi, la police ! Depuis cet après-midi, j'ai repris mon service.

— Raison de plus pour donner le bon exemple !

— Dis-moi, tu patrouilles ici tous les soirs ou seulement quand j'y suis ?

— Seulement quand le bruit court qu'un membre de ma famille se donne en spectacle, répliqua Bobby, le plus sérieusement du monde.

Tucker leva les yeux au ciel, horrifié.

— Grands dieux ! Tu es bien le fils de ton père ! s'exclama-t-il.

Et cette fois-ci, ce fut au tour de Bobby de prendre la mouche.

— Tu vas le regretter ! bougonna-t-il.

— C'est pourtant vrai ! Tu réagis comme papa, insista Tucker, réjoui d'avoir réussi à le faire enrager.

— On parle de moi ? demanda King qui surgit, main dans la main avec Frances.

Tous les deux dégustaient une glace au raisin qui leur faisait des moustaches du plus bel effet.

— Pas un mot ! Sinon je dis ce que j'ai vu ! lança Bobby.

Liz ne put s'empêcher de rire.

— On dirait des gamins ! Vous avez passé l'âge de cancaner !

— C'est sûr ! lança Daisy qui arrivait en compagnie de Walker.

— Qu'est-ce que c'est que ça ? grommela Tucker. Un conseil de famille, ou quoi ?

— On a entendu dire qu'il y avait quelque chose à fêter. Alors on vient voir, expliqua Daisy.

Tucker prit l'air de celui qui tombait des nues pour s'exclamer :

— Quelque chose à fêter ? Ah bon ? En plus des fiançailles de papa et de Frances ?

— Oh ça, c'est déjà de l'histoire ancienne ! lança King avec impatience. J'espère bien entendre des nouvelles plus fraîches.

— On leur dit ? demanda Tucker en se tournant vers Liz.

— Comme tu veux ! répondit-elle en haussant les épaules.

N'était-ce pas un comble ? Voilà qu'elle était pratiquement fiancée aux yeux de tous avant d'avoir eu son mot à dire !

— Tu ne vas pas m'accuser de mensonge après coup ? s'inquiéta-t-il soudain en la regardant d'un air soupçonneux.

— Bon sang ! ronchonna King. Tu vas la faire, ta demande en mariage ? Ou tu veux que je la fasse à ta place ?

— Il est maître en la matière, renchérit Frances. Avec moi, il s'y est repris à plusieurs fois. Il est entraîné, tu peux me croire.

— Allez ! l'encouragea Bobby. Demande-lui, Tucker. Maintenant ! Sur ma promenade ! Comme il se doit pour un Spencer.

Tucker poussa un profond soupir en contemplant tour à tour toutes les personnes qui les entouraient, puis se tourna vers elle.

— Mary Elizabeth, veux-tu me faire l'honneur de nous épouser, moi et cette *impossible* famille ?

Liz se tourna vers King et Frances, leur lança un clin d'œil et déclara :

— Je vais y réfléchir.

— Mary Elizabeth ! protesta Tucker, la mine déconfite.

— D'accord ! D'accord ! Je veux bien t'épouser, s'exclama-t-elle en riant de son air catastrophé.

— Allez ! Tout le monde en place pour un tour de

manège, s'écria Bobby, qui ne tenait plus en place. On va voir si Tucker va attraper l'anneau.

— Je crois que Tommy et Darcy ont devancé tout le monde, fit remarquer Jenna en prenant Liz par la main. Suivons-les. Bobby et moi, nous devons notre bonheur à ce manège. Je suis sûre qu'il vous portera aussi chance à tous les deux.

Il y avait foule devant le manège, et lorsque les gens apprirent que les Spencer fêtaient des doubles fiançailles, ils applaudirent en les félicitant.

Tucker monta sur un cheval blanc et Liz s'installa à califourchon devant lui, amoureusement lovée contre lui.

— Tu n'essaies pas d'attraper l'anneau ? s'étonna-t-elle au deuxième tour.

— Non, murmura-t-il à son oreille. Tu es bien contre moi et je n'ai pas envie de bouger.

De toute façon, le problème fut vite réglé. Il y eut soudain une explosion de cris de joie derrière eux. King venait d'attraper l'anneau et il se fit une joie de le passer à Frances qui le tendit à Jenna qui le lança à Bobby. Pour finir, il atterrit entre les mains de Tucker et de Liz.

— Tu vois, dit-il alors qu'elle s'en emparait. Tout vient à point à qui sait attendre.

— Non ! Pas toujours. Quelquefois, il faut forcer le destin et saisir sa chance.

— Tu veux que l'on rentre à la maison pour en… discuter ? proposa-t-il.

— Je ne demande pas mieux ! Allons… *discuter.*

— Parfait !

Et il fit un signe au responsable du manège.

— Arrêtez cette machine infernale. On veut descendre !

— Qu'est-ce qui vous prend tout d'un coup ? leur demanda Bobby.

— On a mieux à faire ! lui lança Tucker.

Epilogue

King n'était pas du tout content de la tournure des événements qui l'amenaient à l'église ce samedi matin d'octobre. Dans son esprit, c'était lui qui aurait dû descendre l'allée, avant son fils. Mais Tucker et Mary Elizabeth avaient été pris d'on ne sait quelle frénésie. Et Frances s'était mis en tête de ne pas programmer leur propre mariage avant un bon mois, afin de ne pas leur faire de l'ombre.

Tucker avait l'air particulièrement euphorique. King croyait savoir pourquoi, mais il n'arrivait pas à lui tirer les vers du nez. Ni lui ni personne d'autre d'ailleurs. Toute la famille s'y était mise, mais Mary Elizabeth et Tucker restaient désespérément muets.

Et pour comble de malheur, Mary Elizabeth et Frances étaient soudain devenues inséparables. Dès qu'il tournait les talons, King sentait les regards des deux femmes qui le détaillaient avec une acuité telle qu'il se serait cru sous un microscope, sur la table de dissection !

Tucker avait même été jusqu'à lui dire qu'il n'avait que ce qu'il méritait après s'être mêlé de tout et de tout le monde, mais King ne se laisserait pas faire. C'était purement et simplement une conspiration et il n'aimait pas ça. Pas du tout, même !

Mais quand Frances mettait sa main dans la sienne et le regardait comme si elle avait décroché la lune, il lui pardonnait tout. Et il se disait que, tout bien réfléchi, il avait de la chance.

Au moment de l'échange des vœux de Tucker et Mary Elizabeth, son émotion fut à son comble. Les mots prenaient une nouvelle signification pour lui qui les prononcerait dans peu de temps. Et à voir les larmes qui perlaient à ses yeux, Frances n'était pas moins émue que lui.

— Ce sera bientôt notre tour, murmura-t-il à son oreille quand Anna-Louise déclara Tucker et Mary Elizabeth mari et femme.

— J'ai hâte, répondit-elle sur le même ton. Mais il y a quelque chose dont nous devons parler.

Le sang de King ne fit qu'un tour.

— Tu ne vas pas changer d'avis ! s'écria-t-il.

Il était tellement choqué qu'il ne vit même pas les nouveaux mariés descendre l'allée sous une pluie de pétales de fleurs.

— Bien sûr que non, le rassura-t-elle. Mais Mary Elizabeth et moi, nous avons pensé à quelque chose d'un peu différent.

— Différent de quoi ? demanda-t-il, méfiant.

— Ce n'est pas le moment. Nous en reparlerons plus tard.

Elle allait sortir de la travée, mais il la retint.

— Dis-moi tout de suite de quoi il s'agit, ordonna-t-il. Je me fais vieux. Je ne supporte pas trop d'émotions d'un coup.

— Oh ! Arrête avec ça ! Tu as l'âge que tu veux bien avoir !

— Dis-moi !

— Et puis zut à la fin ! Ce n'est pas comme si je voulais me marier en sautant en parachute ! s'exclama-t-elle.

— Le Seigneur m'en préserve !

Cela étant dit, pourquoi pas ? Si c'était son vœu le plus cher ! En ce moment, il était prêt à tout pour la satisfaire.

— Je pensais..., commença-t-elle en scrutant sa

réaction. Je pensais que l'on pourrait se marier dans la nouvelle salle de bingo.

Et pendant qu'il se remettait de sa surprise, elle précisa sa pensée :

— C'est sur la promenade grâce à laquelle Bobby et Jenna se sont rencontrés. En plus, souviens-toi, notre premier rendez-vous, c'était pour aller à une soirée de bingo à Colonial Beach. Et Anna-Louise a dit qu'elle était d'accord si j'arrivais à te convaincre. Alors ? lança-t-elle en levant sur lui ses beaux yeux lumineux. Qu'en penses-tu ?

Lui qui avait imaginé un mariage dans une petite église, tranquille, avec sa famille, les amis et les voisins ! Enfin, quelque chose de traditionnel, de bon goût, quelque chose dans le style des Spencer, quoi !

Et Frances de poursuivre, comme si elle redoutait que le silence l'encourage à émettre des réserves :

— Seulement, il va falloir que l'on s'y prenne rapidement parce que Anna-Louise attend un bébé. Elle va prendre un congé, et je veux absolument que ce soit elle qui nous marie. Toi aussi, je suppose.

Certes. Mais pour lui, ça faisait beaucoup de questions d'un coup. Aussi commença-t-il par la dernière.

— Bien sûr que je veux moi aussi qu'Anna-Louise nous marie. Tu dis qu'elle attend un bébé ? Pour quand ? Personne ne me dit plus rien.

— Eh bien moi je te le dis. Mais je crois que je n'aurais pas dû, ajouta-t-elle en rougissant. Anna-Louise voulait te l'annoncer elle-même, comme c'est toi qui as ouvert les yeux à Richard. Ne dis pas que j'ai vendu la mèche, d'accord ?

— Promis. Je ne dirai rien. Mais dis-moi ? Tu veux vraiment te marier dans une salle de bingo ?

— Oui.

Ça jaserait dur en ville. Il en riait d'avance.

— Pourquoi pas ? lança-t-il en la soulevant de terre

et en la faisant tournoyer. Nous sommes des Spencer et nous pouvons tout nous permettre. Trinity Harbor est notre ville.

— Je ne suis pas une Spencer, lui rappela-t-elle sèchement, mais avec une étincelle amusée dans les yeux. Enfin, pas encore. Et je te rappelle que mes ancêtres ont autant de légitimité sur la ville que les tiens, mais ce n'est pas pour autant que je m'en vante comme toi.

— Admettons ! dit-il en riant. Je ne vais pas entamer un débat avec toi pour savoir qui de ta famille ou de la mienne a colonisé ce lieu. Pas un jour comme celui-là. En outre, une fois mariés, nous nous occuperons conjointement des affaires de la ville.

— En toute discrétion, bien sûr.

— Bien sûr ! N'est-ce pas ce que j'ai toujours fait ?

Un concert de rires salua sa remarque. Et levant les yeux, il découvrit toute sa famille qui était revenue sur ses pas pour voir ce qu'ils faisaient.

— Vous n'êtes qu'une bande de voyous ingrats ! s'écria-t-il.

— Mais nous sommes des Spencer ! clamèrent-ils à l'unisson, y compris les pièces rapportées.

— C'est vrai, admit-il avec attendrissement, un grand sourire aux lèvres.

Et, gonflant la poitrine de fierté, il les passa tous en revue l'un après l'autre : Daisy et Walker, Tommy à côté d'eux, Jenna et Bobby avec la petite Darcy et ce grand dadais de J.C., Tucker, les yeux rivés sur Mary Elizabeth, et puis le couple Anna-Louise et Richard, Spencer honoraires. Pour finir, il s'attarda sur Frances qui serait bientôt officiellement des leurs.

Il n'y avait pas à dire, c'était une bien belle famille. Une famille aimante, irrespectueuse à l'occasion, mais que demander de plus ? Oui, il pouvait s'estimer comblé.

Et puisqu'il était dans une église, l'église de ses ancêtres, il leva les yeux au ciel et formula au fond de son cœur une prière de gratitude pour les richesses que la vie lui avait accordées, et d'espoir pour que chacun de ses enfants en bénéficie pareillement.

Lorsqu'un rayon de soleil traversa le vitrail et lui tomba dans l'œil, il sut que son vœu serait exaucé.

Oui, vraiment, ce jour était un jour d'allégresse. Et il y en aurait beaucoup d'autres, si toutefois il y mettait son grain de sel.

Ce qu'il ne manquerait pas de faire.

Le 1er Décembre

Prélud' n°333

SÉRIE : « LES SECRETS DU MISSISSIPPI »

Un Noël plein de promesses -Kristi Gold

Si ce n'était pour protéger Danny, son fils de neuf ans, Jessica n'aurait jamais demandé de l'aide. Surtout pas celle de Chase Reed, l'homme qui l'a quittée après leur unique d'amour, dix ans plus tôt ! Mais, Jess le sait, seul Chase est capable de contraindre son ex-mari à cesser ses intimidations. Et – oh, surprise ! – il prend cette mission très à cœur, à voir toute l'attention dont il les entoure, Danny et elle. A tel point que, bientôt, Jess se prend à nourrir les espoirs les plus fous....

Prélud' n°334

SÉRIE : « LA DYNASTIE DES HARDIN »

Destinés... à s'aimer ! - Linda Warren

Personne n'échappe à son destin...

Lucinda se l'était pourtant promis : si jamais Cisco Hardin réapparaissait dans sa vie, après tant d'années d'absence et de silence, elle l'enverrait paître, sans ménagement ! Au lieu de cela, elle a succombé à son charme – encore une fois. Et elle est enceinte ! Certes, Cisco a juré de rester auprès de Lucinda et de leur enfant à naître. Mais saura-t-il être le père qu'elle veut pour son bébé ?

Prélud' n°335

D'amour et de neige - Kimberly Cates

C'était écrit quelque part : Rowena devait venir s'installer à Whitewater, petite ville enfouie sous un épais manteau de neige. C'est là qu'elle devait ouvrir son animalerie – sa fierté ! Et c'est aussi là qu'elle devait faire la connaissance de Cash Lawless. D'un charme fou, père célibataire de deux adorables fillettes, Cash est l'homme de ses rêves. Pourtant, dès leur rencontre, il ne semble voir en Rowena qu'une enquiquineuse, décidée à lui faire adopter un de ses pensionnaires. Du moins, au début. Car bientôt, les circonstances vont les rapprocher...

Prélud' n°336

SÉRIE : « LES CHRONIQUES D'EVIE PARISH »

Imprévisible Evie - Beth Ciotta

Bronzage, Bikini et cocktails à volonté... J'en oublierais presque que je travaille. Et quel travail ! Huit jours de farniente à bord d'un bateau de croisière ! J'ai dû me pincer pour le croire. Bon, évidemment, il faut faire quelques concessions. Comme partager ma minuscule cabine avec un homme : Arch Reece. Pour tout vous avouer, si j'avais su qu'il serait aussi exaspérant – et si sexy ! – je ne me serais peut-être pas engagée. Trop tard !...

A paraître le 1er novembre

Best-Sellers n°535 • thriller

Tourmentée - Pamela Callow

Hantée par la mort de sa jeune sœur, fragilisée par une rupture amoureuse mais décidée à aller de l'avant, Kate Lange se lance à corps perdu dans sa carrière d'avocate, en Nouvelle-Ecosse. Mais le meurtre horrible de Lisa, la petite-fille de l'une de ses clientes venue lui demander conseil au sujet de l'adolescente, ravive ses blessures secrètes : aurait-elle pu empêcher ce drame ? Est-elle responsable de cette mort – comme de celle de sa petite sœur, morte 15 ans auparavant dans un accident de voiture dont elle seule a réchappé ? Tourmentée par le poids de ses doutes, déterminée à faire la lumière sur le meurtre de Lisa, Kate décide de mener sa propre enquête. Quitte à risquer sa carrière en s'exposant aux critiques acerbes et au regard d'acier de l'intransigeant Randall Barrett, son directeur de cabinet. Et sans savoir que le danger est toujours là. Car le tueur, lui, a déjà repéré sa nouvelle proie…

Best-Sellers n°536 • roman

Le pavillon d'hiver - Susan Wiggs

Désemparée et démunie après l'incendie de sa maison, Jenny Majesky accepte la proposition de sa grand-mère : s'installer au pavillon d'hiver du lac des Saules, la propriété familiale où, adolescente, elle passait ses étés. Loin de tout, dans ce décor sauvage empreint de nostalgie, la neige et le silence font resurgir en elle un flot de souvenirs : le premier – et l'unique – baiser de Rourke, le garçon qu'elle aimait alors, et, plus tard, la douleur muette dans ses yeux quand Joey, son meilleur ami, l'avait demandée en mariage. Elle avait tant espéré, pourtant, que Rourke se déclare ou lui fasse un signe… avant d'épouser Joey. Depuis, les années ont passé. Les non-dits et la mort tragique de Joey ont achevé de les séparer ; Rourke multiplie les conquêtes éphémères et, bien que la côtoyant tous les jours dans la petite ville d'Avalon, semble tout faire pour l'éviter. Aussi, quelle n'est pas sa surprise, peu après son installation, de le voir se présenter à la porte du pavillon.

Best-Sellers n°537 • thriller

Pulsion meurtrière - Erica Spindler

Eté 1983. Une femme est retrouvée pendue dans une maison inoccupée de Thistledown, dans le Missouri, après s'être livrée à des jeux sulfureux avec son amant. Des jeux que trois adolescentes trop curieuses avaient pris l'habitude d'épier. Persuadées que le compagnon de la victime a cédé à des instincts pervers et meurtriers, elles le dénoncent à la police. Mais il est trop tard, et l'homme disparaît du jour au lendemain sans laisser de traces. Quinze ans après ce drame, il resurgit brutalement dans la vie des trois amies. Courriers menaçants, coups de fil anonymes : Andie, Julie et Raven replongent dans l'horreur d'un passé qu'elles avaient cru pouvoir oublier. Et cette fois, il ne fait aucun doute que la folie de l'assassin ne connaît plus de limites.

Best-Sellers n°538 • thriller

Et vos péchés seront pardonnés - Nora Roberts

Washington DC, 15 août… Une étudiante est retrouvée assassinée. Puis une autre. Rien de commun entre ces deux femmes, sinon l'arme du crime : une étole de soie blanche qui a servi à les étrangler. Et la « signature » manuscrite du meurtrier : « Ses péchés seront pardonnés ». Très vite, dans la presse, le tueur psychopathe est surnommé « Le Prêtre ». L'enquête policière piétine… Au troisième meurtre, Ben Paris et Ed Jackson, chargés de l'enquête, font appel à une psychiatre, Tess Court, pour qu'elle les aide à établir le profil psychologique du tueur. « Le Prêtre », un tueur en série qui met en scène ses crimes avec un soin méticuleux, choisit soigneusement ses victimes : jeunes, belles, et blondes. Malgré la surveillance policière, les crimes continuent… Qui est ce tueur de l'ombre ? Pourquoi ne commet-il pas la moindre faute malgré tous les pièges qui lui sont tenus ?

Best-Sellers n°539 • roman

La promesse de Beach Lane - Sherryl Woods

Depuis plusieurs années, Susie O'Brien est engagée avec Mack Franklin dans un jeu amoureux troublant et ambigu. Mais en dépit du désir manifeste qui crépite entre eux, elle persiste à dire que leur relation n'est pas vraiment sérieuse. Et, triste coup du destin, au moment où Susie sent enfin naître en elle une envie d'engagement et de vie commune, elle apprend qu'elle est atteinte d'une maladie grave. Heureusement, Mack, pour lui prouver son amour et son soutien inconditionnels, la demande en mariage. Mais Susie est gagnée par l'inquiétude quand une ancienne petite amie de Mack arrive à Chesapeake. Comment être à la hauteur de cette femme qui a tout pour elle et qui éprouve manifestement toujours des sentiments pour Mack, quand elle-même doit affronter l'épreuve la plus difficile de sa vie ?

Best-Sellers n°540 • anthologie

Magie d'hiver

Les cinq histoires réunies dans ce livre explorent la magie d'un hiver scintillant de givre, où les flocons de neige offrent un écrin précieux à la tendresse et à la passion. Au fil des pages, les plus belles plumes du roman féminin feront miroiter les mille et une facettes de l'émotion amoureuse. Emotion bouleversante pour Laura et Gabbe qui, bloqué comme elle par une tempête de neige, va aider la jeune femme à mettre au monde un enfant. Intense émotion pour Adelaïde et Maxim, qui, au soir d'un réveillon pour le moins inattendu, vont devoir apprendre à s'apprivoiser. Emotion profonde pour Tracy et Graham, parents adoptifs d'une jeune orpheline à qui ils vont réapprendre la confiance et l'amour. Quant à Savannah et Trace, c'est à une adorable vieille dame qu'ils vont devoir le bonheur de leur rencontre de Noël. Et si Katharine ne peut se résoudre au mariage de raison que lui propose Daniel, c'est parce qu'elle l'aime en secret. Mais en cette période de fêtes, tous les espoirs ne sont-ils pas permis ?

Best-Sellers n°541 • historique
L'ange du passé - Judith James

Angleterre, 17ème siècle

En pleine tempête, alors que la guerre civile fait rage, Elizabeth découvre un homme presque inconscient sur le seuil de sa modeste demeure. Ses vêtements ne laissent aucun doute sur son appartenance : c'est un soldat, un ennemi de surcroît. Aussi Elizabeth hésite-t-elle : en portant secours à cet inconnu, elle se mettrait en danger, elle et tous ceux qui partagent son foyer. Mais ses hésitations volent en éclat lorsqu'elle découvre le visage du jeune homme. Ce regard intense, ces traits séduisants ne sont autres que ceux de William de Veres, l'ami d'enfance dont elle était éperdument amoureuse, celui qui, alors qu'ils n'étaient que des adolescents, lui a promis de toujours veiller sur elle ! Bouleversée, Elizabeth décide de venir en aide à William, au risque de se voir accuser de trahison. Une décision qui va complètement bouleverser son existence…

Best-Sellers n°542 • historique
L'héritière de Boston - Kat Martin

Londres, 1859.

Venue à Londres pour faire annuler son mariage avec Rule Dewar, Violet Griffin est convaincue que son époux sera soulagé par sa requête. Après tout, si, sur son lit de mort, le père de Violet ne l'avait pas supplié de prendre soin de sa fille, jamais le séduisant Anglais n'aurait posé les yeux sur elle. La preuve : depuis qu'ils ont échangé leurs vœux trois ans plus tôt, Rule n'a jamais remis les pieds à Boston, préférant mener une vie de débauche en Angleterre, sans même prendre la peine de se montrer discret.

Et pourtant, contre toute attente, Rule Dewar ne se montre pas aussi coopératif que prévu. Pis encore ! il impose ses propres conditions à Violet : pour obtenir son accord, elle devra accepter de vivre sous son toit pendant trente jours…

Composé et édité par les
éditions HARLEQUIN
Achevé d'imprimer en octobre 2012

BRODARD & TAUPIN

La Flèche
Dépôt légal : novembre 2012
N° d'imprimeur : 69564

Imprimé en France